国家社会科学基金资助

A Study of Samuel Johnson's *The Lives of the English Poets*

塞缪尔·约翰逊《诗人传》研究

孙勇彬◎著

复旦大学出版社

序　　言

走近约翰逊

——兼序孙勇彬《塞缪尔·约翰逊〈诗人传〉研究》

杨正润

孙勇彬教授的新著《约翰逊〈诗人传〉研究》即将出版，在欣慰之余我又联想起两个思考已久的问题。

一个问题是如何评价约翰逊的历史地位。塞缪尔·约翰逊(1709—1784)是公认的优秀的传记家，在西方有一段常被人引用的话：荷马是第一位史诗诗人，莎士比亚是第一位戏剧家，约翰逊是第一位传记家。有意思的是，把两位英国文学大师放在一道进行比较，结果会怎样呢？有人说约翰逊的地位仅次于莎士比亚，有人说他同莎士比亚可以并列，研究和出版约翰逊的专家格雷格·克林厄姆则说："在公众话语的几乎所有形式里，约翰逊也许比其他任何英国作家，包括莎士比亚，更多地被人引用和误用，他的著作不仅被18世纪的学者，也被其他领域的专家，更多地解释和误解。"①克林厄姆是说约翰逊比莎士比亚影响更大？我打开电脑搜索引擎，搜索的结果是：关于莎士比亚的英文条目有1.88亿，塞缪尔·约翰逊则高达6.72亿，是莎士比亚的3倍多。看来克林厄姆所言不虚，在今天的英语世界，人们谈论约翰逊比谈论莎士比亚多得多。

伟大的作家总是超越他们的时代。四百多年前本·琼生在为莎士比亚戏剧集第一对折本写作的序言里就称他"不属于一个时代而属于所有的世纪"，至今全世界发行量最大的莎学著作之一是波兰学者杨·考特的《莎士比亚，我们的同时代人》，这题名也可以作为莎士比亚高度现代性的旁证。约翰逊同样如此，他离开我

---

① Greg Clingham. "Introduction", *The Cambridge Companion to Samuel Johnson* [M]. Shanghai: Shanghai Foreign Language Education Press, 2000: 1.

们已经二百多年了，还能在互联网上占据着如此重要的位置！也正如克林厄姆所说："约翰逊是最现代的，同时他也是最十八世纪的"①，这是对约翰逊准确的评价。

不过，为什么人们谈约翰逊，比谈莎士比亚还多？这是一个值得探讨的问题。约翰逊本人对莎士比亚虽然也有批评，但他在编《莎士比亚戏剧集》时说过："莎士比亚超越所有的作家之上"，这一说法也得到绝大多数读者的赞同。但受众对文学和文化作品的接受十分复杂，受众的多少并不一定同作品的水平或作者的地位成正比。亚里士多德认为人类有模仿的本能，戏剧是对人的行动的模仿，戏剧的核心"情节"是这种模仿的结果，情节就是戏剧化的人的故事。换言之，喜欢讲故事、听故事，这是人的天性。故事各种各样，一般说来，轻松、幽默和有快乐结局的喜剧，可能比起那种结局悲悯、气氛沉重的悲剧，更容易为人们接受；虚构的故事一般复杂、精彩，意蕴丰富、值得回味，但现实中的故事更简洁、明快，同人们息息相关，可能更能打动人。在当下互联网和自媒体的时代，情况更是如此。

约翰逊一生出版过大量各式作品，他编字典、编莎士比亚戏剧，写过传记、小说、时政评论、文学评论、布道文，等等，这些作品无不显示出他生动的个性。他所说所写，细想一下可能也是常识，但以他的智慧、渊博的知识和丰富的阅历，经他之口或笔就变得或生动风趣，或意味隽永，也就使后人——包括受过和没有受过高等教育的民众——得到启迪并难以忘却。

约翰逊的一生也是一连串的故事：他出身平民，体弱多病、家境清寒，在牛津读书因交不起学费而不得不辍学；为了摆脱困境，他娶了一位寡妇，得到一笔陪嫁，对这位比他大 20 岁的世俗女子，他相亲相爱、不离不弃；他博闻强记，凭一己之力，历时 9 年，编撰成功一部辞典流传至今，被称为"辞典之父"；他写作了大量作品，取得事业上的成功，饮誉英伦，牛津和其他大学又授给他博士学位，"约翰逊博士"几乎成了他的专称；他凭渊博的学识和正直的人格，兼机智健谈、妙语连篇，得到当时知识界的拥护，成为有威信的文坛领袖；他外貌古怪、不修边幅、举止不雅、脾气急躁，常常得罪人，还有种种可笑的偏见和怪癖；他毫无世故、童心未泯、心地善良、对一切弱小者充满真诚的同情……他的性格和事迹都流传下来并演化出种种真真假假的故事，人们对这些故事、对约翰逊的作品和《约翰逊传》，可以随意翻开阅读，可以茶余饭后自由地谈论，其中自然也难免克林厄姆所说的"误用"和"误解"，但"约翰逊"已经成为英国某种巨大的文化现象。

---

① Greg Clingham. "Introduction", *The Cambridge Companion to Samuel Johnson* [M]. Shanghai: Shanghai Foreign Language Education Press, 2000: 3.

从某种意义上说，约翰逊也几乎是“传记”的同义语：他是西方文学和文化史上最重要的一部传记、鲍斯威尔的《约翰逊传》的传主；他自己最重要的作品是52篇《诗人传》，在英国传记史上具有划时代的意义；他的各种传记故事，至今被人津津有味地谈论，被不同地评价和解释，一代一代的传记家都在为他编写新的传记；他对传记的许多精辟见解，比如他提出传主平等，主张传记表现普遍的人性和严肃地写琐事，强调传记的教化作用等，至今仍被传记理论广泛引用和发挥。约翰逊说：“我尊敬传记。因为它提供了某些走近我们的东西。”我们也可以说，约翰逊是带领我们走近传记的人。

把约翰逊同莎士比亚比较一下是很有意思的。莎士比亚也是最受欢迎的作家，他来自英国大众剧场，他的戏剧自问世起就受到各阶层的喜爱，上自女王、宫廷和贵族，下到平民百姓，都是莎剧的热心观众。到了21世纪，莎剧依然是世界舞台上演出最多的剧目之一，电影、电视、视频和大学校园，都还在不断改编和演出莎剧。莎士比亚是讲故事的能手，他戏剧的多样性、情节的丰富性和生动性无人能出其右。

但是，莎士比亚同约翰逊也有很大不同：约翰逊的故事始终以他本人为中心，莎士比亚的生平几乎是空白，他讲别人的故事而没有留下自己的故事。莎士比亚笔下最著名的那些人物，是古代或异国的英雄，是君王或显贵，他们有着非凡的经历、承受了巨大的苦难、怀有强烈的感情，最终是惊天动地的死亡。这些故事深深打动受众，也引起更多的思考。莎士比亚在每个时代都有广大的读者，但是每个时代都需要自己的莎学家，建立各种学派，按照时代的需要从不同的角度去研究他、解释他，也需要读者和观众依据自己的知识结构去理解他。

约翰逊的作品以及鲍斯威尔的《约翰逊传》，也有许多专家在研究，但这种研究始终围绕着约翰逊本人，史蒂文·林恩教授总结200多年来的约翰逊批评史说：“约翰逊的批评家们，倾向于在约翰逊本人也可能认可的一种批评范式里运转，试图把此人同其作品连接起来”①，也就是说200多年来的约翰逊研究，主要以传记研究的方式进行，通过他的作品，考察他的生平经历、研究他的个性和人格发展。约翰逊是个人性论者，他的作品展示了他自己和那个时代的一群诗人，他们大部分还是他的朋友，读约翰逊就是在读约翰逊其人，也是在理解人生、理解人性。约翰逊始终生活在日常生活之中，《诗人传》就是讲述一群诗人的故事

---

① Steven Lynn. “Johnson’s Critical Reception”, in *The Cambridge Companion to Samuel Johnson*[M]. Shanghai: Shanghai Foreign Language Education Press, 2000: 252.

和评价他们的作品，这同时约翰逊也在讲他自己，读者会感到这些似乎就是发生在身边的事。约翰逊同莎士比亚在这里显示了差异：莎士比亚创造的是英雄的悲剧，他用戏剧的形式演绎崇高，而崇高和伟大总是同平凡的日常生活、同一般民众保持着审美的距离，那些亡灵具有真实的人性，也可以给我们种种启示，但他们毕竟生活在遥远的时空里。

约翰逊和莎士比亚代表了文学的不同层面，他们互相辉映，殊途同归，共同组成了英国文学和英国文化的历史：约翰逊所代表的那个时代是英国文学不可或缺的一个阶段，它虽然没有前面的莎士比亚和文艺复兴那么辉煌，也没有后面的19世纪那么群星灿烂，但是它代表着英国文学发展的一个新的阶段，也预示了一种新的现代文学和文化形式的确立——这就是传记。对于后人来说，莎士比亚和约翰逊缺一不可，他们形成了不同的阅读趣味和学术空间，可供读者自由选择。

关于约翰逊，我还联想起另外一个问题：中国学术界应当怎样看待他。

英美出版的英国文学史，常把18世纪中后期称为“约翰逊时代”，专列一章，专讲约翰逊和他同时代的几位作家。但对这位号称“文坛祭酒”的老博士，中国学术界似乎没有多大兴趣，河南师大卢永茂等选编的《外国文学论文索引》颇有影响，是同类工具书中的第一部，收集了“上起五四前后，下迄1978年”，“除苏联文学外，包括世界所有国家和地区的文学研究资料”，全书300页10 000余条索引，其中有长篇论文，也有书籍的前言后记，甚至报纸的外国文坛信息，但其中竟然没有关于约翰逊和鲍斯威尔的《约翰逊传》的任何信息。当然，编者可能有遗漏，但也不会很多。构成鲜明的对比的是，关于莎士比亚有近300条索引。

再看大学教材。周作人的《欧洲文学史》(1918年，商务印书馆)是中国第一部外国文学教材，此书比较简略，上面没有提到约翰逊和《约翰逊传》。杨周翰领衔主编的《欧洲文学史(上册)》(1964年，人民文学出版社)是影响很大的一部外国文学教材，出版后相当长的时间里为各大学中文系和外文系广泛采用。现在看来奇怪的是，书中居然也没有提到鲍斯威尔的《约翰逊传》，对约翰逊本人也只用不到20行的篇幅做了简单介绍，说到《诗人传》只有2行，称之为“别具一格的传记文学”。

为什么约翰逊长期没有得到中国学界的注意？我想也许有这样几个原因：经过五四新文化运动，中国社会从启蒙转向革命，外国文学的翻译和介绍深受这种形势的影响，其对象主要是那些揭露压迫和剥削、号召反抗和革命的作品，“批判现实主义”被视为西方文学的精华。约翰逊的作品，继承新古典主义传统，宣传市民道德，主张宽容保守，无论其内容还是风格，都不适应当时中国社会的需要。再者，那一时期中国对外国文学的翻译和介绍，集中于小说、诗歌和戏剧，主要是长篇。约翰逊的作品都是短篇，主题和形式都很多样，涉及面极广，而且他编过辞典，掌握大量词汇，写文章用词造句都十分讲究，有时还喜欢标新立异，阅读和翻译他的作品难度很大。此外，传记在中国不是一个独立的学科，经过《史记》和《汉书》的高峰之后，已沦为中国文学中最薄弱的部分。"五四"以来，虽有许多作家呼吁发展中国的传记文学，一度带来自传的繁荣，但还不可能注意到约翰逊和《约翰逊传》这样的外国作家和作品。

这种状况在改革开放以后有所改变。人们对传记的认知日益深化，视野更加开阔。中国出版了大量传记作品，发展到今天，长篇传记的数量远远超过长篇小说，如果把各种各样的短篇传记，包括电子媒体中的作品也列入其中，传记和自传已经形成一个庞大的、也是十分重要的文学和文化门类。传记研究也愈益引起人们的重视，1980 年代以来出版的多种欧洲文学史、英国文学史，以及传记文学史和传记理论著作中，开始出现或给予更多的篇幅讨论约翰逊和《约翰逊传》。本世纪初，中国台湾出版的《约翰逊传》中文版也在中国大陆出版。

研究传记和西方传记离不开约翰逊，也应当从约翰逊开始。勇彬是这一领域的后起之秀，他多少年来锲而不舍、心无旁骛地研究约翰逊，他的博士论文研究鲍斯威尔的《约翰逊传》，经过修订以《灵魂的挣扎》(2005，浙江大学出版社)为名正式出版。此后他以《诗人传》为研究对象，并获国家社科基金立项，本书就是这项研究的成果。他是中国学者中以全部精力研究约翰逊并取得重要成果的第一人。

《诗人传》是约翰逊的主要作品，是他为 52 位英国诗人所写作的 52 篇传记，由此开始，传记从君王贵族的家谱，转为写普通人，写他们的生活和人性，奠定了英国现代传记的基础。《诗人传》不但保留了关于 18 世纪英国社会史的丰富材料，而且约翰逊作为传记家的才华和作为文学批评家的洞识在这里完美地结合起来，他把对作家生平的叙述、个性的描绘同对他们诗歌作品的批评成功地结合起来，开创了作家评传的写作模式——迄今为止，这是现代传记各种类型中作品最多、也是最有成就的一种模式。

对《诗人传》的研究是英美学术界的传统课题。史蒂文·林恩这样总结约翰逊研究的发展轨迹："早期的批评家们考量着约翰逊的事实、风格和效果，以便在其作品里发现他的内心，赞美他的才能或是笑话他的畸形；现代的批评家在更深入、更细心地考察他的作品时，他们抵制放弃历史的约翰逊，正如他们力图否定虚构的约翰逊，最近就提出这样的理论问题：这中间有何不同？"[①]也就是说，当

① Steven Lynn. "Johnson's Critical Reception", in *The Cambridge Companion to Samuel Johnson* [M]. Shanghai: Shanghai Foreign Language Education Press, 2000: 252.

下约翰逊研究的核心是把他的作品同他本人联系起来，从中找出真实的约翰逊，也识别出虚构的约翰逊。

勇彬对约翰逊和对《诗人传》的研究也是在这个框架中进行。不过，他也向前跨进了一大步，他采用了更富理论色彩的学术视角和批评方法：围绕着“主体”(subject)概念进行。主体是个复杂的多义概念，在现代哲学和社会科学中，主体可以指作为对象的人，人是社会的主体，主体既是一定社会历史的产物，又影响着社会历史的进程。在传记中，subject一般是指传主，但是如果用动态的观点把传记看作一种文化活动进行考察，可以发现其中包含了四种主体：第一种是“书写主体”，即传记家；第二种是“历史主体”，这是传记家写作的对象，即历史上实际存在过的某一人物；第三种是“文本主体”，即传记作品中出现的传主，他是传记家笔下创造出来人物；第四种是“阅读主体”，即读者，读者受传记家创造的文本主体的影响，读者的爱好、需要和评价又在影响了传记家的写作和传主的文本出现。勇彬所做的工作就是探索和揭示《诗人传》产生过程中这四种主体——即作者约翰逊、52位英国诗人、这些诗人的文本形象、读者——的互动，《诗人传》是他们之间互动和对话的结果。

这是一项非常困难的工作，勇彬有一个非常有利的条件：他有机会去约翰逊的母校牛津大学以及剑桥大学等校访学多年，收集和阅读了有关约翰逊的大量第一手文献资料和研究成果，也实地考察哺育出约翰逊的历史文化。

本书对历史资料的收集和利用，对文本的细读和辨析、对前人研究成果的借鉴和发挥，使我们看到了勇彬的勤奋和执着；他也让我们看到了那些18世纪的诗人如何吸引了约翰逊的注意，他是怎样依据他对人生的理解和读者的需要，塑造出这些诗人的传记形象的；读毕这部著作，我们仿佛看到了200多年前那个遥远的英伦三岛以及岛上的芸芸众生，那些戴着假发、拿着鹅毛笔的诗人，他们中间是那位高大魁梧的老博士，正在向我们走来。

约翰逊带领我们走近传记，为重建传记的辉煌，今天我们应当走近约翰逊，更好地学习他、研究他。在这条道路上勇彬教授已经走在前面，我向他表示祝贺。

2022年1月

于南京秦淮河畔

内容摘要

本书从主体的角度探讨约翰逊的《诗人传》。主体是现代哲学中的一个核心概念。主体理论说明人是社会的主体，主体既是一定社会历史的产物，又影响着社会历史的发展，发挥着能动的功能。在《诗人传》写作过程中可以发现作为书写主体的约翰逊、作为历史主体的英国诗人、作为文本主体的英国诗人和作为阅读主体的读者的存在。同时，各主体之间的互相作用影响着传记书写和阅读的全过程。约翰逊、诗人和读者进行着主体间的对话，《诗人传》就是这种对话的结果。

全书分成五个部分，第一部分导论着重介绍200多年来关于约翰逊《诗人传》多层面的批评和阐释，追溯英国传记文学的伟大传统，梳理传记主体研究的理论渊源，同时阐明《诗人传》是一部伟大的传记作品，具有划时代的和世界性的意义。约翰逊把自己的传记理论付诸《诗人传》的创作实践之中，它的出现是英国传记发展的必然结果。

第二部分主要阐述书写主体约翰逊的生活经历及其传记写作时的权力表现：一方面表现为对传主的选择，另一方面表现为对传记材料的选择和使用，并以《诗人传》中的“塞维奇传”为例论述约翰逊的选材艺术。从而得出结论：书写主体的生活经历和传记思想影响着他对传主的选择和传记材料的选择。

第三部分主要论述作为历史主体的英国诗人的生存处境，并以《诗人传》中的“蒲柏传”为例说明他们身份的表现就是作品，同时详细论述约翰逊《诗人传》的材料来源。对约翰逊来说，历史主体的真实存在就是一堆有关诗人的文献资料，其实已经变成文本的存在了。

第四部分通过约翰逊在《诗人传》中所运用的场面化叙事、作品引用和评论、信件引用以及解释等方法来显示《诗人传》的文学性，探讨约翰逊在文本主体身上留下的印记，并以“弥尔顿传”为例，讨论文本主体的可变性。他对传主诗人总是寄予了无限的同情。这种同情不是为传主曲意回护或高唱赞歌，而是对他们同情性的理解，对他们的缺点和错误做出合乎情理的解释，也不因为阴暗的一面而无视他们人格中的光彩。同时,在某种程度上约翰逊与传主取得了同一,他对传主的遭遇所表达的愤慨,也是他对自己存身世界产生某种憎恨的宣泄。

第五部分揭示了阅读主体读者的地位。阐述书写主体在写作传记时,一方面总是希望得到阅读主体的理解和欣赏,另一方面也给他们提供人生的榜样。约翰逊非常重视传记的实用价值,认为传记应该具有道德教育功能,应该对人类有益,对社会有用,因为任何人本质上都是相似的,阅读主体很容易把自己同文本主体统一起来。归根结底,书写主体的写作目标就是通过文本主体有效影响阅读主体。

约翰逊对英国传记的发展有着突出的贡献。他不仅写作传记,难能可贵的是他有自己的传记理论。他最早提出了传主平等的观点,认为传记的本质就是表现普遍的人性,强调严肃地写琐事,反对流行的传记必须写大事的观点,重视传记的道德教育功能,并且他把这些传记理论付诸《诗人传》的创作实践之中。其中他对人性深层的探索,对传记内在真实性的追求,都达到了前所未有的艺术水平,特别是传记的道德教育功能具有深远的历史意义和现实教育意义。《诗人传》也有其缺点:比如其中有些叙述不符合史实,约翰逊常常根据自己的喜好对诗人们作评价,但这些都不能撼动《诗人传》在英国传记文学史上的重要地位。

关键词:约翰逊;《诗人传》;主体;生平;个性

Abstract

This book mainly discusses Samuel Johnson's *The Lives of English Poets* from the perspective of Subject, which is one of the core concepts in modern philosophy. According to the theory of Subject, human beings are the subject of the society, and subject is not only the product of social history, but also affects the development of history, and has dynamic function. In the process of writing *The Lives of English Poets*, we can find four subjects — the writing subject Samuel Johnson, the historical subject English poets, the text subject English poets and the reading subject the reader. These four subjects' interaction affects the whole process of biographical writing and reading. Samuel Johnson, English poets and readers have dialogues, and *The Lives of English Poets* is the result of these dialogues.

This book has five parts. Part One introduces multiple criticism and interpretations on Johnson's *The Lives of English Poets*, traces back the great tradition of British biography, and clarifies the theoretical origin of the study of subject in biography. Meanwhile, it also points out that *The Lives of English Poets* is one of the greatest works and has epoch-making and worldly significance. Johnson practices his biographical theory into his biographical writings which result from the development of British biography.

Part Two mainly narrates the writing subject Samuel Johnson's life experiences and his rights while writing *The Lives of English Poets*. He has the right to choose biographees, and the materials about the biographees. "Life of Savage" is chosen as an example to show Johnson's art of selecting materials, and draw a conclusion that the writing subject's life experience and biographical thoughts have an effect on his choice of biographees and materials.

Part Three analyzes historical subject English poets' living conditions, and take "Life of Pope" as an example to show that their identities are embodied by their literary works. Meanwhile, it lists in details the origin of the materials in Johnson's *The Lives of English Poets*. For Johnson, the real existence of historical subject is a pile of documents and files related to the poets, actually, it has become the existence of texts.

Part Four shows the literary aspects of *The Lives of English Poets* by means of scenic narration, citation and review of the works, and interpretation, and discusses Johnson's identification with the text subjects as well as their changeability by taking "Life of Milton" as an example. Johnson has sympathy on his biographees and this sympathy is not to shelter them deliberately or praise them highly, but to interpret them sympathetically, that is to say, explain their shortcomings and mistakes reasonably, not to ignore the advantages of their personalities because of their seamy sides. Johnson identifies with them on certain degree, and the angry he shows toward their misfortunes is also the catharsis of his hatred toward the present world.

Part Five discloses the role of reading subject, the reader, and thinks that the writing subject always hopes to be understood and appreciated by the reading subject, on the other hand, tries to set examples for them to guide their lives. Johnson focuses on the practical value of biographies, and thinks that biographies should have the function of moral education, and be helpful for human beings and useful to society. Because all the people are the same in nature, thus reading subjects are identified with text subjects easily.

Samuel Johnson makes a great contribution to the development of English biography. He not only writes biographies, but also proposes the theories of biography. He has the opinion of equal biographees, and thinks that the nature of biography is to show common human nature. He emphasizes writing minutes seriously, opposes the popular viewpoint that biography should mention great things. He pays attention to the biographical function of moral education as well. Johnson puts all these theories into his practice of writing *The Lives of English Poets*. His probe into human nature and pursuit of truthfulness has both attained the unprecedented level of biographical art in this work. However, *The Lives of English Poets* has its own defects, for instance, there are some narrations which do not conform to the historical facts, and Johnson often criticizes the poetry according to his own tastes. All these could not change the significant role of *The Lives of English Poets* in the history of English literary biography.

Keywords: Samuel Johnson; *The Lives of English Poets*; subject; life; personality

目　　录

导论:《诗人传》成书过程和研究述评

1777年3月29日,伦敦图书贸易界三位杰出成员托马斯·卡德尔(Thomas Cadell)、托马斯·戴维斯(Thomas Davies)和威廉姆·斯特拉恩(William Strahan)受42位伦敦书商和6位出版商的委托前来约请约翰逊博士,为他们打算出版的精装版《英国诗人》中的每一位诗人提供传记性和评论性的序文。这项写作计划是在"莎士比亚酒店晚餐俱乐部"每月一次的聚会上首次提出来的。该俱乐部的成员都是图书贸易界的精英,对于他们的盛情邀请,已经68岁高龄的约翰逊欣然应允,从而使得英国传记文学史上的巅峰之作《诗人传》得以面世。

《诗人传》写作计划的缘起

从经济学和法学角度来看,《英国诗人》及其序文,即后来的《诗人传》的出现就是苏格兰和英格兰图书市场竞争的产物,这也标志着人们对文学作品版权意识的理解进入了一个新的阶段。当时,伦敦书商们并没有在严格意义上按照安妮女王统治时期颁布的版权法案(1710)来执行,在实践中总是认为他们对于英国作家拥有永久的版权。1774年3月,苏格兰书商亚历山大·唐纳森(Alexander Donaldson)与伦敦书商托马斯·贝克特(Thomas Beckett)先生就前者翻印诗人詹姆斯·汤姆森(James Thomson)的名诗《四季》一案在下议院得到判决,结果是亚历山大以多出一票胜诉。① 该案例之后,伦敦书商不断地提出申诉,反对这一条例,但均未获得成功。根据安妮女王的版权法案,"作者只享有为期14年印制其图书的专有权利,取得作者授权的人,包括书商和印刷商,都可

---

① William Cobbett. *Parliamentary history of England*, *Vol. xvii* [M/OL]. London, 1806 - 1820 [2021-11-14]. http://www.copyrighthistory.com/donaldson.html

享有此项权利，"[①]因而作者不能签署永久的版权给书商；前述14年保护期期满后，作者如果仍在世，该保护期可再延长14年。也就是说，作者本人也只能拥有最长28年固定期限的版权保护期。

这样一来，正如约翰·霍金斯(John Hawkins)爵士所说，"最底层的、最没有原则的书商们就会为了有价值的作品进行争夺战。"[②]实际上，并不只是亚历山大·唐纳森一个人向伦敦书商的垄断地位提出挑战，罗伯特·福尔斯和安德鲁·福尔斯兄弟(Robert Foulis and Andrew Foulis)于1765至1776年期间在格拉斯哥就出版了48卷的诗人系列；威廉姆·克里奇(William Creech)和他人合作于1773至1776年期间在爱丁堡出版了44卷的《英国诗人》。尽管这些版本还没有侵占伦敦图书市场，但这些有限的侵犯已经使伦敦书商们焦躁不安。正如威廉姆·斯特拉恩在1773年1月警告威廉姆·克里奇："总体上这种贸易……很快就会被摧毁，如果每人都被允许印刷任何东西的话"，出版业将会在英国变成一种"最可怜、最不稳定、最无利可图、最不值得尊重、像乞丐乞讨般的贸易"。[③]

在"这些无数的掠夺者中，"[④]对伦敦书商们来说，苏格兰年轻书商约翰·贝尔(John Bell)可以说是最大的威胁。他早在1773至1774年期间已出版了9卷本的《莎士比亚戏剧集》。在亚历山大·唐纳森案胜诉之后不久，他就开始出版21卷本的《英国戏剧》(1776—1780)。正如托马斯·F. 邦内尔(Thomas F. Bonnell)在一些重要的文章中所指出的：由吉尔伯特·马丁(Gilbert Martin)在他的爱丁堡阿波罗出版社出版、贝尔在伦敦发行109卷《从乔叟到丘吉尔的英国诗人全集》的消息一经传开，便在1777年的伦敦图书贸易界引起了轩然大波，并很快使伦敦书商和出版商们联合起来，做出了一致的回应，"开启了一场贸易战"。[⑤] 因为贝尔的出版计划是他的版本将以每周一卷的速度而且是便宜的翻印本冲击整个伦敦图书市场，而这在以前都是属于伦敦书商和出版商们的资产

---

① The Statute of Anne [OL]. 1710 [2021-11-14]. http://en.wikipedia.org/wiki/Statute_of_Anne

② John Hawkins. *The Life of Samuel Johnson Vol. i*. [M]. Dublin: Chambers, 1787: 531-532.

③ Thomas F. Bonnell. Bookselling and Canon-Making: The Trade Rivalry over the English Poets, 1776-1783[J]. *Studies in Eighteenth-Century Culture*, Vol. 19, 1989: 53-69&55-56.

④ Samuel Johnson. *The Lives of the Most Eminent English Poets*, *Vol. i*, with Critical Observations on Their Works, with an Introduction and Notes by Roger Lonsdale[M]. Oxford: The Clarendon Press, 2006: 5.

⑤ Thomas F. Bonnell. John Bell's *Poets of Great Britain*: The 'Little Trifling Edition' Revisited [J]. *Modern Philology*, Vol. 85, No. 2, 1987: 140.

和市场。

伦敦书商们一旦感受到贝尔所带来的威胁,他们很快就付诸行动。于是,大约40多位有名的书商就在"莎士比亚酒店晚餐俱乐部"每月一次的聚会上一起讨论这个问题,认为所有拥有不同诗人版权者必须联合起来,达成一致意见:即刻出版一套精美、统一的《英国诗人》版本,并且每一位诗人的生平都由约翰逊博士来做简洁的叙述;而且要选三位代表去拜访约翰逊博士,请求他接受这项任务。这三位代表就是戴维斯、斯特拉恩和卡德尔。他们还指定一个委员会来负责最好的版画家,他们是巴特洛兹(Bartolozzi)、舍温(Sherwin)、霍尔(Hall)等。同样,也指定另一个委员会负责纸张和印刷。这样整个项目就以最好的方式,尊重作者、编辑和版画家们的权益,在各自积极的精神状态下开始运作。书商爱德华·迪利(Edward Dilly)的兄弟将开出一份诗人的列表,这些诗人大多数还在安妮女王的版权法案保护期间,这是马丁和贝尔得不到的,因为他们没有这些诗人的版权,而这些版权的所有者几乎都是在伦敦的书商。①

伦敦书商们委托的三位执行人就在1777年3月29日拜访了约翰逊。4月9日,仅仅11天之后,《公共广告人》(*Public Advertiser*)报纸上的广告就宣称"《英国诗人》,每一位诗人都由塞缪尔·约翰逊博士执笔,写有传记性和评论性的序言",正在排版之中,很快就会出版,而且特别强调该版本相较于贝尔版本所具有的不容置疑的优越性。伦敦版本排版精美,是便携的小册子,而且所用的纸张质量上乘,再加上装饰有最著名艺术家篆刻的每一位诗人的头像。所有这些对约翰·贝尔来说算不上是威胁,因为《英国诗人》还需要两年才能出版。5天后,也就是1777年4月14日,贝尔非常镇静地在《纪事晨报》(*Morning Chronicle*)上登载《不列颠诗人》即将出版的广告,4月25日及时宣布弥尔顿(Milton)的诗歌作为第一卷面世,其他的诗人,包括蒲柏(Pope)、德莱顿、巴特勒、普瑞恩、汤姆森、盖伊、沃勒和扬(Young),会在未来的几个月内相继出版。

就在贝尔忙于《不列颠诗人》系列出版的时候,伦敦图书贸易界,正如邦内尔所解释的,正在冒最小的险,把他们的资产分成股份,每订购一股提升至50英镑。他们实际上受到的是时间而不是经济上的压力。10个不同的出版商很快就投入到《英国诗人》的工作中,书商们为了不让贝尔的日子好过,拒绝配送或出

---

① Samuel Johnson. *The Lives of the Most Eminent English Poets*, *Vol. i*, with Critical Observations on Their Works, with an Introduction and Notes by Roger Lonsdale[M]. Oxford: The Clarendon Press, 2006: 7-8.

售他的版本，并且从1777年4月开始，组织报刊界宣传它的缺点。在1777年5月9日的《劳伊德晚间邮报》（*Lloyd's Evening Post*）上，斐罗（Philo-epimelias）宣称买了贝尔版本的第一卷感到非常失望，希望即将由约翰逊博士主笔的版本会更加仔细地排版。爱德华·迪利在给鲍斯威尔的信中写道："基于对贝尔已经出版的诗卷的检查，其字号非常小，许多人看不清楚；不仅是这一点，而且印刷错误也是显而易见的。"[1]这样，贝尔一方面要筹集资金，另一方面还要应付伦敦书商们的负面宣传。

1777年9月在阿什波恩（Ashbourne），鲍斯威尔从约翰逊那里得到的关于这个话题的信息相对而言比较少，于是他就写信给迪利询问这个计划的有关情况，无疑希望这些信息能够在他以后的传记写作中派上用场。迪利于1777年9月26日给鲍斯威尔回复了一封非常详细的信，并希望能够在苏格兰公布于众。这封信不仅使贝尔泄气，而且对其他想要占领英格兰图书市场的机会主义者而言也是沉重的打击。迪利认为，当时伦敦图书贸易界对贝尔的"小得无价值的诗人版本"的回应是完全从审美角度出发的，而伦敦书商出版《英国诗人》完全是从对诗歌爱好者无功利的关心出发的，更是从为了证实英格兰出版社的荣誉出发的。

如果说约翰逊《诗人传》写作计划源起的直接原因是马丁和他的儿子们在爱丁堡出版、贝尔在伦敦销售的《不列颠诗人》的版本，那么究其社会原因，这与当时英格兰人反苏格兰的高涨情绪不无关系。18世纪60、70年代英国人特别是伦敦人对大批南下、前往伦敦寻求声誉和财富的苏格兰人甚为反感。年轻的乔治三世任命苏格兰的布特勋爵为国务大臣，取代了在七年战争中曾经引领英国取得了一系列辉煌胜利的"英国爱国者"威廉姆·皮特（William Pitt）。这似乎是不可想象的，但事实就是这样。布特从1740年代起，就与当时还是一位孩童的乔治王子有了亲密接触，并成为他的监护人。布特的秘书、苏格兰戏剧家约翰·赫姆（John Home）是乔治王子的老师。约翰逊在给米兰的约瑟夫·布勒蒂（Joseph Baretti）的信中提到新国王时，表示了他对这位曾经长期在苏格兰人掌控之下的年轻人抱着怀疑的态度。布特作为英国的首席财政大臣和国王的主要心腹亲信，控制着国家许多资金、封官晋爵的权力。他被英格兰人怀疑有亲苏格兰的倾向，如此多的苏格兰人在伦敦就表明了这一迹象。苏格兰人被看成不劳

---

① Samuel Johnson. *The Lives of the Most Eminent English Poets*, *Vol. i*, with Critical Observations on Their Works, with an Introduction and Notes by Roger Lonsdale[M]. Oxford: The Clarendon Press, 2006: 8.

而获者，享受着联合王国所带来的所有好处，而无需贡献他们的税收给国库。据统计，整个苏格兰所缴纳的税额还不到约克郡所缴税额的一半。

与对苏格兰人的反感相伴随的是更加普遍的焦虑。苏格兰，特别是布特所组成的“国王之友”政府将会鼓励王权的增长，从而导致英格兰失去他们艰难获得的自由。自1745年斯图亚特王朝残余力量最后一次复辟行动失败以后，很多詹姆斯党人感到复辟无望，试图改弦易辙。乔治三世和布特政府则与他们握手言欢，利用他们来支持自己。斯图亚特王朝的国王们总是不断地号召苏格兰军队来镇压人民，而45个苏格兰议会成员被认为是拥护王权的工具。布特政府通过贿赂收买和封官许愿等手段控制了一大批议员。如1761年选出的558名议员中，仅约有300人未从政府获得职位、合同或年金。① 当约翰逊第一次遇见鲍斯威尔的时候，约翰逊对资助的话题很敏感，因为他已从布特勋爵的手中接受了国王所赐的年金。

布特政府同法国签订的巴黎和约，把许多胜利的果实(如古巴、菲律宾等)拱手让给了已经被打败的敌手，更加激起了英格兰人对苏格兰人的憎恨。鲍斯威尔到达伦敦还不到两周就在卡汶特花园剧院目睹了英格兰人仇视苏格兰人的场面。就在戏剧的序曲刚开始的时候，两位在大不列颠部队服役的、刚从西印度战场回来的苏格兰高地的军官来到剧院的后排，鲍斯威尔正好也站在那里。戏院的暴民们发出嘘声：“不，苏格兰人，不，苏格兰人。”然后就向他们扔苹果。鲍斯威尔的民族自尊使他热血沸腾，愤怒至极，他跳上凳子，大声吼道：“可恶，你们这些流氓!”实际上，高地的军团部队在即将结束的七年战争中表现得非常突出。但苏格兰士兵令英格兰人心中联想到的还是詹姆斯党人的叛军形象。不到20年前，苏格兰军队在查尔斯·爱德华·斯图亚特王子的率领下入侵英格兰，最远已至德比，这在伦敦一度引起恐慌。伦敦人仍然清晰地记得泰普尔酒吧上方的长矛上悬挂着的两位詹姆士党军官已经腐朽的人头。

自从1707年的联合协定以来，苏格兰和英格兰在法律上已经成为一体，但在情感上并未能够得到双方的接受。大不列颠的名字并不被英格兰人所喜欢。当乔治三世在国会上宣布“我为大不列颠的名字感到光荣”时，多疑的英格兰人想知道为什么他不为英格兰的名字感到光荣。

反苏格兰情绪在《北方不列颠人报》(*The North Briton*)的煽动下进一步高涨。北方不列颠人就是指苏格兰人。该报纸由辛辣讽刺见长的诗人查尔斯·丘

---

① 王觉非. 近代英国史[M]. 南京：南京大学出版社，1997：283.

吉尔和崇尚自由的议员约翰·威尔克斯担任主编。威尔克斯曾拒绝了利润丰厚的协助加拿大总督的工作，仅仅因为该总督是苏格兰人。《北方不列颠人报》一直致力于抨击"国王之友"政府，特别是布特政府，还经常含沙射影地攻击国王，暗示布特与国王之母有暧昧关系。布特常常遭到暴民的谩骂、侮辱甚至威胁，他的模拟像曾在伦敦大街被焚毁。他到镇上视察时必须带着重兵护卫。查尔斯·丘吉尔的诗歌"饥荒的预言"(The Prophecy of Famine)更加激起了英格兰人民对苏格兰的憎恨和恐惧。诗中写道苏格兰的饥荒正驱赶着苏格兰人大举南下，他们有着强烈的性欲，会造成英格兰人的恐惧。正如布特被设想为对国王之母的捕食一样，苏格兰人一般被认为有着贪婪的欲望，他们会追求英格兰人的妻子和女儿们。约翰逊是英格兰人，有着英格兰人的恐惧和偏见，他也准备起来保卫英格兰，反对苏格兰的"入侵"。

约翰逊对苏格兰人的偏见是广为人知的。每一位苏格兰人都熟悉他在字典里对燕麦(oats)所下的存有民族偏见的定义：苏格兰人和马食用的一种农作物。这种嘲弄浓缩了英格兰人认为苏格兰是落后的、原始的国家的看法。不仅如此，约翰逊特别反感图书市场上的盗版行为，因为他个人也是盗版的受害者。那时期的图书、杂志经营者也是经济实力最弱的资产者，他们的收入来源很容易被爱尔兰和荷兰的盗版者窃走。例如，蒲柏翻译的《伊利亚特》就被荷兰的盗版者盗印，以非常低廉的价格在英格兰出售，以至于出版商巴纳比·伯纳德·林涛特(Barnaby Bernard Lintot)被迫出版比较便宜的十二开版本来应对这种非法的竞争。1739年，英国通过了对国外印刷的版本在英格兰范围内销售时进行征税的法案，这虽然对盗版起了抑制作用，但并未提出严厉的措施来规范英国版本的图书在爱尔兰图书市场的销售。在约翰逊时代，任何一本畅销的书籍在爱尔兰都有重印本，图书市场充斥着未经作者授权同意的盗印本。哥尔德斯密(Goldsmith)在世的时候，他的"旅行者"(The Traveller)、"荒村"(The Deserted Village)的盗印本就很普遍。约翰逊的《苏格兰西部诸岛旅行日记》(*A Journey to the Western Isles of Scotland*)在出版的那一年就被盗版。①

鉴于此，当约翰逊听说伦敦书商们为了抵制苏格兰书商的"入侵"，出版《英国诗人》，并邀请他撰写序文的时候，他似乎并没有感到十分惊讶。据说约翰逊非常礼貌地接受了这份邀请，对于这份写作计划他看上去非常高兴。而且，他都

① A. S. Turberville (Ed.). *Johnson's England*, *Vol. ii*[M]. Oxford: The Clarendon Press, 1933: 313-314.

没有在意稿费的多少。约翰逊在他1777年3月29日的日记里写道:"我与书商们谈价钱,但时间不是很长"。[①] 他不能允许他的"讨价还价"分散他对"回顾生命"和"革新神圣信仰"的注意力,这是自从他妻子于1752年去世之后,他在复活节所要做的事情。[②] 正如爱德华·迪利告诉鲍斯威尔的那样,约翰逊为了他的"序言",仅仅接受了200基尼,这个数字对书商们来说正如迪利预测的一样,书商们后来自愿追加了100基尼。埃德蒙德·马龙(Edmond Malone)后来对约翰逊要稿费时所表现的非同寻常的谦虚感到非常惊讶:"如果他要1 000基尼,甚至是1 500基尼,书商们,都知道他的名字的价值,都会毫不犹豫答应给他。"马龙估测书商们可能"25年内从这部作品中获利5 000基尼"。[③]

托马斯·卡德尔、托马斯·戴维斯和威廉姆·斯特拉恩三位代表的拜访实际上只不过是证实了这项任务是该付诸行动的时候了。其实这项任务早已有人尝试。乔治·斯蒂文斯(George Steevens),一位莎士比亚研究者,曾经给约翰逊建议过一种方法[④]。作者普瑟沃·斯道克戴尔(Percival Stockdale,1736-1811)在自己的回忆录中抱怨到:在塞缪尔·约翰逊参与这项工作之前,基于自己在沃勒《作品集》(1772)序文中对作者生平的描述,他已经受到伦敦图书贸易界一些成员的接洽,有望成为《英国诗人》的传记作者。尽管《绅士杂志》(1811年10月,384-390)登载的简·波特(Jane Porter)所写的斯道克戴尔的讣告上也证实了这一说法,但是她的大多数陈述实际上都来自斯道克戴尔自己感到委屈的叙述。[⑤]

作为一位散文家、传记家、辞典编纂家、编辑和批评家,68岁的约翰逊已经在英国文学界处于领袖地位。虽然他的书销量不大,但他的名声却很响亮,影响普遍。他那鲜明的个性、正直的胸怀、博大精深的学问、独特的风格、非凡的智力、新颖的思想、魁梧的身材,所有这一切使他成了当时最有势力的文坛形象。

---

① Samuel Johnson. *The Yale Edition of the Works of Samuel Johnson*, *Vol. i*[M]. E. L. McAdam Jr., Donald and Mary Hyde (Eds.). New Haven: Yale University Press, 1958: 264.

② Samuel Johnson. *The Yale Edition of the Works of Samuel Johnson*, *Vol. ii*[M]. John M. Bullitt, W. J. Bate, L. F. Powell (Eds.). New Haven: Yale University Press, 1963: 316.

③ James Boswell. *The Life of Samuel Johnson*, *LL. D. Vol. iii*[M]. London: Macmillan and Co., Limited, 1900: 111.

④ Samuel Johnson. *The Lives of the Most Eminent English Poets*, *Vol. i*, with Critical Observations on Their Works, with an Introduction and Notes by Roger Lonsdale[M]. Oxford: The Clarendon Press, 2006: 78.

⑤ John Nichols. *Literary Anecdotes of the Eighteenth Century*, *Vol. v*[M]. London: Printed by Nichols, Son and Bentley, 1812: 325.

这也正是伦敦书商们所要物色的首选对象。

约翰逊欣然接受书商们的邀请，这也与他对文学的终生追求息息相关。尽管他在1760年代的时候，就说过："公众对我已经没有更多的要求"，以及"到了一个人把生命的一部分给予自己的时候了"①，他继续发表一些政论小册子(1770—1775)和《苏格兰西部诸岛旅行日记》(1775)，而且在1773年他也修订了他的《字典》和他的莎士比亚版本。在日记里他写得很清楚，即使他已经60多岁了，他还对自己的懈怠有一种习惯性的负疚感，感觉自己没有充分挖掘自己的潜力，浪费了上帝赐予的天分。1771年9月在他62岁生日那天，他祈祷："也许上帝保佑我的余生还有用途"。两年后他写道："当我考虑到我的年龄，我并不健康的身体时，我有足够的理由产生畏惧，但只要死亡没有抓住我，我仍然计划着活下去。"②在1772年，他用一首内省的诗歌（他发现用拉丁文写要比英文写更容易）表达他对无所事事的生活和空洞的声誉的厌恶，以及他在伟大学者如斯卡利格(Scaliger)面前感到自卑以及对死亡临近时所感到的痛苦。如此看来，伦敦书商们在1777年实际上给了约翰逊一次充分利用自己剩余精力的机会去完成一件精美的、有声望的但又不是特别难以完成的计划，以此来结束他的文学生涯。复活节过后的第二天，约翰逊在日记中记述去年"是完全在浪费时间"，以及他身体不适，精神近乎疯狂，希望在未来"更加有效地解决问题，更加勤奋和努力"。一个星期之后（4月6日），他提醒自己没有执行"生活的计划和学习的计划"，他写道："一天天，一月月在梦中消逝了，我害怕我的记忆力衰退，观察力下降。"③他的朋友约翰·霍金斯爵士认为在这段时间，约翰逊的"官能似乎削弱了：开始耳聋；他谈话时出现长时间的停顿，很难对某个话题集中注意力"。④

40年前约翰逊在他开始从事字典编纂的时候就说过："我应该把时间花费在文学的盛宴上……我应该给人类显示我所取得的成就。"⑤他的新使命至少给了他一次证明未来几年没有失去知识和能力的机会。毕竟，他曾经写过一系列

---

① James Boswell. *The Life of Samuel Johnson, LL. D. Vol. ii* [M]. London: Macmillan and Co., Limited, 1900: 15.

② Samuel Johnson. *The Yale Edition of the Works of Samuel Johnson, Vol. i* [M]. E. L. McAdam Jr., Donald and Mary Hyde (Eds.). New Haven: Yale University Press, 1958: 143, 160.

③ Ibid., 264, 267.

④ James Boswell. *The Life of Samuel Johnson, LL. D. Vol. i* [M]. London: Macmillan and Co., Limited, 1900: 530-531.

⑤ Donald Greene (Ed.). *Samuel Johnson: The Major Works* [M]. Oxford: Oxford University Press, 2000: 321.

短篇传记。对这种文类他有着成功的实践,而且他对此有着浓厚的兴趣。一位崇拜者说他的文学强项在于写作传记,而且在这方面他无疑超过所有同辈人。约翰逊对此并没有持反对意见。1777 年,他的使命感可能让他想起自己没有完成的计划,如“以一种礼貌的口吻,以教导又愉悦读者的方式来写哲学家们的传记”,“模仿普罗塔克来写那些有识之士的传记”以及“带注释的英文版普罗塔克的名人传”。[①] 他在 1770 年代也提到,他非常后悔自己拒绝了邀请,去审阅新版的《百科全书》(*Cyclopaedia*)以及更加庞大的《大不列颠传记》(*Biographia Britannica*)。[②] 他自己经历了《诗人传》传主们所涵盖的大约一半的时间跨度,他的谈话记录清楚地显示了其中丰富的文学趣闻和观点,而这些观点和趣闻有很多又再次出现在他的《诗人传》中。

无论约翰逊的新使命给予他个人多少满足感,他接受它,可能多少也与他的爱国情怀和责任感有关系。虽然,约翰逊在《漫游者》93 期中提到了“文学爱国主义”的危险,但是 1761 年他仍然宣称英格兰“现在可以被公正地称为文学的首都”[③]。1767 年 2 月,在皇家图书馆的一次会见上,国王乔治三世实际上就给他提出了一项作为国家荣誉的写作任务:“国王陛下表达了一种期望,使这个国家的文学传记能够很好地写成,建议由约翰逊博士去完成它。约翰逊表示了他准备实现国王的意愿。”[④]在多事的 1770 年代后期,当不列颠与美国的殖民地之间的战争以及法国的干涉逼近时,约翰逊在 1775 年宣称,每一个民族主要的光荣来自它的作家们。几年后他写有关英国的诗人传记时,认为从斯宾塞到蒲柏整个文学遗产的传承,超越了整个欧洲大陆能够引以为豪的任何名字。在 1777 年 3 月,伦敦书商们通过让约翰逊参与到《英国诗人》的出版过程中,完成了乔治三世的意愿,这个计划本身可以看成民族文学身份的象征,同时也是约翰逊作为一位有着时代良知的人文知识分子的神圣使命。

约翰逊坚持认为书商们对他很好,正如他告诉约翰·尼克尔斯(John Nichols):“先生,我总是说,书商们是慷慨的。在目前情况下,我也没有理由抱

① James Boswell. *The Life of Samuel Johnson, LL. D. Vol. iv*[M]. London: Macmillan and Co., Limited, 1900: 381-382.

② James Boswell. *The Life of Samuel Johnson, LL. D. Vol. ii*[M]. London: Macmillan and Co., Limited, 1900: 203-204.

③ Samuel Johnson. *The Yale Edition of the Works of Samuel Johnson, Vol. iv*[M]. W. J. Bate, Albrecht B. Strauss (Eds.). New Haven: Yale University Press, 1969: 132-133.

④ Donald Greene (Ed.). *Samuel Johnson*[M]. Oxford: Oxford University Press, 1984: 327.

怨。事实是,不是他们付我的钱少,而是我写得太多。"[①]根据原来的约定,他需要提供的只是"每位诗人简短的生平叙述"。[②] 虽然这个任务本身对约翰逊来说很有吸引力,但书商们考虑的重要问题就是必须尽快回应约翰·贝尔的"入侵"。计划的拖延可能会威胁到整项工程。30年前,约翰逊签订合约在3年内交付他的词典,而实际上花了9年时间;莎士比亚版本计划18个月内完成,实际上也花了9年时间。[③] 然而,人们不禁会问,当如此多卷的《英国诗人》匆忙付印的时候,年老体迈、疾病缠身的约翰逊能够提供多少篇传记性和评论性的序言?

《诗人传》研究述评

约翰逊不愧为18世纪下半叶英国文坛领袖,在书商们原先提出的写46人的计划基础上,约翰逊自己又加上5人,共51人,加上30多年前写的《塞维奇传》,他一共书写了52位诗人的传记。1779至1781年间出版时,他改变了原来作为序言的计划,独立出版成书。这52位传主都是英国17至18世纪的诗人,如弥尔顿、德莱顿、蒲柏、艾迪生、斯梯尔、格雷(Gray)等。此书一经刊发,就以其特别的风格赢得了读者的喜爱。从此,对《诗人传》的评论和研究开始了,并成为英语文学批评和传记文学研究的一个重大课题。

约翰逊时代的批评焦点集中在《诗人传》中记录了诗人们的种种缺点、弱点和可笑之处,人们认为这损害了已经去世的诗人们的形象和历史地位。托马斯·谢里丹(Thomas Sheridan)指责约翰逊对斯威夫特(Swift)有着"很大的偏见"和"相当严重的诋毁"(1784)。吉尔伯特·沃克菲尔德(Gilbert Wakefield)在《格雷诗集》(1786)、理查德·格莱弗(Richard Graves)在《回忆已故的谢思顿》(1788)、威廉·亥莱(William Hayley)在《弥尔顿传》(1796)中对约翰逊都有类似的评论。但约翰逊也不乏拥趸。鲍斯威尔在《约翰逊传》(1791)中对《诗人传》给予了极高的评价,认为从中可以得到非常有益的道德训诫。亚

① John Nichols. *Literary Anecdotes of the Eighteenth Century*, *Vol. viii*[M]. London: Printed for the author by Nichols, Son, and Bentley, 1812-16: 416-417.

② James Boswell. *The Life of Samuel Johnson*, *LL. D. Vol. iii*[M]. London: Macmillan and Co., Limited, 1900: 111.

③ James Boswell. *The Life of Samuel Johnson*, *LL. D. Vol. i*[M]. London: Macmillan and Co., Limited, 1900: 287.

瑟·莫菲(Arthur Murphy)在《约翰逊传》(1793)中以弥尔顿为例替约翰逊辩护。罗伯特·安德森(Robert Anderson)在《英国诗人》(1795)中评价《诗人传》是所有批评中最为公正的。[①]

19世纪初,由于浪漫主义开始盛行,这与约翰逊在《诗人传》中的古典主义评价标准格格不入。评论界一些人对《诗人传》进行了严厉的抨击。德·昆西(De Quincey)认为约翰逊在《诗人传》中对弥尔顿的批评是恶毒的,认为约翰逊的阐释是"不可原谅的错误"和"不可原谅的曲解"。后来的J.丘顿·柯林斯(J. Churton Collins)也认为《诗人传》的缺点是如此之大,这样的作品不应该传到读者手中,除非适当地加以编辑并附以很好的注解,他还说:"约翰逊异常地缺乏想象力"。罗伯特·布瑞奇(Robert Bridges)和"新传记"代表人物利顿·斯特拉奇(Lytton Strachey)也持同样的观点。斯特拉奇认为:约翰逊的审美判断"从来没有正确过"。《诗人传》在受到批评的同时,也得到了一些批评家的赞扬。T. B. 麦考莱(T. B. Macaulay)认为《诗人传》是约翰逊最好的作品,"他的叙述和小说一样有趣,对传主生平的评价是非常准确,对人性的探索是深层次的,对作品的批评也是相当优秀的,尽管有些时候有失公允。"[②]还有后来的马修·阿诺德(Matthew Arnold)选择约翰逊《诗人传》中的弥尔顿、德莱顿、蒲柏、艾迪生、斯威夫特和格雷的传记,作为他的"博雅教育理想"的典范之作,并认为《诗人传》是"由一位伟大人物讲述的英国文学史上一个重要时代的简明故事,其本身也是一流的英国文学作品。"[③]

20世纪初由于"新批评"的兴起,文本研究成为潮流。拉雷爵士(Sir Walter Raleigh)的《六论约翰逊》(1910)矫正了19世纪批评家们对约翰逊的偏见,认为他的"判断整体来看还是非常公正的",那些认为约翰逊没有能力评论诗歌的说法是经不住时间考验的,他为《诗人传》作了公正的评价:"这是一部饱含智慧和经验的书"。还有批评家们开始对《诗人传》的材料来源进行考证。G. B. 希尔(G. B. Hill)在新版《诗人传》(1905)首页注解中就给出了与先前不同的约翰逊印象,提出约翰逊的传记材料来源主要依靠图书馆文献,他特别注意到约翰逊对于《大不列颠传记》的利用。对于传材来源的研究者还有一位是贝尔根·埃文斯

---

① Donald A. Stauffer. *The Art of Biography in Eighteenth Century England* [M]. Princeton: Princeton University Press, 1941: 392.

② James L. Clifford. *Johnsonian Studies 1887 - 1950: A Survey and Bibliography* [M]. Minneapolis: University of Minnesota Press, 1951: 14.

③ Lives of the Most Eminent English Poets [OL]. [2021-11-17]. http://en.wikipedia.org/wiki/Lives_of_the_Most_Eminent_English_Poets

(Bergen Evans),他的牛津大学学士论文《约翰逊博士〈诗人传〉的传材来源》(1930)后来被扩写成哈佛大学博士论文《作为传记家的约翰逊博士》(1932),而且后者常常被后来者所引用。还有一些关于单个诗人传材来源的研究,如1940年J. M. 奥斯本(J. M. Osborn)对于"德莱顿传"材料来源的研究。帕特·罗杰斯(Pat Rogers)在1980年第一次发表了综合讨论约翰逊利用百科全书作为传材的有价值的文章。格雷格·克林汉姆(Greg Clingham)是约翰逊研究者,他认为:"《诗人传》中包含的批评话题读起来就像1600至1781年间文学史上大多数重要问题的列表",还带有"同样重要的历史、传记和哲学话题。"① 2006年朗斯代尔在最新版本《诗人传》中重新考虑约翰逊当时所发现的一些"枯燥无味而且是有问题的"细节。②

在西方国家已经形成所谓"约翰逊学派"的情况下,约翰逊及其《诗人传》在中国的接受却非常有限,仅限于有限的几篇论文或见之于几种文学史的相关章节。迄今为止,《诗人传》还没有中文译本,只有一些零星段落的翻译,但它并未越出英国文学研究者的视野,范存忠、梁实秋、王佐良、刘意青等在自己所著的英国文学史论著中都专门介绍过约翰逊及其传记作品,对约翰逊的成就均给予了高度评价。杨正润在《传记文学史纲》(1994)和《现代传记学》(2009)中就约翰逊的传记理论问题进行了探讨并对他的传记艺术发表了自己独特的见解。约翰逊的《诗人传》从出版至今,200多年来批评界对于这部作品有着多层面的批评和阐释,但有一点是共同的,即认为它是一部伟大的传记作品,具有划时代的和世界性的深远意义。

然而,一部伟大作品的产生与一个国家的文学传统有着直接的联系。约翰逊《诗人传》的出现是英国传记发展的必然结果。在欧洲各国中,英国是传记文学发展最为发达的国家之一,有着相当长的历史。英国传记文学史上的第一块基石可以追溯至公元7世纪,爱尔兰圣徒阿达姆南(Saint Adamnan, 625—704)所著的《圣哥仑巴传》(*Life of Saint Columba*)。这是一部为第一位来到未开化的苏格兰的基督教传教士所写的传记。虽然它的主要内容是哥仑巴(521—597)的宗教活动,很少涉及传主的生平和性格,但它是欧洲中世纪最完整的一部圣徒传记。文艺复兴初期,人文主义作家杰弗雷·乔叟(Geoffrey

---

① Lives of the Most Eminent English Poets [OL]. [2021-11-17]. http://en.wikipedia.org/wiki/Lives_of_the_Most_Eminent_English_Poets

② Samuel Johnson. *The Lives of the Most Eminent English Poets*, *Vol. i*, with Critical Observations on Their Works, with an Introduction and Notes by Roger Lonsdale[M]. Oxford: The Clarendon Press, 2006: 91.

Chaucer)以及他杰出的现实主义作品《坎特伯雷故事集》(*The Canterbury Tales*)对英国传记文学的发展产生了积极的影响。正如当代英国著名传记理论家 H. 尼科尔森所说:1387 年在英国传记文学的发展中是一个十分重要的年头。这一年乔叟构思出他的《坎特伯雷故事集》。[①] 它虽不是严格意义上的传记作品,但书中每篇故事的开场白都具有传记作品的性质,这对传记写作颇有启发,即如何运用艺术的形式把人物的生平和性格特征真实地表现出来。在文艺复兴思潮的影响下,人得到了解放,主体地位逐步得到确立,16 世纪英国传记文学也从中世纪圣徒传记的阴影中走出来,出现了以托马斯·莫尔(Thomas More)、威廉·罗勃尔(William Roper)和乔治·卡文迪什(George Cavendish)为代表的杰出传记家以及他们为政治家画像的优秀传记作品。他们在传记方法上做了大胆尝试和创新,为英国传记文学的发展产生了重要影响。托马斯·莫尔是英国最重要的人文主义思想家、空想社会主义的发起人,他的《理查三世史》(1515)是英国文艺复兴时代第一部重要的历史传记。莫尔在该传中大量运用对话,书中有近三分之一的篇幅是人物之间流畅、生动的对话。他还借助于技巧对历史事实进行戏剧化处理,通过探析理查三世的深层性格而取得戏剧性效果。莫尔的女婿罗勃尔所写的《莫尔爵士传》是英国最早的真正独立的文学传记。他用传记的形式再现了文艺复兴时代英国的一场惊心动魄的政治斗争。他的对话描写颇具特色,既包含人物的丰富的心理内涵,也充满了动作性。卡文迪什是位极有文学天赋的作家,有着敏锐的观察力和文学表现才能。他的《沃尔赛红衣主教传》选材独具匠心,只选用最重要的政治事件来描述一位政治家从飞黄腾达到败落、毁灭的生命历程。最值得一提的是,他在传记中使用了大量轶事,来着重表现传主的性格。

依萨克·沃尔顿(Izaak Walton, 1593—1683)是 17 世纪英国最具代表性的传记作家,一共写了五部传记《邓恩传》(*The Life of Dr. John Donne*, 1640)、《沃顿传》(*The Life of Sir Henry Wotton*, 1651)、《胡克传》(*The Life of Richard Hooker*, 1665)、《赫伯特传》(*The Life of Mr. George Herbert*, 1670)和《桑德逊传》(*The Life of Robert Sanderson*, 1678)。约翰逊在和鲍斯威尔的谈话中表示:他最喜欢沃尔顿的传记作品了,认为其中《邓恩传》最为出色。沃尔顿也是约翰逊敬佩的传记家。他平民出身,后成为布商和裁缝,在那个等级观念壁垒森严的时代,他却能够得到许多社会名流的热情接待,确实非常了不起。这几部作品结构匀称和谐,语言生动,而且在各个传主身上都蕴含着作者

① 朱文华. 传记通论[M]. 上海:复旦大学出版社,1993:81.

本人的生活体验,把传记的客观性和作者的主体意识有机地融合在一起。他所采用的方法多样,有对书信、诗作等原始材料的直接引用,有大段的对话描写,也有作者本人的评议。沃尔顿在艺术形式上的刻意求工和求新的表现手段,预示着现代传记的到来。

18世纪传记作家罗吉尔·诺斯(Roger North)晚年为三个哥哥各写了一部传记。他的作品布局不拘一格,每篇分成两个部分,第一部分写传主的公事,第二部分写私事,一方面表现传主的社会属性,另一方面突出其个性,力图全面描述传主,写出他生平性格的各个方面。这充分显现了他的现实主义写作态度。威廉·梅森(William Mason)以大量引用传主信件的方法,按照年代顺序分成五部分进行编排,写出了《格雷回忆录》(1775)。这种方法给读者留下了广阔的思维空间,吁请读者揣摩传主的心理世界。诺斯和梅森的尝试丰富了传记写作的方法,扩大了传记的范围,这些都对约翰逊产生了重大影响。

这些传记作家在传记方法上进行了多维探索,其中,莫尔对历史事实的戏剧化处理,罗勃尔的对话描写,凯文迪什使用大量轶事,诺思对私生活的强调,梅森对信件的引用,这些都为传记文学的发展提供了新的表现手段,也为约翰逊的《诗人传》的诞生提供了行之有效的宝贵经验。约翰逊自觉地吸收和借鉴,并综合运用这些方法来揭示人性,表现传主的人格,从而为英国诗人们树立起一座不朽的纪念碑。约翰逊在《诗人传》中不但继承了英国传记的传统,也有颠覆和创新,大大超过了英国过去所有的传记作者,产生了质的飞跃。

传记的主体

"主体"的概念在西方哲学界争议颇多,而传记文类中的主体问题也是传记研究的核心内容。正如艾德尔所说:"传记家同传主的关系正是传记活动的核心"。[①] 现在人们一致认为,小说家、戏剧家和诗人总是在他们的作品中留存着自己的影子,那么传记作家是否也是这样,在他们的传记作品中留下自我的印记?正如杨正润所说:"答案是肯定的:传记同其他文学体裁一样,透过作品可以看到作者的自我。"[②]而且传记作家的主体性总是在烛照着他的写作过程。几千

---

① Leon Edel. *Writing Lives: Principia Biographica*[M]. New York: W. W. Norton, 1984: 14.

② 杨正润.传记文学史纲[M].南京:江苏教育出版社,1994:16.

年的传记实践和研究,可以得到这样一种认识:“传记本质上依赖于传记家对传主人格和行为的反应的敏感,依赖于传记家同传主的关系,依赖于传记家的眼光和他显示自己眼光的技巧。”①

然而,传记同文学其他形式又有所不同,根据杨正润所说,传记存在着四种主体:即作为书写主体的传记家和作为历史主体的传主,作为文本主体的传主和作为阅读主体的读者。而这四种主体永远处于非常复杂的互动之中。由于传主同其他文学作品中虚构的主人公不同,他/她是真实的历史人物,具有历史客观性,这就给了传记作家极大的限制,使得书写主体表现得更为隐蔽,而阅读主体通过自己的阅读行为影响着书写主体的活动。②

书写主体和历史主体之间关系的研究在很大程度上受到弗洛伊德的影响,弗洛伊德首次提出认同(identification)这一术语。在精神分析学说中,这一术语有两个方面的所指:一方面,在研究人格结构与性格的形成时,它可以指代个体无意识地向别人模仿的过程,“这种模拟作用仿佛将另一个人吞入腹内,化为它自己似的。”③这也被称为移情;另一方面,认同作用也是一种心理防御方式。它指个体在现实生活中不能直接满足欲望时(如受挫或太危险),即模仿或比拟成幻想中的偶像或强者,通过想象间接地得到心理上的成就感和满足,从而减低焦虑或精神压力。④

弗洛伊德的“认同”为传记主体研究提供重要启示。由于移情作用,书写主体将历史主体的行为方式、态度观念或特征属性归于自己,因此传记作家个人不但与传主联系起来——如弗洛伊德所说,认同作用是“对他人的关系的最重要的一种,也许是最原始的一种”⑤——更重要的是,书写主体通过与历史主体的认同而确认了自身的存在,因而通过文本主体可以认识书写主体的个人身份。法国传记作家安德烈·莫洛亚在写作传记的过程中就意识到了这一问题,他认为小说家查尔斯·狄更斯、司汤达、巴尔扎克、福楼拜在小说创作中都是在表现自我。正如福楼拜的名言“包法利夫人就是我”,小说家如此,传记家同样是如此:“传记是一种表现的手段,传记家选择传主来迎合他自己本性中的秘密需要”,⑥莫洛亚以他写作《雪莱传》和《狄斯莱里传》为例,证明自己选择雪莱作为

---

① 杨正润. 传记文学史纲[M]. 南京:江苏教育出版社,1994:16.

② 杨正润. 现代传记学[M]. 南京:南京大学出版社,2009:144-147.

③ 弗洛伊德. 精神分析引论新编[M]. 高觉敷,译. 北京:商务印书馆,2000:49.

④ 张春兴. 张氏心理学辞典[M]. 上海:上海辞书出版社,1992:316.

⑤ 弗洛伊德. 精神分析引论新编[M]. 高觉敷,译. 北京:商务印书馆,2000:49.

⑥ André Maurois. *Aspects of Biography*[M]. Cambridge: Cambridge University Press, 1957: 111.

传主就是为了表达自己青年时代的一种哲学理念和浪漫主义的感情，选择狄斯莱里则是为了表达自己的“民主的保守主义”的政治观。

美国传记家约瑟夫·列昂·艾德尔不赞同莫洛亚的说法，他认为莫洛亚所说的“传记家选择传主来迎合他自己本性中的秘密需要”就是“移情”，而传记家要避免移情。传记中的移情是一种心理活动，是书写主体站在自我的立场，把自己的某些心理移入文本主体，通过文本主体来表达和叙述自己。艾德尔反对这样的做法：“当一位传记家同‘自己本性中的秘密需要’呼应时，他就把自己的感情关系同他的传主混同起来了——他有了麻烦了。”[①]但书写主体可以对历史主体有所同情，因为同情是站在历史主体的立场并为之着想。如果书写主体要写出一个真实的历史主体，就应该避免移情，“传记家要表现他或她本人，不是通过把个人的感情移入传主，而是通过传记的写作，通过赋形或叙述”。[②]

弗洛伊德对“认同”作用的发现，意外引发出一个论题：“想象”也是使主体在心理上获得主体性的一种方式。通过想象，“一方面对现实加以变形和遮蔽，另一方面又构成了一种超越现实缺憾的心理感受，成为对现实的补偿。”[③]作家的创作过程中存在着这种心理机制。作家通过想象将自己内心隐秘的愿望以变形的面目公开，使他弥补和超越现实。“作者通过写作所达到的认同，与普通的主体通过弗洛伊德所说的认同机制所达到的身份满足相类似，也是作者对自我身份的建构。”[④]而对于传记书写主体来说，传记写作中所允许的想象是非常有限的，但在不违背基本史实和人物性格的前提下进行想象，加以合理的猜测和发挥，会使人物性格更加圆满、深刻地表现出来。杨正润先生认为：“传记家常常采用这样的方法描述人物的心理活动。”[⑤]

弗洛伊德对文学与梦之关系的认识，对传记主体研究亦有重大影响。基于精神分析的基本原理——人的未得满足的欲望是支配一切行动的基本动能——弗洛伊德认为，文学艺术与梦在本质成因乃至结构上都是同构的，不但“艺术作品的目的与精神分析家所认为的梦的目的是一样的”，[⑥]而且“做梦的人与艺术家都要‘进行操作’(work)以将他们的原欲变形为能够为文化所接受的意旨。”因此，“对一个文学文本进行仔细研究可以使它泄漏其创作者的心理秘密。”[⑦]

20世纪五六十年代德国著名心理学家E. H. 埃里克森(E. H. Erikson)提

---

①② Leon Edel. *Writing Lives: Principia Biographica*[M]. New York: W. W. Norton, 1984: 68,72.

③④ 赵琨. 作者身份及其文学表现[D]. 南京：南京大学，2003：5.

⑤ 杨正润. 传记文学史纲[M]. 南京：江苏教育出版社，1994：11.

⑥⑦ Madan Sarup. *Jacques Lacan*[M]. New York: Harvester Wheatsheaf, 1992: 161.

出的同一性形成(identity formation)的发展模式观念修正了经典的弗洛伊德观点。他认为“有两个附加的、但也许是更基本的成分,可以标志个人的同一性意识。它们是,认识到自我(self)是经历时间而延续的,以及认识到自我是独特的,或者说与他人相区别。”①埃里克森对自我整一感的强调和对弗洛伊德自我观的突破对心理学以至文学研究颇具影响。它“给文学的精神分析阐释提供了一个更牢固的根基,一方面他强调了作者的自我同一性所起到的贯穿一致的整合作用,另一方面他看到了作者的位置处在社会的、文化的、历史的因素所构成的语境中。”②

艾德尔坚持认为,传记家一定要熟悉传主,而前提是传记家必须要了解自己,要在某种程度上认同传主:“传记家在企图了解另一个人的生平之前必须试图了解他自己。然而我们很清楚,自我认识是不太可能的,而我们的两难处境是,要写一部好的传记我们必须在一定程度上把我们自己同传主同一起来。”③传记家同传主的社会和文化身份尽管不同,但可以想象和假扮成传主,设身处地思考传主在当时历史背景和生活情境中的所思所想和所作所为,揣摩他那样思考和行动的原因。艾德尔也提醒传记家,如此想象的时候,不能陷入传主的角色而无法自拔,从而丧失自我。传记家应该始终保持清醒的认识,对待传主要有自己独立的评判。传记家同传主的同一,就如同演员同他扮演的角色之间的关系:“演员是一个角色的扮演者,他在舞台上进入人物的内部,并停留在那里,把他自己真实的自我全部掩盖起来。传记家也需要进入他的传主的内部,他有时使自己进入另一个时代,有时他改变自己的性别,一眨眼、一耸肩,他就有了别人的经历。但是任何时候他都保留自己的心灵,自己的平衡感和自己评鉴的眼光。传记家必须温情而又冷漠,投入而又疏远。在评鉴的时候如冰一样冷,然而又是那么温情、富有人情味和同情心,这就是传记家的两难处境。”④

新精神分析学派的代表人物诺曼·N. 霍兰德(Norman N. Holland)通过研究发现:“当把这种通过某人的身份主题及其变形来理解其人的方法运用于理

---

① Daniel Hart, Julie Maloney and William Damon. The Meaning and Development of Identity[M]// Terry Honess and Krysia Yardley (Ed.). *Self and Identity: Perspectives across the Lifespan*. London: Routledge & Kegan Paul, 1987: 121.

② J. C. Raymond (Ed.). *Encyclopedia of Psychology, Vol. 2*[M]. New York: John Wiley and sons, 1984: 344.

③ Leon Edel. *Writing Lives: Principia Biographica*[M]. New York: W. W. Norton, 1984: 63. 参见杨正润:“传记诗学的开拓者——评里翁·艾德尔”[J].《当代外国文学》,Vol. 5, 2003:106.

④ Leon Edel. *Writing Lives: Principia Biographica*[M]. New York: W. W. Norton, 1984: 41.

解一个作者时，这种方法将展示出他的写作、甚至他的写作类型和风格都是如何遵循他的个人存在的基本律条的。”①他宣称：“我用海因兹·利希滕斯坦的同一性概念，找到了我自己的谈论个人的方法：有一种不变的方式(style)，就像音乐的主旋律和变奏中的主题一样，始终支配着一个人的一切选择行为。通过发现一个读者的(或一个作者的)身份主题，我得以理解他/她的个人防御策略或升华策略，并由此把握他/她从一部文学作品中感受到的形式和意义，那些策略是独一无二的人格的表现。”②

关于传记中书写主体和历史主体的关系，艾德尔归纳出四个原则：“(1)他必须懂得人们梦想、思考和应用他们的幻想的方式；(2)他必须学做一个客观的‘参与的观察者’；(3)他必须努力探究传主行动原因的更深入的真相；(4)他必须为他的传主的生活发现理想的文学形式。”③这里，艾德尔着重提出书写主体应该深入探索历史主体的心理世界，同时也指出历史主体的心理世界是不依赖人的意识而存在的客观实在，书写主体应该做一位“客观的、参与的观察者”，去发现它，而不应该去虚构它。优秀的传记作品中，总是可以发现书写主体对历史主体内心世界有一定程度上的卷入，但书写主体也要自我调整，对历史主体做到总体上的不介入。作为书写主体的约翰逊是如何在写作实践中把自己个人的情感投射到一部广为公众接受的《诗人传》中的呢？在“塞维奇传”中，根据多纳尔德·格林所说，“这部作品的伟大在于约翰逊把自己投入进去的部分。他自己(就像其他许多人一样)明显着迷于塞维奇，而且深受他的影响。”④

主体问题是现代哲学中的一个核心问题，主体理论说明人是社会的主体，主体既是一定社会历史的产物，又影响着历史的发展，发挥着动力的功能。在《诗人传》写作过程中可以发现作为书写主体的约翰逊、作为历史主体的诗人们、作为文本主体的诗人们和作为阅读主体的读者的相生共存，他们之间的相互作用影响着传记书写和阅读的全过程，约翰逊和诗人们进行着主体间的对话，《诗人传》就是这种对话的结果。本书试图从主体的角度探讨约翰逊的《诗人传》。

---

① Norman N. Holland. *Poems in Persons: An Introduction to the Psychoanalysis of Literature* [M]. New York: W. W. Norton & Company, Inc., 1973: 144-145.

② Norman N. Holland. *The Dynamics of Literary Response*[M]. New York: W. W. Norton & Company, Inc., 1975: vi-vii.

③ Leon Edel. Biography and Science of Man//Anthony M. Friendson (Ed.). *New Directions in Biography*[M]. Honolulu: University of Hawaii Press, 1981: 1-12. 参见杨正润：“传记诗学的开拓者——评里翁·艾德尔”[J].《当代外国文学》,Vol. 5, 2003:107.

④ Donald Greene. *Samuel Johnson*[M]. New York: Twayne Publishers, Inc., 1970: 112.

传记家约翰逊:书写主体

传记家约翰逊作为书写主体,他的存在方式就是书写传记,这是传记的核心和主导。对传记主体的研究必须考察书写主体所发挥的功能及其权力的表现。弗洛伊德曾说过:“传记家们以一种非常奇特的方式迷恋着他们的传主。他们时常由于自己个人情感生活的原因而选择他作为研究的对象。他们从一开始就对他有一种特殊的情感,然后尽自己所能把他理想化,使其成为自己婴儿期就崇拜的伟大人物,通过他,就好像回忆起他们婴儿时期父亲的概念。”①正是由于传记家与传主之间非同寻常的关系,书写主体的权力首先表现为对传主的选择。纵观约翰逊的所有传记作品以及约翰逊学派的大量文集,可以看到:他大量未实现的传记计划和他已经写就的大部分传记都表现出为作家作传的兴趣。约翰逊的传记作品从1738年他的约2 500字的“保尔·沙皮牧师小传”(*Life of Father Paul Sarpi*)发表在《绅士杂志》上开始,至1784年他去世的那一年,他为大英百科全书传记篇修订《凯弗传》为止,他在每十年间至少写作一本传记。其中,他总共写了52位诗人的传记。他的作品就像人物艺术馆,这些人物的选择,以及他们的画像都完全依赖于书写主体约翰逊的传记思想。传记文学史上优秀的传记,其传主大都同作者有某些相似之处,往往在生活经历、情感倾向、价值判断等方面产生共鸣。约翰逊的《诗人传》也不例外,约翰逊同他的传主们有着相似的经历,约翰逊对大多数诗人的不幸处境一直有着深切的同情。约翰逊对诗人们的分析实际上也是一种自我分析。首先,书写主体的生活经历和传记思想影响着他对传主的选择和传记材料的选择。

书写主体的权力之一:传主的选择

传主的选择具有重要意义,是否选择了合适的传主,是传记成功的重要前

① Sigmund Freud. *Leonardo Da Vinci*[M]. (tr.) A. A. Brill. New York: Random House, 1947: 109.

提。杨正润认为:"选择什么样的传主,历史和时代精神规定了选择的方向,但是选择是否合适、是否准确,则显示了传记家的才华和能力。只有当书写主体对历史、对人生和人性具有足够认识的时候,他才能发现最适合自己的传主。"①传记家有选择传主的权力,但他选择的自由受到客观和主观条件的限制。书写主体往往选择那些在经历、意识、气质、人格、思维活动和心理上同自己相近的人物作为写作对象。这种相似有利于建立书写主体同历史主体的联系,这是传记写作成功的基础。约翰逊从事职业作家生涯之初就对作家的传记写作颇感兴趣。他发表写作计划,编辑波立汤(Politan)诗集,其中包括他的生平。② 英国伟大的作家都在他所列的名单之上。他意欲写作乔叟的传记,约翰·霍金斯声称他"注定要写莎士比亚的传记。"③他也曾计划编辑培根文集,其中包含他的传记。④ 后来,国王乔治三世也建议约翰逊写作英国的文学传记,⑤特别是斯宾塞的传记。

在"塞维奇传"中,约翰逊描画塞维奇在1723年写作悲剧的这段时期处于一种极端贫困和默默无闻的状态中。塞维奇当时的情形就是格鲁勃街知识分子生活方式的一个缩影。大部分时间内,"他没有住处,常常没有肉食,只有田野和街道给予他学习的便利条件。在那里他常常散步和构思他的台词,然后就走进一家商店,请求借用一下笔和墨水,把自己的所思所想写在偶然捡起的一张纸上。"⑥这里,年轻的约翰逊与塞维奇的情形完全一致。

那么,书写主体约翰逊有着怎么样的生活经历呢?他的早、中和晚年生活状况又如何呢?概括来说,年轻的约翰逊酷爱读书,求知欲望强烈,但家境贫困,生活条件艰苦。在16—18岁期间,约翰逊迫于经济原因,未能进学校学习,只是待在家中。在这期间,虽然没有老师的指导,也毫无学习计划可言,但他广泛涉猎各种知识,以惊人的毅力读遍了他父亲书架上所有的书籍。贫困的家境并不能

---

① 杨正润.现代传记学[M].南京:南京大学出版社,2009:150.

② James Boswell. *The Life of Samuel Johnson, LL. D. Vol. i*[M]. London: Macmillan and Co., Limited, 1900: 90.

③ James Boswell. *The Life of Samuel Johnson, LL. D. Vol. iv*[M]. London: Macmillan and Co., Limited, 1900: 381n.

④ James Boswell. *The Life of Samuel Johnson, LL. D. Vol. iii*[M]. London: Macmillan and Co., Limited, 1900: 194.

⑤ James Boswell. *The Life of Samuel Johnson, LL. D. Vol. ii*[M]. London: Macmillan and Co., Limited, 1900: 40. 文学传记(Literary Biography)这里指称以作家为传主的传记。这一术语也有一些学者主张用以泛指文学性较强的传记。

⑥ Samuel Johnson. *Life of Savage*[M]. Clarence Tracy (Ed.). Oxford: Oxford University Press, 1971: 21.

成为他求学的障碍,反而更能激励其求知的热情。有趣味的书他就认真研读,枯燥乏味的就弃之一旁。他特别擅长拉丁文。伊顿公学高年级最优秀的学生尚不熟悉的一些罗马经典作家,而他却已经了如指掌并被那些作家的作品深深吸引。约翰逊曾经告诉鲍斯威尔,他这两年所读的书并不仅仅是为了消遣,“不是游记,不是旅行作品,是所有文学,所有古典作家,所有适合男人的作品:尽管很少有希腊作品,只有一些安那克里翁①和赫西俄德②的作品,但是不成系统。”他又说:“我也认真研读了许多书,那些书在大学里也难以找到。在大学里,除了老师交到手上来的一些书之外,学生很少看其他的书籍。因此,当我进牛津大学时,现在的彭布罗克学院的院长亚当斯博士曾经对我说,我是最有资格进牛津大学的学生。”③约翰逊进入牛津大学彭布罗克学院的第一天就援引公元5世纪初的古罗马文法家麦克罗比斯(Macrobius)的话,使其老师震骇不已。牛津大学一位博学的教师宣称他从未见过哪位新生的学问可以与约翰逊相抗衡。鲍斯威尔从他拥有的约翰逊早期笔记和备忘录出发,充分论证了约翰逊对自己读书的严格要求,以及他对文学的痴迷热爱和尊敬仰慕。他曾经多次计划遵守某种有系统的阅读方法。鲍斯威尔发现约翰逊在书上记录所读的页码,包括尤里皮德斯④的悲剧,维吉尔的《伊利亚特》前六章,贺拉斯的《诗艺》,奥维德的《变形记》,西奥克提斯⑤的部分作品以及朱文纳尔⑥的十首讽刺诗;还有一张日程表,规定念多少首诗和每天、每月、每年应该阅读的书籍。亚当斯博士曾经对鲍斯威尔说过:约翰逊是活着的人当中书念得最多的。他有一种惊人的天赋,不管什么书,不需要从头读到尾,就能够一眼抓住书中的重点。在学校里,他总是班上最好的学生。用约翰逊自己的话说:“他们从来没想把我与任何人作比较。他们从来不说约翰逊是和某某一样优秀的学生,只是说某某学生和约翰逊一样优秀。”⑦

然而,事与愿违,如此优秀的学生却偏偏不能如人所愿,圆满完成大学学业。约翰逊的父亲迈克尔·约翰逊是一位书商,当时书商是经济实力最为薄弱的资

---

① 安那克里翁(Anacreon, 570—480B. C.),希腊作家,擅长写情诗以及饮酒歌。

② 赫西俄德(Hesiod),公元前8世纪的希腊诗人。

③ James Boswell. *The Life of Samuel Johnson, LL. D. Vol. i*[M]. London: Macmillan and Co., Limited, 1900: 28.

④ 尤里皮德斯(Euripides, 480? —460B. C.),希腊悲剧作家。

⑤ 西奥克提斯(Theocritus),公元前270年左右的希腊田园诗人。

⑥ 朱文纳尔(Juvenal, 60—140),罗马讽刺诗人,原名Decimus Junius Juvenalis。

⑦ James Boswell. *The Life of Samuel Johnson, LL. D. Vol. i*[M]. London: Macmillan and Co., Limited, 1900: 19.

产者,极易破产。他近50岁时才结婚生子,待到儿子约翰逊进入大学以后,他的经济处境已非常艰难。他年事已高,更加适合于浏览或是谈论书籍,而不是经营它(因为当时在他的家乡经营书籍是在农贸集市上进行的)。他陷入了破产的境地,债务频频增加,家中平时的日常所需都难以为继,更不用说供养自己的儿子在大学里的生活花销了。鲍斯威尔写道:"他父亲在生意上的不幸,使他无法供养自己的儿子,有一段时间他甚至无法维持自己的生存。"①其家道中落,很快就到了赤贫的境地。约翰逊在大学的学习和生活成了家庭经济的沉重包袱,而他却无能为力,不知如何能够过上体面的生活。约翰逊在《闲逛者》(Idler)第75篇中讲到一位来自波斯的年轻人格拉莱丁(Gelaleddin)从大学回到家中的情形,有着自己生活的影子。当格拉莱丁回到自己家乡的城市,他很快就淹没在人群之中。在无人注意的情况下,他来到了父亲的房前,走进家门,他虽然受到了家人的亲切接待,但并没有受到过多的喜爱或是兴高采烈的感慨。他的父亲,在他不在家的时候,经历了许多次失败。对一个落魄家庭来说,格拉莱丁被认为是一个多余的负担。皮奥兹夫人也认为约翰逊写这一东方故事时有着强烈的自我意识。可见,约翰逊的大学生活也是在穷困寒酸的类似处境下度过的。他的生活非常困难,鞋破得露出了脚趾,也没有钱买新的。约翰逊自己后来说:"(那时候)我穷得煞是可怜。"②

1731年秋天,约翰逊家庭贫困,处境艰难。贫穷使得他不能接受完整的高等教育,答应资助他的朋友食言背信。"他在学校欠下的债务,数目虽然不大,但日渐增加;从里契菲尔德(Lichfield)寄来的少得可怜的汇款,后来已经完全断绝了,他的父亲已经陷入了破产的境地。"③约翰逊万般无奈,在未获得任何学位的情况下,离开牛津,中止了自己的学业。这对约翰逊以后的生活造成了持久的负面影响。没有大学的学位,他的聪明才智就很难得到社会的承认。就连一个乡村教师的职位也由于没有学位而与他无缘。正如精通文学的格拉莱丁一样,处处碰壁:他向外交官员们申请工作职位,毫无疑问,他非常期望能够得到雇佣,但是他被一方告知办公室没有空缺;另一方则回应,他的成就超越了所有赞助人的能力,仅有国王的恩惠才能够格;第三方回应,不会忘记他;而外交首席官则回应他认为文学在公共事务中没有什么大的作用。他有时会被允许和他们一起吃饭,在那里他发挥自己的智慧,散播自己的知识;但他观察到,"无论是努力还是

①②③ James Boswell. *The Life of Samuel Johnson, LL. D. Vol. i*[M]. London: Macmillan and Co., Limited, 1900: 42, 40, 42.

偶然情况下,在他发挥得非常优秀的地方,他很少受到第二次的邀请。……后来他长时期生活在默默无闻和毫无尊严的日子中。”[①]当《伦敦》一诗为约翰逊带来了无上的名声和无形的影响力时,他打算重操教师旧业,意欲谋求一所乡村学校的教师职位,但因校方要他出示文学硕士学位未果而未成。通过亚当斯博士,约翰逊同下议院商量,能否允许一位未曾获得法律学位的年轻人从事律师业务。得到的答案也是:只有曾经获得学位的人,才具有起码的申请资格。在这样的情况下,他不得不备尝艰辛,克服重重困难,经过约30年的艰苦奋斗才过上衣食无忧的日子。若是有了学位,约翰逊的生活将会出现另一番景象。他可以在政府中谋一职位,如果对政治感兴趣,还有希望在国会中占有一席之位。就像蒙太古(Montague)成为财政大臣、普拉厄(Prior)成为大使、艾迪生成为国务大臣一样,既可以发挥自己的文学天才,又拥有权力、地位和财富。1731年底他的父亲不幸去世,家庭更加陷入窘境。家中生活真是举步维艰,难以为继。约翰逊在父亲去世第二年写的日记片段中,描述了当时的贫困境地,“1732年7月15日:今天,我花费了11基尼,[②]父亲先母亲过世了,只留给我20英镑。希望上帝使此事成为过眼烟云。我现在只有自谋出路了,同时,更希望我的灵魂不要因为贫穷而变得软弱,不要因为匮乏而采取犯罪的行动。”[③]

为了谋生,约翰逊不得不做学校助理教员之类的杂活糊口。对他来说,这是枯燥至极的差事。约翰逊在给他的朋友黑克特(Hector)——伯明翰外科医生——的信中阐明了他当时的苦况。黑克特回忆:“干一天这样的活,一辈子就够了。”[④]它就像知了的叫声一样千篇一律、毫无变化。再加之他和学校资助人沃斯坦·迪克西先生(Sir Worstan Dixie)之间发生了小争执,使得他对这项差事更加深恶痛绝。这样寄人篱下的生活,也是他狂放、孤傲性格所不堪忍受的。在他后来的回忆中,这是他一生中最反感、可以说是极端厌恶的一段时光。

1735年,约翰逊和比他年长20岁的寡妇伊丽莎白·波特(Elizabeth Porter)夫人结婚。他们的婚姻存在着经济原因,这是约翰逊反抗贫困环境的另一种形式。约翰逊从他的妻子那里获得了700英镑的陪嫁,经济状况这才有所改善,暂时摆脱了贫困。鲍斯威尔从波特小姐那里得知约翰逊第一次被人介绍

---

① *Dr. Johnson's Works* [M/OL]. [2021-11-17] http://www.gutenberg.org/cache/epub/12050/pg12050.html

② 基尼(Guineas),英国古货币名,等于12先令。

③④ James Boswell. *The Life of Samuel Johnson, LL. D. Vol. i*[M]. London: Macmillan and Co., Limited, 1900: 43, 47.

给波特夫人的情形:他又瘦又干,枯骨嶙峋,瘰疬症留下的疤痕清晰可见。头发又直又粗,从后面分开;身体似乎微微痉挛着,姿态古怪,使人立刻就感到惊讶和可笑。波特夫人由于太专注于他的言谈,而忽略了他所有外表上的缺陷。她对女儿说:"这是她一生中见到的最了不起的人。"①虽然他们之间年龄悬殊,而且波特夫人可以说是貌不惊人,但她过人的理解力和识人的天才激发了约翰逊异乎寻常的热情。波特夫人接受了约翰逊的求婚。婚后,两人感情融洽,在家乡附近办了一所私人学校,但很不成功,只收到三名学生,即后来成名的大卫·加里克(David Garrick)和他的弟弟乔治(George),以及一个去世极早的富家子弟阿弗莱(Offley)。

1737年约翰逊被迫离开家乡,口袋里装着两个半便士,同学生加里克一起前往伦敦谋生。数月之后,约翰逊受雇于爱德华·凯弗(Edward Cave)经营的《绅士杂志》,开始了他的职业作家生涯。对于当时的作家来说,天才与贫困、诗歌与不被承认总是紧密相连的。约翰逊在《伦敦》中模仿朱文纳尔讽刺罗马的诗作来讽刺伦敦。事实上也是因为自身穷困潦倒的生活而诅咒伦敦:尽管处处可见令人伤痛的事实,/**真有价值的人因贫困而难以发展!**

人到中年的约翰逊开始了他与恩主庇护制度之间的冲突。约翰逊对待恩主的态度一波三折,即从无意寻求、到寻求、到弃绝、到接受的过程,其中约翰逊的独立人格与英国恩主庇护制度之间存在着矛盾。约翰逊在从事作家职业初期,他不仅无意寻求恩主的庇护,而且也无畏雇主的权势,敢于为争取自己的尊严而斗争。1742年,书商托马斯·奥斯本(Thomas Osborne)先生买下了牛津伯爵图书馆。他雇佣约翰逊为其图书馆编排书目,奥斯本对他的工作挑刺,约翰逊愤怒之下,用《圣经》对开本击倒了奥斯本,并用脚踩在他的脖子上。约翰逊后来证实说:"他对我无礼,我打了他。但不是在他的商店,而是在我自己的房间。"②相比之下,约翰逊的命运比他的传主之一塞维奇要好多了。塞维奇失去恩主的资助,最后只能因负债入狱而死。

约翰逊与恩主之间的冲突集中体现在他与契斯特菲尔德伯爵(Lord Chesterfield)之间的矛盾上。由于自身穷困潦倒的生活,约翰逊不得不开始寻求恩主的资助。在朋友罗伯特·道兹雷(Robert Dodsley)的帮助下,他把字典计划呈送给契斯特菲尔德伯爵,希望能够得到伯爵的资助,但事与愿违,遭到了

①② James Boswell. *The Life of Samuel Johnson, LL. D. Vol. i*[M]. London: Macmillan and Co., Limited, 1900: 56, 105.

后者的冷落。据说是由于伯爵在陪同客人,约翰逊就在伯爵的门厅等了一天。最后门开了,出来的是演员考利·西伯(Colley Cibber),约翰逊一气之下,二话没说,头也不回就离开了伯爵府。无奈之下,约翰逊自力更生,以惊人的毅力在极端困苦的环境中独自奋战达9年之久,完成了英语字典的编纂工作,可以想象他为之付出的劳动是何等艰辛。

1749年,约翰逊发表了模仿朱文纳尔第十篇讽刺作品的诗作《虚妄的人类愿望》。朱文纳尔的诗中有两行诗句是对雇佣文人艰难处境的描写:

> “请想想击垮文人生活的种种不幸,
> 辛劳、猜忌、贫乏、**阁楼**和监牢。”

由于经历了和契斯特菲尔德伯爵之间的不愉快,约翰逊把文人的种种不幸改成了

> “辛劳、猜忌、贫乏、**恩主**和监牢。”

他还把恩主(Patron)一词的首字母大写,以示强调对贵族和官僚的依附是作家们的极大不幸。

就在这部字典出版前夕,契斯特菲尔德伯爵在《世界》周刊上发表了两篇文章,高度赞扬了这部字典。伯爵用这种方式向约翰逊献殷勤,以此弥补先前对他的冷落,同时也寄希望于约翰逊能因此把字典题献给他,使他可以以约翰逊恩主的姿态出现。但约翰逊并不为之所动,认为这些都是“假而空”的溢美之词。想到自己会成为如此技巧的受骗者,他愤慨之余,给伯爵写了一封信,用礼貌的语词无情揭露了伯爵的意图,并表明了自己的独立人格。信中写道:

伯爵大人钧鉴:

日前,承《世界》日报业主告知,该报所刊对拙著《字典》赞誉交加之两篇文章,实出于阁下之手笔。阁下对本人如此揄扬,诚三生有幸。本人素乏伟人提携奖励,骤得恩宠,惶恐万分,不知该如何承受,如何致谢,始得其当也。

昔日,本人尝稍受鼓励,即趋阶请益。阁下言辞华美迷人,一介凡夫如我,何能免俗,禁不住陶醉神驰而沾沾自喜,大兴非独霸文坛而不罢休之豪情——曾几何时,阁下之言,虽犹在耳,阁下对我之垂顾,却已烟消云散,使

我无论如何自欺,亦无法开释于怀。自问当初本人对阁下之尊敬忠诚,殷勤取悦,比诸任何煮字疗饥的文人,绝不逊色,我已竭其所能,使尽浑身解数,仍然无法获得阁下垂青,是可忍,孰不可忍也。

忆及当初本人或枯候阁下于玄关,或见摈于大门之外,时光无情,忽焉已七载有余;当是时也,本人无一日不孜孜矻矻,夙夜匪懈,努力工作而无一字一句埋怨;如今大功告成,《字典》行将出版,亦无人助一臂之力,致一安慰之词,或对我微笑示惠,以资鼓励。世所谓"恩主"者,与本人一向无缘,今后亦不敢有此奢望。

维吉尔诗中之牧羊童子,最后虽有幸结识爱神,但早已奄奄一息,僵卧于野,为时晚矣!

阁下,世之所谓恩主者,岂见溺不救,任其浮沉,不加理睬,及其登岸,又伸以援手,示以关切者之流耶?阁下对本人挖空心思之捧场文章,如果早来一步,不知使我将如何感激涕零;然而,事过境迁,一切均成明日黄花,本人现已无心强颜欢笑,自我陶醉;当我孤独一人,呼天既不应,唤地亦无闻,现我功成名就,又何劳他人锦上添花,代为吹嘘。此乃肺腑之言,并非一时意气之争,尚希仁人君子不至于误解本人乃忘恩负义之徒,因我既无恩可忘,更无义可负也。

本人工作已近完成阶段,以往既未蒙任何文坛先进,衮衮诸公,提携奖掖,如今亦不会因此而伤心欲绝,肝肠寸断。对于一切事后溢美之词,最好能省即省,能免则免。对于曩昔信以为真,全力以赴的千秋大梦,本人已梦醒多时!

此颂

约翰逊

再拜

1755年2月7日①

在这里,约翰逊坚决拒绝了伯爵对他字典的关注,毫不客气地否认了契斯特菲尔德伯爵是他的恩主,同时也充分发泄了自己的愤慨之情,表现了他不向贵族和官僚低头的傲骨以及克服种种困苦的毅力和信心。这封信具有鲜明的划时代意义。它是处于社会下层的作家们的独立宣言,宣告了作家依附于恩主、依靠权

① 包斯威尔. 约翰逊传[M]. 罗珞珈,莫洛夫,译. 北京:中国社会科学出版社,2004:51-52.

贵提携的时代结束了。

然而,约翰逊仍然处在一个过渡的时代,英国的工业革命还刚刚开始,中产阶级还不可能完全独立,他还不能完全摆脱文化传统的影响,这些因素造成他同恩主妥协的一面。尤其是经济条件依然制约着约翰逊个性的发展。虽然约翰逊编过英语字典,写过戏剧、诗歌和传记,发表过大量的政治和文学论文,但是这些令人瞩目的成就并没有给他带来足够的经济收益,使他摆脱以文糊口的穷酸日子。约翰逊穷得连支付母亲葬礼的费用都没有。他花了7个晚上连续赶写小说《拉赛拉斯》,写好的部分来不及看第二遍就交给了出版社。就这样,他获得了100英镑的稿酬,用于支付母亲的丧葬费用,还清母亲留下的一些债务。1762年7月,约翰逊也迫于经济的压力,违反自己的意愿,接受了国王乔治三世授予的300英镑年金。

老年约翰逊时常受某些劫掠灵魂的内心冲突所困扰。由于环境的不同,他身心遭受折磨的程度也会出现变化。他所做的尝试都展现出他鲜明的个性,使其在很大程度上获得了控制自己精神意志的伟大艺术。

1764年,约翰逊再次遭受抑郁症的折磨。由于国王的恩赐,约翰逊经济上得以轻松和独立,但这也滋长了他天生的怠惰。这一年,在文学上,他除了对《莎士比亚戏剧集》作了一些修订之外,别无建树。他在《祈祷与沉思》中是这样责备自己的:"1764年4月20日,星期五,天气晴朗,我没有任何新的起色,我生活得毫无用处,思想上更加耽于声色,对美酒佳肴更加嗜好。"①而且此时的他更加孤独。他相继失去了父亲、兄弟、妻子和母亲,他没有自己的孩子,形单影只。这导致他此次患病出现了致命的症状。他平时本来非常喜欢与他人在一起,但这时他完全嫌恶交际。一位老朋友发现他处于一种非常悲惨的境况,叹息、呻吟、自言自语、不停地从这个房间走到另一个房间。他感到痛苦万分,以至于说:"只要能够恢复我的精神,我同意锯掉我的一条腿或一只胳膊。"②同时,他也出现了健忘的症状。他在1764年4月的日记中写道:"一种奇怪的遗忘笼罩着我,以至于我不知道去年是怎样度过的,感到我所经历的事情和智力没有留下任何印象。"约翰逊一旦从睡梦中醒来,就被忧郁所笼罩,像拉赛拉斯一样哀伤,"当破晓之时,睡眠就不再隐藏我自己。"波顿在他的《抑郁症的解剖》中写道:"在某个时候,害怕、悲伤、怀疑、羞怯、不满、顾虑和对生活的厌倦会使他们非常惊讶,他们会什

①② James Boswell. *The Life of Samuel Johnson, LL. D. Vol. i*[M]. London: Macmillan and Co., Limited, 1900: 354, 356.

么也不想，只是一味持续地怀疑，一旦他们的眼睛睁开，魔鬼般的忧郁就会粘附着他们，惊吓他们的灵魂。”①

想到自己不得不在这世界上长时间地忍受煎熬，就像拉赛拉斯对生命的自然长度感到恐怖一样，忧郁症患者常常会有自虐、自残甚至自杀的行为。正如德比的议员威廉·费兹赫伯特（William Fitzherbert），由于忧郁症的侵袭，致使他在看完死刑行刑，回家之后，在自家的马厩里用马勒悬梁自尽。② 约翰逊尽管经常想到这些，正如他向鲍斯威尔承认的：“如果一个人已经下定决心自杀，那么他是无所畏惧的。他可以在部队的前面冲锋陷阵，牵着普鲁斯国王的鼻子走。打算自杀的人是不会害怕流氓的。”③ 但自杀并不是约翰逊摆脱忧郁症困扰的方式。结束自己的生命就等于投降、停止反抗，这是约翰逊断然不会接受的。他告诉鲍斯威尔，“我决不应该想到该是结束自己生命的时候了。”对地狱的害怕、对死亡的恐惧阻止他这样去想。他认为自己由生命之线悬挂在永久毁灭的深渊之上。他从未认真地想过要割断这根线。

1768 年 9 月 18 日，约翰逊 59 岁生日，他在邪恶忧郁症的万般折磨之下，在日记中写道，“我现在开始我生命中的第 60 个年头，我不愿惊吓自己，去回忆过去的一年是怎样度过的，今天已经在诚惶诚恐之中度过。”④由于忧郁症的影响，约翰逊经常失眠，使得他夜间生活痛苦不堪。他在日记中不断地埋怨自己的不眠夜所带来的遭遇。他越是害怕失眠，就越不能入睡。有时，他甚至对睡眠失去信心，“只要我睡不着，我就坐着。”这是一种使人筋疲力尽、近乎疯狂的抗争。但睡眠和爱情一样，是不能够强迫的。对约翰逊来说，就寝并不意味着“休息”，而是“遭罪”。“我的朋友可以安然入睡，而我躺下却忍受着无尽的折磨，所以我会很快起身，在焦虑和痛苦中度过夜晚。”他和鲍斯威尔在赫布里底群岛旅游的日子虽然很辛苦，却充满了迷人的新奇，而且他有着很好的睡眠。五年后，约翰逊写信给鲍斯威尔，对此依然记忆犹新，怀念不已，“在整个旅行过程中，我度过了最好的夜晚，就是离开奥古斯都要塞的那天晚上。”鲍斯威尔写道，“他很快就进入了梦乡……当我起来的时候，怀疑衣服下面有着无数的小虫子，一点也没有睡

---

① George Irwin. *Samuel Johnson: A Personality in Conflict*[M]. Auckland: Auckland University Press, 1971: 59.

②③ James Boswell. *The Life of Samuel Johnson, LL.D. Vol. ii*[M]. London: Macmillan and Co., Limited, 1900: 17, 18.

④ George Irwin. *Samuel Johnson: A Personality in Conflict*[M]. Auckland: Auckland University Press, 1971: preface.

好。而我却发现他睡觉的痛苦姿势,彩色的手巾系在头上,我几乎叫不醒他。"失眠导致了他生活没有规律,早晨不愿起床,白天萎靡不振。在他最痛苦的日子里,他向上帝祈祷,"保佑我远离时机不当和非适度的睡眠。"

1777年,从约翰逊的《祈祷与沉思》中可以看出,"不安定和混乱的"精神状态以及与生俱来的抑郁又一次深深打击了他。"我回顾过去的生活时,发现除了无效地浪费时间之外一无所获。身体上的一些不适以及思想上的纷乱使我到了近乎疯狂的程度。我祈求上帝能够原谅我的许多错误,宽恕我的许多缺陷。"①

对抑郁症所带来的想象力失常和神经功能紊乱,鲍斯威尔认为有着判断力完好和失常的区分。这种区分是他从和莱顿的诰比斯(Gaubius of Leyden)教授、奥兰奇王子(Prince of Orange)的医生的一次谈话中得知的。这位医生说:他想象他看到了一名歹徒拿出匕首向他走来,尽管同时他是有意识的,知道这是一个幻影,他称之为想象力失常。但如果一个人告诉他看到了这一场面,并且惊慌地叫他也来看这场面,他称之为精神失常。约翰逊显然属于判断力完好的那类。因为即使在他病得非常严重之时,他能够把自己的病情记录下来,足以显示出他惊人的智力和判断力。

对约翰逊来说,最大的乐趣莫过于推理,探究事物的理由。他苦苦思索这扰乱人心的抑郁所带来的恐惧,却不能得到满意的答案。他感到这样的恐惧超越于自己意识的控制,无法摆脱其困扰。约翰逊在日记和祈祷中时常有一种无助感,无奈地把它称为"不必要的恐惧""徒劳的恐惧""压抑的恐惧""扰乱和分散人心的东西"。尽管这样,约翰逊并没有因此而自甘沉沦,接受现实,而是以其不同寻常的判断力,与之展开了一场持久战。

当鲍斯威尔问他是否可以尽可能少地考虑这些恐惧的时候,约翰逊以自身可怕的亲身经历说他试图不去考虑它们是疯狂的。它们的杀伤力无法避免,可怕的念头再次出现常常是非常猛烈而且纠缠不休。他忠告鲍斯威尔一定要设法寻求合适的方式,以祛除心中的恶魔。他自己尝试通过强制的行动来克服它们。来回步行至伯明翰、不停地祈祷等方式虽然可以转移他的一些精力和注意力,使其在精神上得到部分的缓解,但是这自我折磨的痛苦增加了身心的疲惫,所以这种身体上的运动所带来的精神上的放松,只能是暂时的。由于书籍,不像朋友、同伴那样受时间和空间的限制,它随手可得,所以阅读很快成为约翰逊摆脱困扰

① James Boswell. *The Life of Samuel Johnson, LL. D. Vol. ii*[M]. London: Macmillan and Co., Limited, 1900: 300.

的一种方式，虽然不是最适宜的忘记自我的途径，但可以说是他在忧郁、孤独、贫穷、沮丧年代里最安全的港湾，降低了他自虐、自杀的可能性。他告诉斯拉尔夫人：通过一切可能的方式，让孩子们养成喜爱读书的习惯。因为不知道哪一天这可能会把他们从自杀的边缘挽救回来。失眠的时候，约翰逊就在卧室里点燃一盏灯，捧起一本书随意翻阅，使自己躁动的内心得以平息。他认为知识的基础必须立足于阅读，来自书本的对生活的基本信念又服务于生活。在后来的日子里，他回想起自己年轻时候刻苦读书的情形，认为这是充满痛苦的回忆，却是真实的。除了读书之外，约翰逊很早就开始尝试以日记的方式记录自己的思想与感受，以及遵从威廉·劳(William Law)①的告诫，每天进行自我反省，这样他一方面提高了自己的判断能力，同时也抑制了天生的懒惰习性。正如霍金斯写道："他为了能够意识到自己生活中的进步，评价自己在宗教信念上的改善和提升，只要有精力，他就记录每天的事务活动。他年轻时的那些散落的回忆和决心，就是在特定的环境下，迫使自己记录下来的。"②

为了稳定自己纷乱的思绪，平息自己内心的奇思怪想，约翰逊从波顿那里得到启发，对数学产生了兴趣并加以练习。波顿认为，对忧郁之人来说，让他推演欧几里得的一个命题，开平方根或学习代数，是最合适不过的了。在人类所有的学科中没有比这更美、更令人愉快的了。它是如此深奥难解、令人心醉神往、惊叹不止，它像奇迹一样引人入胜，使人陶醉其中，狂喜不已，而且让人非常容易就可以获得快乐。"你只需用大拇指就可以测知赫拉克勒斯的巨大，③以及所罗门寺庙、多米蒂安圆形剧场的真正尺寸。通过这门艺术，你可以考察在整个地球的表面可以一个挨一个站立多少人。"④约翰逊写下了有关几何的笔记。在他的赫布里底群岛的日记中，有计算西部岛屿每平方公里多少人的记录。当鲍斯威尔在艾那(Iona)废墟闲逛的时候，平时训练有素的约翰逊却在想着测量废墟的面积。当约翰逊感到精神错乱时，他经常重复的是对数学的研究，正如皮奥兹夫人所写："我想问他是通过什么方法使自己高兴起来的，他给我演示了我几乎无法理解的计算。那些数字是如此错综复杂，计算那国债 18 亿英镑，如果化成纯银，

---

① William Law (1688-1761), a non-juring divine of Emmanuel College, Cambridge. Gibbon, whose father had been his pupil, has praised his Serious Call highly both for its religious and literary qualities.

② George Irwin. *Samuel Johnson: A Personality in Conflict*[M]. Auckland: Auckland University Press, 1971: 66.

③ 希腊、罗马神话中主神宙斯之子，力大无穷，曾完成十二项英雄事迹。

④ George Irwin. *Samuel Johnson: A Personality in Conflict*[M]. Auckland: Auckland University Press, 1971: 73.

用此材料可以做一条真正的围绕地球的子午线，我忘了这条线有多粗了。”①

约翰逊的人生经历和创作实践是他能够真正把握传主们的个性和心理世界的重要前提。纵观约翰逊所写传记，尽管很多时候他没有直接选择他的传主——如《诗人传》中，他只是追加了五位诗人的传记，其余都是书商们提供的名单，但是他赞同或是反对那些传主的行为都依赖于他的人生阅历和传记思想。

约翰逊最早提出了传主平等的观点。他自己出身社会下层，饱尝生活的艰辛，所以他也努力为下层群众在传记中争得一席之地。约翰逊不是历史上传统英雄的崇拜者。从17世纪开始，以洛克为代表的经验论哲学家逐步统治了英国思想界，他们大多是人性论者。到18世纪，休谟提出了完整的人性论。约翰逊深受这股思潮的影响，他在《〈莎士比亚戏剧集〉序言》中有一句名言——莎士比亚笔下无英雄：他的场景只是被人占据着。他用人性论解释莎士比亚戏剧，也用人性论作为传记理论的基石并指导自己的传记创作。在《冒险者》杂志上他表明了自己的态度：

> 我决不会试图替英雄们和征服者的血腥计划辩护。我宁愿希望减少他们胜利的荣耀，而不是他们失败的耻辱：因为我想象不到为什么那些火烧城池、荒芜国家、使世界充满恐惧和荒凉的人，比那些死于邪恶初衷的人更应该得到人类的关心；为什么那些造成损害的人是光荣的，而那些被损害的人却是罪犯：我希望恺撒和卡特琳(Catiline)，泽克斯(Xerxes)和亚历山大，查尔斯和彼得，挤在一起默默无闻或被人们深恶痛绝。②

在《闲逛者》84篇中，他还把王子和农夫作比：“当侵略者夺走一个郡的时候，君主感到的痛苦，和一个农夫的牛被贼偷走时感到的痛苦是一样的。”③因此，在一部诚实公正的传记中，本身平等的人，是平等地出现的。

把普通人作为传记的写作对象反映了英国巨大而深刻的社会变革。18世纪，由于产业革命的迅速进行，英国出现了庞大的中产阶级，他们有较多的闲暇时间。光荣革命以后，英国大资产阶级和贵族分享了国家的统治权，支配着政治、行政和社会生活，取得了反对王权独裁的胜利，为资产阶级经济的发展提供

---

① George Irwin. *Samuel Johnson: A Personality in Conflict*[M]. Auckland: Auckland University Press, 1971: 73.

②③ Samuel Johnson. *The Yale Edition of the Works of Samuel Johnson, Vol. ii*[M]. W. J. Bate, John M. Bullitt, and L. F. Powell (Eds.). New Haven: Yale University Press, 1963: 433, 262.

了政治体制上的有力保障。虽然18世纪初期，英国还主要是一个贵族社会，国家的军队、法律、外交等重要职务几乎均为贵族成员担任，但毕竟在议院中，资产阶级可以和贵族肩并肩地坐在一起讨论国家大事。而且他们之间出现了互相渗透的现象。由于英国保留了长子继承权和限嗣继承地产权，只有长子才能继承父亲的爵位，因此有些贵族甚至公爵的后裔虽然出身名门却没有任何爵位。而贵族地位的高低基本上以拥有土地的多少来衡量。英国并没有禁止国王的臣民拥有土地，因而富有的制造商、酿酒商等可以购买大量地产以成为贵族。《旁观者》杂志中所描述的商人杰克·安维尔(Jack Anvil)就是典型，他经过奋斗成为巨富，又摇身一变，成了约翰·安维尔爵士(Sir John Anvil)。一些贵族也有着精明的商业意识，他们买卖地产，经营农场，这并不有失体面。正如笛福在《完美的英国商人》中所说："英国的贸易造就了绅士，使这个国家绅士济济。因为商人的子孙渐渐成了高雅的绅士——政治家、议员、枢密院成员、法官、主教和贵族，他们与那些出生于最高贵、最古老家族的绅士们毫无二致。"①

随着工业的迅猛发展，农业的资本主义经营方式破坏了田园牧歌式的农牧生活。15世纪盛行的"圈地运动"到19世纪已告结束。在1760年之前，议会共颁布了214项圈地法令，法律已经成为掠夺农民土地的工具。成千上万失去土地的农民，或沦为雇工，或加入城市产业大军，为工业革命提供了大批廉价的劳动力。英国农牧业发生了全面变革，城乡手工业发展迅速，国内外市场体系逐步形成。资产阶级的力量不断发展壮大，具有越来越重要的社会地位，在与封建贵族的冲突过程中日渐显示出优势。在社会性质微妙而复杂的变化中，英国出现了一种新的趋势，即介乎以大资产阶级和贵族为主的上流社会和以农民、雇工为主的下层社会之间的，以中小业主、牧师、律师和作家等组成的中产阶级。他们人数越来越多，势力也越来越大。中产阶级的日渐强大成为英国18世纪社会最令人瞩目的特征，这个阶级也愈益自信，他们开始建立自己的意识形态，创造自己的文学和艺术，确立自己的生活方式。

另外，由于出版审查法的废止(1695年)，印刷业开始出现繁荣局面，加上英国议会的两党争权夺利，为了控制舆论的需要，报刊文学得到了迅速发展。这些为职业作家的出现提供了必要条件。一些主要的文人、作家如艾迪生、斯梯尔、笛福、斯威夫特、斯摩莱特和约翰逊等都曾经创办或主编过报刊，哥尔德斯密曾

---

① A. 古德温. 新编剑桥世界近代史：第7卷[M]. 中国社科院世界史研究所组，译. 北京：中国社会科学出版社，1999：74.

为十几种杂志报纸撰稿,以此为生。在伦敦的格勒勃街聚居着一批穷困文人,他们以写作为业,根据书商、杂志、报刊的要求撰文编书。他们的收入虽然微薄到只能勉强糊口,但卖文为生毕竟有了生存的途径。随着印刷业的发达,图书市场的形成,文学拥有了广大的读者群,他们逐渐成为职业作家存在的基础。约翰逊被契斯特菲尔德拒之门外而走投无路的日子一去不复返了。约翰逊能够宣布他不再需要恩主的关怀也就成了历史发展的必然。

同时,教育的发展使一般下层群众中识字的人数大大增加,文学成为公众重要的消遣方式,印刷技术的提高使书刊的发行量愈益增大,传记文学有了一个庞大的读者群,这又反过来刺激了传记写作,扩大了传记作者的队伍。光荣革命以后,英国资产阶级同贵族分享了统治权,君权和神权受到严重的挑战,人的地位上升了。蒲柏在诗中写道:认识你自己吧,不必专注于上帝,人类正当的研究是人。随着贵族阶级的逐步没落和中产阶级地位的提高,这一时期出现了独立的职业作家,他们以写作为生,不再需要贵族恩主的庇护,有了较多的写作自由,他们把目光转向了自己的阶级。对传记家来说,诗人、作家、学者、演员,成了他们最喜欢的写作对象。

选择普通人作为传主的传记思想指引着约翰逊选择传主的具体标准。正如罗伯特所说,对于约翰逊来讲,"尽管人类愿望之虚妄也是他传记的恒常主题,但是他并不相信人类的努力结果必定是徒劳。他的传记作品为定义人类的可能性和取得成就的正确范畴提供了帮助。"①在他的布道书之一中,他说:"有两种情况,无论是分开还是联合在一起的,使得人类的任何成就都值得尊重。一种就是对社会要有用途;另一种就是这种能力或是用途值得人们去获得它。"②他的第一个标准解释了他为什么对牧师、医生、发明家、学者或是作家极为尊重。约翰逊的第一部传记的传主就是一位百科全书式的学者和牧师,保罗·沙皮(Paul Sarpi);第二部传记的传主是博尔哈弗(Boerhaave),一位未能成为牧师的著名医生。按照约翰逊的理解,"医生这一职业在对人类最为有益的职业当中位列第二。"③在约翰逊早期传记作品中的传主如西德纳姆(Sydenham)、莫林

① Robert Folkenflik. *Samuel Johnson, Biographer*[M]. Ithaca and London: Cornell University, 1978: 56-57.

② Samuel Johnson. *The Yale Edition of the Works of Samuel Johnson, Vol. ix*[M]. Mary Lascelles (Ed.). New Haven: Yale University Press, 1971: 475.

③ Samuel Johnson. *The Yale Edition of the Works of Samuel Johnson, Vol. vi*[M]. George Milne (Ed.). New Haven: Yale University Press, 1965: 278.

(Morin)和布朗(Browne)等都是医疗人员。再看约翰逊在《诗人传》中请求追加的传主:詹姆斯·汤姆森是苏格兰诗人和剧作家;约翰·庞弗雷特(John Pomfret)是贝福德郡卢顿城的一位牧师和诗人;艾萨克·瓦茨(Isaac Watts)是赞美诗创作者和公理会牧师。约翰逊对瓦茨的崇敬是很明显的。瓦茨是约翰逊所选传主中最为接近圣徒的一位传主。在他的性格中,虔诚占主导地位,而且很明显给约翰逊留下深刻印象的是他与基督教相关的文学成就。约翰逊承认瓦茨在文学单个领域并没有获得伟大成就,但是他既是诗人、哲学家,也是神学家,是为四年级孩子而写《教义问答手册》的作者;托马斯·耶尔顿(Thomas Yalden)也曾是赫福德郡查尔顿(Chalton)和柯林威尔(Cleanville)两个相邻小镇的牧师和诗人;而理查德·布莱克摩尔(Richard Blackmore)则是一位值得尊敬的医生,是一位写作与宗教相关题材的作家。由此可见,约翰逊选择传主很看重其职业是否对社会、对人类有益。

可以说,约翰逊选择这些传主和他的宗教观密切相关。约翰逊与鲍斯威尔的对话中常常涉及宗教话题,约翰逊的作品、日记、书信,特别是他的《祈祷与沉思》,展现了他对英国国教以外其他教派的否定态度,反映其内心思想上的矛盾与冲突。

约翰逊对罗马天主教的犹疑态度,充分展现了他的复杂心态。一方面约翰逊明确拒绝许多罗马天主教的教义和实践。① 而且他在字典中对改革、圣餐变体、教皇等词的解释毫无疑问地反映了他对罗马天主教有着强烈的嫌恶之感,他对沙皮生平和兰波作品的翻译,更印证了他对罗马天主教的恶意。但另一方面,由于他对使徒时代或初期教会和教会权威的信仰,使得他对罗马天主教徒比其他许多形式的不信国教者寄予了更大的同情。约翰逊比他同时代的大多数英国人更少地反对罗马天主教,甚至对鲍斯威尔说:“如果可能,我会成为一名天主教徒。”② 他自己相信“炼狱”以及为死者进行祷告的功效都与天主教有联系。虽然立足于教父们的教义,但他又是一位完全的英国国教徒,所以他是有条件地为去世妻子的灵魂和亲属而祷告。

英国国教的教阶制度是教会权威和秩序的象征。约翰逊对此抱有深深的怀念与尊敬。而17世纪的清教徒开启了一个秩序被破坏、既定规则被废止的时代,给世界带来了不确定、狂乱和焦虑。这也是他特别鄙视17世纪清教徒的原因。他在《巴特勒传》中写道:清教徒心情忧郁,顾虑重重,有着假惺惺的一本正

①② James Boswell. *The Life of Samuel Johnson, LL. D. Vol. iii* [M]. London: Macmillan and Co., Limited, 1900: 407, 289.

经和浓厚的迷信思想。他哀叹17世纪中期的不稳定和荒诞不经的纷乱和暴动混淆了教义，颠倒了秩序，扰乱了公众与私人的宁静。而最大的破坏就是失去了权威，服从的思想被“嘘”的一声赶走了，不安定的改革者们把半生不熟的概念传播给人们，使得每个人都变成牧师，并组织宗教集会。同样，在《弥尔顿传》中，约翰逊对无政府主义进行了攻击，认为对自由的过分热爱会导致权威的丧失。约翰逊发现，没有教会的社会是危险的。他提倡一种有节制的埃拉斯都形式，即国家建立教会并规范公民在教会生活的权利，管理者不仅负责保护他们的财产，更要提高他们的道德水准。“公民生活中缺乏的，只有通过宗教来填补，因此，政府的第一职责就是在社区内普及一种宗教精神。”①

由于约翰逊坚信英国国教的体制，认为它是唯一与初期教会的实践相一致的，所以他拒绝了教会体制的所有其他形式。约翰逊虽然诚挚地称赞卫理公会派教徒，认为他们还未脱离英国教会，他们简易的布道风格可以使普通百姓理解福音，②但他非常不信任卫理公会派教徒所持有的感情主义。他曾帮助约瑟夫·特拉普(Joseph Trapp)把反对宗教“狂热”的文章发表在《绅士杂志》上，使之得以普及。约翰逊反对卫理公会派教徒“内在之光”的概念，认为此说是一种个人行动而不需依靠任何外在权威，这与社会和公民安全原则背道而驰。③ 盲目信任个人判断不应该取代公共宗教和道德权威的既定形式。

尽管约翰逊愿意接受长老会应该是苏格兰的国教，但当他与鲍斯威尔去苏格兰旅行时，甚至拒绝进入长老会教堂。他不能容忍长老会的礼拜形式出现在他的面前，因为他们“没有教堂，没有使徒的圣职任命，没有像《罗马弥撒书》和《普通祈祷书》那样的公众祷告形式。”④ 他在长老会教友弗朗西斯·切讷尔(Francis Cheynell，1608—1665)的简短小传中，辛辣地讽刺了长老会教友们的布道，那是“吵闹的、没有意义的。”⑤

约翰逊不断强调人类愿望的虚妄、不可靠以及人类的自我欺骗性，他认为卡尔文教教义中的神选和宿命观部分存在问题。神选意味着个人有希望被拯救，而宿命

① Samuel Johnson. *Sermons*[M]. Jean Hagstrum and James Gray (Eds.). New Haven & London: Yale University Press, 1978: 252-256.

② James Boswell. *The Life of Samuel Johnson, LL. D. Vol. i*[M]. London: Macmillan and Co., Limited, 1900: 458-459.

③④ James Boswell. *The Life of Samuel Johnson, LL. D. Vol. ii*[M]. London: Macmillan and Co., Limited, 1900: 126, 103.

⑤ Samuel Johnson. *Early Biographical Writings of Dr. Johnson*[M]. J. D. Fleeman (Ed.). Farnborough: Gregg International, 1973: 396.

则是神永恒的旨意。这样的确定性是约翰逊深深怀疑且不能接受的。

在约翰逊的散文、诗歌、小说和传记等写作中，宗教始终是他关注的重要议题。在《漫游者》最后一期中，约翰逊告诉读者他写的这一系列文章"完全符合基督教的教义，没有丝毫现时代的轻浮与放纵。"①甚至在他编撰的字典里都渗透着宗教思想。他频繁地熟练引用17世纪神学家们的作品，而理查德·巴克斯特（Richard Baxter）、劳和塞缪尔·克拉克（Samuel Clarke）更是约翰逊的至爱和行动上的榜样。虽然他在字典中排除了克拉克，只是因为关于三位一体的学说在思想上有悖于传统，但是后来，他强烈要求鲍斯威尔研究克拉克、阅读他的布道书。② 由于字典中大量引用神学话语来做例证、解释，以至罗伯特·戴玛瑞亚总结道："在约翰逊的课程表中，宗教是最重要的科目。"③而且在字典第四版修订时（1773），约翰逊加上了大量的宗教诗歌和来自英国国教徒辩论者们的材料，使得艾伦·莱迪克写道："神学文章奇妙地融合于修订版中。"④

约翰逊的宗教关怀不仅体现在他的作品里，也是他平时通信、谈话和日记的主要话题。1763年，他写信给在乌特勒克（Utrech）学习的鲍斯威尔："你也许想问，我会推荐你学习哪些科目，我是不会提到神学的，因为你试图知道上帝的意志不该当作一个问题。"可见约翰逊对神学的地位评价是列于所有科目之上的。鲍斯威尔和他一起游历赫布里底群岛（the Hebrides）时，他们设想由俱乐部所有成员任教员，在圣安德鲁斯大学新开一学院。约翰逊宣称："神学我只相信我自己。"但考虑到托马斯·波西（Thomas Percy）是一位牧师时，他谦虚地决定把这门课分成两半，"应用神学"由波西来教，而把"形而上学和经院神学"留给自己。在这里，他把牧师所做的实践称为应用神学，对自己在神学的学术性、思辨性方面很有信心。在1775至1781年间的日记中，约翰逊多次下决心要"研究神学"，⑤大约有20次决定阅读《圣经》，并且特地决心"要收集赞成基督教的辩论"。⑥ 约翰逊作为基督徒、

---

① Samuel Johnson. *The Rambler*[M]. W. J. Bate and Albrecht B. Strauss (Eds.). New Haven & London: Yale University Press, 1969: 320.

② James Boswell. *The Life of Samuel Johnson, LL. D. Vol. iii*[M]. London: Macmillan and Co., Limited, 1900: 462.

③ Robert DeMaria. *Johnson's Dictionary and the Language of Learning*[M]. Chapel Hill: University of North Carolina Press, 1986: 222.

④ Allen Reddick. *The Making of Johnson's Dictionary, 1746-1773*[M]. Cambridge: Cambridge University Press, 1990: 121.

⑤⑥ Samuel Johnson. *Diaries, Prayers, and Annals*[M]. E. L. McAdam, with Donald and Mary Hyde (Eds.). New Haven & London: Yale University Press, 1958: 57, 268.

道德家和宗教的提倡者的声誉使得伦敦一书商愿意出巨资请他著书《祈祷仪式》。约翰逊被同时代人尊称为"道德导师和基督真理的支持者"。[①] 由此可见,约翰逊的宗教关怀使他倾向于选择牧师或是与宗教相关的人物作为他的传主。

从约翰逊第二个选择标准可以看出他坚信人类优秀事迹的榜样作用。他在选择传主时,要看其是否有卓越的成就或是能够给人以示范的美德。在追求一种不可能的完美状态的过程中,勤奋努力和持之以恒的必要性是约翰逊喜欢的话题。如《漫游者》第137篇中,约翰逊写道:"要是期望科学的错综复杂能够被毫不在意的一瞥看穿,或是杰出的声誉没有经历辛劳即可获得,这是在期望一种特权,而这种能力是拒绝给予人类的。"[②]在"蒲柏传"中,约翰逊赞扬蒲柏积极的思想,"具有雄心壮志和冒险精神,还总是能够深入调查,有抱负;以最为宽广的方式搜寻,仍然渴望向前推进;以最高的方式飞行,仍然希望飞得更高;总是想象着某种事物比知道的要伟大,做事总是比力所能及还要努力。"[③]另外,约翰逊在"蒲柏传"中说,"自信是从事伟大事业首要的必不可少的条件。"[④]"自信"也是约翰逊在传记中常常提及的主题。在《诗人传》中,德莱顿、艾迪生和塞维奇这些诗人都很自信,在他们的传记中都有约翰逊对他们"自信"的赞扬。约翰逊赞扬瓦茨,因为他能够与洛克进行对抗。"弥尔顿传"中,约翰逊为"自信"所带来的价值和危险提供了最好的例子。约翰逊笔下,年轻的斯威夫特在都柏林大学期间,平时学习并不勤奋,日子过得也不算快乐。毕业时,斯威夫特成绩不达标,在特别照顾下才勉强获得学位。这件事情让斯威夫特感到很羞愧,而羞愧感有时也能改变一个人,有其积极的作用。从那时起,他决定每天学习8小时,这样持续坚持了7年时间,他所取得的长进是有目共睹的。约翰逊认为斯威夫特这段经历值得人们去记住,对那些在闲散中荒废了一段时间又试图在绝望中抛弃剩余时光的人可以提供有益的告诫和强有力的鼓励。约翰逊在"艾迪生传"中谈到传主的美德时提到:艾迪生不是那种只在去世以后才得到人们赞扬的人,他的美德在

---

① O M Brack, Jr. and Robert E. Kelley (Eds.). *The Early Biographies of Samuel Johnson*[M]. Iowa City: University of Iowa Press, 1974: 134-135&186&220.

② Samuel Johnson. *The Works of Samuel Johnson, LL. D. In Nine Volumes Volume the Third: The Rambler, Vol. ii* [M/OL]. [2004-03-02] http://www.gutenberg.org/cache/epub/11397/pg11397.html

③④ Samuel Johnson. *The Lives of the Most Eminent English Poets, Vol. iii*, with Critical Observations on Their Works, with an Introduction and Notes by Roger Lonsdale[M]. Oxford: The Clarendon Press, 2006: 217, 89.

当时就得到了广泛的认可。约翰逊援引处于反对党阵营斯威夫特的观点来加以证明。斯威夫特认为：那场选举他以绝对性的优势胜出，无人能够与之竞争，而且斯威夫特附加了一句："如果他提议自己当国王，他也几乎不会遭到人们的拒绝。"①因为艾迪生对待自己政党的热情并没有使他对反对党成员的友好表现不复存在。他在爱尔兰期间出任国务秘书时，他并没有中止与斯威夫特的结识。这可以从斯威夫特 1717 年 7 月 9 日写给他的一封信中得到证明："我非常感谢……您慷慨的意图，您来到爱尔兰，使得政党让位于友谊，继续与您的朋友交往。"②

再有，约翰逊对出生卑微但经过自己的努力奋斗而取得成功的人士也非常感兴趣，愿意为他们作传。《诗人传》中的蒲柏就是一例，约翰逊尊重蒲柏，因为他能够靠自己的诗歌创作而赢得财富使自己脱离贫困。诗人普拉尔(Prior)也是一例，他出身卑微，后脱颖而出成为一名诗人和外交官，官至副国务卿和贸易部部长。约翰逊相信社会存在着等级差别，对出身和家世特别关注，而且他抱有这样的一种理想：即高贵身份和贵族文化是社会秩序和道德公正的具体化。而现实生活中贵族的行为不端并不是理想本身的错误，而是实现这一理想的失败。约翰逊认为，尤其是在女士中间，后天的教养可能是所有等级的人都可以拥有的，但一个人很容易就能分清"天生的出身名门的淑女"。在 1776 年 4 月 6 日的谈话中，他认为卡德罗斯伯爵(Lord Cardross)拒绝去西班牙做大使的秘书是正确的，因为大使詹姆斯·格雷爵士(Sir James Gray)的等级比他低，或许在利益方面他做错了，但在尊严方面他做得非常出色。"先生，如果他去做秘书的话，对他的爵位和家庭来说，他就会成为一个叛徒。"③尽管约翰逊如此注重身世和等级，但他对自己的下层家世从不隐瞒。一次鲍斯威尔听到他公开承认自己的出身卑贱：因为他几乎说不出谁是他的祖父。约翰逊极为赞赏从马夫起家的书商罗伯特·道兹雷的诚实态度。1776 年 3 月 20 日的谈话中，鲍斯威尔高傲地认为应该有人为道兹雷写部传记，因为他虽然从马夫起家，但他和同时代的文人交往颇深，并通过文学实践使自己的地位得到了提升。沃顿先生说他刊印了一本题为《马车出租店的缪斯》的小册子。约翰逊回答道："我怀疑道兹雷的兄弟是否能够感谢为道兹雷写传记的人？然而，道兹雷自己并非不愿意被人记起他先前

---

①② Samuel Johnson. *Lives of the English Poets, Vol. ii* [M]. George Birkbeck-Hill (Ed.). Oxford: Clarendon, 1905: 118.

③ James Boswell. *The Life of Samuel Johnson, LL. D. Vol. i* [M]. London: Macmillan and Co., Limited, 1900: 507.

的卑贱地位。当利特尔顿伯爵(Lord Lyttelton)的《死者的对话》出版的时候,其中之一是关于古代美食家艾皮西斯(Apicius)和现代美食家达提诺夫(Dartineuf)之间的对话,道兹雷对我说,'我非常了解达提诺夫,因为我曾经是他的马夫。'"①约翰逊欣赏道兹雷敢于直面自己低贱身世的勇气,乐意为他这样的人作传。

除此之外,约翰逊对具有同情心和慈善之举的人怀有崇敬之情,选择他们作为传主,浓墨重彩地强调这些品质。约翰逊写得最长的一篇传记"塞维奇传",后纳入《诗人传》中,其传主塞维奇是一位不出名的诗人,尽管他有许多坏毛病,但约翰逊认为"有同情心"是塞维奇最为突出的品质。他能够把自己仅有的一基尼钱分一半给一位落魄的妇女,而且他知道这是在他陷入谋杀案件时在法庭上作证反对他的那位妇女。具有慈善之举的还有诗人蒲柏,他曾帮助道兹雷开店,也是帮助塞维奇筹钱去布里斯托尔的主要赞助人。在简短的"戛斯(Garth)传"中,有一大部分是介绍诊疗所的背景,赞扬戛斯和医生们的慈善之举,试图建立一种体系来为贫困者免费治疗。戛斯来自约克郡,家境很好,在剑桥大学学习后成为一名医生。作为一位慈善之人他总是被人们提及。尽管他是一位积极的、狂热的辉格党人,与约翰逊的政治观相反,但约翰逊仍然高度评价他的义举。在"格雷传"中,尽管约翰逊对诗人格雷有偏见,但是他也不忘借格雷朋友梅森之口来赞扬他的善举。"梅森先生通过自己的了解,补充道,尽管格雷并不富有,但是他从不嗜钱如命。他总是非常乐意地从他仅有的钱财中拿出一部分来帮助那些贫困之人。"②在"瓦茨传"中,约翰逊极力赞扬瓦茨谦虚温和的性格以及他对待孩子和贫困人士的爱心。尽管他的年收入还不到100英镑,他自己也长期寄居在朋友家中,然而他把自己三分之一的年收入给予贫困的人。考虑到孩子们的接受能力,他有意识地放下学者、哲学家和智者的架子,创作一些表达奉献和忠诚的短诗来迎合孩子们的需要。在逻辑推理能力方面,瓦茨可以与哲学家洛克相竞争,但瓦茨同时还可以为小学四年级的学生们写教义问答书。由此可见,瓦茨除了在物质上对弱势群体给予帮助之外,也不忘在精神上给予他们关心和爱护。

那么,约翰逊选择诗人作为传主和他的传记思想有什么样的关系呢?约

---

① James Boswell. *The Life of Samuel Johnson, LL. D. Vol. ii* [M]. London: Macmillan and Co., Limited, 1900: 194.

② Samuel Johnson. *Lives of the English Poets, Vol. iii* [M]. George Birkbeck-Hill (Ed.). Oxford: Clarendon, 1905: 433.

翰逊在《诗人传》中实践了自己的传记思想，彰显自己的主体精神。正如美国文学批评家和传记家艾德尔所说："传记家在企图了解另一个人的生平之前必须试图了解他自己。然而我们很清楚，自我认识是不太可能的，而我们的两难处境是，要写一部好的传记我们必须在一定程度上把我们自己同传主同一起来。"[①]每位传主都有特定的社会和文化身份，传记家不能站在局外人的立场观照传主，而应当假定自己获得了传主的身份，站在他们的立场，设想着自己也处于传主那种历史背景和生活形境中，推测在特定的历史条件下，他的思想、情感以至心理活动，发现他之所以那样思考、那样行动的原因。《诗人传》中的诗人们大都和他有直接的接触，有着相同的经历、共同的爱好。例如"柯林斯传"中，约翰逊提到，大约1744年，柯林斯来到伦敦，作为一位文学冒险者，他头脑中有着许多写作计划，但是口袋里却没几个钱。也是在这个时候，约翰逊与他相识，成为朋友。在约翰逊印象中，柯林斯长相体面，有男子气概；他知识渊博，视野开阔，谈吐优雅，性格爽朗。然而，就是这样一位优秀的诗人，每天却提心吊胆地过着日子，一方面担心自己的晚餐是否有着落，另一方面担心债主逼债。约翰逊感叹道：在这样的情况下，人没法拥有抽象沉思或是深度探究的倾向。尽管柯林斯有着雄心壮志，"他[柯林斯]发表了写作《知识复兴史》的计划，我[约翰逊]也听到他盛赞过里奥十世，带着强烈的憎恨批评过里奥那些粗俗的继位者。但可能该书一页都没有写成。他曾计划写几部悲剧，但他只是有个打算而已。他只是时不时地写些颂词和另外一些诗歌，其他几乎很少涉及。"[②]有着类似贫穷经历的约翰逊对于柯林斯未能完成自己的写作计划给予了同情性的理解。

约翰逊把52位诗人作为写作对象，改变了过去主要以封建君王和贵族为传主的局面，虽然这些诗人中有一些在当时和后代非常著名，如弥尔顿、德莱顿、蒲柏等，但多数都是生前、生后都默默无闻的小人物。如塞维奇，后人记住他的名字完全是靠约翰逊的传记。所以约翰逊的《诗人传》可以证明普通人同样可以成为传主，也可以成为优秀的传记作品的传主。

既然约翰逊选择了诗人作为传主，那么选择什么样的传记材料，也是书写主体的自由，但是实际上还是受到各种隐含条件的制约，传记家和传主的自身经

---

① Leon Edel. Writing Lives: *Principia Biographica*[M]. New York: W. W. Norton, 1984: 63.

② Samuel Johnson. *Lives of the English Poets, Vol. iii* [M]. George Birkbeck-Hill (Ed.). Oxford: Clarendon, 1905: 314.

历、文化结构、时代精神和历史情境等因素都制约着书写主体选择传记材料的范围。

书写主体的权力之二：传记材料的选择和使用

书写主体的权力之二就是传记材料的选择和使用。传记的历史性要求传记家拥有丰富的资料，而且应当具有科学的观点和方法。1777年约翰逊开始写作《诗人传》的时候，他还是按照出版商们预想的计划，简单介绍诗人们的生平并对他们的诗歌做简短的评论。写作过程中，材料的不足是约翰逊面临的最大困难。《诗人传》中的一些传记如"彭姆弗雷特传"(Pomfret)、"斯戴普尼传"(Stepney)、"杜克传"(Duke)、"沃西传"(Walsh)和"萨姆威尔传"(Somervile)就非常简短，原因就是缺乏有关传主本人的生平、性格以及同他们直接联系在一起的人物和事件的材料。约翰逊懂得收集材料是传记写作的必备条件。他曾请鲍斯威尔收集詹姆斯·汤姆森在苏格兰当地的一些材料，也曾到剑桥查阅艾萨克·瓦茨的档案材料并询问相关情况，走访牛津到包德林(Bodleian)图书馆查阅没有公开发表的手稿，但是像这样到传主生活和工作过的地方进行实地考察，对传主的亲友、同事、邻居、后代以及有关专家等进行询问的做法相对而言还是少了些。而且，在此之后约翰逊很少重复这样的工作。这是由于一方面出版商们为了回应约翰·贝尔，不断催促约翰逊让他尽快成书。正如约翰逊后来在《诗人传》(1781)的广告上宣称的那样，如果时间再充裕点，他会写得更加有信心。因为这项工作是应时的，而且始料未及的，他必须设想以更少的材料来写，而不是有更长时间的预先设想来收集资料。另一方面传记材料的选择同收集一样，也是一项十分艰苦而且耗时的工作。正如约翰逊在1774年告诉鲍斯威尔的，"我相信事情总是这样的，谁收集的信息越多，他的工作进度就会越慢。"①那么，约翰逊是通过什么样的方法来收集资料，选择资料而又熔铸为自己作品的一部分的呢？

约翰逊学术界的同仁都认为他缺乏一位真正"研究者"的习性。霍金斯把他描述成"从来不是一位孜孜不倦的事实或趣闻的询问者，而且对于固定

---

① Bruce Redford (Ed.). *The Letters of Samuel Johnson, Vol. ii*[M]. Princeton: Princeton University Press, 1992: 127.

的日期也不是非常准确……像他这样的天才,否认如此具有奴性的劳动。"①埃德蒙·马龙也认为约翰逊1779年4月的作品需要进一步考证。在表扬"德莱顿"是"他的传记中最辉煌的",并声称"自从亚里斯多德时期以来,还没有出现比这篇更有见地的漂亮的批评文章"的时候,马龙也指出约翰逊的缺陷:

> 然而,正如他自己告诉我的,对如此困难的工作他还没有做好准备,也没有从书本摘抄的习惯,而文学史的准确在很大程度上依赖摘抄这个习惯,他也没有兴趣查阅枯燥无味、年代久远的登记册,办公室的记录……或去公共手稿的存放处,他更加相信自己的记忆,关于那些最有名的英国诗人们他知道很多令人好奇的、有趣的细节,这些都是他在很长的作家生涯中收集的;但对于事件和日期他经常……依赖于先前传记作家所给出的信息。②

海斯特·斯拉尔和詹姆斯·鲍斯威尔认为:约翰逊的"文学史知识"是如此"广泛和令人惊讶"以至于他在头脑中早已有了写作《诗人传》必要的传记材料。③相对于海斯特·斯拉尔和詹姆斯·鲍斯威尔强调约翰逊非同寻常的记忆力而言,马龙对约翰逊完全依赖"先前传记作家"和他自己的"记忆"的评价更加尖锐。

约翰逊曾经在1775年写道,"一位作家为了写作,他绝大部分时间花在了阅读上面;一个人要写一本书,需要翻遍半个图书馆。"④这说明,约翰逊实际上很早就已经意识到,写作《诗人传》,翻遍图书馆是远远不够的,他不得不依靠马龙提及的"先前的传记"。早期一些有学识的评论家和读者常常注意到约翰逊在第一篇序文里的内容尽管精确和详细,但缺乏新的信息。当他试图提供新材料的时候,《绅士杂志》很快就会全文重印。例如他通过朋友吉尔伯特(Gilbert Walmesley)获取有关埃德蒙·史密斯(Edmund Smith)的新信息。约翰逊在

---

① Sir John Hawkins. *The Life of Samuel Johnson, LL. D*[M]. London: Printed for J. Buckland, etc. 1787: 534.

② Edmond Malone (Ed.). *The Critical and Miscellaneous Prose Works of John Dryden*[M]. London: R. Baldwin and Son, 1800: 349.

③ George Birkbeck Norman Hill. *Johnsonian Miscellanies, Vol. i*[M]. Oxford: Clarendon Press, 1897: 298.

④ James Boswell. *The Life of Samuel Johnson, LL. D. Vol. ii*[M]. London: Macmillan and Co., Limited, 1900: 344.

“史密斯传”中，写道：“关于这些详细的记忆，得益于我与吉尔伯特·沃姆斯里的谈话。”①

那么，约翰逊喜欢选择什么样的传记材料呢？纵观约翰逊的传记作品，可以看出他强调传主的私生活和家庭事务，擅长运用琐事、细节和趣闻轶事来展现传主的个性，而且他对人性的关注也是他一贯的追求。然而，在《诗人传》出版不久，就有人针对约翰逊选择传记材料的方式提出批评：

> 我们非常遗憾地看到约翰逊博士的阳刚精神退变为……“老太婆式的喋喋不休”。在阅读任何杰出人物的生平时，我们希望能够看到他超越其他人所拥有的特质：当我们可怜地被一些微不足道、和普通人一样的事件所敷衍时，我们既不能获得指导，也没有快乐可言。我们知道最伟大的人和最卑微的人一样都容易受人性的弱点所影响；那么，为什么这些弱点被记录下来？难道告诉我们《人论》的作者穿多少双袜子也对我们很重要？阿喀琉斯和瑟塞蒂兹(Thersites)吃饭、喝酒和睡觉，在这些事情上，英雄和小丑没有什么区别。告知我们荷马作品的翻译者用银器来炖鳗鱼，我们会变得更加明智或是更好吗？②

然而，约翰逊认为无论是英雄还是小丑，虽然个体有其复杂性，但他们的人性有共通的地方。约翰逊在《闲散者》第 84 篇中反对历史学家们只对英雄行为的关注：“叙述他人的生平，他通常详细讲述引人注目的事件，降低他所述故事的熟悉程度来增强它的严肃性，以此保持一定距离来显示他所喜欢的人物，装饰和夸张打扮得就像穿着悲剧性戏服的古代演员，努力来隐藏这个他塑造成英雄的人。”③而传记的目的是提供有益的道德榜样，这也是约翰逊最为关注的。约翰逊曾经对契斯特菲尔德伯爵虚伪的道德进行了批判。由于经济的发展，社会财富的增加，由大资产阶级和贵族所构成的上流社会急于模仿法国的宫廷，参加各种娱乐活动如狩猎、观剧、舞会等，也寻欢作乐，赌博、饮酒、谈情说爱，过一种奢

---

① Samuel Johnson. *Lives of the Poets, Vol. 1*[M/OL]. [2011-11-17] http://www.gutenberg.org/cache/epub/9823/pg9823.html

② Robert Potter. *An Inquiry into some Passages in Dr. Johnson's "Lives of the Poets": Particularly His Observations on Lyric Poetry and the Odes of Gray*[M]. London: Printed for J. Dodsley, 1783: 4.

③ Samuel Johnson. *The Yale Edition of the Works of Samuel Johnson, Vol. ii*[M]. John M. Bullitt, W. J. Bate, and L. F. Powell (Ed.). New Haven: Yale University Press, 1963: 262.

华的、“有教养”的生活。约翰逊对此却不屑一顾，采取蔑视的态度，并且对上层社会的虚伪深恶痛绝。契斯特菲尔德伯爵的《写给儿子的信》充分反映了当时上流贵族社会所追求的道德和风尚。其中1751年有一封信是这样要求他的儿子努力听从舞师的教诲：

> 希望他教会你人的身体能够做到的每一种优雅姿态，允许你自由进出他的房间，面对着他就好像他是一位大臣、一位女士、一位上级、侪辈、下级，等等。你要学会礼貌地坐在不同的人群中，当你有着绝对权威的时候，要自由自在地、姿态优美地斜靠着，当同样的自由不被允许的情况下，你就得谦恭地坐着。你甚至还要学会随时改变你的面部表情，值得尊敬的、快乐的、谄媚的等。你要特别注意手和臂的动作，一定要自然和优美，因为这是一个人绅士风度的主要体现。手和臂比其他任何部位都要重要，特别是在跳舞的时候。①

约翰逊称契斯特菲尔德伯爵的这些信是“教婊子的道德，舞师的举止”。② 这样的评价与蒲柏的诗句极为类似：“那些诽谤我的人，让他们成为/拙劣的作家或与之相当的人，对我来说/他们和暴民同属一类。”其中对上层社会的邪恶道德的批判具有异曲同工之效。更具讽刺意味的是这些信是伯爵写给他在出使荷兰期间(1728—1732)与一女子发生恋情之后所生的私生子的。从该私生子6岁起，契斯特菲尔德伯爵就通过书信对他进行教育，特别是教导其行为举止。这些贵族们并不介意被称作酒色之徒或是说谎之人，却不堪与舞师或作家为伍。尽管他们从舞师那里学习优雅的举止，却从来不想被错当成舞师。他们这种对社会等级和所谓的优雅举止的注重本身就是虚伪的。

约翰逊认为传记必须描述传主与他人不一致的地方，然而只描述没有弱点和怪癖的传主或仅仅是他公开的社会行为很明显有局限性。如果传主是十全十美的人，读者可能崇敬他，但几乎不可能试图去模仿他。正如鲍斯威尔对约翰逊的衣饰、吃相和坐态所作的描述一样，他自己本人也有弱点和怪癖：

---

① A. S. Turberville (Ed.). *Johnson's England*, *Vol. ii*[M]. Oxford: Clarendon Press, 1933: 337.

② James Boswell. *The Life of Samuel Johnson*, *LL. D. Vol. i*[M]. London: Macmillan and Co., Limited, 1900: 189.

他那套褐色的外衣像是生着一层铁锈,他戴着一副又小又丑、干枯而没有上粉的假发,小得不称他的头,他的衬衣领和裤膝松松垮垮,他的黑毛袜胡乱套着;他穿的鞋没有扣上,成了拖鞋。

他的吃相特别不雅:

他一坐在餐桌上,立即全神贯注;他的眼光似乎焊到盘子上了,除非同地位很高的人在一起,他决不说一个字,决不注意别人在讲什么,直到他的胃口被满足为止。他的胃口真是怕人,而且他在吃东西的时候专心致志,常常可以看到他额上青筋暴起,大汗淋漓。

约翰逊坐着时的姿态也非常奇怪:

当他坐在椅子上谈话或是想什么事的时候,他通常是把头歪向左肩一边,抖个不停,他的身子前后摆动,他的手掌在左膝上上下下抚摩。不讲话的时候,他的嘴里就会发出各种声音,有时像是嚼着什么,或是如所说的反刍,有时吹出断断续续的口哨,有时把舌头在上颚上来回滚动着,像是母鸡咯咯地叫唤,有时又把舌头伸出对着上下齿龈的前面,像是低语似的发出"吐、吐、吐"的声音。

约翰逊的这些怪癖来自童年的生活习惯,也是他自由个性的表现。约翰逊真诚地袒露自我,毫无半点虚伪做作之嫌,这正反映了他的重要品质:率真的性情。由此可见,约翰逊在选择传主材料的时候,也会关注传主的弱点和怪癖。所以,在《闲散者》第51篇中,约翰逊写道:"古代一次庆祝胜利的时候,在获胜战车上的将军旁边还会有一位奴隶,以此来提醒他奴隶也是人。"①

在约翰逊的笔下,他不断地提醒读者他的传主尽管有着杰出的成就,在本质上他还是和其他人一样,都会走向死亡。斯拉尔夫人就注意到约翰逊《诗人传》中诗人们的死亡常常是不合时宜的。例如,诗人詹姆斯·汤姆森"生活现在刚刚安逸下来,享受生活的时间不长,由于在伦敦和丘园之间的水上偶感风

① Samuel Johnson. *The Yale Edition of the Works of Samuel Johnson*, *Vol. ii*[M]. John M. Bullitt, W. J. Bate, and L. F. Powell (Eds.). New Haven: Yale University Press, 1963: 160.

寒，身心机能失调，加之没有在意，病情加剧，最后高烧不退，于1748年8月27日结束了他的生命。”①再如，诗人安姆布鲁斯·菲利普斯：“购买了400英镑的年金，现在完全可以希望过几年宽松和安静的日子；但是他的希望欺骗了他：他得了瘫痪，于1749年6月18日去世，享年78岁。”② 约翰逊在“艾迪生传”中，清晰地表达了历史和传记中公共生活和私生活方面的区别：历史“可以从永恒的纪念碑和记录中形成”，但传记“只能从个人知识中写成”。③ 所以，他在选择诗人蒲柏的材料时，不是选择先前了解的有关蒲柏对于世界的态度，而是强调蒲柏的家庭生活，选用他是如何对父母孝顺，以及父母拥有这样的儿子感到多么幸福这样的素材。约翰逊相信一个人只有在家庭事务和私生活中才能完全显露真实的自我。因为每一个人都有家庭生活或是私生活的一面，这样，传记的读者就很容易引起共鸣，正如他所说，“离我们最近的，最能够感动我们。”④同样，在“蒲柏传”中，有一部分是基于蒲柏和一位仆人的对话，约翰逊提及蒲柏的皮质紧身上衣、帆布马甲和法兰绒的背心，写他还穿着三双袜子来填充自己瘦削的腿，戴着一顶天鹅绒帽子来遮盖已经秃顶的头。像这样的信息对约翰逊来说并不是微不足道的，蒲柏的虚荣以及他身体的残疾在帽子和袜子上得到了传达。

趣闻轶事也是约翰逊在传记写作中所关注的内容。然而，18世纪的历史学家们对待趣闻轶事的态度截然相反。在历史体裁中，趣闻轶事处于最低等级。正如伏尔泰所说：“趣闻轶事是对历史尊严的贬低，历史的格言应该是告诉后代值得他们知道的事情。”⑤约翰逊却不失时机地赞扬它们。例如，当鲍斯威尔试图写作有关科西嘉的时候，约翰逊说：“给我们尽可能多的趣闻轶事。”⑥约翰逊也给读者推荐趣闻轶事。在对约瑟夫·沃顿《论蒲柏的天才和作品》的评论中，约翰逊说：“他提到的事实，严格来说，尽管他们很少是趣闻，但常常是鲜为人知

---

①②③ Samuel Johnson. *The Lives of the Most Eminent English Poets, Vol. iii*, with Critical Observations on Their Works, with an Introduction and Notes by Roger Lonsdale[M]. Oxford: The Clarendon Press, 2006: 294, 323, 116.

④ R. W. Chapman (Ed.). *The Letters of Samuel Johnson: With Mrs. Thrale's Genuine Letters to Him, Vol. i*[M]. Oxford: Clarendon Press, 1952: 240.

⑤ J. B. Black. *The Art of History: A Study of Four Great Historians of the Eighteenth Century*[M]. London: Methuen, 1926: 54.

⑥ James Boswell. *The Life of Samuel Johnson, LL. D. Vol. ii*[M]. London: Macmillan and Co., Limited, 1900: 11.

的，而这些材料会比单纯的批评要使读者愉悦。”①所以，在艾迪生、蒲柏、弥尔顿、塞维奇、史密斯、汤姆森和普拉尔等诗人的传记中，约翰逊提供了很多趣闻轶事。如“汤姆森传”中就有一系列的趣闻轶事：汤姆森初到大城市伦敦时看傻了眼，没注意自己的钱包被偷了；汤姆森第一需要就是要有一双鞋子；《阿伽门农》初次演出之后，汤姆森耽误了与朋友一起吃晚餐，是由于出汗弄乱了他的假发，直到他请理发师重新给他整理好假发才能过来吃饭；汤姆森的发音很糟糕，有一次他在朗诵自己诗歌的时候，巴伯·多丁顿(Bubb Doddington)被他奇怪的发音激怒了，以至于巴伯抓起汤姆森手中那张纸，告诉他根本听不懂他的诗。

约翰逊发挥自己的书写权力，选择自己感兴趣的传主的私生活、家庭琐事和趣闻轶事等，并且按照自己的理解去使用和解释这些信息和材料，他会回避自己不感兴趣的信息或省略不符合自己观点的材料，或是把这些信息和材料放在附录和注释以进行淡化处理，或是按照自己的需要加以阐释。约翰逊所选择的材料、使用材料的方法和阐释的途径，在很大程度上决定了传主诗人在文本中的形象。这是传记主体约翰逊实现书写权力的主要途径。

那么，传记家约翰逊是如何通过自己的经历和感受以及各种文献材料去认知传主谢思顿(Shenstone)的真实存在的呢？据杨正润所说：“传记家收集的资料主要有 3 种形态：口传资料、实物资料和文献资料。”②约翰逊在写作诗人谢思顿的传记时，虽然他和传主是同时代的人，但并没有过直接的交往，所以对约翰逊来说，他需要通过各种渠道收集同谢思顿相关的一切信息，并对这些材料进行整理、鉴别和取舍。在传记写作过程中，传记家约翰逊和传主谢思顿始终处于一种非常复杂的互动和制约关系之中。那么，要了解他们之间的复杂关系，首先要了解约翰逊有关传主谢思顿的主要材料来源；其次，要分析约翰逊对这些材料的处理艺术。

作为一位传记家，约翰逊并没有他的传主谢思顿的第一手资料。两人虽然都是牛津大学彭布罗克学院的校友，但是约翰逊在谢思顿 1732 年入学的时候，就离开了牛津。谢思顿对约翰逊很崇敬，对他的作品也很欣赏。1758 年 1 月 4 日，他在写给朋友道兹雷的信中写道：“您听说约翰逊先生的《莎士比亚戏剧集》将在这个冬天出版吗？我有一种偏见(如果可以称为偏见的话)，就是喜欢他

---

① Samuel Johnson. *The Yale Edition of the Works of Samuel Johnson, Vol. vi*[M], George Milne (Ed.). 1965: 38.

② 杨正润. 现代传记学[M]. 南京：南京大学出版社，2009：499.

所有的作品。”[1]他读完约翰逊的《漫游者》之后，于1760年2月9日写给朋友格瑞夫先生(Mr. Greaves)的一封信中写道：“他是我所知道的最扣人心弦、最清晰易懂、最简洁和最和谐的散文作家之一。”[2]由此可见，谢思顿对约翰逊及其作品是赞赏的。他有意与约翰逊会面，但却从来没有能够实现。波西也曾努力安排他们见面，但未能成功。这样，约翰逊就没有机会同传主面对面地交流，获得第一手感性材料。但是，他在与其他朋友交谈过程中，得到了一些有关谢思顿的口传资料，特别是在俱乐部、酒馆和旅店与朋友们喝茶聊天，分享趣闻轶事的时候。鲍斯威尔和皮奥兹夫人都有相关记录。如鲍斯威尔曾记录他们在一次很好的酒馆晚餐时，谈到英国的旅店文化，约翰逊深情朗诵谢思顿的诗句：“无论谁去旅行，生活总是枯燥。无论身处何方，都会唉声叹气。还是待在旅店，受到热烈欢迎。”[3]

除了口传资料之外，约翰逊也拥有与传主谢思顿相关的实物资料。约翰逊曾经于1774年9月与朋友斯拉尔先生一家人参观了谢思顿的篱索思(Leasowes)花园。这是传主生活过的地方，有他居住的房屋，也有他设计的花园。篱索思花园占地约60公顷，位于英格兰西密德兰地区黑尔斯欧文辖区，距离伯明翰有7英里路程。谢思顿在牛津大学彭布罗克学院学习四年以后并未取得学位。他在伦敦和巴斯游荡了一些日子后，就回到了自己的家乡。他在父亲的地产上，依据高低起伏的地形，开始修饰和改造这块乡村的农场。从1743年至1763年，经过他20年的建造，篱索思花园森林密布，曲径通幽，溪水淙淙，其中还布置了乡间小屋、小的修道院、长椅和存放朋友骨灰的纪念瓮。约翰逊的日记中这样写道：“今天下着雨，然而我们参观了所有的瀑布，有一个地方14个瀑布连成一线。”[4]有了这样的亲身经历，约翰逊对于篱索思花园写下了这样的名句：这是“大人物们妒忌、能工巧匠们崇敬的对象；一个将会被旅行者参观、园艺设计师复制的地方。”[5]可见实物资料对于约翰逊的传记写作也具有特别重要的

---

① Duncan Mallam (Ed.). *Letters of William Shenstone* [M]. Minneapolis: The University of Minnesota Press, 1939: 346.

②③ James Boswell. *The Life of Samuel Johnson, LL. D. Vol. ii* [M]. London: Macmillan and Co., Limited, 1900: 198.

④ Samuel Johnson. *The Works of Samuel Johnson, Vol. i Diaries, Prayers, and Annals* [M]. E. McAdam Jr. Contrib. Donald and Mary Hyde (Eds.). New Haven: Yale University Press, 1958: 218-219.

⑤ Samuel Johnson. *The Lives of the Most Eminent English Poets, Vol. iii* [M]. London: Printed for C. Bathurst, et al., 1783: 253.

意义。

最后是文献资料，这也是约翰逊写作谢思顿传记的主要传材来源。文献资料包括同谢思顿有关的一切文字材料。谢思顿所写的诗歌有一部分是传记性的，但是这些并不能满足约翰逊写作传记时的实际需要——事实上的细节。因此，约翰逊寻求一些传记材料来源来补充他自己有限的了解。据詹姆斯·H. 莱斯特(James H. Leicester)的研究发现，约翰逊的文献资料来源可以列为以下4个：特莱德威·卢塞尔·纳什(Treadway Russell Nash)的"威廉·谢思顿的一些生活细节"(Some Particulars in the Life of William Shenstone)，刊载于《沃斯特郡的历史和文物》(*The History and Antiquities of Worcestershire*, 1781)；罗伯特·道兹雷的"篱索思的描绘及传记式前言"(A Biographical Preface and a Description of the Leasowes)，刊载在《威廉·谢思顿韵文和散文作品集》(*The Works in Verse and Prose of William Shenstone*, 1764)；威廉·梅森的《格雷生平回忆录》(*Memoirs of Gray's Life*, 1775)，其中有一部分与谢思顿相关；"谢思顿的书信集"①。

那么，莱斯特提出的纳什所编的《沃斯特郡的历史和文物》中有关谢思顿的记载是否是约翰逊"谢思顿传"的主要文献资料来源呢？这个问题存在着争议。这部书和约翰逊的《诗人传》同年出版。但约翰逊多于十分之七的传记材料都来源于这一记载。实际上除了一小部分之外，前9段完全取自其中。而这部书的出版时间也很特殊，同时带来了一些问题。据约翰·安福莱特(John Amphlett)研究发现："编者纳什早在1774年6月就发表了他写作《沃斯特郡的历史和文物》的计划。这样可以吸引更多的素材，有助于编辑成册。"②结果是，作品分为两卷，第一卷1781年出版，第二卷1782年刊出。而第一卷中就包含谢思顿的回忆录。纳什对于两卷本的所有材料来源，像通常一样都列举了提供者的名字，但是对于谢思顿的叙述，只给了一个模糊的参考："这些细节我们要感谢他的一两位亲密的朋友。"③题献页上面标注的是1781年1月1日，但作品出版的时间是1781年4月4日。同年8月，《绅士杂志》上出现了有关该书的评论，

① James H. Leicester. Johnson's Life of Shenstone: Some Observations on the Sources. *Johnsonian Studies*[M]. Compiled by James L. Clifford & Donald J. Greene. Magdi Wahba (Ed.). Oxford: Oxford University Press, 1962: 191.

② John Amphlett. *An Index to Dr. Nash's Collection for a History of Worcestershire*[M]. Oxford: Printed for the Worcestershire Historical Society by J. Parker, 1895: X.

③ Treadway Russell Nash. Some Particulars in the Life of William Shenstone. *The History and Antiquities of Worcestershire, Vol. i*[M]. London: Printed by J. Nichols, 1781: 528.

并特别指明:“对于谢思顿的叙述,几乎与约翰逊博士所提供的材料相同。约翰逊博士是他在牛津大学彭布罗克学院的校友。”[①]而约翰逊的“谢思顿传”是在《诗人传》最后一卷中,早在3个月前就有相关评论。鲍斯威尔在《祷告与沉思》(*Prayers and Meditations*)中有一段引用:“1781年约翰逊最后完成了他的《诗人传》,他给出了这样的记述:三月的某个时候,我完成了《诗人传》,我是以我通常的方式写作,一会儿慢吞吞地,一会儿又匆促地写,一会儿不情愿写,一会儿写起来又充满活力而且很快。”[②]詹姆斯·H.莱斯特通过对比分析,不遗余力地证明约翰逊的“谢思顿传”参考了纳什的“谢思顿传”。他认为纳什的记述要比约翰逊的出现得早,例如有则谢思顿的童年趣闻,约翰逊非常谨慎,在前面加上了“据说”一词。约翰逊在描述谢思顿童年时喜欢读书,家人每次去市场时会带本书给他,他爱不释手,睡觉时也要放在床边才能入睡。“据说,他的请求被忽略的时候,他的母亲就会包上一块书本大小的木块,让他夜里得以平静下来。”[③]约翰逊还有两处使用了看似参考了纳什的材料,但约翰逊也保留了自己选择材料的主见。一是有关谢思顿的独身生活,“谢思顿先生从来没有结婚,但是他承认是自己的错,他没有接受他深爱着的一位女士。他在自己值得庆贺的田园诗歌中深情咏唱她的魅力,这些也是他最值得称赞的诗歌。”[④]约翰逊接受了其中的传记事实,但省略了关于诗歌的批评意见:“他从没有结婚,尽管他可以拥有那位女士,就是他在《田园诗》中向其倾诉的那位。”[⑤]约翰逊保留了自己的判断,并为诗人谢思顿的后半生感到遗憾。还有一处就是包含在纳什作品的注脚里有关第26首挽歌来源的问题。这首诗题为“致杰西的挽歌”(Elegy to Jessy),描述的是有着天真无邪思想之人的悲伤,是对放荡恋情事件的哀伤:其中一首是有关一位年轻女子的不幸命运,她被当作一位堕落的受害者代表,受到了法律不允许的爱情的诱惑;一些不知情的读者会想象这是他在对自己的一些冒险经历忏悔。然

① Sylvanus Urban. *The Gentleman's Magazine and Historical Chronicle*, *Vol. li*[M]. London: Printed by J. Nichols, 1 Aug. 1781: 374.

② James Boswell. *Boswell's Life of Johnson*, *Vol. iv*[M]. G. B. Hill, revised and enlarged by L. F. Powell. Oxford: Oxford University Press, 1934-1950: 34.

③ Samuel Johnson. *The Lives of the Most Eminent English Poets*, *Vol. iv*[M]. London: Printed for C. Bathurst, et al., 1783: 250.

④ Treadway Russell Nash. Some Particulars in the Life of William Shenstone. *The History and Antiquities of Worcestershire*, *Vol. i*[M]. London: Printed by J. Nichols, 1781: 531.

⑤ Samuel Johnson. *The Lives of the Most Eminent English Poets*, *Vol. iv*[M]. London: Printed for C. Bathurst, et al., 1783: 255.

而,根据他的记忆,这件事毫无根据;“这首挽诗的主题对他的朋友来说都非常熟悉,是理查生小说《帕米拉》中的莎莉·古德弗莱女士(Miss Sally Godfrey)的故事。”①约翰逊省略了对于不知情读者的参考,但引用了对谢思顿道德品格的辩护:“他的一生没有被任何犯罪所玷污;致杰西的挽歌,被假想为与他自己的不幸和违反法律的恋情相关,然而,他的朋友们都知道这是理查生《帕米拉》小说中古德弗莱女士的故事。”②

对于纳什的材料来源,约翰逊还省略了一处有关出版商道兹雷的重要信息,这与谢思顿早期作品的仓促出版和去世以后作品集受到批评有关。“如果他还活着,自己出版他的作品,绝对不会违背自己的意志或判断,选择那些要么幼稚、要么还未完成的作品。”③而这些相对较差的作品阻碍或降低了人们对他的尊敬。谢思顿对道兹雷选编的《杂诗集》(*Miscellanies*)常常表示极大的关心,虽然作品在被选进之前,道兹雷把所有的作品都寄给了他,然而由于谢思顿当时患有严重的疾病,他没有能够做出合适的选择。“可怜的谢思顿希望自己拥有一位朋友,就像帕奈尔对待蒲柏那样,在他去世以后,帮助他校正和出版自己的作品全集。然而,即使没有这样的有利条件,他仍然在我们英语文学史上占有一席之地。”④这段文字明显把道兹雷置于不利处境,暗指谢思顿和道兹雷之间存在隔阂。在脚注里,纳什给读者指明出处:谢思顿在写给格莱弗的一封信里,有关这个问题讲述得很清楚。信中谢思顿承认在看到道兹雷选编的《杂诗集》第一眼的时候,感到自己受到了很大伤害:“说实话,这里面出现的许多篇目是和我的意图相矛盾的。”⑤事实上,道兹雷在作品集的前言里把他与谢思顿的关系写得非常友好,而且他也是约翰逊的出版商兼朋友。约翰逊省略这一冒犯的段落也在情理之中,加之纳什的作品在这一点上也有误导之嫌,约翰逊不希望让误解延续。

从以上的分析可以看出,纳什一反常态,没有给出具体的材料来源,只是说从谢思顿的一两位朋友那里获得。而约翰逊在其他诗人的传记中也能够明确标注出处,但在《谢思顿传》中并没有说明参考了纳什的作品。最大的可能是,谢思

---

① Treadway Russell Nash. Some Particulars in the Life of William Shenstone. *The History and Antiquities of Worcestershire*, *Vol. i* [M]. London: Printed by J. Nichols, 1781: 531.

② Samuel Johnson. *The Lives of the Most Eminent English Poets*, *Vol. iv*[M]. London: Printed for C. Bathurst, et al., 1783: 256.

③④ Treadway Russell Nash. Some Particulars in the Life of William Shenstone. *The History and Antiquities of Worcestershire*, *Vol. i*[M]. London: Printed by J. Nichols, 1781: 530.

⑤ William Shenstone. *The Works in Verse and Prose of William Shenstone*, *Esq. Vol. iii*[M]. Robert Dodsley (Ed.). London: Printed for J. Dodsley, 1791: 313.

顿的这一两位亲密朋友把这些信息既告诉了纳什，也提供给了约翰逊，并请他们不要署名。这样，约翰逊能够根据这些材料，进行取舍，并形成自己独立的评价。

约翰逊第二个材料来源就是道兹雷在谢思顿作品集中所写的传记式前言。这份材料在谢思顿去世那年出版。道兹雷的意图一方面是以适合悼念朋友的方式把诗人谢思顿最好的一面呈现给读者；另一方面，作为出版商，他努力提高诗人的声誉，使他的诗作流行。这两方面的动机使得他的作品作为传记事实材料来源存在局限性。约翰逊有所保留地使用他前言中的材料：他知道当时传记家所面临的特殊困难、诱惑以及优势。道兹雷的记述在纳什的记述中也有，但也增加了另外一些细节。对于谢思顿的性格，约翰逊指出了他的材料来源："他的朋友道兹雷是这样记述的：他性格温和，为人慷慨，友善地对待他影响之下的所有人，但是一旦被冒犯，不容易平息。"[①]道兹雷也提到谢思顿经济拮据，并对诗人外貌做了简单描写。在这些方面，约翰逊尽量采用道兹雷前言中的材料："他不是一位经济学家；他出手慷慨大方，不知道如何节约使用金钱；这样一来，他透支父亲的财产。在他去世之前，这份财产已经所剩无几。但是人们回忆他在周围建起的漂亮花园，他的好客，对仆人的宽容，对贫困人士的慈善，而完成所有这些事情一年下来他花了不到 300 英镑。他去世以后，人们想要知道他留下了什么，而不是责怪他花钱无度。"[②]约翰逊改述了部分内容，对于谢思顿的慷慨和成就没有采信。他只是写成"不注意经济，不关心他的花销。"[③]约翰逊曾经生活也很贫穷，对于贫困人士总是有着同情性的理解；谢思顿收集一些赝品古董和人物雕像放置在他的花园里，约翰逊认为他还不如多多关心他家族之内或周围实实在在的人们的生活。所以约翰逊是依据自己的标准对传主进行评价。

道兹雷在前言里介绍谢思顿生平之后，对他的作品有一简要评价。对于这一评价，约翰逊也没有选择引用，而是对谢思顿作品做出自己独立的批评，而且一些观点与道兹雷的评价正好相反，就好像有意纠正或是修改当时流行的评价。因为道兹雷写作时，目的是美化谢思顿，忽略其错误，所以他要证明谢思顿的伟大，或者至少他与众不同：谢思顿"作为作家，他在简朴中透着优雅，合适中显着

---

① Samuel Johnson. *The Works of Samuel Johnson, Vol. i. Diaries, Prayers, and Annals*[M]. E. McAdam Jr. Contrib. Donald and Mary Hyde (Eds.). New Haven: Yale University Press, 1958: 255.

② William Shenstone. *The Works in Verse and Prose of William Shenstone, Esq. Vol. i*[M]. Robert Dodsley (Ed.). London: Printed for J. Dodsley, 1791: 9.

③ Samuel Johnson. *The Lives of the Most Eminent English Poets, Vol. iv*[M]. London: Printed for C. Bathurst, et al., 1783: 255.

天赋。他追求一种崇高，可以说是最高的程度；然而从他懒散的习性来看，他宁愿选择在山脚下挑选花朵来愉悦自己，也不情愿吃苦爬上比较险峻的帕纳瑟斯山（Parnassus）。"①约翰逊赞同谢思顿的作品简朴，但把"优雅"改成了"易懂"（easiness）。他认为谢思顿即使习性不那么懒散，也不一定能够到达帕纳瑟斯山。约翰逊对于谢思顿作品的批评基于他的成就，而不是他的期望，所以约翰逊更多地要显示谢思顿的缺点："谢思顿总体上易懂、简朴；他的缺点是缺乏理解力和多样性。我不知道如果他的脑子储备更多的知识，是否能够更加伟大，但他肯定能够令人更加愉快。"②在此之前，约翰逊曾经用更加形象的语言评价过谢思顿："有位女士非常赞赏谢思顿诗歌，而且还带着一只意大利灰狗躺在火炉旁；约翰逊对她说：'谢思顿在诗人中的地位与你的狗在其他狗中所处地位相当；他没有猎狗的精明，没有西班牙猎狗容易被驯服，也没有斗牛犬的勇气，然而它仍然是很漂亮的。'"③

道兹雷在他的前言中明显赞同谢思顿的退隐生活。在谢思顿生活的最后几年里，道兹雷每年都要参观谢思顿的篱索思花园，并极力赞美他朋友作为一位风景园林艺术家的成就。在谢思顿作品集的第二卷中，道兹雷增加了"篱索思花园的描绘"（A Description of the Leasowes）一文。在这热情、充满想象力的描写中，道兹雷引导他的读者环绕庄园一周，尽情显示每一个角落的美景。约翰逊引用了一些素材，试图使得篱索思花园的美能够更加持久——但并不是完全认同道兹雷的观点。道兹雷极其喜爱篱索思花园的视觉美；其中有一场景他是这样描写的："如果一位快乐的同伴能够让他对一个酒杯的概念进行拓展，他可能会想到中国人曾经设计的，在各种浪漫情景之下的一种装饰，他也可能会想到这与人世间最高级别的幸福相关。"④然而，约翰逊的世间幸福观点包含人性。在伦敦街头还有乞丐，英国的乡村还有贫困的家庭，如果谢思顿在他的土地上设计的景观能够收获庄稼，那么他会更加尊重谢思顿。所以，约翰逊在评价谢思顿的时候包含着一丝责备：谢思顿管理他的地产"更多的是为了提升它的外在美，而不

① William Shenstone. *The Works in Verse and Prose of William Shenstone, Esq. Vol. i*[M]. Robert Dodsley (Ed.). London: Printed for J. Dodsley, 1791: 10-11.

② Samuel Johnson. *The Lives of the Most Eminent English Poets, Vol. iv*[M]. London: Printed for C. Bathurst, et al., 1783: 259.

③ George Birkbeck Hill (Ed.). *Johnsonian Miscellanies, Vol. ii*[M]. Oxford: The Clarendon Press, 1897: 5.

④ William Shenstone. *The Poetical Works of Will. Shenstone, Vol. ii*[M]. Edinburgh: at the Apollo Press, 1778: 360.

是增加它的产出。”①

约翰逊在写作《诗人传》的时候，一些诗人引起了他的崇敬，一些引起了他的反感。谢思顿作为诗人和他的为人，并没有得到约翰逊特别的偏爱。如果他选择赞扬谢思顿的话，他的传记在当时会流行。当时的观点分为两类：作为诗人，谢思顿“达到与格雷相近的知名度”；②作为一位风景园林艺术的实践者，他得到了广泛的尊敬。谢思顿从喧嚣世界退隐的美德和他在篱索思花园的成就都得到了公众认可，但是约翰逊并不能完全认可他的诗歌和为人。他通过自己的独特眼光来选择传记材料，运用自己的价值尺度来评判传主，显示出自己诚实的——尽管不是充满同情心的评价。约翰逊选择写“谢思顿传”，主要是为了与同代人接受的既定观点有所不同。虚弱的赞扬，隐含的责备，直接的指责——这些批评与诗人的崇敬者和朋友们的观点不一致，他们意欲颂扬诗人为人的美好记忆，提升诗人的声誉。不可避免地，约翰逊的传记没有符合普遍一致的意见，他的作品产生了争议。即使约翰逊去世以后很久，这些敌意的批评和不同意见仍然存在。

约翰逊使用有关诗人的口传资料、实物资料和文献资料，行使其书写权力，表现在他书写《诗人传》的整个过程中。下文就以《塞维奇传》为例，详细分析约翰逊选择传记材料的深层原因。

约翰逊的选材艺术——以“塞维奇传”为例

传记家常常面临着纷繁复杂的材料，他选取什么，舍弃什么，实际上也是对传主的一种理解或解释，反映了书写主体的兴趣、爱好和能力。优秀的传记家总是以敏锐的眼光遴选那些最能使传主人格发出闪光点、使人物形象突显的材料。约翰逊并不对现代传记家所说的“研究”感兴趣。他甚至没有试图对塞维奇出生时的情况做调查，他也没有去安德鲁那里考证塞维奇接受洗礼的注册记录。与塞维奇的谈话不是访谈性质的，约翰逊没有做任何笔记。他对塞维奇早期的生活知之甚少，又无法接近塞维奇认定的母亲麦克雷斯菲尔德女士（Lady Macclesfield，当时，约翰逊写作《塞维奇传》时是 70 岁的布莱特夫人）。塞维奇

① Samuel Johnson. *The Lives of the Most Eminent English Poets*, *Vol. iv*[M]. London: Printed for C. Bathurst, et al., 1783: 253.

② Marjorie Williams. *William Shenstone*[M]. Birmingham: Cornish Brothers Ltd., 1935: 101.

先前的提携人、散文家理查德·斯梯尔(Richard Steele)以及女演员安妮·欧尔德菲尔德(Anne Oldfield)都已经离开人世。他仅有的几位称得上亲密的文学朋友詹姆斯·汤姆森在瑞契蒙德(Richmond)过隐居的生活,而亚历山大·蒲柏患了致命的癌症,生活在退肯汉姆(Twickenham)。约翰逊是如何在"塞维奇传"的写作实践中组织材料的呢?

在约翰逊和塞维奇见面之前,除了他自己的陈述之外,并没有文件证明塞维奇的真正出生。在他18岁的时候,有关他出生的正式文本才首次出现。那是在1715年11月,他由于参与在苏格兰的詹姆士二世党人的起义,被控告犯有政治颠覆罪而遭逮捕。《每周信息报》(*Weekly Packet*)报道:"塞维奇先生,已故的立弗斯伯爵的私生子被控告拥有一本不忠的小册子(这是他自己所作的一首打油诗)","那是虚假的、对乔治陛下的带有讽刺意味的颂词。"他通过检举"印刷商中的一位贝林顿先生(Mr. Berington)而得以逃脱罪责。"[①]在接下来的18个月,秘密行动机构中一位负责查办一群与格雷酒馆有关的年轻人颠覆事宜的政府官员罗伯特·格林(Robert Girling)跟踪调查塞维奇。[②] 而"新门"小册子对此所作的评论是:"随着自己的成长,他对此事感到很惭愧,尽自己所能不使这个版本流传开来。"[③]约翰逊对这本不忠的小册子在传记中没有做任何引用,只是简单地提及这些带有政治色彩的作品"可能淹没在不计其数的小册子中了。"[④]这里暗示着约翰逊对可能引起骚乱的不安定因素的态度,同时也显现约翰逊对詹姆士二世党人的同情。以历史发展的眼光来看,约翰逊并非像有人所认为的那样,是一位追求"自由""进步"观念的激进主义者,而是一位沉湎于过去的保守主义者。但是在约翰逊时代,"激进主义"更多地包含着贬义,等同于"动乱"。激进主义者给社会带来的是暴乱、屠杀、战争和侵略等。伯克在《法国革命感想录》中就曾经把1789年法国大革命骂得"狗血喷头"(潘恩语)。[⑤] 而约翰逊作为一位有着时代良知的人文知识分子,他的政治理想独立于世俗权力,并不依附于直接的政

① Clarence Tracy. *The Artificial Bastard: A Biography of Richard Savage*[M]. Toronto: Toronto University Press, 1953: 30.

② Richard Holmes. *Dr Johnson & Mr Savage*[M]. London: Flamingo, An imprint of HarperCollins Publishers, 1994: 65.

③ Richard Savage. *The Poetical Works of Richard Savage*[M]. Clarence Tracy (Ed.). Cambridge: Cambridge University Press, 1962: 26.

④ Samuel Johnson. *Life of Savage*[M]. Clarence Tracy (Ed.). Oxford: Clarendon Press, 1971: 12.

⑤ 托马斯·潘恩. 潘恩选集[M]. 北京:商务印书馆,1981:110.

治行为。他坚守的是关于人的思索、人的探讨和人的精神追求。对他来说，政治就是基于逻辑的辩论，人的本质是理性的，暴力和强权都不会导致合理的政治。这显然与政治家们的观点格格不入。约翰逊对塞维奇带有政治色彩的作品的态度，表明了约翰逊对人类命运的关注以及对和平、稳定社会生活的向往。

除了对这本不忠的小册子在传记中没有做任何引用之外，约翰逊也没有参考“弗尔维亚”①和“完美的自然”②这两首诗。1728年，塞维奇作了一首题为“弗尔维亚”的诗，但一直到1737年才在《绅士杂志》上发表，因此，约翰逊不可能错过它，但他在传记中从未提及。这首诗显示了塞维奇在1728年对可靠的年金或是聪明的朋友所作选择的思考，重构了弗尔维亚在1728年主办的时尚宴会，而当时塞维奇是文学沙龙的贵宾，弗尔维亚则是活跃于伦敦社交圈的一位女士，以她的激情、诽谤和瓜德利尔舞，以及味道鲜美的饭菜和锋利的口才而闻名。她对麦克雷斯菲尔德夫人的做法非常愤慨，因此决定帮助塞维奇。她把塞维奇捧为社交场合的宠儿，与他调情，把他介绍给自己富有的贵族朋友，敦促他继续对麦克雷斯菲尔德夫人发动攻击，希望对她进行更多的诽谤，给他更多建设性的启示：

> 宴会开始，我和贵夫人们坐在一起，
> 她讲我的故事，重复我的智慧。
> 你的《私生子》多么好！为什么如此温和，
> 这是一位什么样的母亲！再来讽刺。

塞维奇极不情愿地被说服了。他新的诗作开始在弗尔维亚圈子中的贵妇人们当中流传。他的名字对她们来说是一种刺激：“名声，令每个好奇的美女热情似火！”诗歌传播谣言就像房子着火，最后麦克雷斯菲尔德夫人和她的女儿被迫与他协商：

> 野火在蔓延；从一本一本的诗集中产生，
> 布莱特一家惊慌了，提议单独和解。

① Richard Savage. *The Poetical Works of Richard Savage* [M]. Clarence Tracy (Ed.). Cambridge: Cambridge University Press, 1962: 93.

② Richard Holmes. *Dr Johnson & Mr Savage* [M]. London: Flamingo, An imprint of HarperCollins Publishers, 1994: 138.

情况就此发生了变化。当弗尔维亚听到塞维奇和他母亲之间要达成和解的时候,她的态度改变了:不是去庆祝她的诗人,而是轻蔑地拒绝了他。她对整个故事的兴奋很快冷却了——“这个故事很老套,塞维奇被看成是令人讨厌的人。诗是什么,只是娱乐?”他要重新获得弗尔维亚的喜欢,唯一的希望就是与麦克雷斯菲尔德夫人的合约关系决裂,发表诗文,发起新的攻击:

> 我开始,我瞪着,稳稳地站着,稍顿片刻,
> 然后迟疑,然后沉思,然后微笑。
> ‘夫人——一份年金失去了——哪里可以得到补偿?
> ‘先生(她回答)实际上你将失去你的朋友’。

社会重演的速度被有效地戏剧化了,他很快开始反对弗尔维亚:

> 让弗尔维亚的友谊与每个怪念头旋转!
> 一根芦苇,一个风向标,一个阴影,一个梦。

塞维奇以嘲弄的鞠躬离开了,“轻视和看透一切”。诗戛然而止,对自己声誉的嘲讽寓言以 26 行诗结束了。诗中有两种声音,一种来自弗尔维亚,另一种来自“我”,这两种声音不断地变换,这是塞维奇天才的重要方面。私生子与母亲的抗争形成冲突,虽然他们使用的武器仅仅是语言加上智慧,在冲锋与阻挡的较量中,暂停时刻是塞维奇受到启发的时刻。

约翰逊从没有直接参考弗尔维亚,或是借助她来反映塞维奇人格的某些方面,但他似乎理解塞维奇的声誉,使他对麦克雷斯菲尔德夫人代表的每件事都要反对。他写道:“她被认为是一个怀有恶意的残酷的敌人,只有他的血液能够满足她。”①

在传记中,当塞维奇能够左右流行趣味的时候,塞维奇甚至匿名创办《完美的自然》来对他的母亲发动一次猛烈的攻击。这在《私生子》发表前三周就出现了。但约翰逊不能面对他朋友的投机和恶意。这里他再一次,无论是有意识或是无意识地模糊了事实。这和约翰逊的宗教关怀和道德观有着密切的联系。约翰逊从小就受到母亲的宗教信仰的深深影响。“善良的人去的地方就是天堂,邪

① Samuel Johnson. *Life of Savage*[M]. Clarence Tracy (Ed.). Oxford: Clarendon Press, 1971: 44.

恶的人去的地方就是地狱。"[①]这就是他母亲对婴儿期的约翰逊的道德教育。在他的孩提时代，每到星期日，他的母亲就限制着他，强迫他阅读《人类的全部责任》。[②]在牛津大学期间，约翰逊开始对基督教进行认真严肃的思考。他阅读完威廉·劳所著的《神性生活中摩西律的严正呼唤》[③]之后，非常惋惜自己对神圣责任的完成与理想的距离还很遥远。鲍斯威尔认为，从此以后"宗教是他（约翰逊）思考的主要对象"。[④] 1735年，他翻译了葡萄牙人兰波所著的法文版《阿比西尼亚游记》，对17世纪的宗教辩论产生了浓厚的兴趣。去了伦敦之后，约翰逊给凯弗的第二份提议就是翻译复杂难懂并有着许多注解的长篇神学作品：沙皮的《特伦特议会的历史》。虽然这一计划由于另一相同姓名的竞争对手的介入而最终流产，但他为此花费了9个月时间，已经沉浸在宗教改革与反改革、教会制度、使徒、信仰等神学问题的激烈争辩之中了。通过阅读、翻译神学著作，约翰逊对宗教理论知识有了深入的理解，愈加接近宗教的真正内涵。在他的日记和祷告中，约翰逊对自己的行为提出了严格的标准。因为他认为自己的行为始终在上帝的注视之下，上帝将会依据每个人的行动给予惩罚或奖赏，"基督的血溅落在十字架上是促使每个有罪之人用最大的努力以求获得上帝的接受"。[⑤] 对于约翰逊来说，信仰、自省、忏悔、慈善行动是每一个体获得拯救的条件。生活的目的就是为了能够获得拯救。所以，在面对他朋友塞维奇的投机和恶意时，约翰逊选择了舍去这些材料。这里也显示了约翰逊非常重视传记的道德功能，同时也彰显了他被同时代的人们尊称为"道德导师和基督真理的支持者"[⑥]的原因。

在见面之前，约翰逊虽然没有选择引用和参考以上作品，但他选取了塞维奇戏剧写作时的题材、环境以及把作品搬上舞台时的情况来表现传主与演员之间的冲突，同时也引出了传主与恩主理查德·斯梯尔、欧尔德菲尔德和威尔克斯之间的关系。约翰逊和塞维奇一样，也是出于求生，才成为一名作家。塞维奇第一次写作就尝试着选择文学界争论的焦点问题，但并未获得成功。因为塞维奇本

---

①② James Boswell. *The Life of Samuel Johnson, LL. D. Vol. i*[M]. London: Macmillan and Co., Limited, 1900: 11, 55.

③ 《神性生活中摩西律的严正呼唤》原文书名：*A Serious Call to a Derout and Holy Life*。

④ James Boswell. *The Life of Samuel Johnson, LL. D. Vol. ii*[M]. London: Macmillan and Co., Limited, 1900: 37.

⑤ Samuel Johnson. *Sermons*[M]. Jean Hagstrum and James Gray (Eds.). New Haven & London: Yale University Press, 1978: 172.

⑥ O M Brack, Jr. and Kelley, Robert E (Eds.). *The Early Biographies of Samuel Johnson*[M]. University of Iowa Press, 1974: 134-135&186&220.

人有一段时间对此感到羞愧难当,就把他能够收集到的副本全部毁掉,试图隐瞒这首反对主教的诗的存在。此后,他着手写可获利更多的戏剧作品。在他18岁那年,他交给剧院一部取材于西班牙故事的喜剧,被演员们拒绝了。随后他把这部剧作交给了对此感兴趣的布劳克先生,经过他的稍加改动,取名《女人是个谜》,被搬上了舞台。可是,可怜的作者没有得到任何好处。

尽管他受到如此打击,但他并没有气馁,又持续创作了两年,写出了另一部同样取材于西班牙的喜剧《面纱后的爱情》,但结果并不比上部剧作成功多少。虽然这部剧作被接受并上演了,但由于在年底才开演,实在太晚,所以作者除了能够与理查德・斯梯尔和威尔克斯先生相识,得到他们的同情、安慰之外,并未获利多少。由于朋友威尔克斯先生的接济,塞维奇先生成了剧院的常客。在很短的时间内,他便在舞台的娱乐方式中展现了自己的才华,以至于数年间他参与了每一部戏剧的创作。长期从事戏剧创作使他认识了一些演员,还有其他一些人。欧尔德菲尔德夫人就是其中一个。她很高兴与塞维奇先生谈话,了解他的不幸,并承诺在她在世的时候有规律地支付他50英镑的年金。随着社交圈的不断扩大,他需要去一些费钱的地方消费。所以,1724年,他觉得有必要再次尝试着写一些戏剧诗。由于他拥有比以往更广博的知识和更强的观察力,他现在更适合写戏剧诗。因为机遇较差,他没能在喜剧方面取得成功,于是尝试着写悲剧,看是否会有好运气来临。

在有关托马斯・奥弗伯雷先生的故事基础上,塞维奇创作了一个悲剧。在他写这个作品的大部分时间里,他处于赤贫境地:没有住处,没有食物,也没有适合写作的场所。所以约翰逊感叹:如果一个贫苦作家的作品不够完美,作品中的缺点应归咎于困苦,而不应归咎于没有天赋。对他们的作品必须给予同情,而非无情的指责。

约翰逊认为:在把作品推向舞台的过程中,对于单纯的人来说,这个工作使人感到烦恼和讨厌。由于当时塞维奇没有声望,所以不得不对演员完全屈服,而且无论多么不情愿,也要接受考利先生的修改。

塞维奇经历了很多障碍和屈从之后,在那年的夏天才把他的作品搬上舞台。那时,主要的演员都已经退休了,剩下的都在为了自己的利益打剧院的主意。在这样的情况下,塞维奇先生只得扮演托马斯・奥弗伯雷先生这个角色。在这部戏中,他也没有获得极大的成功。剧院没有成为他出名的地方。他的嗓音、外表和动作表情都不如预期。他自己也羞于成为一名演员,以至于当他把他的悲剧作品拿给朋友看时,总是把自己的名字从列表中抹去。

约翰逊经历过相似的障碍和屈从，以至于他一生中常有轻视戏剧演员的言论。他认为演员就是为了一先令而显露自己的人。他甚至把演员与宠物相提并论。他在法国旅行期间，当一位爱尔兰绅士问及约翰逊是否看过法国最好的演员时，约翰逊是这样回答的："演员，先生！我认为他们并不比在桌子或是凳子上做鬼脸来引人发笑的狗好多少。"①他对演员的偏见导致了他与加里克和谢里丹等演员的冲突。

加里克是伦敦家喻户晓的戏剧演员，他虽然身材矮小、外在形象不佳，但他以恰如其分的形体动作和面部表情，成功扮演过理查三世、哈姆雷特、奥赛罗、李尔王等重要角色，唤起观众强烈的共鸣，给观众留下了极其深刻的印象。有时，人们去剧院不是去观赏莎士比亚的名剧《哈姆雷特》，而是为了一睹著名演员加里克的风采和演技。加里克和约翰逊之间有着不同寻常的关系。他曾经是约翰逊所办的私人学校中仅有的三名学生之一，也是和约翰逊一同前往伦敦谋生和学习的同伴。加里克成为德鲁瑞街剧院的经理之后，出于对恩师的尊重，意欲把约翰逊 1736 年创作的悲剧《艾琳》搬上舞台。对于这番好意，约翰逊并不领情。他不堪忍受自己认真写作的剧本要依照一位演员的喜好来做任何改动。然而，加里克认为如果不做一些改动是不适合舞台演出的。他们之间就此展开了激烈的争论，产生了冲突。加里克不得不请尊敬的泰勒博士进行调解。约翰逊一开始态度非常坚决，他说："先生，那家伙想要我使玛浩迈特变疯，这样他就有机会手舞足蹈。"②最后，约翰逊非常为难地顺着加里克的意思，做了一些改动，但改动之处并不多。

两人冲突的产生，与加里克在舞台上取得的令人炫目的成功有很大关联。无论是天资还是学识，加里克无疑要比约翰逊差得多，但在名誉和财富的赛跑中，约翰逊却大大落后于他的学生。在想到加里克的艺术成就所获得的回报与文人的艰辛努力所获得的成功之间的悬殊，不免使他感到有些愤慨。加之十几年来，自己的剧作《艾琳》一直被演艺界拒之门外，心中对此难免有些被排斥之感。所以，他对待加里克总是想纠其错误、挫其锐气，欲以击败对方为荣。

鲍斯威尔从约翰逊的同学泰勒那里听说这样一件事：一天晚上，约翰逊和泰勒看完加里克演出之后，与他和古德曼的菲尔兹(Goodman's Fields)剧院经理

---

① James Boswell. *The Life of Samuel Johnson, LL. D. Vol. ii*[M]. London: Macmillan and Co., Limited, 1900: 159.

② James Boswell. *The Life of Samuel Johnson, LL. D. Vol. i*[M]. London: Macmillan and Co., Limited, 1900: 138.

杰法德一起到一家酒店吃饭。其间,约翰逊对加里克在晚上演出时所犯的几处错一一指出来,他说:“演员们说话过分夸张,好用豪言壮语,根本不顾忌重音或强调的词汇。”对于这句嘲讽之言,加里克和杰法德都感到受到了冒犯,试图辩驳。约翰逊接着说:“好,现在,我让你们念一句你们不太熟悉的话,让你们知道我的观察是如何正确。下面就是评价的标准,请你们念一念第九戒:Thou Shalt not bear false witness against thy neighbour.”①两人按照各自的理解,读了一遍这句话,结果都强调错了地方。约翰逊纠正了他们的错误,为自己取得的胜利而神采飞扬。

约翰逊这种对戏剧演员的偏见,也导致了他与演员托马斯·谢里丹的冲突。1761年夏天,谢里丹在爱丁堡给许多知名人士作关于英语语言的演讲。鲍斯威尔和他常常在一起,听他详述约翰逊非凡的天才,赞美他的美德,重复他犀利的语言,描述他的特别之处,夸耀他曾在约翰逊那里做客至凌晨2—3点。谢里丹对约翰逊如此熟悉和崇敬,以至于鲍斯威尔希望有机会能在他家中会一会这位智者。谢里丹也认为毫无问题。1762年,鲍斯威尔去伦敦时,令他十分惊讶和遗憾的是,约翰逊和谢里丹之间发生了不可调和的矛盾。

约翰逊对谢里丹的演技颇有微词。他在1760年10月18日写给本内特·兰顿的信中这样写道:

> 我要和你说说谢里丹的成功。他演完两次理查之后,又开始演卡图了。第二天晚上比第一天的观众更多,使我相信:整体而言他演得还可以,尽管犯了很多错误,其中一些是天生的缺陷,一些是矫饰的行为和故意引人注意的做作。我认为他没有能力担任值得尊敬的或具有优雅品格的角色,但他能够在舞台上表现出来过着普通生活的一些人。他声嘶力竭说话时是令人讨厌的,声音小时总是让人听不见。他似乎很在意观众的反应,经常把脸转向楼座的观众。②

有了这样的前提,约翰逊在听到谢里丹也获得了享有200英镑年金时,脱口而出:“什么,他们给了他年金?那么该是我放弃我的年金的时候了。”和一位演员受到同样方式的奖赏,使他感到好像受到了侮辱。他接着又说:“然而,我很高兴

①② James Boswell. *The Life of Samuel Johnson, LL.D. Vol. i*[M]. London: Macmillan and Co., Limited, 1900: 116, 260.

谢里丹先生享有年金，因为他是一位好人。"但这后面的话并未传到谢里丹那里。不喜欢约翰逊的人只向谢里丹重复了前面的讽刺之语。其实，赐给谢里丹的年金并不因为他是演员，而是因为他是政府原因造成的受难者。1753 年，当他身为爱尔兰皇家戏院经理的时候，政党之间的斗争非常激烈，他作为一介文人，通过自己的努力极大丰富了人们准确阅读和言说的艺术。无论是约翰逊一时的愤慨之言，还是他脾气乖张的结果，谢里丹都无法原谅他草率冒昧的轻蔑之语。尽管后来鲍斯威尔试图从中调解，但也未能抹去谢里丹心头的阴影。鲍斯威尔告诉他约翰逊所说的全部话语以及约翰逊非常乐意和他会面，但都遭到了谢里丹的拒绝。甚至有一次鲍斯威尔和他约定一起吃饭，谢里丹听说约翰逊也要来时，立刻离开了那间屋子。

约翰逊和谢里丹之间冲突的结果使得约翰逊在孤独夜晚失去了两位快乐的谈话伙伴。谢里丹是一位消息灵通人士，有他在场，谈话的气氛非常热烈，从来不会出现冷场的局面。再加之谢里丹夫人也是一位性格爽朗的女士，酷爱文学，深得约翰逊和鲍斯威尔的喜爱。谢里丹的自尊受到伤害之后，对待约翰逊的态度从先前的崇敬转变为憎恨。为了满足自己的虚荣心，他在自己的作品《斯威夫特传》中把约翰逊描写成："在小人横行的日子里有着巨大名声的一位作家"。[①]

塞维奇和约翰逊对演员的偏见与 18 世纪英国戏剧的发展密切相关。从整体来看，虽然 18 世纪英国的戏剧创作在走下坡路，但英国舞台的表演艺术却得到了长足的发展。随着工业生产的发展，城市人口剧增，居民对戏剧欣赏和娱乐活动的需求也在增长。戏剧观众的组成中，中产阶级中的职业人员，如医生、律师、职员、作家以及大学生等，都增加了许多。这为演员的成功提供了极好的机遇。一位演员可以凭借一次演出而大获成功，从而名利双收。但他们作为作家，却始终在贫困中挣扎。这难免不使他们的心理失去平衡，常有贬低戏剧演员的言论，使得他们对演员存有偏见。

塞维奇和约翰逊同演员的冲突一方面来自偏见，另一方面也反映了他们对世态的批判。他们以敏锐的目光审视社会与人，以独特的敏感省察与体悟生活。加里克在演艺界所获得的巨大成功与雇佣文人的落魄命运形成强烈的对比，这一成一败的巨大反差产生了震撼人心的悲剧效果，表达了英国知识分子在当时社会环境重压之下生活的艰难和内心的愤懑。

---

① James Boswell. *The Life of Samuel Johnson, LL. D. Vol. i* [M]. London: Macmillan and Co., Limited, 1900: 281.

传记中约翰逊和塞维奇在伦敦相处的时期,约翰逊既没有提到蒲柏,也没有提到伊丽莎白·卡特(Elizabeth Carter),也许是因为谨慎的原因。这也表现了约翰逊不向恩主低头的傲骨以及倔强、孤傲的独特个性。

然而,他的传主塞维奇处于受朋友接济的状态,"独自生活在消费便宜的地区,不再期望富有,或考虑任何名声。"塞维奇仍然存在着幻想,他能高兴地接受接济,但他的投稿意图与那些提出这计划的人不同。他们计划"他应该从此离开伦敦,在斯旺希(Swansea)度过余生。"但塞维奇只是计划短时间体验一下乡村生活的快乐,然后改写自己的戏剧,准备出版作品全集,再回到伦敦,光荣地靠稿费生活。

同时为了避免被他的债主所拘捕,塞维奇在他的恩主们的指引下,在舰队街那里租了一住处,这样债主的命令就不太容易送达。约翰逊常在这里拜访他,因为他注意到塞维奇在经济上的努力。当捐助的第一笔钱到达时(他们每周一寄给他十基尼),他通常在第二天早晨之前就花完,然后一周剩下的时间就以自己通常的方式度完,期望着施与的命运在周一再次到来。

塞维奇离开伦敦的日期初定于1739年6月,但一周一周地往后推延。这一方面是由于津贴细节问题有出入,另一方面则是他想最后寻求与泰克瑙伯爵(Lord Tyrconnel)和解的机会。约翰逊似乎对于这个计划有着疑问,因为它威胁着破坏塞维奇的自豪感和自由,而这些正是他拥有的最后稻草。①

蒲柏也许意识到了自己作为捐助的负责人,于是便试图和泰克瑙采取外交上和解政策。麦克雷斯菲尔德夫人和布莱特上校的合法女儿嫁给了威廉·莱蒙先生,蒲柏看到了关于塞维奇事情的一线希望。蒲柏就为塞维奇起草了一份长信,打算寄给威廉先生,希望他能插手调停这件事。他要求塞维奇誊写一份立刻寄给威廉先生。在这一点上,约翰逊完全和塞维奇站在一边,嘲讽地在传中引用了蒲柏信件的部分内容,但没有明确指明它的作者是何人。蒲柏要塞维奇说他谦卑地请求威廉先生的帮助,他即将"永久离开这个地方,他将不会再打扰他的任何亲戚、朋友或是敌人;他忏悔他的激情背叛了他,使得他对泰克瑙伯爵采取了一些过激行为,为此他只能诚心诚意地请求他的原谅。"②塞维奇立刻拒绝誊写这封信,说这是祈求的语气,它的风格太低声下气。他鄙视泰克瑙伯爵的原

① Richard Holmes. *Dr Johnson & Mr Savage*[M]. New York: Pantheon, Random House, Inc., 1993: 197.

② Samuel Johnson. *Life of Savage*[M]. Clarence Tracy (Ed.). Oxford: Oxford University Press, 1971: 113.

谅,“不会虚伪地寻求它”。[1] 约翰逊意识到蒲柏的动机几乎是塞维奇改变接受捐助所带来耻辱的唯一机会,但他衷心地为塞维奇的拒绝而鼓掌。他认为塞维奇对蒲柏的回应充满了男性的憎恨和温和的告诫。塞维奇后来称蒲柏屈服于他的争辩,同意这封信“应该被扣留。”[2]

分别之后,约翰逊和塞维奇失去了直接接触,影响了他传记的最后部分。这部分也是他后来利用爱德华·凯弗从布里斯托尔所获材料进行仔细改写的部分。这包括十几封信或一首未发表的诗“伦敦和布里斯托尔的描绘”。约翰逊巧妙利用这些他第一次拥有的信件与材料,详细描述塞维奇最后日子。

据理查德·赫尔姆斯所说,尽管约翰逊最终获得了塞维奇在布里斯托尔时期的详细材料,但他仍缺少两处信息。第一就是蒲柏在过去四年中对捐款的处理。实际上,塞维奇在他去往布里斯托尔的路上,很快就花光了他所收到的资助,然后就无休止地写信抱怨资助人对他的态度,因此他很快就得罪了除蒲柏之外的所有捐助人。然而,蒲柏的忍耐也是有限的,从他给朋友的信中,可以推断他也是在愤怒和狂怒之间变换,这几乎是塞维奇前面所有恩主——从斯梯尔到泰克瑙伯爵——所经历的情感模式。由于不清楚蒲柏的详细参与情况,约翰逊就认同塞维奇的宣称:“他的捐助人把他放逐在一个遥远的角落,开始把他的津贴减少至几乎只能勉强糊口的地步。”[3]第二就是塞维奇在 1740 年初到 1741 年夏生活在威尔士大约 18 个月的时间,约翰逊仅用了几页纸做了简单勾勒,故意省略了塞维奇与蓝耐里(Llanelli)的布里洁特·琼斯女士(Bridget Jones)的情感纠葛。那时该女士是名 27 岁的寡妇,丈夫已于 1740 年 1 月去世,正好是塞维奇到达斯旺希的时候。她有一个小儿子和一笔可观的收入,如果有合适的结婚对象,很想再婚(事实上,她后来再婚了两次,最后嫁给了该县的一位高级官员)。琼斯女士一双乌黑的大眼睛以及她身上散发的一种忧郁气质在整个地区都颇为有名。塞维奇自然也非常仰慕这位女士,把她当成一位启迪自己诗歌创作的女神。他向她求婚的故事出现在他 1742 年回到布里斯托尔寄给《绅士杂志》的 4 首系列诗歌之中。

---

① Samuel Johnson. *Life of Savage* [M]. Clarence Tracy (Ed.). Oxford: Oxford University Press, 1971: 113.

② Richard Holmes. *Dr Johnson & Mr Savage* [M]. New York: Pantheon, Random House, Inc., 1993: 199.

③ Samuel Johnson. *Life of Savage* [M]. Clarence Tracy (Ed.). Oxford: Oxford University Press, 1971: 117.

上述情况最早出现在1739年12月，当时蒲柏因为生病和拉尔夫·艾伦(Ralph Allen)一起去布里斯托尔旅行，寻求短期的平静和康复生活。他抵到达布里斯托尔时，听到塞维奇尽管曾答应几周前就去斯旺希，却仍然在这座城市，而且还听到伦敦朋友们没有善待他的传言在当地引起了巨大反响。这使蒲柏感到很突然，他不便直接面对塞维奇，就和他以信件交流。蒲柏有一封在12月17日写给大卫·马莱(David Mallet)的信清楚地描述了当时的情况：

> 在这里[布里斯托尔]发现了塞维奇先生，但实际上我不能劝说自己去找到他，想到这会给他带来一些混乱(正如这给我带来的一样)，去遇见一位食言的朋友。但我写给他一封非常悲哀的信，他以比我应得的要高得多的格调回复我，比他的其他朋友应得的厉害得多的态度对待我。尽管结果是[他]答应几天后就去斯旺希。我重新签署了我的邮寄单，因为要在圣诞节之前立即兑现我给他的那份"他退休的捐助金"(因为他这样称呼)。他宣称反对所有我们当中的任何人假装把他拉回到一种"幼稚状态"和他人的关爱之中的措施。①

这正是约翰逊警告塞维奇需要反对的情形。当他放弃了所有支持自己的努力时，却不知道蒲柏正在远处为塞维奇耐心地筹钱。约翰逊很快就假设他的朋友又一次成了受害者。塞维奇渐渐"停止了与他的捐助人之间所有的通信联系，似乎把他们认作了压迫者，在他的后半生，宣称自从他离开伦敦之后，他们对他的行为是不义对不义，非人道对非人道。"②

约翰逊允许塞维奇针对他的捐助人的行为进行"夸张地讽刺"，但仍然发现很难证实他们对塞维奇没有履行他们的誓言到了不闻不问的状态。根据约翰逊的说法，塞维奇的状况越来越糟糕，当他1740年最终到达斯旺希的时候，"在那里他大约生活了一年，非常不满意他薪水的减少。"③

实际上，约翰逊对塞维奇在斯旺希这阶段挖掘得很少。在这期间，塞维奇成功地成为当地富有律师约翰·鲍威尔(John Powell)的座上客，并向当地闻名的美人布里洁特·琼斯夫人长时间地求婚。约翰逊可能从1741年塞维奇寄给《绅

---

① Alexander Pope. *Correspondence*, *Vol. iv* [M]. George Sherburn (Ed.). Oxford: The Clarendon Press, 1956: 210.

②③ Samuel Johnson. *Life of Savage*[M]. Clarence Tracy (Ed.). Oxford: Oxford University Press, 1971: 117, 116.

士杂志》主编凯弗的诗歌中发现一些间接的证据。但他更喜欢描述塞维奇在这些日子创作新的悲剧和最后试图发表他的作品全集——当然这只是一个写作计划——的情况。

约翰·鲍威尔律师出生于斯旺希最有影响的家庭之一，在布伦肯(Brencon)和拉德诺郡(Radnorshire)拥有很大的地产，与政治上掌管这个地区的布福特伯爵(Beaufort)也有职业上的联系。鲍威尔本人在剑桥接受过教育。[①] 塞维奇对他的天赋和舒适生活的优雅颂词发表在1742年的《绅士杂志》上。塞维奇把他描画成一位在卡马森郡的海岸线上散步，静静地思考哲学，生活中所有"令人惊羡的""爱情、财富和名誉"都能满足于他的绅士；在乡村平原上，他能够不受感情风暴的影响，从艺术、科学和自然中自由汲取智慧：

> 平静，在海滩上，当发怒的海浪在吼叫，
> 他从每一层波浪获得哲学；
> 他从周围的每一件物体获得科学，
> 从变化多样的自然和从自然法则中，
> 从他生活的每一个历史时期
> 从寓言的书中体会伦理学。[②]

这一时刻的塞维奇似乎接近于他的梦想，流浪者在所有暴风雨之后进入了安全的港湾。

塞维奇的第一首诗短小精悍，显示了塞维奇找到了家的感觉。这是为布里洁特的祖母所作的墓志铭。她的祖母最近刚去世，她以和善广为人知。作为"穷人的母亲"，她对朋友和来访者热情招待。塞维奇把她描述成为朋友提供贷款的好人，尽管他自己也是她众多的债务人之一，但他明显把自己当成这个家庭的一位朋友。

> 在她的餐桌上，摆满了像样的食物。
> 流浪的陌生人，成为受欢迎的客人。

---

① Richard Holmes. *Dr Johnson & Mr Savage*[M]. New York: Pantheon, Random House, Inc., 1993: 210.

② Richard Savage. *The Poetical Works of Richard Savage* [M]. Clarence Tracy (Ed.). Cambridge: Cambridge University Press, 1962: 255-256.

第二首诗，塞维奇迈了一大步，成为深受打击的隐士角色，在加勒比海岸流浪以寻求幸福与爱情。他从与伊丽莎白·卡特的交往中吸取了教训，给布里洁特送了更加精心选择的礼物：不是描述他真实痛苦的"新门"小册子，而是具有诗意的《流浪者》。献给琼斯女士的诗，讲述一位年轻人因为失去妻子奥林匹亚(Olympia)而成为隐士的故事，这与《流浪者》的主题暗合。为了防止自己的意图表达得不够清楚，塞维奇在诗中对他的意图进行了解释：

> 轻轻地告诉她，我的诗神，我痛苦的叹息，
> 如果她能够带着同情心看到我揪心的痛苦。
> 对我来说，糟糕的是妻子奥林匹亚的死亡，
> 对我来说，从她那里才能得到缺失的时刻。①

我们不知道琼斯对这一提议是如何回应的，但塞维奇在家里写下了一首诗"美人的雇佣"，共 85 行，详细叙述了她身体的魅力，按照商业流行的风格，从足下开始描写，然后向上是"无瑕疵的腰，雪白的手，泛着红晕的胸和弦月状的耳朵，到双肩上披散着的秀发，给柔和的日光带来了荫凉。"② 这首爱情诗的风格"崇高"，琼斯夫人的鼻孔被描述成"两个小门廊"上画着"芳香的花"。③

塞维奇最后一首诗出现在 1742 年 2 月。这是一首在情人节以信的形式向琼斯发出的告别辞。我们从这首诗知道他的求婚已经被拒绝，他已打算离开威尔士：

> 堪布瑞亚(Cambria) 再见了！
> ——我的克洛伊(Chloe)魅力不再，
> 邀请我站在兰纳利(Llannelley)的海岸散步，
> 我看着大海，轻轻踩着沙滩
> 逃离，但疯狂地冲进美人的陷阱，
> 啊！——最好远离，否则被陷阱所制服

①② Richard Savage. *The Poetical Works of Richard Savage* [M]. Clarence Tracy (Ed.). Cambridge: Cambridge University Press, 1962: 249, 248.

③ Richard Holmes. *Dr Johnson & Mr Savage* [M]. New York: Pantheon, Random House, Inc., 1993: 213.

沙子会淹没我,或大海会吞噬我。①

这首诗又回到了《流浪者》充满激情的自传写作策略。整个插曲尽管仅仅是塞维奇在威尔士寻求幸福的一瞥,但暗示着他的幻想仍然支撑着他,反映了塞维奇永不停息的爱的欲望。

约翰逊看到了所有这些诗,但对整个事件仍保持沉默,要么认为讲述这件事情不合适,要么发现流浪诗人在他最后的岁月和世俗的幸福如此接近可能与田园主题有些背离。也有可能约翰逊有点妒忌他老朋友的浪漫故事。1735年,约翰逊和比他年长20岁的寡妇伊丽莎白·波特夫人结婚。他们的婚姻更多存在着经济原因,而非浪漫因素。约翰逊从他的妻子那里获得了700英镑的陪嫁,其经济状况才有所改善,暂时摆脱了贫困。所以,约翰逊发现塞维奇这事很难写,完全与自己内心的不满合拍。但作为一位传记家,当他感觉不适合写的时候,有时他必须保持一些奇怪的沉默,毕竟,他必须知道他的传主的梦想和痛苦。塞维奇在4月寻求援助,但又一次被放逐。所以约翰逊什么也没有说。整个在斯旺希期间的叙述仅仅化作以下几句话:"塞维奇订好合约,就像在其他地方一样,与那个地方最杰出的人士相识,其中他结识了著名的鲍威尔先生和琼斯夫人,写了几首赞美他们的诗并发表在《绅士杂志》上。"②

通过以上对约翰逊在"塞维奇传"中组织材料的详细分析,可以看出社会本身是一种繁复的网络,因而历史传主必然面临各种矛盾以及由此而产生的多种情形。随着时间的推进,生存环境的变化,传主的生平和性格也是运动和发展着的,所以书写主体约翰逊虽然面对着极为芜杂的材料,然而他以敏锐的眼光遴选那些最能使传主人格发出闪光、使其形象突显的材料,把它们组织到他的传记作品中去。这实际上既是对传主的一种理解,同时也反映了书写主体约翰逊的性格、气质和生活态度。

---

① Richard Savage. *The Poetical Works of Richard Savage* [M]. Clarence Tracy (Ed.). Cambridge: Cambridge University Press, 1962: 250.

② Samuel Johnson. *Life of Savage* [M]. Clarence Tracy (Ed.). Oxford: Oxford University Press, 1971: 116.

英国诗人:历史主体

历史主体就是传记家写作的对象,是历史上或现实中实际存在的人物。但无论传主是谁,书写主体都是通过自己的经历和感受以及各种文献材料去认知历史主体的真实存在。约翰逊的书写对象是英国十七、十八世纪的诗人,如弥尔顿、德莱顿、蒲柏、艾迪生、斯梯尔、格雷、扬、考利等,虽然其中有些人同他有过直接的交往,如塞维奇和柯林斯,但那也属于一种即时的感知,即只能感知他们交往的当下,而不能感知他们的过去与未来。所以对约翰逊来说,历史主体的真实存在就是一堆有关诗人的文献资料以及诗人们留给后人的诗歌作品,其实已经变成文本的存在了。所以在传记写作过程中,书写主体和历史主体始终处于一种非常复杂的互动和制约关系之中。那么,要了解他们之间的复杂关系,首先要了解《诗人传》中有关历史主体的主要材料来源;其次,要分析书写主体和历史主体之间的一致性。

约翰逊《诗人传》的材料来源

J. P. 哈代曾经说过:"作为一位传记家,约翰逊使用了大量的已经出版的资源,"并以《诗人传》中的"弥尔顿传"为例,选取其中一段约为 250 词长短的篇章作为样本,举出 10 个材料来源,或更准确地说,是 6 个权威来源使用在 10 种场合。然而,帕特·罗杰斯(Pat Rogers)的分类更为具体:约翰逊的传记来源,首先是独立出版的个人传记;其次是作家的集体传记,如爱德华·菲利普斯(Edward Phillips)的《诗人全集》(*Theatrum Poetarum*, 1675)、威廉·温斯坦利(William Winstanley)的《英国最著名诗人传记》(*Lives of the Most Famous English Poets*, 1687)、杰拉德·郎蓓恩(Gerald Langbaine)的《英国戏剧诗人记述》(*Account of the English Dramatic Poets*, 1691)、贾尔斯·雅各(Giles Jacob)的《英国诗人生平和性格全集》(*Poetical Register*, 1719-1720)、还有就是写着西奥菲勒斯·西伯(Theophilus Cibber)但实际上很可能其中大部分是由罗伯特·希尔斯(Robert Shiels)完成的《诗人传》(*The Lives of the Poets*, 1753)。第三类就是一般性的传记词典,如托马斯·富勒(Thomas Fuller)的《英格兰名人传》(*History of the Worthies of England*, 1662)、10卷本的《传记历史与批评通用词典》(*A General Dictionary, Historical and Critical*, 1734-1741)、《大不列颠传记》(*Biographia Britannica*, 1747-1766),以及安东尼·伍德(Anthony Wood)的《牛津传记词典》(*Athenae Oxonienses*, 1691-1692)。[①]

那么,约翰逊是通过何种途径获得上述传记资料来源的呢?为了获得独立出版或第一手相关诗人的传记材料,约翰逊通常是写信给朋友请求帮助。如1777年5月3日写信给鲍斯威尔:"我想我已经劝说书商在'汤姆森传'中再插入一些内容;如果你能给我提供一些有关他的信息,我会感到非常高兴,因为我们现有的材料太少了。"[②]

再如1777年7月7日,他给威廉·夏普(William Sharp)写信,请求他提供有关诗人瓦茨(Watts)的一些生平信息:

> 先生:
>
> 至于《英国诗人》选集,我已经建议增加瓦茨博士这卷。对于他的名字,很长时间以来,我都满怀敬意,我不愿意减少到只谈论他的出生与死亡。然而,对于他的生平我知道得很少,那样的话对他的性格描述非常不合适,除非他的一些朋友能够帮助我,提供一些必要的信息。他们当中的大部分人你都应该熟悉,在你的影响下,也许我可以得到一些指导。我的计划也不是需要太多,我只是希望能够突出瓦茨;他的写作只是为了一个好的目标。请尽力帮助我。
>
> 我是先生您谦卑的仆人
>
> 萨姆·约翰逊[③]

1778年约翰逊三次写信给约翰·尼考斯(John Nichols),以期获得有关沃勒、德莱顿、杜克等诗人的传记材料。第一封信中提到:在"沃勒传"中,尼考斯先

① Pat Rogers. Johnson's Lives of the Poets and the Biographic Dictionaries[J]. *The Review of English Studies*, New Series, vol. 31, no. 122, 1980: 150.

②③ Samuel Johnson. *The Letters of Samuel Johnson, Vol. ii*[M]. R. W. Chapman (Ed.). Oxford: The Clarendon Press, 1952: 281, 182.

生查找了一篇来自《议会历史》[1]的文献,其中很长的一段文字被引用到传记中。[2] 1778年8月约翰逊又写给约翰·尼考斯,提及"德莱顿传"尽管篇幅已经很长,但仍然需要增加三方面的内容:(1)诗人自己认为他的诗可以与他批评的那些诗进行比较,那么,米尔本(Milbourne)先生编辑出版的《农事诗》前面祈求神助的部分要穿插进来。(2)德莱顿对拉姆(Rymer)的评价。[3] (3)从朗贝斯(Lambeth)图书馆获得的德莱顿的信件。[4] 1778年12月约翰逊再次给约翰·尼考斯写信,说明由于自己的疏忽,遗失了一张写有诗人杜克传记信息的便条,恳请他把相关信息再列一清单。1780年约翰逊又两次写信给约翰·尼考斯,请求帮助提供传记材料。年初,约翰逊在信中表示想要诗人普拉尔的材料:"约翰逊先生下一步准备写'普拉尔传',至少会在最近考虑他,想要得到几卷他发表过的文章,具体是8开本的2卷。"[5]后来,又写信请求尼考斯先生邮寄欧文·拉夫海德(Owen Ruffhead)的《亚历山大·蒲柏传》(*The Life of Alexander Pope*)、《蒲柏作品集》(*The Works of Alexander Pope Esq.*)、《斯威夫特作品集》(*The Works of Dr. Jonathan Swift, with Some Account of the Author's Life, and Notes by J. Hawkesworth*)和《利特尔顿作品集》(*The Works of George Lord Lyttelton*)等。[6]

1780年5月23日约翰逊还写信给剑桥有从事文学创作意向的理查德·法姆(Richard Farmer),请他帮忙从学院或是大学的注册记录那查询与安姆布鲁斯·菲利普斯、布罗姆(Broom)和格雷相关的所有日期和其他信息。约翰逊在信中表示:"我要尽可能收集与他们的传记相关的信息。"[7]

1780年7月27日约翰逊给韦斯特科特伯爵(Lord Westcote)写信,希望他能够提供自己兄长利特尔顿伯爵的简短生平。[8]7月28日约翰逊又给韦斯特科特伯爵写了一封信,请他帮忙提供韦斯特先生(Mr. West)的传记材料:"我手头

---

① "沃勒传"中引用了《议会历史》第二卷中沃勒在1641年7月6日的演讲。

② Samuel Johnson. *The Letters of Samuel Johnson*, *Vol. ii*[M]. R. W. Chapman (Ed.). Oxford: The Clarendon Press, 1952: 253-254.

③ 德莱顿先生从拉姆那里获得他的《上个时代悲剧的评价》(*Remarks on the Tragedies of the last Age*),在空白处写下了他的心得,而这本书是在加里克先生手上,通过他与公众的有利交流,德莱顿的材料一点也没有受到损失。

④ 德莱顿在罗马给他儿子们写的一封信,原件被收藏在朗贝斯图书馆。约翰逊从韦斯(Vyse)那里获得的。

⑤⑥⑦⑧ Samuel Johnson. *The Letters of Samuel Johnson*, *Vol. ii*[M]. R. W. Chapman (Ed.). Oxford: The Clarendon Press, 1952: 332, 390, 363, 383.

上还有一位诗人的传记要写，就是韦斯特先生，关于他我也十分迷茫；有关他的任何信息，对于我来说，都很有价值。”①

除了独立出版的传记或一手资料之外，约翰逊也向朋友请求帮助，希望能提供一般性的传记词典。如 1777 年 9 月 25 日他写给斯拉尔夫人的信的末尾，提到：“我恳求在您走之前，您能够把《大不列颠文献目录》（*Bibliographia Britannica*）寄到我的住处。”②1777 年 11 月 6 日在写给斯拉尔夫人的信中又提到：“麻烦您捎个信给斯特拉汉姆（Streatham）图书馆，请他们尽快寄给我《大不列颠文献目录》。”③

然而，约翰逊也有主动拒绝朋友提供传记新材料的时候，例如他没有接受邀请去伍斯特（Worcester）听迪恩·斯威夫特（Deane Swift）关于他有名的亲戚的回忆，也拒绝了剑桥的威廉·科尔主动提供的关于格雷的一些没有发表的信息。同样，他也没有听从威廉·亚当（William Adam）的建议去向理查德·格莱弗或托马斯·波西请教一些关于诗人谢思顿的信息。只有一次在鲍斯威尔费尽心思的策划下他才去面见蒲柏的朋友之一马切蒙特伯爵（Lord Marchmont）。约翰逊见到伯爵起初的反应是“如果天上掉知识，我会伸出我的手；但我不会自找麻烦去找它。”④由此可见，约翰逊明显不愿意拖延自己的写作，从而拒绝了一些收集新材料的机会。

在写作实践中，约翰逊又是如何处理这些传记材料的呢？对于著名的诗人，约翰逊尽可能依赖独立出版的有关他们的传记，例如考利、沃勒、弥尔顿、艾迪生、斯威夫特、蒲柏、汤姆森、瓦茨和格雷。

对于诗人考利，约翰逊主要依赖毕肖普·斯普拉特博士（Bishop Sprat）所写的“考利传”。该篇传记在赫德（Hurd）编辑的《考利作品选集》中刊出之后，得到了艾迪生和柯勒律治的赞扬。艾迪生在他早期所写的一首诗中提及考利：“幸福的人啊！现在应该是家喻户晓了/依靠斯普拉特和你自己的辛苦写作获得了成功。”⑤ 1847 年柯勒律治在《传记文学》中也写道：“斯普拉特过分拘谨地拒绝

---

① Samuel Johnson. *The Letters of Samuel Johnson, Vol. ii*[M]. R. W. Chapman (Ed.). Oxford: The Clarendon Press, 1952: 383-384.

②③ Samuel Johnson. *The Letters of Samuel Johnson, Vol. ii*[M]. R. W. Chapman (Ed.). Oxford: The Clarendon Press, 1952: 214, 232.

④ James Boswell. *Boswell's Life of Johnson, together with Boswell's Journal of a Tour to the Hebrides, Vol. iii*[M]. G. B. Hill (Ed.). Oxford: The Clarendon Press, 1887: 344.

⑤ Joseph Addison. *The Works of the Late Right Honorable Joseph Addison, Esq, Vol. i*[M]. Thomas Tickell (Ed.). Birmingham: Printed by John Baskerville, 1761: 24.

让他的朋友考利穿着拖鞋和睡衣面世,文人对此还有什么遗憾呢?"[①]约翰逊在自己所写的"考利传"开篇就指出斯普拉特有关考利的生平语言优美,想象力丰富,但同时也认为,对朋友的热心或是雄辩的野心使得他的传记蒙上了一层迷雾,其中充斥着堂而皇之的赞颂。所以约翰逊在行文过程中,不断与斯普拉特进行对话,对考利的生平和诗作进行修正和补充。

需要补充说明的是,约翰逊并不是仅仅依赖斯普拉特所写的独立传记。在写作的时候,他也会同时参考贾尔斯·雅各的《英国诗人生平和性格全集》(II. 250-252),《传记历史与批评通用词典》(iv. 448-452),《大不列颠传记》(iii. 1497-1505),和写着西奥菲勒斯·西伯,但实际上很可能大部分是由罗伯特·希尔斯完成的《诗人传》(ii. 42-57),和多数是依赖斯普拉特以及安东尼·伍德的《牛津传记词典》。

约翰逊在"考利传"的第 2 段开始指出,斯普拉特隐瞒了考利父亲是一位杂货商的信息。这一事实在后来的《传记历史与批评通用词典》《大不列颠传记》、西奥菲勒斯·西伯和罗伯特·希尔斯共同完成的《诗人传》中都得到了修正。在同一段中,约翰逊又转向安东尼·伍德的《牛津传记词典》,从中得到了辅助性的信息,写道:无论他父亲是做什么的,他在儿子出生之前就去世了,结果就是考利由母亲独自照料。伍德把她描述成苦苦挣扎给儿子提供了接受文学教育机会的母亲。令人欣慰的是,这位母亲活到了 80 岁,她的努力没有白费,得到了回报,她看到了自己儿子功成名就。接着,约翰逊又回到了斯普拉特的叙述:"我们至少从斯普拉特那里知道,他总是感激母亲的抚育之恩,尽自己应尽的孝道。"[②]到了第 4 段,约翰逊再次回到伍德的《牛津传记词典》:"在他母亲的恳求下,他进入了西敏学校,在那里他很快就出名了"。紧接着,约翰逊又转向斯普拉特,说"他习惯讲述那个时候他的记忆力不是很好,有一缺点,他的老师们从未能够让他记住通用的语法规则。"第 6 段也有一处明显的标记说明约翰逊参考了斯普拉特的叙述,即考利在十三岁的时候不仅写作并且发表了一卷诗集;而在《传记历史与批评通用词典》(iv. 448)中已经指出了这一信息的错误所在,当时考利的年龄应该是 15 岁。[③]

第 11 段,约翰逊讲到考利在 1643 年获得文学硕士学位,但由于当时议会的

---

① Samuel Taylor Coleridge. *Biographia Literaria*[M]. London: W. Pickering, 1847: 59.

②③ Samuel Johnson. *Lives of the English Poets, Vol. i*[M]. G. B. Hill (Ed.). Oxford: The Clarendon Press, 1905: 2, 3.

权力占有优势，他被强制要求离开剑桥，无奈之下只好把牛津圣约翰学院作为容身之所。这里约翰逊明确表示，正如伍德所说，考利是在牛津发表了一篇讽刺文章。后面的叙述又基本上都回到了斯普拉特，如他有几年时间每天白天以及每周都有 2 至 3 个晚上要花在破译国王与王后之间的来往信件。后来，约翰逊直接引用斯普拉特的原话："他于 1656 把破译工作交给他人，自己从法国巴黎被派遣到英格兰，并以退隐为名，但实际上是要他关注英国当时的态势发展。"第 35 段时，约翰逊又直接引用伍德所说的，"查尔斯一世和二世都曾经许诺让他成为萨沃伊的主人(the Mastership of the Savoy)，但由于诗人的一些敌人反对，他未能得到该职位。"第 42 段时，约翰逊直接引用伍德的原话，但在伍德名字前加了一个形容词 Morose，即郁闷的伍德说，"没有发现给予他所期望的优先选择，别人为了钱选走了大多数好的地方，他非常不满地退隐到了萨里(Surry)。"[①]第 43 段一整段直接引用斯普拉特的原话，只是加了一个副词 courtly，即斯普拉特温文尔雅地说。第 44 段指出伍德和斯普拉特针对考利退隐这一事件的描述看上去有很大的不同，尽管动机隐秘，但行动可见。据帕特·罗杰斯所说，从总体来看"考利传"是约翰逊很少依赖普通传记词典的传记之一。[②] 哈代认为，约翰逊"意识到斯普拉特对考利的评价缺乏鉴别能力，有偏袒的缺点，"试图寻找一种对他传主更加敏锐的洞察。这样一来，可以理解约翰逊为什么会在两种或多种材料来源之间进行交叉引用和互相印证了。

至于"沃勒传"，约翰逊在信中写道："在此之前，对于沃勒，没有任何评论和见解。"[③]然而，沃勒的独立传记只有两篇，一是 1711 年附在他的《应景诗集》(*Poems upon Several Occasions*)前言的"沃勒传"，另一篇是 1729 年艾乐嘉·芬顿(Elijah Fenton)编辑的《沃勒作品集》中的"沃勒先生诗歌评论"(Observations on some of Mr. Waller's Poems)。在第 78 段，约翰逊提到了《大不列颠传记》，并就沃勒与克莱伦顿(Clarendon)之间的冲突进行了考证。沃勒曾向国王请求获得伊顿公学教务长的职位，并且获准，但克莱伦顿拒绝盖章同意，宣称这一职位只能由牧师担任。后来这一职位由亨利·沃顿爵士(Sir Henry Wotton)担

---

① Samuel Johnson. *Lives of the English Poets*, *Vol. i* [M]. G. B. Hill (Ed.). Oxford: The Clarendon Press, 1905: 15.

② Pat Rogers. Johnson's Lives of the Poets and the Biographic Dictionaries [J]. *The Review of English Studies*, New Series, vol. 31, no. 122, 1980: 163-164.

③ Saumuel Johnson. *The Letters of Samuel Johnson*, *Vol. ii* [M]. Bruce Redford (Ed.). Princeton: Princeton University Press, 1992: 68.

任。《大不列颠传记》中把这一冲突归咎于沃勒曾参加了白金汉姆派系，而该派对克莱伦顿进行了迫害。与"考利传"比较起来，"沃勒传"中，约翰逊明显更少地依赖传主的单篇传记，大量的信息基本都可以在《大不列颠传记》中找到。但约翰逊并不是一味地认同前人的观点，在可能的情况下也会做出改变。如早期的传记家都认为沃勒母亲的兄弟是约翰·汉姆普顿(John Hampden)，在《大不列颠传记》中"是一位非常有名的爱国者。"而约翰逊的第一段叙述也模仿前面的说法，但到了汉姆普顿的时候，突然改变了格调，说他是"反叛者中的狂热分子"。

约翰逊能够参考的有关诗人考利和沃勒的独立传记并不多，但是，在约翰逊的《弥尔顿传》之前，有关弥尔顿的传记有十多篇，其中5篇出现在17世纪，次序为1681年约翰·奥伯雷(John Aubrey)的《约翰·弥尔顿先生：生活细节》、匿名的《约翰·弥尔顿传》手稿、1691年选自《牛津大学年鉴》的安东尼·伍德(Anthony Wood)的《约翰·弥尔顿，文学硕士》、1694年爱德华·菲利普斯的《约翰·弥尔顿先生传》(系弥尔顿《国务信札》的引言)、1698年约翰·托兰德(John Toland)的《约翰·弥尔顿传》。到了18世纪，值得提及的弥尔顿传记有1734年乔纳森·理查生(Jonathan Richardson)的《弥尔顿传和一篇评〈失乐园〉的论文》、1738年托马斯·柏奇的《弥尔顿的散文作品，附生平》和布里斯托尔的主教托马斯·牛顿1749—1752年的《弥尔顿的诗歌，附生平》，这些作品都是约翰逊在"弥尔顿传"中引用的独立出版的有关弥尔顿的传记。还有一些有关弥尔顿的传记作品，根据乔治·伯克贝克·希尔的推断：约翰逊可能也阅读过，如1740年弗朗西斯·派克的《弥尔顿的新回忆录》，以及沃德以奥伯雷《简明传记》为基础所著的《弥尔顿传》。根据T.沃顿所说，奥伯雷的《简明传记》是所有弥尔顿传记的基础。① 17世纪出现的前四篇弥尔顿传记作者奥伯雷、匿名者、伍德和菲利普斯与弥尔顿关系较近。约翰逊曾说过："只有那些和他一起吃饭、喝酒，和他有社会交往的人才能够写有关他的传记。"②确实，他们四位留下的有关弥尔顿生平和性格的记载是无可取代的。而托兰德、理查生的《弥尔顿传》也都提供了弥尔顿个性的新材料，与前面四位一起形成了弥尔顿早期传记的权威版本。

约翰逊自己称"艾迪生传"是一部长篇传记，仅次于弥尔顿、塞维奇和蒲柏。1780年4月11日，约翰逊在信中写到有关《诗人传》时是这样说的："尼考斯先

① Samuel Johnson. *Lives of the English Poets*, *Vol. i*[M]. G. B. Hill (Ed.). Oxford: The Clarendon Press, 1905: 84.

② George Birkbeck Hill (Ed.). *Boswell's Life of Johnson*, *Vol. ii*[M]. Oxford: The Clarendon Press, 1934: 166.

生认为'艾迪生传'是我所写诗人传记中最为吸引人的一篇。"①在这部传记中，约翰逊参考的单篇传记是托马斯·提凯尔(Thomas Tickell)的短篇传记，附在《艾迪生作品集》1721年版本前面。约翰逊在很早以前就已经读过这篇传记，因为他在《漫游者》第60篇中就参考了它。约翰逊在"艾迪生传"中有9处参考了这篇传记。除此之外，还有15处参考了约瑟夫·斯宾思(Spence)的《趣闻轶事》，塞维奇也负责提供了一则信息。

约翰逊对艾迪生的挽诗评价特别高，提凯尔在《艾迪生作品集》中也选入了他的挽诗，并宣称"在英国文学范围内没有比它们更加崇高或是优雅的挽诗了。"②但是，约翰逊并不是完全依赖提凯尔所提供的传记材料而没有其他的引用。约翰逊从《大不列颠传记》获得1719年艾迪生与比尔(Bill)之间争论的材料："关于这一争论我知之甚少，但从《大不列颠传记》获得了这些信息"。事实上约翰逊处理了许多提凯尔在他的作品中没有包括的或没有厘清的主题。有关艾迪生的集体传记约翰逊能够获得的资料来源还有：(1)《英国诗人生平和性格全集》中的两个条目(i. 1-4；ii. 243-248)列举了艾迪生独立发表的作品。(2)《传记历史与批评通用词典》中关于艾迪生的生平有着很好的记载(i. 241-262)。(3)《大不列颠传记》(i. 30-39)中有简短的艾迪生传记。在1778年第二版的《大不列颠传记》上又做了补充叙述(i. 54-63)。帕特·罗杰斯没有发现约翰逊使用《英国诗人生平和性格全集》的证据，但是约翰逊确实使用了其他资料来源，特别是综合的传记集，填补了提凯尔留下的空白。

"艾迪生传"的第一句话中，约翰逊给出了艾迪生的出生日期——1672年5月1日。伍德在《牛津传记词典》中说是1671年。《传记历史与批评通用词典》中一开始沿用了1671年，但后来根据教区记录做了更正，认为是1672年。在这一方面，《大不列颠传记》又沿袭了《传记历史与批评通用词典》，但是在《艾迪生作品集》中，提凯尔又粗心地写成了1672年5月6日。约翰逊在后面接着说，因为艾迪生出生时看上去很虚弱，人们担心他是否能够存活下来，所以他一出生就在同一天接受了洗礼。这一说法在提凯尔的传记中并没有出现，但是在《传记历史与批评通用词典》《大不列颠传记》和写着西奥菲勒斯·西伯——但实

---

① Saumuel Johnson. *The Letters of Samuel Johnson, Vol. ii* [M]. Bruce Redford (Ed.). Princeton: Princeton University Press, 1992: 657.

② Joseph Addison. *The Works of the Late Right Honorable Joseph Addison, Esq, Vol. i*[M]. Thomas Tickell (Ed.). Birmingham: Printed by John Baskerville, 1761: 15.

际上很可能其中主要由罗伯特·希尔斯——完成的《诗人传》中都有。①

第2和第3段代表了艾迪生生平中更加独立的部分,约翰逊对其来源未加说明。如艾迪生一家搬到利切菲尔德(Lichfield),提凯尔完全忽视了这一事实。约翰逊宣称:没有提及文学方面有着杰出成就人士曾经读过书的学校名称或教过他的老师们,这是一种历史的欺骗,会导致诚实的声誉受到伤害并逐渐减弱。因此,我将追溯他教育的整个过程。在这一点上,早期艾迪生的传记家们只是提到艾迪生早年学校的老师们,没有能够指出利切菲尔德的罗伯特·肖(Robert Shaw)老师,只有约翰逊做到了。可见,约翰逊超越了他的传记材料来源。

然而,约翰逊把威尔鲍·艾利斯(Welbore Ellis)说成艾迪生在查特如科斯(Chartreux)学校的老师是错误的。这个错误约翰逊可能是从《传记历史与批评通用词典》中派生过来的。后来成为凯尔戴尔和米斯(Kildare and Meath)主教的艾利斯博士是斯梯尔在牛津的导师。

艾迪生与斯梯尔友谊之初的情形在《传记历史与批评通用词典》中也有所描述,那是根据斯梯尔早期并不可靠的回忆写成的。约翰逊并没有详细地叙写这方面内容。G. B. 希尔(G. B. Hill)指出"艾迪生传"第8段有一错误,是约翰逊误读了提凯尔所写的内容。"艾迪生先生,"提凯尔写道,"曾经在皇后学院学习了大约两年,他的诗歌偶然传到了兰卡斯特博士手中,那时他是那个学院的学监,使得他被选进了莫得琳学院。"②《艾迪生作品集》前言第3页提凯尔也有类似描述。约翰逊误读了此处,认为第三个人,也许是莫得琳学院的院长,偶然看到了兰卡斯特博士手中的诗篇。那时兰卡斯特博士是一位教员,后来成为王后学院的院长。这一点并不只是约翰逊犯错,《传记历史与批评通用词典》和《大不列颠传记》也是这么认为的,直到19世纪麦考莱把兰卡斯特博士更正为莫得琳学院的学监。罗杰斯怀疑约翰逊实际上是拷贝了早期的一位传记家,而不是自己误读了提凯尔。第12段开始,约翰逊提供了与提凯尔同样的信息,但是《传记历史与批评通用词典》似乎与约翰逊的叙述更加接近:

> 他写作的第一篇英文作品公开发表是……(提凯尔)
>
> 他在诗歌上有天赋的最早证明是写给德莱顿先生的一篇英文韵文短

① 下文简称为西伯的《诗人传》。

② Samuel Johnson. *Lives of the English Poets*, *Vol. ii* [M]. G. B. Hill (Ed.). Oxford: The Clarendon Press, 1905: 182.

诗。《传记历史与批评通用词典》

他首次显示自己的英语诗歌能力是通过写给德莱顿的一些韵文诗。（约翰逊）

另一方面，这段开始的“在他22岁那年”这一说法，似乎直接从西伯的《诗人传》那里获得，但又更像是约翰逊首先看到的内容。第16段一开始，约翰逊提到，根据提凯尔的说法，“艾迪生由于受到蒙太古先生的影响，加上他天生的谦虚”，使得他改变了事先准备从事神职工作的计划。蒙太古认为那些从事市政服务的人员腐败，没有受到过博雅教育，为人靠不住；并宣称尽管他被认为是教会的敌人，但是他绝不会做对教会有任何伤害的事情，他只是制止了艾迪生从事此项工作。提凯尔的说法是，“他的父亲不断地强烈要求他进入神职序列，但是他显然既严肃又谦虚，牧师的职责对他来说太过沉重。”①这个材料出现在提凯尔的作品中，但是又被《传记历史与批评通用词典》(i. 243)和《大不列颠传记》(i. 32)在注脚中作了详细说明。凯斯特(Keast)注意到约翰逊习惯于把注释改编成连续的叙述。可以确信，约翰逊并没有仅仅依赖于单一传记，而是也参考了多种综合传记词典。

“艾迪生传”中有几则趣闻轶事和插曲，这在先前的传记资源中是没有的。故事是有关约翰·休斯(John Hughes)在《加图》(*Cato*)中的贡献，这可能是约翰逊在写“休斯传”做研究时发现的。第62段引自提凯尔的内容已经在《传记历史与批评通用词典》中出现，至少引导约翰逊注意到了这件事。当它被印刷的时候给了他提醒，如果把它题献给女王，她会感到非常高兴。“但是因为他已经计划了从别处去表达敬意：他发现自己一方面有职责，另一方面也很荣幸，把它献给全世界，而没有给任何个人题献。”②更加令人惊奇的是第68、69段提供的有关《加图》传播的证据，其中包含大量的事实，这些内容大部分在提凯尔的作品中并不存在，而都是从《传记历史与批评通用词典》或是《大不列颠传记》中派生过来的。

由此可见，约翰逊写“艾迪生传”最重要的材料来源是提凯尔提供的个人单篇传记，但是当单篇传记缺乏某些方面材料的时候，约翰逊从集体传记词典如《传记历史与批评通用词典》《大不列颠传记》和西伯的《诗人传》等那里得到补充。

“蒲柏传”中，约翰逊可以参考的独立传记比较多，有1747年T. 柏奇的《杰

①② Samuel Johnson. *Lives of the English Poets, Vol. ii*[M]. G. B. Hill (Ed.). Oxford: The Clarendon Press, 1905: 85, 101-102.

出人士的思想》(*Heads of Illustrious Persons*)、艾尔文和考特厚朴(Elwin and Courthope)所著的蒲柏《作品集》、沃顿的《蒲柏作品集》、威廉·拉夫海德(William Ruffhead)的两卷本《亚历山大·蒲柏传》、斯潘思的《趣闻轶事》等。

写作"汤姆森传"的时候,约翰逊在1777年5月3日写信给鲍斯威尔,请他提供有关汤姆森的一些信息。鲍斯威尔回信的时候,提到西伯的《诗人传》中由默多克博士(Dr. Murdoch)所写的"汤姆森传",该传记作为《四季》一个版本的前言在爱丁堡出版。后来又增加了奎因(Quin)的有关汤姆森从监狱释放的趣闻,作为1775年出版的4卷本汤姆森《作品集》的前言,这也是约翰逊的"汤姆森传"主要资料来源。

"瓦茨传"是约翰逊建议加进《诗人传》中的五位诗人传记之一。在这五人之中,帕姆福莱特(Pomfret)和雅尔顿(Yalden)是牧师,瓦茨是非英国国教的牧师,布莱克摩尔(Blackmore)是写作宗教诗歌的诗人。对于瓦茨的诗作,约翰逊早已崇拜有加。他"不愿意在介绍他时,只是告诉人们他的出生和死亡日期……我希望能够突出瓦茨,为了某种好的目的才写作。"①吉本斯博士(Dr. Gibbons)1780年出版的《瓦茨回忆录》是约翰逊"瓦茨传"的主要资料来源。

在提到约翰逊的"格雷传"时,鲍斯威尔说,"它遭到了人们的抗议,就好像约翰逊对于诗人功绩的评价是不公正的,他是受到嫉妒心的驱使才这样写的。"②尽管这样,约翰逊写作"格雷传"时,可以参考的文献是1774年格雷的好朋友威廉·梅森出版的《格雷生平和信件》。梅森把格雷的信件作为生平的一部分来发表据说是受到米道顿(Middleton)的"西塞罗传"的影响。梅森自由使用这些信件,把它们当成文学素材,而不是传记文件加以编辑和加工。约翰逊对此作品评价不高,把它描述为"适合二等桌席",但毫无疑问,约翰逊的这一评判很大程度上受到梅森政治上属于辉格党派的影响。

在《诗人传》中,约翰逊有时甚至完全依赖一部传记作为资料来源,例如他的"斯威夫特传"就是以约翰·豪克斯沃斯(John Hawkesworth)的《斯威夫特传》(1755)为基础的;"帕奈尔传"(Parnell)就使用了哥尔德斯密的早期传记;以及"爱德华·扬传"的大部分是由赫伯特·克罗夫特(Herbert Croft)所作,这些就是明显的特例。约翰·霍克斯沃思博士崇拜约翰逊,也是约翰逊风格的模仿者。

① James Boswell. *Boswell's Life of Johnson, together with Boswell's Journal of a Tour to the Hebrides, Vol. iii*[M]. G. B. Hill (Ed.). Oxford: The Clarendon Press, 1887: 126.

② James Boswell. *Boswell's Life of Johnson, together with Boswell's Journal of a Tour to the Hebrides, Vol. i*[M]. G. B. Hill (Ed.). Oxford: The Clarendon Press, 1887: 404.

18世纪50年代，两者私交甚笃，开始创办《冒险者》。约翰的《斯威夫特传》发表于1755年，是在下列作品基础上完成的：斯威夫特的《自传》片段、1751年奥瑞伯爵(Lord Orrery)的《斯威夫特博士的生平和作品的评论》、1754年迪兰尼博士(Delany)的《奥瑞伯爵的评论一瞥》以及1755年迪恩·斯威夫特的《有关斯威夫特博士的生平和作品集的论文》。①约翰逊在"帕奈尔传"开篇两段就提及他本应该婉言拒绝这一写作任务，因为哥尔德斯密不久前已经发表了《帕奈尔传》，而且约翰逊还极力赞扬了哥尔德斯密：他是一位多才多艺、著作等身之人，也是精益求精、细致入微之人，他的作品语言丰富有力、表达准确且通俗易懂。如此一来，约翰逊就从哥尔德斯密的《帕奈尔传》中做了提炼，写成了自己的"帕奈尔传"，同时也给了他回忆朋友哥尔德斯密的机会。约翰逊的"爱德华·扬传"是约翰逊邀请赫伯特·克罗夫特所作，约翰逊自己只是写了前言并做了修订。赫伯特曾经是林肯律师学院的律师，后来成为一名牧师，他比约翰逊拥有更多的有关爱德华·扬的信息。针对赫伯特的作品，约翰逊写信给尼考斯："用黑笔删除的是作者所注，红笔是我所删除的。如果你发现更多需要省略的部分，请删除。看到它更加简短些，我是不会感到难过的。"②

对于不太出名的诗人们，约翰逊主要依靠两套传记百科全书：《传记历史与批评通用词典》和《大不列颠传记》。这两套书在方法和资料方面超过了先前英国所有传记参考丛书。1777年10月约翰逊在阿什波恩开始工作的时候，他似乎已经去过约翰·泰勒(John Taylor)的图书馆并查阅了《传记历史与批评通用词典》。那个时候，约翰逊也请斯拉尔夫人给他送来《大不列颠传记》。约翰逊早在他的《托马斯·布朗传》(1756)和《罗杰·阿斯卡姆传》(*A Memoir of Roger Ascham*, 1761)中把它作为传记材料的一个来源。

《传记历史与批评通用词典》和《大不列颠传记》都是模仿皮埃尔·贝勒(Pierre Bayle)很有影响的《历史和批评辞典》(*Historical and Critical Dictionary*, 1697)。《传记历史与批评通用词典》实际上是它部分的翻译。约翰逊自己在1763年把《历史和批评词典》描述成"对那些喜爱传记文学的人来说，

---

① Samuel Johnson. *Lives of the English Poets*, *Vol. ii*[M]. G. B. Hill (Ed.). Oxford: The Clarendon Press, 1905: 67.

② James Boswell. *Boswell's Life of Johnson*, *together with Boswell's Journal of a Tour to the Hebrides*, *Vol. iv*[M]. G. B. Hill (Ed.). Oxford: The Clarendon Press, 1887: 58.

这是一部非常有用的作品。”[①]托马斯·伯奇(Thomas Birch)和约翰·洛克曼在《艾迪生传》中描述贝勒与众不同的形式：

> 对于那些时间很宝贵或是只对一些人做一般叙述的传记作家，可以利用贝勒先生的方式写作：首先对生平事实进行分析或提炼，然后探讨他的作品是如何写成的，但是这样的叙述可能由于太过简洁，从而对于大多数读者来说他们是不满足的。我们的传记家要选择一个人一生中那些特别的情形，那些非常好奇的、重要的、能够与其他人区分开来的特征，并把这些放进注解或是批注中，通过正确的参考文献形式与文本联系在一起。主要叙述占据一页的上半部分，辅助的事实信息、从资料来源处或是其他权威引用部分以精美的脚注形式出现，并在空白处再加上进一步研究的参考文献。[②]

这样一种格式意味着即使约翰逊的材料来源之一的百科全书包括所有的传记信息，如果他需要一位诗人的材料仍然需要对每一页上的注解部分做一些“研究”，来确认和筛选一些材料糅合到自己的叙述里。通过比较1748年贝勒的版本“罗斯康芒伯爵传”(Life of the Earl of Roscommon)和1779年约翰逊《诗人传》中的“罗斯康芒传”，上述的“研究”和“糅合”过程清晰可见。

像《大不列颠传记》这样的百科全书给约翰逊提供了他的传主们的大量最新信息和文献资料，其中有大量段落都是一手或二手的资料。约翰逊可以经常援引其中的权威评论。对约翰逊传记材料来源的调查往往会牵涉到在《传记历史与批评通用词典》和《大不列颠传记》中一些明显类似的文章里对某些细节的鉴别和比较。2006年朗斯代尔的最新版本约翰逊《诗人传》中重新考虑了约翰逊当时所发现一些“枯燥无味而且是有问题的”细节。朗斯代尔也注意到前人还没有察觉到的每一个相关的细节，他也意识到自己不能穷尽每一个主题，他把约翰逊传记材料来源的每一个证据都归总在注解里。[③]

---

① James Boswell. *Boswell's Life of Johnson, together with Boswell's Journal of a Tour to the Hebrides, Vol. i*[M]. G. B. Hill (Ed.). Oxford: The Clarendon Press, 1887: 425.

② Thomas Birch and John Lockman. *The Life of Joseph Addison, Esq*[M]. London: Printed for N. Prevost, 1733: ii.

③ Samuel Johnson. *The Lives of the Most Eminent English Poets, with Critical Observations on Their Works, with an Introduction and Notes by Roger Lonsdale, Vol. i*[M]. Oxford: The Clarendon Press, 2006: 91.

正如朗斯代尔所暗示的,这些证据证明约翰逊先写的传记如“考利传”、“德纳姆传”(Denham)、“巴特勒传”(Butler)和“德莱顿传”的资料来源是《传记历史与批评通用词典》而不是《大不列颠传记》。也许因为这是约翰逊当时唯一的资料来源,而他又必须在1777年秋天要交稿。先前的调查通常试图显示他对这一特别资料来源的依赖,但事实上应该是约翰逊只是把这个来源作为起点,然后浏览其他参考文献附加一些重要的细节。鲍斯威尔在1778年5月19日看到他的时候,他“正在费力地翻着大的对开本查找着什么”。[1] 无论《传记历史与批评通用词典》对约翰逊前一阶段写作是多么重要,到了1777年秋天,约翰逊对《大不列颠传记》的依赖是非常明显的,其中包括他要写的52位诗人传记中的31位诗人,其中22位诗人的主要资料来源看上去很明显就是《大不列颠传记》。约翰逊对《大不列颠传记》的青睐是可以理解的:因为它(1747—1766)比《传记历史与批评通用词典》(1734—1741)出现得晚,这样能够记录并补充前人的信息,材料就会更加丰富、更有系统,而且它包括更多的约翰逊的传主们。

对于那些名气不大或是时间较近而没有出现在《传记历史与批评通用词典》和《大不列颠传记》上的诗人,约翰逊要么转向由贾尔斯·雅各(1719—1720)或罗伯特·希尔斯(Robert Shiels, 1753)编辑的《诗人传》版本,[2]要么另寻一个可替代的资料来源,例如“帕奈尔传”和“马莱传”。还有两个例子如“罗斯康芒传”和“柯林斯传”,约翰逊就利用自己早期出版的版本。即使是利用自己早期的版本,约翰逊也不是原封不动地照搬,而是不断地挖掘新材料,对自己先前错误之处进行修订。

“罗斯康芒传”的材料来源对于研究《诗人传》的学者们来说有着特别的意义,主要是因为该传在纳入1783年版《诗人传》之前有着多次改动和修订。约翰逊的第一版“罗斯康芒传”1748年5月出现在《绅士杂志》上,全文约有2 630个词,也许是受皮埃尔·贝勒《历史和批评辞典》的影响,其中九分之八被置于脚注部分。正如鲍斯威尔指出,对于这篇文章,为了能够把它纳入1779年版《前言:传记和批评》中,约翰逊“后来做了很大程度的修改”,[3]他把注释部分都放进了正文之中。除了在风格上做了改变之外,约翰逊主要扩展了他对罗斯康芒的诗

---

① Charles McC. Weis and Frederick A. *Pottle*[M]. Boswell in Extremes 1776-1778 (Ed.). New York: McGraw-Hill, 1970: 350.

② See the headnotes to “Stepney” “Tickell” “Hammond” “Pitt” “Ambrose Philips”.

③ G. B. Hill and L. F. Powell (Eds.). *Boswell's Life of Johnson, Vol. i*[M]. Oxford, The Clarendon Press, 1934: 192.

性特征和个人作品的描述,而对于他的生平几乎没有增加新的内容,仅仅是省略了两处细节:一是删除了明显夸张的叙述,认为罗斯康芒在意大利停留期间,意大利语说得非常好,以至于被认为是意大利人;二是,也许是他故意没有指出罗斯康芒妻子是家中长女的身份。根据小查尔斯·L. 贝盾(Charles L. Batten, Jr.)的说法:从目前现存的约翰逊"罗斯康芒传"的手稿或是校对稿①来看,我们不能证明约翰逊在创作 1779 年版的时候直接依赖于 1748 年版的手稿或是印刷版,他也许参考了早期手稿的注解或是《伯爵作品集》(*The Works of the Earls*)本身。②这里我们需要先考证约翰逊 1748 年版"罗斯康芒传"的传记信息来源。在 1748 年版的注脚中,约翰逊多次引用或是参考"范顿对《沃勒》的注解(Fenton's notes on Waller)",在 1779 和 1783 年两个版本中,约翰逊同样表达了对范顿的谢意:"这篇作品的大部分内容是从范顿先生对沃勒的注解中借用的,尽管我不知道他的讲述是否正确。"③从约翰逊的这些话中,研究者们习惯性地断定约翰逊的"罗斯康芒传"是基于范顿先生出版的《埃德蒙·沃勒作品集》④,然而贝盾认为这并不是约翰逊唯一的信息来源,因为他从约翰·奥布雷(John Aubrey)的《有关多种主题的杂记》(*Miscellanies upon Various Subjects*, 1696)中引用了一大段,来解释罗斯康芒在他父亲去世时获得的超自然智力;而且,约翰逊似乎并未考究传记中涉及的人物身份,他错误地认为罗斯康芒的导师霍尔博士(Dr. Hall)后来成为了诺里奇(Norwich)的主教。范顿的《埃德蒙·沃勒作品集》则更加准确地把霍尔博士描述为"在学术和虔诚方面都相当杰出"⑤。但是,在 1779 年版的"罗斯康芒传"中的第一部分,即生平部分,约翰逊修正了两处细节:一是他确认清楚了霍尔博士的身份,指出分配给罗斯康芒的老师是"一

① J. D. Fleeman. Some Proofs of Johnson's Prefaces to the Poets[J]. *Library*, no. 17, 1962, 213-30; J. D. Fleeman. *A Preliminary Handlist of Documents and Manuscripts of Samuel Johnson* [M]. Oxford: Oxford Bibliographical Society, 1967.

② Charles L. Batten, Jr. Samuel Johnson's Sources for "The Life of Roscommon"[J]. *Modern Philology*, vol. 72, no. 2, 1974: 185-189.

③ Samuel Johnson. *Lives of the English Poets*, *Vol. i* [M]. G. B. Hill (Ed.). Oxford: The Clarendon Press, 1905: 229.

④ William R. Keast. "Johnson and 'Cibber's' Lives of the Poets, 1753", in *Restoration and Eighteenth-Century Literature*[M]. Carroll Camden (Ed.). Chicago: University of Chicago Press, 1963: 95.

⑤ Elijah Fenton. "Observations on Some of Mr. Waller's Poems", in *The Works of Edmund Waller Esq.* [M]. London: Published by Mr. Fenton, 1729: lxxvi.

位霍尔博士,称不上非常有名气,更不是一位老者或主教。”[①]在 1748 年至 1779 年之间,有关罗斯康芒传记生平的叙述并没有修正这一错误,因此很难认定约翰逊作此修正的材料来源,也许是因为他非常熟悉霍尔主教的《沉思和誓言》。[②]二是约翰逊增加了斯特拉福德伯爵“在 1633 年去统治爱尔兰,8 年后被处以死刑。”[③]而这一有关罗斯康芒叔叔的信息可能在《大不列颠传记》中找到。[④] 第三部分,即对个人作品的分析部分,约翰逊增加了一处引文,把罗斯康芒描述成“在爱尔兰最有前途的年轻贵族之一。”[⑤]其出处来自凯瑟琳·菲利普斯(Katherine Phillips)的《奥瑞达(Orinda)写给帕里阿克斯(Poliarchus)的信件》。据贝盾认为这段话并不是直接引用,然而,约翰逊增加的这句话意义非同一般,因为文中这一段的一部分也能在《伯爵作品集》中的塞维尔(Sewell)回忆录中找到,[⑥]而相关内容却没有在“范顿对《沃勒》的注解”中出现,由此可以看出:约翰逊在修改“罗斯康芒传”的时候,一方面依赖于他先前的手稿,另一方面参考了《伯爵作品集》。而在 1783 年《诗人传》中的“罗斯康芒传”,约翰逊又做了一些细微的改变和增补,主要体现在开篇有关罗斯康芒的父亲母亲以及舅舅方面的一些具体信息。

通过分析约翰逊对“罗斯康芒传”传记素材的处理,可以看出尽管相关传记材料和信息非常有限,他对罗斯康芒的传记还是做了深入细致的研究。他尊重事实,追求真相的态度也得以彰显。

关于塞缪尔·戛斯(Samuel Garth)也有一部短篇传记。正如希尔所说:这篇传记中,虽然四种集体传记中都有他的条目,“约翰逊的主要权威来源是《大不列颠传记》第 2 129 页。”贾尔斯·雅各的《英国诗人生平和性格全集》(i. 58-

---

① Samuel Johnson. *Lives of the English Poets, Vol. i*[M]. G. B. Hill (Ed.). Oxford: The Clarendon Press, 1905: 229.

② Samuel Johnson. *Diaries, Prayers, and Annals*[M]. E. L. McAdam, Jr (Ed.). New Haven: Yale University Press, 1958: 101.

③ Samuel Johnson. *Lives of the English Poets, Vol. i*[M]. G. B. Hill (Ed.). Oxford: The Clarendon Press, 1905: 230.

④ William Oldys, Thomas Broughton, John Campbell, et al. *Biographia Britannica; or, The Lives of the Most Eminent Persons Who Have Flourished in Great Britain and Ireland, Vol. vi*[M]. London, W. Innys, W. Meadows, J. Walthoe, T. Cox, A Ward, etc., 1766: 4183.

⑤ Samuel Johnson. *Lives of the English Poets, Vol. i*[M]. G. B. Hill (Ed.). Oxford: The Clarendon Press, 1905: 239.

⑥ John Wilmot. *The Works of the Earls, Vol. ii*[M]. London: Printed by T. Goodcurl, 1731: vii.

59)中的相关内容非常简要,传记信息有些模糊不清,仅有一两处事实被纳入了后来的叙述之中。《传记历史与批评通用词典》(v. 395-398)中的相关内容更加充实,但是与《大不列颠传记》(iii. 2129-2137)相比,差距非常明显。可见,这是一个非常好的传记实录。西伯的《诗人传》(iii. 263-272)只是非常努力地把相关内容编辑好,但是和往常一样,几乎没有原创性。他在开篇就提供了一个参考《大不列颠传记》的脚注,这是其习惯性地表示长篇抄袭。

因为戛斯没有单独的个人传记可以借鉴,约翰逊有效地选择《传记历史与批评通用词典》或是《大不列颠传记》。他似乎更倾向于选择《大不列颠传记》,因为后者更加充实,而且内容更新。约翰逊在好几个方面超出了传记材料来源:例如,他对戛斯的诗歌"诊疗所"(The Dispensary)有争议的叙述,不可能只是单独参考了《大不列颠传记》,但在第12段最后一句又回到了《大不列颠传记》;在《传记历史与批评通用词典》中并没有什么相关叙述。约翰逊在第11段提到了《大不列颠传记》,但目的只是为了记录观点上的不一致。另外值得注意的是,约翰逊对戛斯拉丁文演讲内容的转述是与《大不列颠传记》不同的,一定是来自另外一个出版物。而且第14段结尾也有一个奇怪的错误,即戛斯离世的正确日期应该是1718/19年1月18日,四位传记家都是这么写的,不知什么原因,约翰逊改成了1717/18年1月18日。

还有一些名气不大的诗人,既没有单篇个人传记,在传记词典中材料也很少。这种情况下,约翰逊同样认真对待。如"帕姆弗雷特传"仅仅几页长。约翰逊选择依靠"由他一位未署名的朋友写的、附在他诗歌前面的一段篇幅不长且有些混乱的记述。"第一个有关帕姆弗雷特父亲的信息就与贾尔斯·雅各的《英国诗人生平和性格全集》(ii. 140)中的内容不符。约翰逊忽略了《英国诗人生平和性格全集》中写的诗人"在1709年,很年轻就去世了。"然而,约翰逊的陈述却是诗人"于1703年去世"。这里的年份在事实上并不准确,1702年才是正确的年份。约翰逊被未署名的作者所说的"大约1703年"所误导。

还有一个更加简短的例子就是帕奈尔,在《英国诗人生平和性格全集》(ii. 132-3)中,仅仅2页的记录基本毫无用处。结果是约翰逊无法超越哥尔德斯密1770年写的帕奈尔的传记,约翰逊在他所写"帕奈尔传"前赞扬了哥尔德斯密,但私下里,约翰逊对哥尔德斯密的"帕奈尔传"的观点是"材料少得可怜"。[1] 约

① James Boswell. *The Life of Samuel Johnson, LL. D. Vol. ii*[M]. London: Macmillan and Co., Limited, 1900: 166.

翰逊对哥尔德斯密的作品改动的地方还是比较明显的：如帕奈尔的新娘变成了“一位性格温和的女士”，而哥尔德斯密把她写成“一位品德高尚且容貌秀美的年轻女士”，而且在前面一句话里，约翰逊也避免了哥尔德斯密的错误，即把 Sir George 写成了 St. George Ashe，约翰逊直接用了“Dr. Ashe”。但遗憾的是，约翰逊把帕奈尔的去世年份写成了 1717 年，但实际上是 1718 年，这在他的材料来源上写得很清楚。有几处改动无疑是约翰逊寻问有关蒲柏传记生平材料时的收获。

《英国诗人生平和性格全集》也是约翰逊“杜克传”的主要材料来源。约翰逊在开篇首段就明确承认他几乎找不到有关杜克的材料，只能依赖《英国诗人生平和性格全集》。然而，约翰逊对斯威夫特的《写给斯黛拉的信》(*Journal to Stella*)非常熟悉，使得他能够改正《诗人记事》中大事年表中的错误(ii. 50)，大事年表说杜克死于大约 1715 年，实际上是 1710—1711 年度 2 月 10 日。尽管“杜克传”在《诗人传》中占比非常小，只有一页，但是在完整性和准确性方面超过了《英国诗人生平和性格全集》。

拥有相关诗人的独立传记作品是有利于传记写作的，但也有一些诗人在约翰逊写作的时候并没有类似作品，如德莱顿。当约翰逊寻找材料着手写“德莱顿传”的时候，他发现没有类似的独立传记，于是在传记开头就坦诚说出自己的失望：“然而，他[德莱顿]的同时代人敬重他的天才，却没有留下有关他的传记；因此，除了一些偶尔的提及和传说之外，我对他一无所知。”[①]约翰逊在“德莱顿传”中所发现的各种事实材料来源很多：有书本、小册子、文件、甚至是谈话中记得的趣闻轶事。然而，他最主要的材料来源是《传记历史与批评通用词典》。1736 年《传记历史与批评通用词典》第四卷中包含 11 页半的有关德莱顿的信息，这也是第一篇有关他的、可以称得上传记的作品。就像其他诗人的条目是由《传记历史与批评通用词典》的主编，知识渊博的托马斯·伯奇所写。约翰逊在年轻的时候，也打算写“德莱顿传”。在鲍斯威尔的《约翰逊传》中写道：“在谈到传记的时候，他说，他认为在英国没有一位文人的传记能够称得上是好作品。好的传记除了生活中平常事件之外，应该告诉我们传主的学习和生活方式；他获得成功，达到卓越的途径；以及他对自己作品的观点。约翰逊告诉我们他曾派德瑞克(Derrick)到德莱顿的亲属那里为他的传记收集材料。他相信德瑞克已经获得

① Samuel Johnson. *Lives of the English Poets*, *Vol. i*[M]. G. B. Hill (Ed.). Oxford: The Clarendon Press, 1905: 331.

了他想要获得的所有材料,但是他什么也没有得到。他补充道,他对德瑞克很友善,他的去世让他很难过。"①由于伯奇11页半的信息作为有关德莱顿的主要信息来源已经持续了近30年,约翰逊认为有必要探寻伯奇是如何发现这些偶尔的提及、传说,以及一些事实。

事实上,德莱顿与康格里夫(Congreve)是朋友。1691年,德莱顿和康格里夫成为亲密的朋友,也是康格里夫文学生涯起步的时候,他与德莱顿的友谊持续了十年,直到德莱顿去世。很明显,德莱顿在一位年轻诗人的陪伴下,创作上受到了很大的启发。然而,德莱顿去世之后,康格里夫停止了任何有创造性的写作。尽管康格里夫和德莱顿都有着其他许多朋友,但是在两者的一生中,他们之间的友谊占据了独特的位置。1694年,德莱顿要求年轻的诗人"友好对待他的遗物。"这一要求明显给康格里夫留下了深刻印象,他于1717年编辑了德莱顿6卷本《戏剧作品》,作为"对我的一位去世朋友的职责和义务"。在书信中可以看出德莱顿的性格。在康格里夫的作品中,传记事实是非常有限的,仅有四点:(1)德莱顿不仅给朋友给予文学上的指点,也会给生活上有困难的朋友给予实际的帮助;(2)他从父辈继承的收入仅仅够基本生活;(3)德莱顿认为时常阅读提勒森(Tillotson)大主教的作品影响了他散文风格;(4)由于他的阅读非常广泛,因此对能够很长时间记得自己读过的内容感到非常高兴。以上每一点都有独立的例证。如第一点,德莱顿在文学创作上对摩尔格雷夫(Mulgrave)和沃什(Walsh)提供了指导。在经济上给予朋友的帮助,可以从德莱顿1693年写给沃什的信中(Scott-Saintsbury edition of Dryden's Works, XVIII, 184)所抱怨的事情中推测得知。德莱顿也曾借给查尔斯二世500英镑,E. S. 德比尔(E. S. de Beer)认为这可称作个人投资。第二点,对于他获得的遗产,马龙的《德莱顿传》第440—442页中有记述。第三点,提勒森当然不是他唯一的学习榜样。第四点,早在几年前,郎蓓恩(Langbaine)就已经抱怨德莱顿的记忆力太强了。

对于伯奇和他的后来者来说,这些内容有很大价值。因为康格里夫是德莱顿的好朋友,他有意识地描述了德莱顿的个性,所以,几乎所有写德莱顿的传记家都把康格里夫的段落融合进他们的作品之中。两年之后,贾尔斯·雅各的《英国诗人生平和性格全集》(1719)出版。德瑞克的"德莱顿传"的传记结构比前人要有明显的进步,他利用词典的格式,把德莱顿的作品分成戏剧、非戏剧和其他

---

① George Birkbeck Hill. D. C. L. (Ed.) revised and enlarged edition by L. F. Powell, *Boswell's Life of Johnson, Vol. v*[M]. Oxford: The Clarendon Press, 1950: 240.

类别来讨论。德瑞克是按照时间顺序来写德莱顿生平的,在空间和格式上没有受到限制,所以他的叙述比早期的传记作品要流畅。

1778年约翰逊的"德莱顿传"完稿,遂成为他传记作品中最为杰出的篇章之一。有一些特殊原因使得他比较喜欢回忆有关德莱顿的往事,最有趣的就是1776年他主动承认,年轻的时候曾准备写"德莱顿传"。正如书商们要求提供"传记性和评论性的序言",约翰逊的《诗人传》也有了固定的格式——长度相当的两个部分,传记和批评各占一半。在传记结尾是对德莱顿性格的延伸讨论。在这卷的结尾,约翰逊又增加了两份手稿,其中有几个主题重复讲述了两次,这种重复表明约翰逊是在不同时期写的这两个部分。

约翰逊的"德莱顿传"传记部分的信息主要是来自伯奇在《传记历史与批评通用词典》中的记叙。这一点可以确信,因为伯奇给出了错误信息,误导了约翰逊,错误地认为亨廷顿郡(Huntingdonshire)是德莱顿最早的家乡。同样,约翰逊给德莱顿的在世时间增加了一年,认为德莱顿是1701年去世的,这也是因为约翰逊接受了伯奇所写的德莱顿的死亡日期。还有证据表明,约翰逊照搬了伯奇在德莱顿葬礼上的令人恼怒的事件的引文。

除了伯奇之外,约翰逊很大程度上依赖塞缪尔·德瑞克编辑的德莱顿诗歌和生平介绍。约翰逊直接提及德瑞克增加的部分,并指出其中几处错误:据最近的传记家德瑞克报道,德莱顿从他父亲那里得到的遗产是每年200英镑;德莱顿被培养成一位再洗礼派教徒。这些细节德瑞克都无法提供权威证明。后面约翰逊也提到:德瑞克先生向德莱顿的一些亲属询问,被告知德莱顿的《寓言》从奥蒙德(Ormond)伯爵夫人那里获得了500英镑。约翰逊具体提到了德瑞克,可以看出,约翰逊在明显没有其他权威出处的情况下,就会提到德瑞克的名字。这种对待德瑞克的态度可以在这句话中看出:"通过先前与和善的汤森(Tonson)先生对话,我未能发现在他前人和德莱顿之间的任何转账记录,除了下面的文件……"这些文件是他重印的《寓言》的协议和收据,这两者都在先前被德瑞克出版。尽管文中没有提到德瑞克,文本的比较明显显示约翰逊拷贝了德瑞克所出版的内容,而不是使用了原稿文件。

第25段郎蓓恩的《英国戏剧诗人记述》也为约翰逊提供了有关德莱顿戏剧的信息。约翰逊提到:"郎蓓恩提供了一些帮助。"①对于如此多的材料来源,毫

① Samuel Johnson. *Lives of the English Poets, Vol. i* [M]. G. B. Hill (Ed.). Oxford: The Clarendon Press, 1905: 339.

无疑问约翰逊需要更多的时间和精力来甄别和压缩材料。

约翰逊《诗人传》的写作实践与他在1772年所坚持的观点之间不可避免地有些冲突。那个时候,他认为“只有那些和他一起吃过饭,喝过酒,一起生活过,有着同样社会交往的人,才能书写他的传记。”①很显然那个时候他还记着他写作“塞维奇传”所具有的优势。但是,他写作《诗人传》的时候,不可能对每一位诗人都像和塞维奇那样关系亲近。约翰逊与大多数诗人之间不可避免地存在一定距离,这包括时间、地域、文化、个性和经历等方面的差距。他的传主是一种历史的存在,作为书写主体的约翰逊只能采取各种方法,比如他在写作过程中总是愿意采用与传主关系亲近的人的话,尽管他对这些话的客观性持保留态度。约翰逊还尽可能地接近诗人们的生活,了解诗人们的生存处境,使他们在文本中复活。

约翰逊与历史主体的一致

亚里士多德曾经说过:“比较严肃的人模仿高尚的行动,即高尚的人的行动,比较轻浮的则模仿下劣的人的行动。”②这里,亚里士多德关注到剧作家和戏剧角色之间的一致性关系。杨正润认为,“传记和戏剧一样,都是以人为对象的叙事,在研究传记的时候同样可以发现:传记家同他选择的历史传主之间常常存在某种一致性,这在那些成功的传记作品中表现得更加明显。”③约翰逊在文化结构和历史情境所规定的范围之内选择52位诗人作为自己的传主,而他本人也是一位诗人和作家,这样的一致性使得书写主体和历史主体之间的对话和协合能够充分展开。

身份是人物的社会标志,在很长时间里,作家并不是一种职业或独立的社会身份。在英国这种状况直到18世纪以后才有改观,这时有些作家为面包而写作,以写作为生计,不再依靠贵族恩主的施舍和提携,成为一个新兴的、相对独立的社会阶层。然而,从乔叟时代起直至18世纪初,英国知识分子一直未能在经

---

① Samuel Johnson. *The Lives of the Most Eminent English Poets; with Critical Observations on Their Works, with an Introduction and Notes by Roger Lonsdale, Vol. i*[M]. Oxford: Clarendon Press, 2006: 91.

② 亚里士多德. 诗学[M]. 罗念生,译. 北京:人民文学出版社,1982:12.

③ 杨正润. 现代传记学[M]. 南京: 南京大学出版社, 2009:162.

济上取得独立,处于没有地位、受人鄙视的境地。约翰逊来到伦敦的时候,适逢英国作家的命运最为落寞之时。当时英国文坛上只有一位文学家依靠自己的作品而获得巨额财富,所居地位足以与贵族重臣相颉颃,这就是诗人蒲柏,但这样的情况只是个例外,也仅限于他一人而已。同样声名卓著、诗作盛行的其他作家却只能与贫困相厮守:如詹姆斯·汤姆森,他的诗歌《四季》在各个大小图书馆均有收藏;又如亨利·菲尔丁,他的剧本《帕斯昆》风行一时,自《乞丐歌剧》之后,几乎没有能与之相抗衡的作品。像这些有如此盛名的作家,有时也为了填饱肚子不得不典当他们最好的衣服,去地下餐馆大快朵颐。而且,当时身处社会上层的贵族和官僚对作家和文人极为轻视。黑维伯爵在提到《乞丐的歌剧》的作者时说:"一个叫盖依的人,是个诗人。"许多贵族在提到出身于细木工家庭后成为书商的理查生的小说时,都认为这些小说是从一书商的视角来看待上层社会的。契斯特菲尔德伯爵傲慢地说理查生要是受到更高的教育就好了。蒙太古夫人认为理查生不熟悉上层社会,也就没有能力来描绘它。无怪乎约翰逊在一位书商面前介绍自己的长处并乞求录用之时,该书商以鄙夷的目光审视他,建议他最好戴上个抹额去替人搬运行李。[①] 当个搬运工挣钱养家糊口还不成问题,他的收入未必逊于诗人。从这里可以想见英国作家所遭受的种种困难、挫折和屈辱。

英国大多数文人为了能够填饱饿瘪了的肚皮,或是能够在文坛上崭露头角,必须依附于贵族和官僚,过一种寄生生活,毫无尊严可言。他们常常为了得到一点好处,或作为答谢,不得不在自己作品的题献中撒谎、拍马,用夸张的语言硬把一位胸无点墨的白痴说成是德才兼备的才子,为这些恩主们歌功颂德。正如罗伯特·波顿在《忧郁的解剖》中写道:"英国多数读书人的共同命运,就是贫与贱,叫苦求怜,像卡尔达诺、席兰德以及其他读书人那样,[②]把自己的匮乏显示给不屑一顾的恩主看。"[③]由于学问无利可图,读书不能致富,以至于马歇尔在他的诗中发出了"与其写传世的文学作品以取悦大人物,不如靠削牙签为生"的感叹。在约翰逊时代,许多年轻时就已成名的作家,如扬、汤姆森、塞维奇等都依靠他们的恩主得以生活,其中,至少是塞维奇和扬已经饱尝了恩主制度所带来的失望和屈辱。

① 在约翰逊给约翰·尼科尔斯(John Nichols)的信中提到一段轶事:书店老板维尔考克斯先生(Mr. Wilcox)听说约翰逊打算卖文为生,看到约翰逊强壮的身材和粗巨的外表之后说:"你最好去买一套搬运工的抹额。"见 *Life*, *Vol. i.* pp. 64-65。

② 卡尔达诺(1501—1570),意大利学者;席兰德曾译普鲁塔克的《名人传》,在序中诉穷。

③ 杨周翰. 十七世纪英国文学[M]. 北京: 北京大学出版社,1985:101.

19 世纪的麦考莱在他的《论文集》(*Essays*)中对当时知识分子的生存状况有着生动的描述:

> 所有肮脏的和悲惨的现在可以归结在一个词上:诗人。……即使是最贫穷的人也会怜悯他;他们很可能同情他。因为如果他们的状况是同样可怜,然而他们的抱负不一样高,而且他们对侮辱的敏感程度也不一样。诗人住在四层以上的阁楼上,和男仆们在地下室一起吃饭,一天十个小时的翻译工作才抵得上一位挖沟人的工资,和神出鬼没的乞丐和瘟疫为伍,一次一次地成为法庭执行官搜寻的对象——从格鲁勃街到圣乔治郡,从圣乔治郡到圣马丁教堂后面的小路。六月就睡在散装的货物上,十二月就睡在暖房的灰烬上,死在一家医院,埋葬在一个教区的墓地,这就是不止一位作家的命运。①

而奥利弗·哥尔德斯密在他的《对当前纯学问状况的探询》(*Enquiry into the Present State of Polite Learning*)中从个人的痛苦经验出发对当时文人处境作了更为精练的概括:

> 诗人的贫困是受到轻视的话题。他为面包而写作是一个不可原谅的过错。也许在这个时代的所有人中,作家是最为艰难的。我们使他贫穷,然而还要斥责他的贫困。就像恼怒的父母纠正孩子的错误,直到他们哭了为止,然后再让他们不要哭,我们责备他依靠他的智慧而生存,然而不允许他以其他方式去生存。②

约翰逊虽然从来没有真正居住在格鲁勃街(Grub Street),但是他过着那里的生活方式。那里居住的一些最不幸的人,是他的同事和朋友。他曾经提到诗人塞缪尔·鲍易斯(Samuel Boyse)常常为了吃上饭不得不典当他的衣服。问题是当鲍易斯的衣服被典当后,手中拿着当票和几先令,他就会选择美味食品如块菌和蘑菇来使自己赤裸的存在有点甜味。约翰逊曾帮助他把衣服赎回来。约翰逊后来回忆说:那时对他来说,六先令也是一个不小的数字。衣服赎回来之后,两天不到又被当了,鲍易斯只得裹着毯子坐在床上,他把毯子剪了两个洞,好让

①② John Wain. *Samuel Johnson*[M]. New York: McGraw-Hill Book Company, 1976: 101.

两个胳膊露出来写作。鲍易斯是有天赋的作家,应该有更好的命运。他写诗和写散文一样快,他精通音乐,还会画画;他翻译德文和法文的材料,还把乔叟的一些故事用现代英语表述出来,他的收入是一行诗句3便士。他以文为生,最后贫穷地死去,葬在没有标记的坟墓。甚至无人知晓他的死:一说他喝醉后躺在马路上被一辆马车碾压致死,另一说他死于饥饿,临死前手中拿着笔,躺在床上。① 约翰逊和他的大多数传主们一样,都是为了生存而挣扎的一介文人。约翰逊同他的传主有了这样的一致性,他就能深入理解他们,体验他们的喜怒哀乐以及各种情绪和情感的变化,把握他们在不同环境下行为的动因。

约翰逊《诗人传》中的诗人们不仅有着共同的贫困命运,作为书写主体,约翰逊与他们对待社会也有着共同的思考和忧患意识。约翰逊在《拉赛拉斯》中曾提出了一系列发人深省的文化命题:什么是人生的意义、什么是正确的生活道路、什么是幸福等。对于这些问题的回答,实际上也是他对18世纪英国面临的一系列文化危机的回应,其中既包括约翰逊对旧的田园牧歌式生活方式的批判,也有他对新的科技发展所带来的后果的忧患意识。约翰逊考虑的核心问题是人类正确的生活方式,即如何实现精神文明和物质文明的同步发展,以及如何实现从农业文明向工业文明的完美过渡。而这些主题也备受英国诗人们的关注。

黄梅博士曾说,约翰逊"可以算是近代英国历史上影响最大的文化人之一。"②他的文化观与他所处的转型时代以及他因此生发的焦虑有关。他的一生见证了农业文明向工商业文明转型以及由此引发的一系列思想、情感和文化方面的危机。英国15世纪盛行的"圈地运动"到19世纪已告结束。在1760年之前,议会共颁布了214项圈地法令。法律已经成为掠夺农民土地的工具。成千上万失去土地的农民,或沦为雇工,或加入城市产业大军,为工业革命提供了大批廉价的劳动力。随着工业的迅猛发展,农业的资本主义经营方式破坏了田园牧歌式的农牧生活。英国农牧业发生了全面变革,城乡手工业发展迅速,国内外市场体系逐步形成。在社会性质微妙而复杂的变化中,阿卡迪亚式的世外桃源和田园牧歌式的理想幸福生活已经不复存在。身处变迁之中的约翰逊必然对社会生活方方面面的种种疑惑和问题抱有深切的关怀,并有着自己的敏锐思考。

那么,约翰逊对于存身的世界有着什么样的具体思考呢?从他的作品《拉赛

---

① John Wain. *Samuel Johnson*[M]. New York: McGraw-Hill Book Company, 1976: 102.

② 黄梅. 推敲"自我":小说在18世纪的英国[M]. 北京:生活·读书·新知三联书店,2003:268.

拉斯》中可以窥见一斑。其中,约翰逊讲述了年轻的阿比西尼亚王子拉赛拉斯走出“幸福谷”,在诗人伊姆拉克和公主乃卡娅等人的陪同下,沿着尼罗河遍访各阶层的生活,探寻人类幸福的真谛。约翰逊首先否定的是阿卡迪亚式世外桃源的幸福生活,他看到了其中人们精神生活和物质生活的失衡现象,而这也正是约翰逊所处时代注重商业、发展工业的社会特征。“幸福谷”中,王子为什么感到不幸福?“幸福谷”是什么样子呢?在约翰逊笔下,“幸福谷”中拥有一切生活必需品,看上去是地球上的天堂:“看到的尽是精心安排好的美景,处处令人赏心悦目。王子和公主们漫步在芳香的花园里,睡在安全无恙的城堡中。所有艺术设计都迎合他们的要求,满足他们的心意。”[①]幸福谷中的园艺精美,那里“通过人工喷水系统,空气保持凉快。其中的一处丛林专为女士而设,里面安装鼓风机,由河水不停推动;乐器摆放相距不远不近,有的靠风,有的靠水,奏出柔和的音乐。”[②]爱德华·托马恳认为:“幸福谷中的花园意象……是真实的园艺实践。”[③]然而,很明显约翰逊关注的不是18世纪园艺实践的真实描绘:对于幸福谷和它的花园的描绘只是为了描写一种能够吸引所有感官的风景,而这种风景给人类感官提供的审美快感是暂时的,栖居在其中的居住者不能够得到永恒的幸福。“幸福谷”中虽然在物质上极大丰富,然而生活在其中的拉赛拉斯王子在精神上却感到不满足,他自比身边的牲畜:“每个在我身边走动的牲畜,有和我一样的物质需要。饥饿时,它吃野草,口渴时,它饮溪水。饥渴解决了,它也满足了,然后便睡去……像这些动物一样,我有饥饿,也有口渴,可我在饱食解渴后却无法使自己宁静安息。”[④]由此可见,丰裕的物质生活如果没有充实的精神生活与之平衡,永恒的幸福就无从谈起。

接着,约翰逊对田园牧歌式的生活方式进行了批判,指出缺乏教养和贫富不均是造成他们不能幸福生活的原因。在第19章“田园生活一瞥”中,在通往隐士洞穴的途中,“一路走在田野里,看到牧羊人赶着羊群,羔羊在草地上嬉戏。”[⑤]诗人伊姆拉克指出“简朴宁静的田园生活”是世人常常羡慕的理想的幸福状态。但在接下来的两段中,旅行者们发现牧羊人“都是粗人,胸无点墨,无法对自己的职

①② 塞缪尔·约翰逊.幸福谷——拉赛拉斯王子的故事[M].蔡田明,译.北京:国际文化出版公司,2006:6,15.

③ E. Tomarken. *Johnson*, “*Rasselas*,” *and the Choice of Criticism*[M]. Lexington: Univ. Press of Kentucky, 1989: 45.

④⑤ 塞缪尔·约翰逊.幸福谷——拉赛拉斯王子的故事[M].蔡田明,译.北京:国际文化出版公司,2006:7,61.

业做好坏的比较……几乎难以从他们那里学到任何东西。”①这里约翰逊指出：不接受教育，精神生活也就无从谈起。而且牧羊人对自己的状态所持的观点也表明了他们与富人关系的觉醒意识：“他们的内心充斥着愤愤不平，自觉注定要做牛做马，为富人累积财富。他们枯燥的目光里暗含着对富人的仇视。”②实际上当时没有一种乡村生活能够与城市现实彻底分离。由于机器时代的到来，成千上万的乡下人背井离乡来到城市谋生。约翰逊也是其中的一员。他于1737年被迫离开乡村，口袋里装着两个半便士，同学生加里克一起前往伦敦谋生。数月之后，约翰逊受雇于爱德华·凯弗经营的《绅士杂志》，开始了他的职业作家生涯。贫穷牧羊人的不幸福来源于他们物质生活的匮乏和精神生活的缺失，而对于约翰逊来说，无论生活在乡村还是城市，贫穷就意味着要忍受压迫和歧视，毫无幸福可言。

既然穷人不能得到幸福，那么，是不是生活在美丽风景之下的富人就能够得到幸福呢？离开牧羊人，拉赛拉斯和同伴们来到一片树林。在这里他们发现了一处被开发的地块，“浓荫最深处，有条林荫道，两旁是修剪得整整齐齐的灌木丛，两边的树木枝丫靠人工交叉盘缠；空地上设有花床；一条小溪沿路潺潺流过，有时从开阔的岸边流入到小潭，有时绕过一堆垒起的石块，喃喃细语。”③这样的地方似乎是一处“无害的奢侈”之地，到处绽放着笑脸。和牧羊人不同的是，处在这一风景中的人物是值得效仿的。花园的主人既富有又受人欢迎，他的仆人们也都带着笑容，宫殿里充满了欢乐。看到这一切，拉赛拉斯忍不住想，“这正是他所要寻找的幸福。”④但实际上，正如这位主人所说，表象是具有欺骗性的。他的富有让他生活在危险之中。埃及的巴萨是他的敌人，“我的财富和声誉激怒了他。”一旦受到攻击，表面的假象就会被揭穿：“那时我的敌人会霸占我的宫殿，在我种植的花园里作乐。”⑤这里，约翰逊巧妙地提出了财富不等同于幸福的命题。

由此可见，约翰逊对逝去的农业文明的回应紧扣人的精神满足这一线索，而对随之而来的工业文明的崛起之所感所想，也是同出一辙。约翰逊在《拉赛拉斯》中已经意识到科学主义和工具理性的局限性，尽管它们能够给人们的生活带来便利，有着实用价值或是娱乐功用，但是缺失了精神的力量。在“论飞行”这一

①② 塞缪尔·约翰逊.幸福谷——拉赛拉斯王子的故事[M].蔡田明，译.北京：国际文化出版公司，2006：7，62.

③ 同上，62-63.

④⑤ 同上，63.

章节讲到有一个工匠,以其机械制造的知识而著名。他发明了许多既实用又有娱乐价值的引擎设备。他用一个由溪水推动的轮子,把河水引进水塔,输送到皇宫每个房间去;还利用喷水系统,保持空气凉快;还安装鼓风机,由河水不停推动乐器,利用风或是水作业来鸣奏悠扬音乐。特别值得注意的是文中出现了"引擎"意象,这自然而然地使人联想到蒸汽机。这部作品写于1759年,而英国工业革命就是以蒸汽机的使用为标志的。光是这一章节中,就出现了这么多与机械有关的词(如mechanic、engine、wheel、fans等),自然有其深意。约翰逊是要告诉我们:新兴的工业文明仰仗的是机械力量和物质力量,并不能够给人类带来精神上的满足和永恒的幸福。机械的发展所带来的物质的、实用的状况并没有给王子带来快乐,他还是落落寡合,离群独处。约翰逊借"幸福谷"中精通力学的工艺家之口,表述了他对机械文明的焦虑,并前瞻性地预见了科技可以给人类带来灾难,并提出拥有技术的人必须要有善心。如果技术被恶人掌握,人们的人身安全就会受到威胁,财产得不到保障,甚至会给国家带来灭亡之运。"歹徒任意空袭,我们怎能保护安良?空军跨过城墙,越过高山,飞过海洋,防不胜防。北狄空军居高临下,袭击经济重镇,所向无敌。居于南海,赤身露体的土人会从天而降,连这快乐山谷,王邸所在之地也会侵入。"[①]而且,结局也非常明显,约翰逊以轻松的笔调否定了通过技术走向幸福路径的可能。气球驾驶员想出制造一双翅膀,并运用空气动力学原理和数学原理来证明它们能够飞行——但结果是跳入湖中,计划以失败而告终。但是这已经预见到真正能够实现的军用飞行器的发展:"一群北方野蛮人可以在风中盘旋,用不可抗拒的暴力,把在他们下面的果实累累的居民区摧毁。"[②]约翰逊有生之年在伦敦看到了比空气还轻的飞行器的首次飞行,就在他去世前一年,他的信件显示他对其有着极大的兴趣。不过,约翰逊从来不认为科学能够凭一己之力解决所有的问题。

在第39至47章,约翰逊还通过学识渊博的天文学家的故事来说明即使善良的人拥有了科学知识,也不能获得幸福,正如卡莱尔所说:"受科技主宰的不光有人类的外部世界和物质世界,而且还有人类的内部世界和精神世界,不光有人的行动方式,而且还有人的思维方式和情感方式。"[③]在外人看来,这位天文学家是世间最快乐的人,他"神超形越,却不傲慢;彬彬有礼,却不虚伪;能

①② 塞缪尔·约翰逊.幸福谷——拉赛拉斯王子的故事[M].蔡田明,译.北京:国际文化出版公司,2006:15,18.

③ 高速平.卡莱尔对社会与人之拯救思想[J].《长城》,第8卷,2014:32.

言善辩，却不卖弄才情。"①而他自己却认为自己的人生选择是错误的："我把时间花在学习上，没有得到任何实际的人生经历。所掌握的科学，就其大部分而言，对现在的人类都没有实际用处。我获得了知识，却付出了所有享受舒适生活的代价；我失去了与可爱的异性交往的友谊，家庭温暖的幸福。"②约翰逊一方面强调了科技的强大力量，"我操纵气候，调节四季：太阳听命于我，东起西落；乌云呼之即来，大雨滂沱；一声令下，尼罗河泛滥；我驯服天狼星，消除暑热；克抑巨蟹星，减低气温。"他另一方面也突出科技的有限性："一直以来，惟独自然界的飓风不听我指挥，以致赤道灾情惨重，我无法阻止，也无法控制。"③而且，天文学家在与王子一行人交往的过程中，还是流露出压抑的痛苦情绪，并认为自己自从拥有了这种能力，就远不如从前那样幸福。由此可见，科学知识的获得给他的情感和思维带来了深刻的影响，使其只能在孤独寂寞的探索中生活。

这里有必要强调一下，约翰逊并非不重视科学技术的发展。事实上，与蒲柏和斯威夫特相比，他对科学知识有着极大的兴趣，特别是对化学、医学、天文学和自然历史。他非常熟悉他所处时代化学学科的进展，了解化学在制造业、艺术和医药等领域的作用。在他的各类作品中有多种意象和隐喻来自科学。而且他还亲自做科学实验。在他旅行的时候，他观察和评论各种物品的制造过程——英格兰的玻璃制造，法国的瓷器和窗帘的制作，威尔士的铜器和铁器。在给苏珊娜·斯拉尔的一封信中，他建议其应该利用每一个获得知识的机会："用赫谢尔望远镜观察太空"；他还告诉她"去化学家的实验室"，因为"所有的科学真理都是有价值的。"④

需要特别说明的是，约翰逊对当时盛行的经验论哲学家洛克的幸福观进行了质疑。洛克坚持他的经验主义立场，认为"外界事物作用于人的感官，引起了人们的各种情欲和感受，才引起了人们的苦乐感。"⑤他从人类所具有的"趋乐避苦"的心理和自然倾向出发解释快乐主义幸福观，认为"幸福就是快乐，极度的幸

---

①②③ 塞缪尔·约翰逊.幸福谷——拉赛拉斯王子的故事[M].蔡田明，译.北京：国际文化出版公司，2006：111，140，113.

④ D. Cody. Samuel Johnson's Interest in Science and Technology[A/OL]. The Victorian Web, 2000 [2021-11-22]. https://victorianweb.org/previctorian/johnson/scienceintro.html

⑤ 邢占军，黄立清.西方哲学史上的两种主要幸福观与当代主观幸福感研究[J].《理论探讨》，vol. 1，2004：32.

福就是我们所能享受的最大的快乐。”①虽然《拉赛拉斯》显示了成熟的心智从田园和自然风光的审美过程中可以获得快感,但这样的时刻是非常短暂的。这可以从故事中的“快乐的旅行”例子中看出:在他们到金字塔旅行的开始,一行人“不时地停下来……观察到各种被毁坏的古城外貌和古代居民的遗迹,留意周围的旷野和耕作过的田地;”②公主忠诚的女仆佩凯对于掳她的阿拉伯人带她看的景色也很欣赏:“登上楼台,一望千里,河水曲曲折折,进入眼帘。白天,随着日光移转,风景也不雷同,我四处浏览,许多事物,前所未见。”③还有在开罗大家从博士家中往回走,“沿着尼罗河,大家都欣赏月光在水中荡漾。”④然而这样的场景能够提供的只是转瞬即逝的快乐,而《拉赛拉斯》关注的是长时期的幸福。审美时刻随着时间的推移蜕变为空洞的凝视。正如佩凯,在阿拉伯人的屋子里,一开始喜欢四处浏览不同的风景,但很快就发现如此快乐的不足:“一切事物,朝看暮厌,令人烦闷。”⑤这和伊姆拉克年轻时候对于大海的反应同出一辙:“首次漂洋过海,不见陆地,放眼四周,惊叹不已。一望无际,心情豁然开朗,初以为百看不厌,未几,发觉大海茫茫,千篇一律,令人生厌。”⑥由此可见,对于自然风景所带来的审美快感,并不能够让人在精神上得到满足,从而不能提供持久的幸福。而且,约翰逊认为追求这种感官的快乐只是把人类降格为动物的层次。在《拉赛拉斯》中约翰逊把无知和兽性联系在一起。佩凯描述阿拉伯人后宫里女人们的消遣娱乐只是些“孩子类的游戏”:“我只是凭本能干所谓他们感到快乐的事,而我理智上依然想着开罗。”⑦具有启发意义的是,佩凯把这些能够得到满足的女人与动物相比:“她们从一个房间跑到另一个房间,如一只笼中的小鸟,从一边飞到另一边。她们为一时情绪高涨而歌舞,就像小羊在草地上跳跃。”⑧这些女士也显示了精神上空虚的一面,在注视自然景色的时候:“她们的时光,一部分消耗在看河流上飘浮的物体,还有就打发在观看云彩飘浮在天空中的各种形态。”⑨由此可见,在约翰逊看来,精神上的满足对于人类的幸福甚为重要。

尽管约翰逊笔下的诗人们对于人生和世事的看法不尽相同,但他们对相同主题如田园生活都进行了深度思考并付诸实践行动。威廉·谢思顿是其中之一,他除了是一位诗人之外,也是一位画家和园林艺术家。他的声誉更多来自他

---

① 罗国杰,宋希仁.西方伦理思想史(上)[M].北京:中国人民大学出版社,1985:91.

②③④⑤⑥ 塞缪尔·约翰逊.幸福谷——拉赛拉斯王子的故事[M].蔡田明,译.北京:国际文化出版公司,2006:96,118,134,118,26.

⑦⑧⑨ 同上,2006:119.

对父亲遗留给他的“篱索思”地产的设计和改造，谢思顿使篱索思花园成为18世纪最为有名和访问量最大的花园之一。篱索思花园占地约60公顷，位于英格兰西密德兰地区黑尔斯欧文辖区，距离伯明翰有7英里路程。谢思顿曾就读于牛津大学彭布罗克学院，经过四年的学习以后他并未取得学位，也没有显示任何从事某种职业的意图，后来他就回到了自己的家乡，在其父亲的地产上，依据高低起伏的地形，开始修饰和改造这块乡村的农场。从1743年至1763年，经过诗人二十年的建造，篱索思花园森林密布、曲径通幽、溪水淙淙，其中还布置了乡间小屋、小的修道院、长椅和存放朋友骨灰的纪念瓮。但篱索思花园能够成为英国历史上最值得崇拜的早期花园代表之一，在很大程度上离不开其中的文学因素。

篱索思花园的设计理念与田园诗紧密相关。谢思顿的意图是重新创造出古典田园诗歌中所描绘的氛围和环境，而其精髓即为淳朴的乡野风貌。据托马斯·沃特雷所说：“田园诗的理念现在似乎是淳朴的标准，而适合田园诗的地方必定是十分纯洁的农场。这一暗示很明显符合篱索思的设计，田园诗在那里出现得如此可爱，使它们的作者得到了亲切的回忆，也使谢思顿先生的声誉得到了正确的评价。”[①]其实，谢思顿在牛津大学读书期间，就对古典时代颇感兴趣，也热衷于收集古代的钱币、徽章和印章。谢思顿与朋友之间的通信表明，他为了装饰他的花园，请求他们帮助收集相关的装饰品。他的朋友罗伯特·道兹雷是一位出版商，曾于1760年在篱索思住了四个月，而“在那年的6月，他在伦敦为篱索思花园收集装饰品。他最后收集到的是荷马和维吉尔的雕像。”[②]对于谢思顿来说，古典田园诗的代表就是维吉尔的《牧歌》。为了能够让篱索思花园的参观者回忆起古典的田园风光，谢思顿选取了许多诗文片段，其中大多数选自维吉尔的《牧歌》，他把它们雕刻在花园中的纪念瓮和长椅上。而且篱索思花园中最后一个景点，也是最重要的一个景点就是以诗人维吉尔来命名的，称之为“维吉尔的丛林”。在丛林的中心有一方尖石塔，上面的文字表明它是献给诗人维吉尔的，还有一长椅是献给诗人汤姆森的。维吉尔在生前就已被公认是最重要的罗马诗人，去世以后，他的声名也始终不衰。而《牧歌》是维吉尔早期最重要的作品，被认为是田园诗歌的典范，充溢着浓郁的古罗马田园风采。汤姆森是18世

---

① Thomas Whately. *Observations on Modern Gardening* [M]. London: Printed for T. Payne, 1770: 162.

② Harry M. Solomon. *The Rise of Robert Dodsley: Creating the New Age of Print* [M]. Carbondale: Southern Illinois University Press, 1996: 230.

纪苏格兰著名诗人,是谢思顿的朋友。他的《四季》以欣喜、抒情的笔调描绘了自然界一年四季的变化,抒发了诗人对于世间事态变化的感叹。在篱索思花园中的“维吉尔的丛林”里,谢思顿把维吉尔与汤姆森并列,一方面体现了古典与现代的融合;另一方面也彰显了花园设计者谢思顿的主体性。谢思顿自己也是一位田园诗人,他于1743年采用抑抑扬格三音步写成的《一首分为四部分的乡村民谣》堪称田园诗歌的经典之作。在“维吉尔的丛林中”,花园设计者间接地把自己与维吉尔和汤姆森联系在一起,在对他们的记忆中也刻上了自己的影子。约瑟夫·贾尔斯把该丛林看成是“谢思顿纪念维吉尔和汤姆森的空间,并认为篱索思花园里所有物件和场景都能勾起某种回忆。”①在这一空间里,花园的参观者能够参与其中,体验某种回忆的快感,这种感觉也被谢思顿的朋友鲁克斯伯勒女士称之为“沉思的快感”。② 快感来源于对谢思顿和汤姆森两位诗人之间友谊的回忆与思考。汤姆森曾经于1746年夏天参观过篱索思,谢思顿通过“维吉尔的丛林”中长椅上献给汤姆森的题词,记录了他对于这次会面的个人体验。在谢思顿写给鲁克斯伯勒女士的信中,谢思顿把他对汤姆森的回忆深深地嵌入在他对于篱索思花园的设计和汤姆森赞同这些方案的重复叙述之中。由此可见,作为诗人的谢思顿,在设计和建造篱索思花园的过程中,与田园诗及田园诗人有着千丝万缕的联系。

篱索思花园不仅与田园诗密切相关,而其中的景点与希腊罗马神话故事也有关联。走过“爱人小径”,是一小溪,溪岸边长着柳树和赤杨树,还夹杂着老橡树。再往前走会经过一个风车和一小木屋,这时你会到达“约会的座位”。这座位上刻有拉丁文题词及其英文翻译,是题献给希腊神话中的一位海上仙女加勒提阿(Galatea),内容是:“哦,加勒提阿!你是比天鹅还要耀眼的仙女,比百里香还要甜美,比常春藤的花还要白。当牧羊人在晚上寻找羊圈的时候,赶快来到我的怀里!不要轻视你爱人的呼唤。”③这里,参观者会自然想到加勒提阿与西西里岛平凡的青年牧羊人阿西斯(Acis)的悲怆爱情故事。阿西斯与加勒提阿的相爱,引起了独眼巨人波吕斐摩斯(Polyphemus)的妒忌,于是运用神力用巨石将

---

① Sandro Jung. Wiliam Shenstone's Poetry, The Leasowes and the Intermediality of Reading and Architectural Design[J]. *Journal for Eighteenth-Century Studies*, Vol. 37, No. 1, 2014: 65-66.

② Alan Dugald McKillop. James Thomson (1700-1748) (Ed.). *Letters and Documents*[M]. Lawrence: University of Kansas Press, 1958: 209.

③ Joseph Heely. *A Description of the Leasowes*[M]. London: Printed for the author and sold by R. Baldwin, in Pater Noster Row; and Birmingham: Pearson and Rollason, 1777: 84.

阿西斯砸死。加勒提阿非常伤心，但又无法使其复活，就将阿西斯的血液化为河流，以此作为永恒的怀念。那么，篱索思花园里“爱人小径”旁的溪水也因为这一神话故事而具有了灵气，代表着阿西斯；而溪水旁“约会的座位”，也成为加勒提阿与她恋人重逢的地方。谢思顿时代，阿西斯与加勒提阿的故事非常流行。主要是因为德国作曲家乔治·弗里德里克·韩德尔(George Frideric Handel)来到英国居住以后，在1718年创作了田园歌剧《阿西斯和加勒提阿》，而英国诗人约翰·盖伊(John Gay)提供了该剧的英文剧本。1732年韩德尔对该剧进行了修订，波吕斐摩斯的谋杀成为其中的次要部分，而重点则放在了两位恋人身上。该剧成为韩德尔作品中演出场次最多的一部，一直延续到18世纪50年代。而该剧就是以乡村景象为背景，有岩石、丛林和河流，那里仙女加勒提阿与牧羊人阿西斯在阿卡迪亚式的环境下生活。谢思顿通过“约会的座位”以及上面的题词，让参观者能够听到加勒提阿对阿西斯的歌唱：

心脏，温暖快乐的地方
　　现在你成为一股清泉！
　　你的血液不再是紫色，
　　你会像清澈的河水悄悄地流淌。
　　岩石，显示你空洞的发源地！
　　冒泡的泉水，看，它流淌着，
　　经过了他喜欢来回走动的平原，
　　低声诉说着他温文尔雅的爱意。

除了“约会的座位”与神话相关联之外，“修道院小径”位于一块安静的、与外界隔离的山谷地带。这里参观者可以看到一尊牧神雕像，唤起参观者回忆牧神与山林女神绪任克斯的美丽神话。人头羊身的牧神，擅长音乐，爱上了河神之女绪任克斯，但绪任克斯却因为嫌恶牧神的外貌而躲避着他。为了逃避追求，绪任克斯求助她的父亲将她变成了芦苇。牧神追到河边，看不见意中人的身影，但随风飘逸的芦苇却勾起了他的怀念之情，于是他割下芦苇，编排成列，吹奏乐曲来表达他无限的思慕之情。在“维吉尔的丛林”中，金鱼盆边不远的树丛中，还有一尊爱神维纳斯的雕像，并题有一首诗献给爱神维纳斯：

致维纳斯，维纳斯在这里休息，

我要在头脑清醒的时刻郑重起誓:
崇拜的不是那个在帕福斯平原,
大胆的,俊俏的和快乐的她;

也不是那个到处抛媚眼,
来贿赂弗吉利亚男孩的她;
更不是那个穿着战甲也未能
拯救多灾多难特洛伊城的她;

崇拜的而是刚从海潮泡沫中升起的,
给予每一胸膛以温暖的她;
那个一半隐藏
一半显露自己魅力的她。

还有值得一提的是,篱索思花园中的纪念瓮与诗人相关。在参观者的线路上,纪念瓮是亲密关系和个人友谊的表达,而这种关系也非常值得参观者深入思考。献给威廉·萨默维尔的瓮上刻有如下文字:

纪念威廉·萨默维尔的
　　天才和友谊,
　　威廉·谢思顿竖立此瓮,
　　以泪水沾湿他的诗人朋友的骨灰。

这个纪念瓮竖立的性质是谢思顿对于逝去的朋友萨默维尔的纪念。它给予参观者参与谢思顿对于逝者悼念的机会,同时也让参观者进入威廉·萨默维尔的诗歌世界。威廉·萨默维尔也是塞缪尔·约翰逊《英国诗人传》52位传主之一,是一位乡村绅士的长子,从小受到良好的教育,先后就读于温切斯特学院和牛津大学新学院。在校期间,他学习法律,并没有显示出对文学的爱好,直到中年,他才喜欢上诗歌。他和谢思顿一样,依靠父亲遗留的地产生活,平时的爱好就是骑马和打猎。他的诗歌主题就是田间运动,主要诗作包括《追赶》(1735)、《乡村游戏》(1740)和《田间运动》(1742)。谢思顿对于萨默维尔的怀念显然与他的乡村田园情怀契合。

谢思顿自己的田园诗歌实为篱索思花园的注解。谢思顿通过自己的诗歌创作赋予了篱索思花园中的花草树木、虫鱼鸟兽和高山流水特殊含义。在他的诗歌中大自然通过诗歌中的言说者，不断在恋人之间斡旋和调解。在《达芙妮的访问》中，言说者向溪流发出请求，请求它们的水流声要让我的美人平静下来；在《写在我的书房窗户旁》中“窃窃私语的山毛榉树和咕咕咚咚的小溪被征用来传达他对达芙妮的爱意。”在《云雀》中，那声音优美的鸟儿也被召唤来到达芙妮的窗户旁，显示他的声音艺术。鸟儿也被作为达芙妮和她悲伤的乡间恋人之间的媒人，被教导去邀请她来招待那位愚笨的情郎，歌唱对她的赞美，也歌唱她的绝望。

谢思顿在设计和建造篱索思花园的时候，通过内在相连的风景，人工创造了阿卡迪亚式理想环境。他利用长椅上的题词、景点的命名、雕像和纪念翁的竖立，使得篱索思花园成为“文学的花园”，彰显了他的多重身份：园林设计者、诗人和评论家，同时也激励了参观者认同和揭示外在风景和实物所隐含的文学信息。

约翰·戴尔(John Dyer)也是约翰逊《诗人传》中诗人之一。与约翰逊一样，他在田园诗《羊毛》中也有针对英国农业文明和工业文明的思考，特别是对有关羊毛工业和财富的思考。诗中他描绘了富庶的英国乡村，同时也有英国港口的繁荣景象。他把对英国乡村的赞美与对伦敦商业繁荣景象结合在一起。除了乡村的田野、庄稼和羊群之外，也有：

你们经常到访的城镇，有着繁忙的贸易往来，
庄严肃穆的港口，停泊着富丽堂皇的轮船，
不计其数。那么，我的诗神迷失在何处？
很高兴，他像一位在河岸边的旅行者，
看到奥古斯塔号轮船进港了，
它自由地野蛮地穿梭着向岸边靠拢，
从甲板到甲板，港口内的桅杆就像小树林一样密集，
在人群中，大小包裹，汽车，也可能是印度的珍宝，
穿过码头，广场，和宏伟大厦，圆顶建筑，
在甜美的惊讶之余，也不能够平息
极度狂喜的内心，或是有次序地来浏览
每一单个的物件，带着新的发现

来仔细装饰自己土生土长的国家。①

看那银色的迷宫

庄严肃穆的泰晤士河,曾经呈现出不同的方格图案,
满载货物的驳船,以盛大的仪式,平稳地向前行进,
就和他的水流一样恒常。
海王星号也参加,他慢慢地左右转动,
移向巨大的奥古斯塔市场,在那里进行大宗贸易,
在很多国王登基的金色塔尖中,
让观众走向世界;河岸周围,
紧密聚集着许多不同国家的繁忙人群。
啊货物,啊财富,啊产业,啊舰队!②

戴尔在田园诗《羊毛》中写到大城市伦敦,这样的处理似乎显得很突兀。《羊毛》从致力于赞扬英国乡村的田园风光,如天空、草地、溪流和绵羊,转向描写英格兰的城市、港口和富丽堂皇的轮船。英格兰通过羊毛所获得的财富,工厂的工业,商人的贸易与田园风光结合在一起形成了一幅综合图景;诗歌中也把牧羊人和商人,乡村与城镇,自然和艺术连接在一起,形成完美的劳动分工模式,增进国民财富。诗中纺织机的声音与乡村自然的音乐相和谐:

让纺织机的声音
与每一个溪谷的旋律混合。

纺织机的梭子和支架之间的运动就像大海的波浪:

带着纱线的梭子沿着线条在穿梭滑行,
不时地,撞击支架发出噪音。
在编织的网上,
就像一阵阵波浪,

①② Richard Feingold. *Nature and Society: Later Eighteenth-Century Uses of the Pastoral and Georgic*[M]. Hassocks: The Harvester Press, 1978: 85.

常常扑打在沙滩上，
压实了旅行者的路。

诗中，制衣工人和制呢工人的劳动与农民的劳动相比拟，在修辞上把二者并列在一起：

很快制衣工人的大剪刀
制呢工人的去刺耙，把布匹表面抛光。
这样的工作日复一日，
从一季到另一季。因此农夫
做着他所关心的事情：他的犁划开了他的土地；
种子已经播下；钉耙的齿在土块上想着粗糙的响声；
他的锄头很快征服了杂草；
挥舞着镰刀，慢的队伍有压力，
直到家中令人鼓舞的收成
回报了他的辛苦劳作。

通篇来看，《羊毛》体现了诗人戴尔对于英国农业文明与工业文明和谐发展的思考。虽然戴尔与约翰逊的观点并不一致，但约翰逊认为每一位诗人都会有自己关心的一系列问题，带着这些问题他对传主及其相关历史进行研究，希望从中寻找答案。而诗人们留下的物质和精神遗产也就是他们的作品，可以说诗歌是他们身份的象征。有些问题只有通过阅读、分析和评论诗人们的作品，才能发现隐含的答案。

“考利传”中，约翰逊在选择考利诗歌批评时，特别喜欢那些论述诗歌本身的诗歌，如“箴言”(The Motto)、“智慧颂”(Ode on Wit)、“致威廉·戴文特爵士”(To Sir William D'Avenant)、“论克莱肖先生之死”(On the Death of Mr Crashaw)，这些诗歌探索的主题是考利和约翰逊同为批评家和诗人所感兴趣的。[①] 约翰逊从“智慧颂”中引用一段诗歌，举例证明了自己在“考利传”中对玄学派诗歌总体评价的批评规则：

---

① Philip Smallwood. *Johnson's Critical Presence: Image, History, Judgment*[M]. Aldershot: Ashgate Publishing Limited, 2004: 67.

然而这不是要装饰每一部分,使其光彩夺目;
那样显示更多的是花费而不是艺术。
鼻子和嘴唇上的珠宝看上去很不自在;
与其拥有一切智慧,不如一无所有。
如果天地之间别无他物,
几道亮光也将不为所见,
人们对此怀疑,因为它们在空中如此稠密
如果那些是装点银河系的星星。(*Miscellanies*, 3)

约翰逊继考利对于真正智慧的定义之后,讲述了什么不是真正的智慧。因此考利说:"一些事情确实通过了我们的判断/就像通过一面放大镜。"与此呼应的是,约翰逊对于诗意解体也有和视觉相关的隐喻:"他们的努力总是解析性质的——他们把每一个意象分解成碎片,不再能够通过他们柔弱的奇喻和谨慎的特别之处来代表自然景象或是生活场景,用一棱镜来解析一束阳光也不能够展示夏日正午阳光的灿烂。"①

约翰逊认为考利的"致威廉·戴文特爵士"通过歌颂其中新的英雄体开始,开篇有力。在这首诗中,很明显约翰逊发现了考利与他趣味相投的地方:对"神话"中天真行为的轻视,以及对诗歌的人类利益不可抗拒的爱好。例如下列诗行:

我认为直至今天的英雄体诗歌
就像一些不切实际的仙境所显示的
神灵、魔鬼、仙女、巫婆和巨人族等
在人类主要工作场所都拥有一席之地
然而人类本身却被排除在外。
你像一些值得尊敬的带着神圣武器的骑士
从驱赶那里的魔鬼开始,到终止它们的魔力结束
而不是人类种植
一些植物,主要需要肥沃的土壤。
然而,即使你们必死的人类确实超越了神灵

① Samuel Johnson. *Lives of the English Poets*, *Vol. i* [M]. G. B. Hill (Ed.). Oxford: The Clarendon Press, 1905: 21.

也是在诗神的教导之下那么好地去战斗和爱。(*Miscellanies*, 24)

约翰逊说这首诗"非常公正地构思和愉快地表达了一些批评观点,"①他也许在头脑中有这样的区分,就像考利的"因此像神一样的诗人们确实复述过去的事情,/不是改变,而是通过他们的诗文来提升自然。"这也是约翰逊所认同的。约翰逊又一次把考利看成他自己所持批评传统立场的一位非常重要的支持者——就像他看德莱顿和蒲柏一样。就在他赞扬考利的"致戴文特爵士"的同一段落中,约翰逊也对考利表达了敬意,认为考利的批评天赋被忽视了:"考利的批评能力还没有得到充分研究。"

约翰逊与他的传主们同为知识分子,清贫是他们共同的命运;诗歌作品是他们身份的象征;他们生活的社会、时代和人生是他们思考的共同主题。对于诗歌和诗歌批评的爱好是他们能够展开充分对话的基础。

诗歌:诗人身份的表现——以"蒲柏传"为例

诗人的身份是通过他们的诗作来体现的。他们的作品为传记写作提供了素材,对认识历史主体有重要的参考价值,所以对传主作品的介绍和评论成为《诗人传》的重要内容。那些优秀的诗歌脍炙人口,为读者所熟悉,约翰逊把诗人的作品同他们的生平和个性结合起来,探析其背景和动因。亚历山大·蒲柏是18世纪最重要的英国诗人,本节以"蒲柏传"为例,考察约翰逊是如何介绍和评论传主作品的。

"蒲柏传"篇幅很长,占整个《诗人传》的八分之一,描述了蒲柏毫不动摇地全身心投入自己的写作事业。约翰逊提供了对这位雄心勃勃的诗人能够收集到的所有信息,包括他年轻时所受的教育,他早期对艺术的忠诚,对"准确"的刻意追求,对文学的酷爱以及他的好奇心。② 由此可见,约翰逊对蒲柏特别钦佩,这也印证了梁启超的说法:"如替一个人作特别传记,必定对于这个人很信仰。"③传

① Samuel Johnson. *Lives of the English Poets*, *Vol. i* [M]. G. B. Hill (Ed.). Oxford: The Clarendon Press, 1905: 38.

② Samuel Johnson. *Lives of English Poets*, *Vol. iv* [M]. Roger Lonsdale (Ed.). Oxford: Clarendon Press, 2009: 11-32.

③ 梁启超.《中国历史研究法》[M]. 上海:上海古籍出版社,1998:157.

记家对传主有了这样的肯定态度,他们之间很容易形成心理联系。约翰逊能够感受蒲柏的心情,对其诗歌做深入的理解。

由于蒲柏很早就开始写诗,而且是把写诗当成他的职业,所以他生平中的主要事件就是创作诗歌。这样一来,约翰逊的传记叙述不可避免地要详细谈他的作品,包括对蒲柏早期诗歌的概括。他早期的《田园诗》流畅、自然,很快就得到人们的关注,拥有一帮崇拜者。蒲柏出版《论批评》(1711)的时候才 20 岁刚出头。约翰逊认为:该文显示作者具有独特的理解力,对古代和现代知识有着很好的把握,而且如此熟谙人性,即使是最成熟的年龄和有着很多生活经验的人也难以达到这样的程度。紧接着的就是《夺发记》,这是“他所有作品中最有独创性的,也是最令人愉快的。”①蒲柏在 1714 年把这首诗扩充,其中他决心运用所有艺术手法,超越先前作品,使其更加具有诗意。他通过精确的描写、合适的箴言,显示了无限的创造力。蒲柏认为这是“他使用诗歌艺术最成功的作品”,约翰逊也同意他再也不能重复如此“无与伦比的卓越”。②

蒲柏 25 岁的时候着手翻译荷马的《伊利亚特》(1715—1720),约翰逊认为这“无疑是世界上能够看到的最优秀的诗歌翻译版本;因此它的出版也被认为是知识年鉴中伟大的事件之一”。③它是如此重要,以至于约翰逊对它的来源和接受以及进一步的批评讨论进行了详细的叙述。约翰逊在这里下的笔墨比弥尔顿的《失乐园》还要多,原因是他引用蒲柏修改的手稿,以此来显示诗人是“如何一步一步达到准确”,通过“智性过程”把“粗鲁”变成“优雅”。正如他后来解释的,蒲柏的方法是“由浅入深地详述、修饰、矫正、然后润色他起初的想法”,然后再“加上清晰、优雅或是有活力的文字”。④

约翰逊把《伊利亚特》和后来的《奥德赛》的译本作为蒲柏最重要的成就,可以看出他对蒲柏后期诗歌持有保留态度。例如博林布鲁克(Bolingbroke)提出《人论》的有害影响;在《给科巴姆(Cobham)的信》中“流行的激情”和“有害的”教义,使得蒲柏轻率地与“爱国者”的政客们纠缠在一起,这对他后期讽刺文以及他后期雄心勃勃的写作计划产生了很大影响。他的后期计划不仅是以有关不列颠古代“荒唐的虚构”为基础,而且还是用无韵诗体写一部“难以置信的”称作“布拉特斯(Brutus)”的史诗。

---

①②③ Samuel Johnson. *Lives of English Poets, Vol. iv*[M]. Roger Lonsdale (Ed.). Oxford: Clarendon Press, 2009: 53, 57-59, 93.

④ Ibid., 299, 307.

谈到诗人的“社交品质”,约翰逊带着怀疑的目光审视蒲柏《书信集》(1737)中传达的“仁义之举的永恒魅力,以及特别的爱好”,来显示作品中理想化了的自我表现与现实中“他的生活”之间的不同。尽管约翰逊认为他“对朋友的慷慨和忠诚”是真正的友谊,但是他仍然怀疑蒲柏的真诚,特别是“对自己诗歌的轻视”“对责备和批评的漠不关心”“对世界的轻视”“对伟大人物的嘲讽”“假装的不满意”,以及“对名誉……财富和贫穷的轻视”等。这样,蒲柏作为一位“尊贵的优越”诗人,也有“小小的缺陷”,这样可以满足那些“很高兴发现他也不是完美的”读者。①

接着约翰逊强调使一位伟大的诗人高于普通人的特质:蒲柏有着坚忍不拔的学习毅力和对文学极大的好奇心,他非常广泛地涉猎书本和探索自然。首先,蒲柏有“始终如一的智慧”,他精力充沛、勤奋、渴求知识,并注意存储知识。② 如果约翰逊把蒲柏的智慧概括成一种顶级的诗歌天才,这无疑是他对自从18世纪50年代以来由约瑟夫·沃顿(Joseph Warton)和其他人尝试把蒲柏归类为只是“才智”“情感”和“道德”诗人的一种回应。在新历史主义者看来,“文学是一种实践活动,文学文本和非文学文本处于不断的相互流通之中。”③传记写作与此类似,传记家也需要把自己从社会直接获得的或是通过流通从其他人那里获得的各种各样的经验或“社会能量”协调起来。那么,约翰逊通过与约瑟夫·沃顿及其他评论者的对话,以及比较蒲柏与其他诗人诗歌的方式,也就是对历史主体的接近和理解,缩短了传记家和传主之间的距离,并尽可能使得传主得以复活。

约翰逊认为:“有关他的智力特质,其基本构成是对美好事物的感受,一种对和谐和适度的直觉”。④ 而一位伟大的诗人不仅仅需要这些“平静的特质”,约翰逊认为蒲柏的天才是精力充沛的,且具有丰富的想象:他思维活跃,雄心勃勃,具有探险精神,总是在调查什么,又总是在积极追求什么;已经是最狂野的搜寻,还渴望着继续前行,已经是最高的飞行,仍然希望飞得更高;总是想象着还有一些比已知的更加伟大的东西,总是努力着去做得更多。⑤ 还有一些其他的特质支撑着蒲柏的天才:他有好的记忆力、“不知疲倦的勤奋”、对职业的强迫感、对精巧不

①② Samuel Johnson. *Lives of English Poets*, *Vol. iv*[M]. Roger Lonsdale (Ed.). Oxford: Clarendon Press, 2009: 277-290, 291.

③ 杨正润. 文学的“颠覆”和“抑制”——新历史主义的文学功能论和意识形态论述评[J].《外国文学评论》, No. 3, 1994: 20.

④⑤ Samuel Johnson. *Lives of English Poets*, *Vol. iv*[M]. Roger Lonsdale (Ed.). Oxford: Clarendon Press, 2009: 293, 294.

懈地追求、对诗歌异常的“谨慎”、能够抵制疏忽的诱惑。蒲柏的独立也使他能够脱离枯燥无味的写作任务以及摆脱对恩主的依赖，这些是同时代的作家们所遭受的痛苦。这些特质是他与“他的前辈”对比的基础，而这部分也是传记的高潮部分。德莱顿和蒲柏一样有着“完美的理解力和深邃的洞察力”，以及他早期“对不自然的思想的拒绝”已经证明了他的“诚实”。然而，德莱顿未能完全运用他的判断力，他满足于“只为人民而写”并且只回应偶然的需要。而蒲柏总是追求超群，他带着敏锐的观察力和不知疲倦的勤奋来修改自己的诗文。

然而蒲柏追求清新、优雅或是充满活力的诗歌意识也有其局限性。德莱顿拥有更多“习得的知识”，他的“思维有更宽广的范围”：对于“普通的人”他了解得更多，而蒲柏对于“地方的礼仪”知道得更多一些。约翰逊往往在德莱顿的尊严和理解性的推测方面与蒲柏对细微的关注和更大的确定性之间权衡孰轻孰重。他们性情的不同也在他们的散文作品中得到了反映：德莱顿的风格是“变化无常和种类繁多”“猛烈和快速”，而蒲柏是“小心翼翼”“平和，统一和温文尔雅”。约翰逊对此做了生动的比喻：德莱顿的页面就像高低不平的肥沃的“自然的田野”，有着“各种各样丰富而茂盛的蔬菜”；而蒲柏的页面就像“由大镰刀修剪过的，滚转机压平的天鹅绒似的草坪”。①

约翰逊又从“能力”和“活力”以及渴望飞行等方面详细说明两位诗歌天才：

> 关于天才，这种能力可以成就一位诗人；如果没有这种特质，那么他的判断就是冷酷的，知识会变得迟钝；这种能量能够收集、组合、拓展材料和使材料有生气；德莱顿具备这种优越性，但并不是说蒲柏没有这样的能量，而是德莱顿拥有更多；因为自从弥尔顿以来其他所有作家都必须给蒲柏让位，甚至是德莱顿，可以说，如果说德莱顿写出了更好的段落，可他没有写出更好的诗歌。②

如果说德莱顿飞得更高，那么蒲柏飞行的时间更长。如果说德莱顿的火焰更明亮，那么蒲柏的热量更加有规则和持久。德莱顿经常超越期望，但蒲柏从来没有落后于他。德莱顿的作品给读者不断的惊讶，蒲柏给读者永恒的快乐。③

约翰逊接着在更高的层面比较两者，德莱顿和蒲柏都把“充沛的精力”用于

---

① Samuel Johnson. *Lives of English Poets, Vol. iv* [M]. Roger Lonsdale (Ed.). Oxford: Clarendon Press, 2009: 308-309.

②③ Ibid., 310.

追求“优雅”和精致。约翰逊声称德莱顿具有激起“震惊”的能力，这种能力是他只能在弥尔顿身上发现的。约翰逊以此来评判德莱顿天才的、突然的火焰和蒲柏更规则、持久的热量一样好。

在这番比较之后，约翰逊开始考察蒲柏的单篇诗歌，沃顿（Warton）通过与斯宾塞、弥尔顿和莎士比亚的“真正的诗歌”比较，试图降低蒲柏的成就。约翰逊没有采用沃顿提出的批评和责难。沃顿认为蒲柏早期的田园诗，系模仿之作，缺乏“新意”，而约翰逊强调年轻的蒲柏拥有了足够的语言能力，用韵律的技巧来表达一系列诗歌主题，这在英语诗歌中前无古人，后无来者。

当约翰逊强调单个诗篇的时候，他通常都采取保留的态度。《温莎的森林》中的描述“精致”而且具有“多样性”，但其中的设计“比较随意”。《名誉的庙宇》（*The Temple of Fame*）在修饰、寓言和比喻方面有着极高的领悟，但“它的情感……和一般行为与普通生活联系不大。”[①]约翰逊在前面就认真观察了“一位不幸女士的挽歌”，反对“带着尊敬的态度来对待自杀”，他认为这是一种“不值得赞赏的怪异行为。”[②]

约翰逊把蒲柏的《圣塞西莉亚节颂歌》（*Ode for St Cecilia's Day*）和德莱顿更加著名的对音乐的颂歌《亚历山大的盛宴》（*Alexander's Feast*）进行对比，含蓄地加强了前面他对两位诗人的讨论：“平静的默许读蒲柏，狂暴的喜悦读德莱顿；蒲柏在耳畔萦绕，德莱顿发现通往心灵的道路。”[③]尽管两篇颂歌都缺乏“韵文作品必要的组成部分，固定的数和一定的重复。”德莱顿的颂歌“紧紧抓住读者的注意力”因为它探索“真正生活的快乐与痛苦”而不是“想象的存在”以及“神话的黑暗和阴沉的地方，那里既没有希望也没有畏惧，既没有快乐也没有伤痛。”[④]

约翰逊也毫无保留地赞扬蒲柏的《论批评》，认为“如果他其他的什么也没有写，就这篇足以为他在一流批评家和一流诗人中赢得一席之地”。他“后来再也没有能够超越”这首诗。[⑤]

约翰逊发现每一阶层的读者，从批评家到侍女都一致认为蒲柏的《夺发记》是所有幽默作品中最具吸引力的。尽管约瑟夫·沃顿在1756年详细讨论了这首诗对于英雄体的戏仿方面，而约翰逊对此却说得很少，也许因为他更喜欢代表普通读者，更喜欢探究“使他人愉悦的能力到底来自何处？”[⑥]他把这首诗的成功

①②③ Samuel Johnson. *Lives of English Poets*, *Vol. iv*[M]. Roger Lonsdale (Ed.). Oxford: Clarendon Press, 2009: 317, 319, 320.

④⑤⑥ Ibid., 322-326, 328, 335.

部分归功于1714年蒲柏增加的地精灵(sylphs、gnomes),这种方法(machinery)给出了一种拥有权力和情感的新新人类的图景,取代了陈腐的“异教之神”和“讽喻的人物”。约翰逊坚决拒绝沃顿宣称的事实:蒲柏上述的地精灵等借自炼金术士(Rosicrucian)的祭祀仪式,从而证明蒲柏缺乏“新意”。约翰逊认为蒲柏“第一次让它们入诗”:“如果这不足以证明他的作品是原创的,那就没有什么作品是原创的了。”《夺发记》也实现了约翰逊所认为的“一位作者的两种最迷人的能力”,即“自然”和“新鲜”的融合。“新鲜事物写得熟悉,熟悉的事物写得新鲜”。蒲柏呈现了“一种空想的人类,以前从来没有听说过……以如此清晰和容易的方式,这样,读者……立刻和他的新朋友打成一片。”①

《埃罗莎致阿贝拉》(*Eloisa to Abelard*)这首诗也是“人类最可爱的作品之一”,在“世界年鉴中”也很难找到如此有见地的主题。约翰逊对这首诗很感兴趣,这是关于一个尼姑悲伤情感的诗,神圣和世俗爱情之间的冲突实际上符合熟悉的原则。我们“有规律的是对品德高尚的人感兴趣”,而阿贝拉和埃罗莎“声名显著,在他们的时代是显而易见的”。人们的“内心自然爱好真理”,而他们“感人的”关系可从“没有争议的历史中得知”。不顾蒲柏采用法国的浪漫爱情故事,约翰逊坚持认为它:“取代了新意……但还没有散落到寓言的场面。”② 沃顿研究蒲柏对“神秘作者”的借鉴,然而约翰逊强调诗人自己的“精力和效力”。

约翰逊给予蒲柏对于史诗《伊利亚特》的翻译极高的评价:这在任何时代或民族还没有与之比拟的翻译。约翰逊在《德莱顿传》中提到:德莱顿放弃他自己翻译《伊利亚特》的计划,“考虑到荷马会落到谁的手中,这个计划需要进行下去,读者会感到高兴。”③ 然而,约翰逊从一开始就知道,有些人抱怨蒲柏优雅的翻译不是“荷马式的”,与荷马“非常简洁,没有虚饰的庄严,也没有矫揉造作的威严”相比没有相似性。约翰逊承认这点责难“不能完全否认。”一位作家的目的是作品被人们阅读……蒲柏为自己的时代和他自己的民族写作;他知道有必要粉饰形象,对原作者道出情感;因此他使荷马更加体面,但失去了他的一些崇高。这里,约翰逊承认为了追求“优雅”,蒲柏牺牲了一些荷马的“崇高”。这明显源自他先前的宣称,“优雅”不应该“以牺牲尊严的代价来获得”。④

①②③④ Samuel Johnson. *Lives of English Poets, Vol. iv*[M]. Roger Lonsdale (Ed.). Oxford: Clarendon Press, 2009: 338-339, 342, 151, 351.

在10页有关荷马翻译的评论之后,约翰逊只用了17页来写蒲柏后期的诗歌。他对沃顿责难蒲柏缺乏"新意"这一点总是保持警觉,他坚持认为《愚人志》在原创这点上应该能够"得到赞扬"。它主要的缺陷是"意象的粗俗和混杂"和"对不纯物质的观点有不自然的兴趣",这与其中特别优秀的章节得到平衡。

约翰逊对《人论》的讨论,十分详细地说明了他前面的问题:"没有更好的物质内容,形式能有什么用?"约翰逊认为蒲柏没有掌握"形而上的道德",在文中提供天真的老生常谈,或是二手的博林布鲁克式的自然神教。

约翰逊对蒲柏18世纪30年代作品的探讨相对来说是草率的。他与1756年沃顿的观点一致:认为蒲柏的声誉是建立在《温莎的森林》《夺发记》和《埃罗莎致阿贝拉》之上的,而他后期作品中的事实和人物将会被忘记,因为智慧和讽刺是暂时的,也是会消亡的,但是自然和激情是永恒的。尽管《道德论》(*Moral Essays*)是"对人类生活勤奋思考的产物",约翰逊只是主要谈及一些特别"显著"或是"非常优美的"章节。在《与阿布斯诺博士书》(*Epistle to Arbuthnot*)中约翰逊强调蒲柏对自己性格的洗冤,然而其中著名的"对斯波鲁斯(Sporus)的讽刺"是最低劣的章节。《霍拉斯的模仿》只是他"天才的放纵"。约翰逊不喜欢这种既不是原创也不是翻译的,既不是古代的也不是现代的形式,他对蒲柏在《模仿》中复杂的自我表现策略也不感兴趣,毫无疑问可以看出他对《书信集》(1737)中诗人理想化的自我描述的详细讨论足够解释了他的怀疑主义。

然而,约翰逊最后再次证实蒲柏拥有构成天才的所有特质,不是像先前的,通过有动力能量的比喻和充满期望的"飞行",而是通过"创新""想象力""判断力"和"语言的色彩"方面。值得注意的是,在这里他提到《夺发记》《论批评》《温莎的森林》和蒲柏对荷马情感和描写的精彩多样性的措辞,而后期诗歌只提到《道德论》。

蒲柏从德莱顿那里继承了"英语韵文最完美的结构",约翰逊感到有必要号召为"他的韵律美"辩护:

> 他的诗歌遭到这样批评,说是音乐感太一致,正如一成不变的甜美音乐大量充斥耳边。我怀疑这是通过原则而不是直觉来判断的:如果他试图通过研究不和谐或是故意断句和变化停顿等方式来减少注意力,他甚至也会

认为自己的作品没有愉悦感。①

然而,在讲过蒲柏诗文各种技巧之后,约翰逊自己承认蒲柏的诗歌风格的精致已经达到极致:

> 别人可以写出新的情感和新的形象;但是试图在韵文方面有所改进的话是危险的。艺术和勤奋现在已经被做得最好,有什么要增加的话也将是枯燥的徒劳和不需要的好奇心。②

"蒲柏传"的最后一段也是《诗人传》的最后一段。这一段实际上总结了对诗歌的本质和蒲柏诗歌天赋的讨论:"所有这些探讨之后,现在回答蒲柏是否是一位诗人的问题显然是多余的,还不如换一种问法,如果蒲柏不是诗人,那么到哪里可以发现诗歌?"③

有时约翰逊的《诗人传》使阅读主体感到给人深刻印象的"作品"和令人失望的"作者"之间的不同。在《诗人传》前期作品中,约翰逊面对考利的爱情诗,他写道:"在现实生活中他只有一次坠入爱河,但从那时起他再也没有勇气谈他的情感。"④但是后来,约翰逊开始怀疑自己的想法:一位作者的生平在他的作品中可以得到最好的体现。一位读者可以从《四季》诗歌中推断诗人其人。一些主要的传记如《弥尔顿传》《德莱顿传》《艾迪生传》和《蒲柏传》提出更复杂的有关"生平"和"艺术"的问题。在可能的情况下,约翰逊谈及诗人性格时首先从诗人的个性和生平的实际情况出发,事实上,这样做可能使诗人的崇拜者感到失望,如德莱顿在说话时反应缓慢、艾迪生的保守、蒲柏的忧郁等。他早期的读者很快提出抗议:从这些诗人与"普通人"共同具有的"微不足道的情况","我们既没有得到指导,也没有得到快感。我们知道最伟大的人物也和最卑微的人物一样都有人性的弱点;那么为什么这些弱点就被记录下来了呢?"⑤这里要说明的是,诗人的作品和诗人的生活之间的差异是不可避免的,然而,约翰逊的做法倾向于把诗人与

---

①②③ Samuel Johnson. *Lives of English Poets*, *Vol. iv*[M]. Roger Lonsdale (Ed.). Oxford: Clarendon Press, 2009: 374, 381, 382.

④ Samuel Johnson. *Lives of English Poets*, *Vol. i*[M]. Roger Lonsdale (Ed.). Oxford: Clarendon Press, 2009: 14.

⑤ Samuel Johnson. *Lives of English Poets*, *Vol. iv*[M]. Roger Lonsdale (Ed.). Oxford: Clarendon Press, 2009: 257.

其作品分离，对于诗歌本身作出评价，尽管他在评价诗人作品成就的时候，希望了解诗人的生存环境：一位忙于琐事、为“面包”而写作的史诗作者总是要比闲暇之余写作的贵族值得人们尊敬。书写主体约翰逊通过对历史主体诗人们生平和作品的认知和理解，把历史传主变成文本传主，在这一过程中，包括了传记家对历史传主的认同、同情和移情。

《诗人传》中的诗人:文本主体

书写主体在各种文献材料或是直接感知的经验基础之上,同历史主体进行对话,对各种信息进行整理和加工,形成传记文本,这样就产生了文本主体。文本主体不同于历史主体,他是传记家根据自己对历史主体的理解和认识,结合时代精神,运用文学和艺术手法进行改造的结果。《诗人传》中的诗人身上,有着约翰逊的印记,反映约翰逊时代的精神,同时由于文学和艺术的作用,其个性比历史主体更鲜明,形象更丰满。

约翰逊在《诗人传》中的印记

约翰逊强调传记的真实,但是他敏感率直的性情和强大的个性、他对传主充满独立精神的评价和解释,又使《诗人传》带上他个人的印记以及时代和文学的色彩。例如,他在52篇诗人传里很少提及诗人们幸福的恋爱故事,如上文提到在"塞维奇传"中故意省略了塞维奇与布里洁特·琼斯夫人的感情纠葛。一些学者认为要么是约翰逊认为讲述这件事情不合适,要么是他认为这位诗人最后的罗曼史与全书的主题有所背离,而最大的可能是约翰逊有点妒忌老朋友的浪漫故事。又如,在"弥尔顿传"最后一段:"他天生是个自主的思想家,他相信自己的力量,不愿求助,蔑视障碍,他并不拒绝吸取前人的思想或观念,但他不去寻求它们,对同时代人,他既不奉承,也不接受它们的资助。……他的伟大作品是在耻辱和失明时完成的,但困难遇到他就会消失,他天生是从事艰巨事业的。"①这段话可以说是约翰逊在经历了艰难困苦而获得成功之后借弥尔顿来抒发对当时恩主制度的愤慨,他在评价弥尔顿,实际上也是在展现自己倔强、孤傲的独特个性。

再如在"德莱顿传"中,约翰逊谈及这位诗人时说,"他一旦争论起来,各种思

① 译文选自杨正润.《传记文学史纲》[M].南京:江苏教育出版社,1994:268—269.

想涌现如潮，绝不会不知所措，他总是自由地辩驳和得出结论”，“他一旦写下什么，脑子里就再也不考虑了，我相信，他的作品出版后，不可能发现他做任何改正或修饰”①，正如鲍斯威尔所说，约翰逊在描述德莱顿的行为特征时，不知不觉地在写他自己。约翰逊拥有极其优秀的口才。他的话激烈起来，可以使听者的心弦紧张；和缓起来，可以使客人们的内心与他共鸣。他本人非常重视谈话的艺术，在年少的时候，就工言语、善辩论。以至于他自己说：“我把言语学好，还是少年的事情。”他有着惯常的原则，就是说话时在感情上以及词语表达上尽可能充分有力、流利畅达。经过长期的锻炼和实践，他形成了自己谈话的独特风格。他的一些说法已经成为英语中有名的趣言和警句。正如雷诺兹所观察到的：“他平常在所有场合的谈话都超出了日常会话的风格，足以使他成为众人瞩目的焦点。”②当雷诺兹提出他的谈话有时超出了一些人的理解能力时，他回答道：“没关系，先生，他们认为这样和他们谈话是一种恭维，好像他们真的比原来更聪明些。这是真的，先生，巴克斯特把这当作他布道的一个原则，每次布道时都要讲一些他的听众难以理解的内容。”③ 尽管约翰逊在同伴中有着这样的谈话习惯，但是有时候，他能够把复杂难懂的意思用通俗易懂的语言表达出来。雷诺兹曾经目睹过这样的例子，当威尔奇先生审问一小无赖时，考虑到约翰逊在场，感觉自己应该使用一些大词。但说出之后，那个小男孩根本不理解。约翰逊意识到了这一点，把威尔奇的深奥的措辞转换成俗语向那个男孩解释了一番。这一过程，约翰逊说是常有的事情。他经常帮忙“翻译”法官们的词汇，使平民能够理解和接受。

约翰逊雄辩的口才、引人入胜的谈话使他在文人聚会上始终能够居于霸主地位。约翰逊在反驳他人时非常灵活机动。当他看上去似乎就要被对手推向极端、置于死地的时候，他能够反戈一击，变被动为主动，从而赢得谈话的胜利。有一次，在瑙夫尔克的威德海姆先生（Mr. Windham of Norfolk）和约翰逊关于两国的文学功绩的谈话中，约翰逊对苏格兰作家的功绩存有强烈的偏见。但提到苏格兰的作家乔治·布坎南（George Buchanan）时，约翰逊对其照样大力赞扬。想到这里，威德海姆先生以为自己是稳操胜券了，大声叫道，“啊，约翰逊博士，如果布坎南是一位英格兰人，你会说他些什么呢？”“怎么，先生，”约翰逊停顿了一

---

① 杨正润.《传记文学史纲》[M].南京：江苏教育出版社，1994：269.

②③ James Boswell. *The Life of Samuel Johnson, LL. D. Vol. iii*[M]. London: Macmillan and Co., Limited, 1900: 267.

会儿说,“如果他是英格兰人,我就不会提到他,我现在是把他作为苏格兰人来谈的——他是他的国家曾经出现的唯一的天才。”①

约翰逊认为谈话就是一场游戏、一场竞争,一方面要靠机会,一方面要靠技巧。有的时候,一个人会被一位在智慧上不及他十分之一的人击败。针对哥尔德斯密喜欢在谈话中炫耀自己的做法,约翰逊认为他得不偿失。竞争时,如果他占上风,并不会扩大他的文学声誉,如果他没有占上风,哥尔德斯密就会非常恼怒。他不擅长谈话的艺术,当他失败的时候,就会非常难受。而约翰逊自己有着高超的谈话技巧,使他在绝大多数情况下,能够立于不败之地,免于不愉快的经历。加里克曾经对鲍斯威尔说:“拉伯雷(Rabelais)和其他所有的智者与他(约翰逊)相比并不算什么,你可能会被他们分散一些注意力,而约翰逊给予你的是有力的拥抱,不管你是否愿意,他都能让你捧腹大笑。”②早期,布商的妻子伊丽莎白·波特夫人在伯明翰首次见到约翰逊的时候,觉得他的相貌非常令人讨厌,他突然的抽搐和古怪的姿态容易引起他人的惊讶和嘲弄。他身体瘦长,以至于他的大骨架非常显眼,而且脸上的瘰疬病引起的节疤清晰可见。戴着的假发后面分开且又直又硬。再加上他一只眼睛近乎失明,不停地眨着,身子有意无意地摇晃着,脚和手做一些奇怪而紧张的动作。但是波特夫人被他的谈话打动而“忽视了他所有这些外在的不利因素”,激动地对自己的女儿说:“他是我一生中所见到的最明理的男子。”③由于他的谈话,约翰逊获得了大他近乎双倍年龄的波特夫人的爱情。一天,当画家威廉·霍伽斯拜访小说家塞缪尔·理查生的时候,“他看到一个人站在房间的窗户旁边,以一种奇怪的滑稽方式摇着头晃着身子,断定此人是与理查生有着某种关系而在他这位好人照料之下的一个白痴。”然而,当这位“智障”男子开始谈话时,“他的雄辩使得霍伽斯惊诧不已,紧紧地盯着他,不禁想象这位白痴此时此刻一定是灵感突发。”④ 而这就是约翰逊,一位看上去像个白痴的雄辩家。

约翰逊相信,谈话是一门高超的艺术,是一个人的智力高低的有力证明。对他来说,谈话自然就是竞争,而他是坚不可摧的。他可以就任何主题发表流利

① James Boswell. *The Life of Samuel Johnson, LL. D. Vol. iii*[M]. London: Macmillan and Co., Limited, 1900: 267.

② James Boswell. *The Life of Samuel Johnson, LL. D. Vol. ii*[M]. London: Macmillan and Co., Limited, 1900: 20.

③④ James Boswell. *The Life of Samuel Johnson, LL. D. Vol. i*[M]. London: Macmillan and Co., Limited, 1900: 55-56, 99.

的、有影响力的评论,他回应的巧妙是众所周知的,他的谈话"充满了击中他人要害的比喻,如果所有的方法都不奏效,他会用诡辩或讽刺把对方打倒。"一次又一次鲍斯威尔称此为"绝无仅有的丰富和才气。"当时只有伯克一人可以与之匹敌。"伯克是一位非同一般的人物,他的才思敏捷是永恒的。"①约翰逊对伯克的天才的评价自始至终都是一致的。当伯克先生首次当选为议员的时候,约翰逊说:"现在,了解伯克先生的人知道他将会成为这个国家的一流人物。"一次,当约翰逊病了,不能像平常一样毫不费力地发挥自己水平的时候,有人提到了伯克先生,他说,"那家伙我必须全力以赴,现在要让伯克看到我的话,一定会杀了我的。"②他是如此习惯于把谈话当作一场竞争、把伯克看成他的对手。

约翰逊一生都习惯于认为谈话就是对自己智性活力和应变技巧的试验。他不能容忍在辩论中处于劣势,因此,当他感到他的对手获得了优势,他就采用某种诡辩法。一次,在辩论中,鲍斯威尔具有明显的优势。他是这样打断鲍斯威尔的:"我亲爱的鲍斯威尔,让我们不再谈这个,你什么也证明不了,我宁可听你用苏格兰的音调吹口哨。"③

约翰逊喜爱在辩论中显示他口才的实力和机敏,他常常支持他感觉是错误的一方,通过对反方观点的论证,使他的推理过程和智慧更加引人注目。当一个观点提出来,他会故意重复一下议题,其实这就是他思考采取哪一方观点的时候。比如,当他们谈到玩牌的话题时,他会这样开始:"怎么,先生,至于打牌的优点和缺点——"。加里克认为约翰逊总是对矛盾的一方感兴趣,特别是提出的观点有着非常确定的氛围时,所以几乎没有任何话题不被他激励来进行辩论。艾利颁克伯爵对约翰逊有着崇高的敬意,他告诉鲍斯威尔:"无论支持哪一方观点,他不一定每次都令我信服,但他从来都能够向我显示足够的理由。"④约翰逊的一位有名的朋友威廉·杰勒德·汉密尔顿(William Gerard Hamilton)认为:"约翰逊主要的天才之一,就是站在辩论的反方立场,非常巧妙地颠倒真理——如果你能够设法对某一主题像他那样有着清晰的观点,毫无个人的偏见,在辩论中也会有公平的获胜机会和希望。这本身就是智慧的体现,不仅要使人信服,而且还

---

① James Boswell. *The Life of Samuel Johnson, LL. D. Vol. ii*[M]. London: Macmillan and Co., Limited, 1900: 196.

②③ James Boswell. *The Life of Samuel Johnson, LL. D. Vol. iii*[M]. London: Macmillan and Co., Limited, 1900: 196, 207.

④ James Boswell. *The Life of Samuel Johnson, LL. D. Vol. ii*[M]. London: Macmillan and Co., Limited, 1900: 238.

要有压倒性的、他人无法抵抗的力量。"[①]

在"塞维奇传"中，约翰逊也非常欣赏塞维奇的谈话，"他的生活方法使他特别适合于谈话。他知道如何习得优雅的语言。他的语言是轻快的、优雅的，对于严肃的或幽默的主题也同样是快乐的。人们常常责备他不知道什么时候停下来，但那不是他判断失误，而是他运气不佳。当他离开他的同伴，他有时在街上度过夜晚剩下的时间，或沉浸在令人沮丧的思考之中，所以他尽可能拖延时间，这并不奇怪……"[②]这可能也是约翰逊在无意中写他自己的感受和特征。

对约翰逊来说，消除内心痛苦的最佳方式是谈话。无论何时，只要和志趣相投的同伴在一起交谈、争辩，他的精神就能立刻得到放松。这不同于他一生中尝试自我逃避的其他方式，它从来没有失败过。他认为一个人通过谈话来锻炼自己的心智，可以拥有信心和准备。在没有酒的帮助下，谈话却能得到酒给人带来的信心和准备。"谈话就如同一碗五味酒，能够治疗身体或心理的疾病。"[③]

约翰逊口才奇佳的基础是博览群书，广泛涉猎各方知识，这样才能轻松自如地引经据典，轻易地击败对方。当鲍斯威尔对他掌握如此多的不同种类、职业的知识时，他告诉鲍斯威尔："我所学到的法律知识主要是从巴娄先生（Mr. Ballow），一位非常能干之人那里得来的，也从凯柏斯（Chambers）那里学了一些。对医学的知识，我是从吉姆斯医生那儿学来的，我为他的字典写了一份计划，也为此编了一些内容。我也从劳伦斯医生那里学习医学。"[④]他希望鲍斯威尔在谈话中也能够多多地引用、借用他人的观点、事例来为自己所用。还有一点，需要分清约翰逊为胜利而产生的谈话和他不为胜利，只是提供信息或是对某一议题所作的阐述。他认为最幸福的谈话应该是没有竞争、没有虚荣、只是平静的情感的交流。[⑤]当他和鲍斯威尔单独在一起的时候，才有这样的场合。

谈话是书写主体约翰逊与传主塞维奇的共同爱好，他们利用谈话赶走恐惧

---

① James Boswell. *The Life of Samuel Johnson, LL. D. Vol. iii*[M]. London: Macmillan and Co., Limited, 1900: 208.

② Samuel Johnson. *Life of Savage*[M]. Clarence Tracy (Ed.). Oxford: Oxford University Press, 1971: 137.

③ James Boswell. *The Life of Samuel Johnson, LL. D. Vol. i*[M]. New York: the Macmillan Company, 1900: 239.

④ James Boswell. *The Life of Samuel Johnson, LL. D. Vol. ii*[M]. London: Macmillan and Co., Limited, 1900: 236-237.

⑤ James Boswell. *The Life of Samuel Johnson, LL. D. Vol. iii*[M]. London: Macmillan and Co., Limited, 1900: 124.

和孤独的沮丧。这样，约翰逊在很大程度上与传主取得了同一，从而在文本主体的身上留下自己的印记。由于约翰逊同历史传主有着知识分子共同的命运，他们之间存在极大的相似性，所以约翰逊对传主总是寄予了某种同情。这种同情不是为他们曲意回护或高唱赞歌，而是对他们同情性的理解，对他们的缺点和错误做出合乎情理的解释，同时也不因为阴暗的一面而无视他们人格中的光彩。

约翰逊《诗人传》的文学性

那么，约翰逊在《诗人传》中是通过什么样的文学方法来展现传主的人格特征以及他对传主同情性理解的呢？本节重点介绍约翰逊运用场面化叙事、作品引用和评论、趣闻和轶事以及解释等文学方法来展现诗人们的个性，同时阐明约翰逊在某种程度上与他们取得同一，为他们的遭遇所表达的愤慨也是他对自己存身世界之憎恨的某种宣泄。

场面描写

约翰逊在《诗人传》中多处采用场面的方法组织材料和进行叙事。根据杨正润先生所说："所谓'场面'是以某种人物关系、某个事件、某一问题、某部作品之类为核心，组成一个相对独立的叙述空间。这些核心的前因后果，可能本来就很集中，也可能分属不同的时空，但是传记家把有关的材料归并到一起，连贯地叙述其发生、发展和结束的全过程；或者是其中的一个阶段，这样一个场面大体上就成为一个相对独立的故事或故事中的一幕，从总体而言，这种叙事打破了历史叙事中常用的时间顺序。采用场面叙事，可以取得故事化或戏剧化的效果，使读者对传主的生平获得更真切的感受。"①美国著名传记家和传记理论家艾德尔也认为："把文学传记中的场面方法推荐给我们有许多理由，除了这是一种戏剧化的方法外，它能使我们更加容易地传送时间段。当我们构造出一个接一个的场面，而每一个场面都是由那些我们可以用文献所证明的时间片段所构成的，我们就可以在连续的统一体中而不是相互分离的时间片段中取得存在感。这就有点像我们每年夏天都去同一个地方，就会有已经连续在那里很长

① 杨正润. 传记诗学的开拓者——评里翁·艾德尔[J].《当代外国文学》，No. 5，2003：101—102.

时间的感觉。”[1]场面的写作方法,有利于书写主体把那些零散的事件串联起来,可以打破时间和空间的限制,去除那些无关事件的影响。

例如,“塞维奇传”中,约翰逊通过令人感伤的场面对塞维奇寄予了无限的同情。他试图看一眼自己的母亲:“同时塞维奇是如此疯狂地急于找到自己的亲生母亲,他时常在黑夜在她的门前散步几个小时,为了在她偶尔来到窗前,或手持蜡烛穿过她的公寓时能够看她一眼。”狄更斯是19世纪叙写这种场面的高手,也许在他对玛格威契(Magwitch)的可怕童年的描述中,当一位补锅匠“把火炉拿到他身边,把我留在寒冷之中”,我们能够感到类似的哀婉动人的性质。塞维奇在寒冷的黑夜中,花上几个小时为了看他母亲偶然在眼前一闪而过。他的母亲享受着温暖的灯光和舒适的房间,却不在意他的出现,不关心他的存在。

约翰逊综合运用以理查生和卢梭为代表的具有同情心的感伤文学方法,在传记的一开始,塞维奇就成为一系列在他出生之前就开始的通俗闹剧般的行为的受害者:没有人能够证明或否认他是麦克雷斯菲尔德伯爵夫人和立弗斯伯爵所生的孩子。麦克雷斯菲尔德伯爵夫人公开承认通奸,麦克雷斯菲尔德伯爵和她离婚,经议会通过,遂认定孩子是私生子,否则,孩子将是他伯爵身份的合法继承人。正如塞维奇和约翰逊所说,麦克雷斯菲尔德夫人对这个孩子怀着强烈的憎恨,所以就否认他是自己的孩子。这样的开头使我们同情塞维奇,与他取得同一。

约翰逊还精心描述审判场面,为塞维奇真诚地辩护。根据约翰逊的叙述,当时的情况是这样的:1727年11月20日,塞维奇先生从瑞奇蒙德回来,偶然遇到他认识的两位先生,一个是莫沁特(Merchant),另一个是格瑞高利。他和他们一起来到了附近的咖啡屋,尽情地喝酒,直到很晚。然后他们就上街闲逛,用这种方式自娱自乐,直到清晨。就在他们闲逛的时候碰巧发现在切阿林十字路口附近的罗宾汉咖啡屋还亮着灯,于是就走了进去。莫沁特要开个房间,态度有些粗暴。店主告诉他,隔壁房间的火炉很旺,里面的客人已经结账了,正要离开。莫沁特对这样的回答十分不满,冲进了那个房间,他的同伴也跟着进去了。他不耐烦地站在对方和火炉之间,一下踢翻了桌子,双方争执起来,拔剑出鞘,一个名叫吉姆斯·辛克莱尔的先生被杀死了。同时,塞维奇还刺伤了一位拖住他的女招待。他与莫沁特冲出了那所房子,但由于胆怯和慌乱,几人不知所措。结果他们被对方的一位成员和他叫来帮忙的几位士兵逼进了后院。那天晚上,他们一直被囚禁着,第二天一早就被带到了三名法官面前。审判的那天,法庭内外异常

① Leon Edel. *Writing Lives: Principia Biographica*[M]. New York: W. W. Norton, 1984: 201.

地挤满了人。反对塞维奇和他的朋友们的证人有:那家名声不好的咖啡店女主人、她的女招待、那天和辛克莱尔先生在同一房间的男人们、镇上的一位和他们一起饮酒作乐的女人。他们一起发誓说,莫沁特挑起事端,塞维奇和格瑞高利拔剑相助;塞维奇先出手,在辛克莱尔没有防备,或者当格瑞高利控制着他的剑的时候刺中了他;塞维奇刺中辛克莱尔以后,脸色苍白,想要逃走,但那个女招待抱住了他,他挥剑刺中了她的头部,挣脱了她的纠缠;对方有一位也企图阻止他逃跑,被他突破了,但后来就被带上了法庭。

在他们的证词中,有一些前后不一致的地方。其中一个人没有看到塞维奇那致命的一剑,另一个说是在辛克莱尔的剑朝着地面的时候看到了那一剑;镇上的那位女人宣称她根本没有看到辛克莱尔的剑。虽然这不能认为是前后不一致,但它足以表明:争吵时的场面非常混乱,很难发现当时特殊情况下的真相。因此需要一些可靠的证据来作出推断。

约翰逊试图从凯弗或熟悉塞维奇的朋友那里得到塞维奇在法庭上供词的副本,但未能成功。他能够发现的就是塞维奇指责对方证人(除了侍女之外)的人格,他坚持自己没有喝醉,他争辩是莫沁特挑起的争端,而不是自己,他拔剑纯粹为了自卫,打斗中发生的命案是一场意外,根本没有事先谋划。

约翰逊不是进一步详细研究法庭的证据,而是借助他为凯弗报道议会消息时学会的技巧,以这些观点和法官在很大程度上偏袒原告的案件总结为基础,重构了塞维奇的辩词,为他进行辩护。理查德·赫尔姆斯认为:作为一位传记作家,约翰逊从辩护席上滑向了法庭的犯人席上。① "辛克莱尔生前声明了几次,他是被塞维奇刺中的。塞维奇在法庭上也没有否认这一事实,但他一方面通过强调整个行为没有任何预谋或蓄意伤害来做掩饰。另一方面,他通过自我防御的必要性来作辩护。如果他没有拔剑反抗,他自己的生命就陷入了危险境地。他意识到:无论是法律还是理智都不会迫使一个人等待致命一击的到来。如果他遭到那一击,他可能就永远不会回来了,为了避免袭击,通过赶走一个将会使自己陷入危险的对手而保全自己的性命总是被允许的。"②至于他竭力逃跑时发生的暴力,他声明:塞维奇的意图不是逃脱正义的制裁或是拒绝审判,而是为了逃避监狱的高昂费用和严酷待遇。

---

① Richard Holmes. *Dr Johnson & Mr Savage*[M]. New York: Pantheon, Random House, Inc., 1993: 116.

② Samuel Johnson. *Life of Savage*[M]. Clarence Tracy (Ed.). Oxford: Oxford University Press, 1971: 33.

这样的抗辩听起来很像是塞维奇以他态度娴雅的方式把醉酒之人深夜吵架的冲动行为转变成"理智和法律"所允许的行为。他推翻了所有反对他的证据，把自己，而不是辛克莱尔，说成是受害者，声称自己是用他的剑来维护尊严和生命的权利。

约翰逊继续写道："法庭上人们带着崇敬的心情聚精会神地听着塞维奇的陈述，甚至那些认为他不应该被宣告无罪的人也为之鼓掌，那些以前就同情他不幸的人现在对他的能力肃然起敬。如果他的听众是法官——而不是陪审团——毫无疑问他会被认为是无辜的。"[①]约翰逊从塞维奇的角度展示法庭，尽他所能为塞维奇的困境辩护，赢得他人的同情。除了他惹怒了法官之外，公众的思想和长达数小时的辩护都没有真实的记录。[②]

法庭上那些反对他的证人们被证明是一些没有信用的人。一个是普通的妓女，一个是使妓女得到快乐的女人，一个是由妓女养活的男人。而塞维奇的人格则由几位高贵的人士作担保。他们宣称：塞维奇是一位谦逊、不伤害他人的人。他不好争吵或无理取闹。

然后，约翰逊把他的戏剧才能转向法官的态度上，在这里他发现了一个有价值的目标，那就是弗兰西斯·派杰法官。他是一位政客，以他的严厉和讽刺为人所熟知。蒲柏曾经写文章攻击和讽刺过他；亨利·菲尔丁后来在《汤姆·琼斯》(1749)中对他进行过讽刺性的描述，他出现在第八章，作为一位残忍和不公正的恶魔，讽刺地开玩笑，将绞刑用的绳索给了一位发抖的偷马犯人。他开刻薄的玩笑来嘲讽将要判罪的人，据说陪审团对他的智慧都感到害怕，对他的双关语奉承地赔笑，就像学生在一位虐待狂班主任面前一样。[③]

塞维奇"给了派杰法官一个攻击的对象。约翰逊过分夸大派杰的声誉，说他以一贯的傲慢与严厉对待塞维奇，试图通过讽刺挖苦'激怒'他们来反对他。这种挖苦影响了陪审团的决定，因为他削弱了塞维奇的可信度。"[④]

因为在副本中没有记录，约翰逊重构了派杰总结发言的文本。约翰逊说他给出的版本是"塞维奇过去提到过的。"这说明在后来的日子中，塞维奇经常提到法官派杰是如何用他惯常的傲慢和严厉来对待他。当法官派杰总结证词的时

① Samuel Johnson. *Life of Savage*[M]. Clarence Tracy (Ed.). Oxford: Oxford University Press, 1971: 33-34.

② Richard Holmes. *Dr Johnson & Mr Savage*[M]. New York: Pantheon, Random House, Inc., 1993: 117.

③④ Ibid., 118.

候,发表了热烈的演说,努力激怒陪审团成员。就像塞维奇曾说过的那样:

“陪审团的先生们,你们会考虑塞维奇是位伟大的人,比你我要伟大得多的人;陪审团的先生们,他穿着非常好的衣服,比你我的衣服要好得多;陪审团的先生们,他的口袋里有大量的金钱,比你我的钱要多得多;陪审团的先生们,但是,陪审团的先生们,这不是一件非常难的案子;陪审团的先生们,难道塞维奇先生就可以杀死你或者我吗?陪审团的先生们。”①

听到他的辩护被如此错误地提出异议,决定他命运的那些人受这些令人反感的比较所刺激而反对他,塞维奇先生立刻宣称他的案因没有得到公正的解释。他开始重述他先前所说的关于他处境的内容,努力逃避监禁费用。但法官“命令他保持沉默,在重复命令仍然无效的情况下,命令采用强制手段将他带出法庭。”②

后来,陪审团听取法官的意见,认为好的品格不能把确证无疑的证据压倒。两人相互攻击,造成一方死亡的,也只是杀人罪。但在这个案件中,当一方是侵略行为,在实施第一次攻击就造成对方死亡的,法律认定这样的行为,虽然是突发的,但也是蓄意谋杀。他们仔细考虑他们的裁决之后,判定塞维奇先生和格瑞高利先生犯有谋杀罪,而莫沁特先生没有剑在手,只是杀人罪。

这一值得回忆的、长达8小时的审判场面就这样结束了。塞维奇先生和格瑞高利先生被带回了监狱。在那里,他们被囚禁得更加封闭,而且带着50磅重的镣铐。4天之后,又被带回法庭,接受宣判。在那个场合,塞维奇先生做了如下陈述:

“尊敬的大人们,现在无论什么辩白都已经无济于事了,我们已经不能期望从你们那里得到什么,在法庭上,只是法律需要你们,如法官们,对像我们这样造成灾难的人进行宣判。——但是,我们也相信,作为人,在严格的审判席之外,你们也是易受温柔的情感影响的,太人道,而不去同情那些法律有时也许强迫你们宣判的人的不幸遭遇。毫无疑问,你们在有预谋的犯罪行为和习惯于做坏事、不道德的事和违法之间做了区分。后者是偶然的缺乏理智和突发的感情冲动造成的结果,是不幸的和不可预见的。我们因此希望你们奉献你们的仁慈,就是陪审团的先生们已经乐意施与莫沁特先生的,那位导致我们发生这一不幸事件的人(如果有证据的话可以来反驳我们)。我希望,这不会

---

①② Samuel Johnson. *Life of Savage*[M]. Clarence Tracy (Ed.). Oxford: Oxford University Press, 1971: 34, 35.

被看作好像我们想要指责那位先生，或是把我们身上的罪行强加在他头上，或是对我们自己的命运发更多的牢骚，因为他没有被判同一罚责：不，尊敬的大人们，在我这方面，我要表明，除了在如此巨大的灾难中没有任何同伴之外，什么也不能减轻我的悲伤。”①

塞维奇先生在他囚禁、审判以及宣判死刑以后的时间里，表现出坚强的意志和平静的心态，他的坚忍更加巩固了那些敬佩他能力的人对他的尊敬。他的特殊生活环境通过一个简短的记叙变得广为人知。这一记叙被印刷发行之后，在短短几周内，数千册就销售一空并传遍了全国。人类同情的力量是如此强大，他不断地收到礼物，这不仅支撑了他，也支撑着同在狱中的格瑞高利先生。当他被赦免、释放出来之后，他发现他的朋友并没有减少。

用来裁定他罪行的那项律条本身就值得怀疑。在看上去对他不利的证据中，人的品格并不是不可抗议的。那些女人臭名昭著。提供主要影响陪审团对他定罪的证词的那位女人，后来收回了她的宣誓。据说格瑞高利先生，现在是安提嘎的收税员，宣称他要比在别人的想象中，甚至是那些偏爱他的人想象中，罪行要轻得多；派杰先生后来也承认，他以非同一般的严酷对待他。所有这些事项综合在一起，塞维奇先生也许不会被他的审判玷污很多。

约翰逊为塞维奇真诚地辩护：“他的叙述，尽管不总是相同的，但基本上是一致的。……总的来说他是真诚的，尽管不可否认他的偏私有时也有错误的结果。”约翰逊偏爱塞维奇，但决不隐瞒他的缺点。在传中，约翰逊发现了塞维奇性格中的致命弱点：他有时太显狂妄自大、桀骜不驯，甚至拒朋友的帮助于千里之外。他有着极强的虚荣心，还容易变脸，报复心强，因此他朋友不多。在这种意义上来说，约翰逊的传记既是公正的，也是真实的。正如他在后来的传记中没有试图隐瞒令人厌恶的清教牧师弗朗西斯·契奈尔（Francis Cheynel，1751）的优点一样。

约翰逊在传中通过场面化的叙事，对诗人的人格提供了最人道的辩护，对诗人的遭遇寄予了深厚的同情。正是由于这种同情，约翰逊才对诗人的性格有更深刻的理解。

趣闻轶事

趣闻轶事具有很强的表现力，通过它表现传主的个性能够起到特殊的效果。

① Samuel Johnson. *Life of Savage* [M]. Clarence Tracy (Ed.). Oxford: Oxford University Press, 1971: 36.

约翰逊在趣闻轶事的使用上显示出高人一等的见识和能力，他对传主们趣闻轶事的爱好也可以得到解释，因为他相信：

> 当他的诗人传中因为提及一些古怪的趣闻而受到批评的时候，他说，如果省略了这些，他就不是一位准确的传记家了。他说，这些趣闻的作用是给予一个人完整的描述。他与其他人正是通过他性格的特别之处或他碰巧拥有的情感才区别开来的。①

约翰逊在《诗人传》中有时援引自己从书商父亲迈克尔·约翰逊那里听来的趣闻，还有他从文学界熟识的朋友如塞维奇、沃姆斯雷、道兹雷、奥瑞伯爵、哈特和伯奇等，以及许多其他人那里听来的趣闻轶事。他在1773年告诉鲍斯威尔："我喜欢趣闻轶事"，伯奇"比其他任何人知道的趣闻都要多"。当鲍斯威尔观察到托马斯·波西也"有许多趣闻的时候"，认为波西的趣闻多得"就像这里的一条溪流一样"，约翰逊回答道，"如果波西是像这里的一条溪流，那么伯奇就像泰晤士河"。②

约翰逊在《诗人传》中通过趣闻轶事来彰显传主的个性特征，真切地描绘诗人的形象，刻画他们的感情和心理世界。如"艾迪生传"中，约翰逊通过一系列的趣闻轶事来展现诗人艾迪生的人格特征。他认为艾迪生喝酒是为战胜自我的弱点——羞怯，并写道"他从咖啡馆出来又到小酒店，他在那里常常坐到很晚，喝过多的酒，他从酒瓶中为愤懑寻找安慰，为怯懦寻找勇气，为羞涩寻找信心。"③

1683年，在艾迪生12岁的那年，他父亲成为利切菲尔德的主任牧师，自然把家也搬到了这里。约翰逊相信，艾迪生有段时间在肖先生的指导下学习，后来肖先生成为利切菲尔德学校的校长，也是后来彼得·肖博士的父亲。在这期间他的传记家们都没有写到有关艾迪生的一个故事。约翰逊还是孩提时代的时候，曾经从什罗郡(Shropshire)的安德鲁·考贝特(Andrew Corbet)那里听说，而安德鲁又是从他叔叔皮格特先生(Mr. Pigot)那里听来的。把校长关在门外

---

① George Birkbeck Norman Hill. *Johnsonian Miscellanies*, *Vol. ii* [M]. Oxford: Clarendon Press, 1897: 3.

② James Boswell. *Boswell's Life of Johnson*, *together with Boswell's Journal of a Tour to the Hebrides*, *Vol. v*[M]. G. B. Hill (Ed.). Oxford: The Clarendon Press, 1887: 39 & 255.

③ Samuel Johnson. *Lives of the English Poets*, *Vol. ii* [M]. G. B. Hill (Ed.). Oxford: The Clarendon Press, 1905: 123.

的做法是比较野蛮的,但也不是不可能发生,而且,这在17世纪末的许多学校中都有实例。男同学们在快要放假之前,在自由即将来临的时候变得有些暴躁和无聊,通常在休课前几天,占领学校,把门关上,通过窗户向校长发出挑战。这种情形下,校长也只能笑笑而已,毫无办法。当皮格特还是个学生的时候,利切菲尔德的校长就被关在了门外,而整个事件都是由艾迪生设计的。①

艾迪生从索尔兹伯里(Salisbury)和利切菲尔德学校又转到了沙特尔(Chartreux)学校。在这里他与理查德·斯梯尔爵士关系亲密,他们后来的合作得到了有效的记录。有关这一值得回忆的友谊,更多的赞扬应该给予斯梯尔。爱上那些什么都不害怕的人并不难,艾迪生从来没有把斯梯尔当作竞争对手来看待;但是正如斯梯尔所承认的,在艾迪生占优势的天才面前,他习惯性地生活在从属地位。斯梯尔嘴上总是充满敬意,但行动上又体现出媚骨。艾迪生维护自己的尊严,但不可能一直坚持下去,有的时候也通过与他的崇敬者小玩几招,但是他不会遭到反驳或是回嘴。他的玩笑很持久,但不会带有抵制和憎恨。滑稽的玩笑带来的结果不是最坏的。斯梯尔慷慨的轻率行为,或是挥霍的虚荣,使得他总是处在无法改变的贫困境地。有一次,他手头特别紧张,向他的朋友艾迪生借了100英镑,可能也没有打算要归还。但是艾迪生似乎对这100英镑特别在意,该还钱的日子没有得到归还,他有些不耐烦了,依法要求收回借款。斯梯尔对他债权人的冷酷无情有着高度敏感性,但他只是对此感到悲伤,而不是愤怒。②

当汉诺威家族登上王位,艾迪生的热情理应得到适当的回报。在乔治国王到达之前,他是摄政王的秘书,办公室要求他给汉诺威发通告,告知女王去世,王位空缺的消息。做这件事对任何人来说并不是很难的,但是艾迪生除外。这件事是如此重大,足以使其崩溃,难以选择合适的词汇。一旦他分了心,伯爵们就等不及了,称呼骚斯维尔(Southwell)先生,房间里的另一位职员,命令他把这个信息迅速发出去。当时,骚斯维尔正准备告诉艾迪生此事一般来说必要的行文风格,情急之下替艾迪生做了此件"难"事。③

1716年艾迪生和华威伯爵遗孀结婚。艾迪生追求这位女士很长时间,其过程流露出令人忧虑的地方,也许在行动上与罗杰爵士追求一位轻视他的遗孀有

---

①② Samuel Johnson. *Lives of the English Poets, Vol. ii*[M]. G. B. Hill (Ed.). Oxford: The Clarendon Press, 1905: 80, 81-82.

③ Ibid., 109.

些类似——恐怕她是在以玩弄他的情感来娱乐自己。据说，艾迪生首次认识她是通过成为她儿子的导师的方式。汤森说，艾迪生想要得到这位女士的念头是他第一次被介绍给她家的时候才有的。他一生中什么时候获得了推荐，他以什么方式住在那个家庭，住了多长时间，这些信息约翰逊并不知道，但约翰逊肯定的是艾迪生第一次对这位女士发起进攻时非常胆怯，但是随着声誉的提升和影响的扩大，他也越来越大胆，直到最后这位女士答应和他结婚，达成的条件很像一位土耳其公主出嫁那样，据说苏丹要说，"女儿，我把这个男人送给你当奴隶。"这个婚姻，如果不相矛盾的记录可信的话，没有给他增加幸福：既没有得到尊重，也没有使他们平等。她总是记得她自己的地位，认为自己对待自己儿子的导师无需多少礼节。尼古拉斯·罗维（Nicholas Rowe）的《失望的牧羊人》（*Despairing Shepherd*）歌谣据说就是在这对夫妻结婚前后写成的。可以确信的是，艾迪生此后对于雄心勃勃的爱情没有任何信心了。①

艾迪生的女婿，年轻的华威伯爵生活没有规律，表达观点似乎也不受约束。艾迪生虽然不想得到他的尊敬，但非常谨慎地试图感化他，但是他的规劝和告诫并不起作用。然而，艾迪生还保留着最后一次机会去尝试：当他发现自己生命快要结束的时候，他把年轻的伯爵叫到面前，告诉他，"我叫你来，让你能够看到一位基督徒是如何走向死亡的。"② 这个可怕场面给这位伯爵起什么样的效果，约翰逊无从得知；年轻的伯爵同样在很短时间内也去世了。根据牛津第二任伯爵的说法，"他的纵情滥欲害死了自己。"③ 提凯尔对朋友最优美的悼亡诗中有这样的句子：

> 他教导我们如何生活；哦，太高深了
> 他的知识的价值，教我们如何去死。

这里，提凯尔暗指这一动人的面谈。正如他告诉扬博士的一样：艾迪生能够自由地交流他熟悉的内容。斯梯尔也说，这在艾迪生身上显得很特别，当他决心或是已经做好计划准备写作的时候，他会在房间里踱步，自由自在，非常轻松地口述，让其他人能够把它记录下来，处理他口述内容里的连接词和语法。④

---

①②③④ Samuel Johnson. *Lives of the English Poets*, *Vol. ii*[M]. G. B. Hill (Ed.). Oxford: The Clarendon Press, 1905: 110-111, 117, 117n, 121.

当《卡托》这一悲剧准备上演的时候,艾迪生已经把每一处有可能给自己带来麻烦的地方都做了处理。蒲柏给他写了非常适合这部戏剧的开场白:“英国人啊,站起来吧,用这样的行为表示赞同。”意思是没有什么比让英国人站立起来赞扬并认同的公共美德更有说服力了。艾迪生很惊诧,担心他会被认为是暴动的发起人,那一行他改成了“英国人,列席。”①

当《卡托》出版的时候,有人告诉他如果把这部戏剧题献给女王,她会感到非常高兴。由于他想要表达的敬意在别处,提凯尔说,“他发现自己一方面有责任,另一方面也很荣幸,把它献给全世界,所以没有任何题献。”②

当《卡托》上演的时候,那一天乌云密布,极其重要的一天终于到来了,艾迪生打算承受戏院的风险。斯梯尔也拥进观众之中,正如他自己所说,第一个晚上没有什么危险。辉格党人称赞提到自由的每一行,作为对托利党人的嘲讽;托利党人也拍手称快,来显示没有感觉到嘲讽。博林布鲁克的故事众所周知,他把布斯(Booth)叫到包厢,给了他 50 基尼,就因为他反对一个独裁者而捍卫自由的出色表现。蒲柏说,辉格党人还计划第二次上演该剧。③

在“巴奈尔传”中,巴奈尔喝酒是为了寻找精神的麻醉和解脱,他妻子的早逝使他十分悲痛,于是他借酒消愁。在“波拉依尔传”中,诗人喜欢写作一些甜美的牧歌,诗中美丽的少女叫奇萝,但波拉依尔的生活很不检点,“他的奇萝也许有时是理想的,但与他同居的女人是个最低等下贱的妓女。他的一个女人,也许是奇萝,乘他不在家,偷了他的金餐具逃跑了”。④在“柯林斯传”中,柯林斯由于债务曾被徘徊在街道上的法庭监守抓获并被监禁。作为朋友,约翰逊前去解救,在这种情况下,通常会向书商们求助,柯林斯答应书商们翻译亚里斯多德的《诗学》并写出详细评论,这样才拿到足够的钱让他逃到乡下去生活。不久之后,他的叔叔陆军中校马丁先生给他留下 2 000 英镑,柯林斯认为这个数目他几乎花不完。确实,他没有能够活着花完这笔钱,所借书商们的钱也被归还,翻译《诗学》的事情也没有提及。通过这些轶事,约翰逊把诗人们的嗜好、人格以及贫困的生活形境鲜明地揭示出来,给读者留下深刻印象。

特别值得一提的是约翰逊在“沃勒传”中对趣闻轶事的运用。埃德蒙·沃勒(Edmund Waller)1606 年 3 月出生于赫特福德郡(现白金汉郡)科尔希尔富有的

---

①②③ Samuel Johnson. *Lives of the English Poets, Vol. ii*[M]. G. B. Hill (Ed.). Oxford: The Clarendon Press, 1905: 100, 101-102, 100-101.

④ 译文选自杨正润.《传记文学史纲》[M].南京:江苏教育出版社,1994:267-268.

地主家庭。10岁时他的父亲罗伯特·沃勒(Robert Waller)不幸去世,但留给了他一大笔遗产,每年3 500英镑左右。他先在伊顿公学接受教育,1620年作为享受部分教员特权的学生在剑桥大学国王学院就读。沃勒才华横溢,而且口才尤其突出。他在两个方面为自己的一生赢得了声誉:一是作为诗人,他得到了同时代诗人以及后来的德莱顿和蒲柏等人的高度赞扬;另一方面作为英国下议院议员,他吸引了广泛的注目,尽管有时不是带有敬意的。

在他去世后的第二年(1688)出现了一本纪念《无与伦比的诗人埃德蒙·沃勒》的诗集,几位撰稿人一致称赞沃勒对英语韵文的"精致"以及他在爱情诗上所取得的成就。其中阿弗拉·本(Aphra Behn)宣称他教会诗人们"如何爱和如何写。"那么沃勒自己是"如何爱"的呢?1631年7月5日,沃勒通过亲戚的介绍,与一位受到伦敦城市监管保护的女性继承人安妮·邦克斯(Anne Banks)私奔并结婚,使她"从城市的管辖之中逃离,来到乡下。"为此阿德曼(Aldermen)法庭查封了她约8 000英镑的财产,好在国王原谅了沃勒,示意阿德曼法庭解除了查封。但结婚三年之后,她不幸难产去世。然后沃勒先后以萨卡瑞莎(Sacharissa)的名义向多莱塞·锡德尼女士和以阿莫莱特(Amoret)的名义向索菲娅·穆雷女士求婚,均未成功。1644年沃勒与玛丽·布莱西结婚,玛丽为他生了13个孩子。

大约在1636年前不久,沃勒爱上并开始追求多莱塞·锡德尼,莱塞斯特伯爵的大女儿,也是诗人菲利普·锡德尼的侄孙女。由于这位女士(也许是在诗人的想象中)非常冷酷和傲慢,沃勒称她为萨卡瑞莎,正如他所说,该词源于糖"saccarum,sugar",有甜美之意。之所以这么称呼,可能因为该女士非常温柔可爱,或者也许因为她并不温柔可爱。约翰逊博士感觉这个名字,"如果它有某种意思的话,可能暗示着一种无精打采的温和或者一种并不活泼可爱的善良本性。"很显然,沃勒的追求持续了2—3年,直至他的萨卡瑞莎嫁给了她父母为她选中的斯宾塞伯爵(后来成为桑德兰伯爵),他们从来没有认真考虑过沃勒,以及其他没有头衔的男子。就在多莱塞于1639年7月11日隆重举行婚礼的时候,沃勒先生给露茜·锡德尼,多莱塞的妹妹写了一封信:

尊敬的女士,

在潘秀特(Penshurt)的一片庆祝声中,我知道你有很多抱怨,因为同住一室的姐姐的离去就如同失去一位恋人,因此你至少应该原谅并赞同我这个被抛弃的人的气话。我相信上帝一定会听到我的这些话:祝愿我的多莱塞女士,如果我可以这样称呼她的话,像别人对待她那样对待她最喜欢的这位年轻伯爵;她应该和别人有着同样的激情、一样遭受相思之苦;祝愿今年年初伯爵的爱让她品尝上帝对女性的第一次惩罚,即成为一位母亲的痛苦;祝愿她的第一个孩子既不是女性(她的性别),也别和她长得非常相像,而是更像她的伯爵;祝愿喜欢安静和隐居的她生活在充满噪音和许多子孙后代的房子里;然后祝愿她经历上帝对女性的最大惩罚,即许多美丽女士所经历的衰老;祝愿她长命百岁,但看上去仍然年轻;当她临终时,祝愿她的伯爵不要为她哀悼,而是和她手拉手一起上天堂,我们知道那里没有婚姻的束缚,这样,我们又可以平等地拥有她的爱!我的怨恨是不朽的,我希望所有这一切都会降临于她的后代直至世界的终结!女士,对于您,我祝愿一切都美好,也希望在良辰有一位更加长久的异性会和您同住一室。女士,我谦卑地吻您的手,给您带来的不便敬请原谅。

您最谦卑的仆人
沃勒①

当桑德兰伯爵夫人年纪很大,知道自己得了不治之症时,她有一次和沃勒在沃顿夫人家再次相逢。伯爵夫人开玩笑地问沃勒,"沃勒先生,什么时候你再为我写如此优美的诗歌?""哦,夫人,"他说道,"当夫人您再次年轻的时候。"

沃勒的情感经历为他提供了丰富的创作源泉,使他给世人留下了多篇情深意切的爱情诗。他的诗大多是即兴之作,其中流传最广的一首是"去,可爱的玫瑰"。诗中,沃勒借玫瑰之口,来劝诫情人珍惜时光,及时行乐。其诗与马韦尔的《致羞涩的情人》有异曲同工之妙。②

另外,约翰逊通过四件趣闻轶事来展现谢思顿性格的主要特征。第一件趣闻是从纳什那里获得的有关谢思顿婴儿期的故事:他特别喜爱读书:"据说当他需要一本新书拿到床头的请求被忽略的时候,他的妈妈就会包上一块形状类似的木头

① James Sutherland (Ed.). *The Oxford Book of Literary Anecdotes* [M]. Oxford: Oxford University Press, 1975: 28-29.

② Samuel Johnson. *Lives of the English Poets, with an Introduction by Arthur Waugh, Vol. i* [M]. Oxford: Oxford University Press, 1906: 175-218.

放在他的床头,使其夜里能够安静下来。"[1]这个故事被一些同时代的人看成"无聊的玩笑"[2]。然而,这在约翰逊看来却有着重要意义,因为书籍、诗歌和文学是谢思顿生活的精华部分。华尔华兹有句诗:儿童是成年人的父亲,婴幼儿时期的事件对一个人一生的发展有着重要影响。所以,书本也就成了谢思顿一生的挚爱。

关于谢思顿的第二件趣闻轶事是他与邻居哈格利的利特尔顿伯爵(Lord Lyttelton of Hagley)之间的关系。但是,如同所有其他形式的幸福一样,随着竞争的减弱,谢思顿对此会感到很快乐。利特尔顿是他的邻居和他的竞争对手,利特尔顿的庄园宽敞、繁茂,所以他常带着轻蔑的眼光看待这个在自己庄园后面规模不大的地方。有一段时间哈格利(Hagley)庄园的居住者们假装告诉他们的朋友,有个"小伙子"有意识地要让自己得到尊重。但当篱索思花园在一定程度上引起他们注意的时候,"他们小心翼翼地压抑住好奇心,向他们的贵宾主动指出篱索思花园不尽如人意的方面,还把他们引导到错误的道路上,来看篱索思的一种假象;这使得谢思顿不断抱怨所受到的伤害。"[3]这个故事的来源既不是谢思顿也不是利特尔顿。在很大程度上这是约翰逊的想象,他假想着谢思顿和利特尔顿伯爵之间成为竞争对手。据莱斯特的说法:这个故事后来引起了广泛争议,因为它的来源并没有被证实,而约翰逊的插补或窜改又引起了读者的特别兴趣。他对谢思顿并没有恶意,也没有个人动机让这个"小伙子"看上去很滑稽。然而,这里值得注意的是,引起争议的这一段落的开头和结尾不是对谢思顿的观察,而是对生命的观察。约翰逊更加关注隐含在故事之中的人性的真相和弱点,而不是故事本身。在写完谢思顿应得的赞扬之后,约翰逊继续写道:"哪里有竞争,哪里就会有虚荣心;哪里有虚荣心,哪里就会有敌意。"没有人质疑约翰逊在这总结性句子中所表达的普遍真理。[4]

第三件"趣闻轶事"意义不同寻常,约翰逊用它来支撑和阐明他的论点,即"谢思顿的快感全部来自他的眼睛,""他的价值判断仅仅注重事物的外表"。"只

---

① Samuel Johnson. *Lives of the English Poets, Vol. iii*[M]. G. B. Hill (Ed.). Oxford: The Clarendon Press, 1905: 348.

② Robert Potter. *The Art of Criticism; as Exemplified in Dr. Johnson's Lives of the Most Eminent English Poets*[M]. London: Printed for T. Hookham, 1789: 172.

③ Samuel Johnson. *Lives of the English Poets, Vol. iii*[M]. G. B. Hill (Ed.). Oxford: The Clarendon Press, 1905: 351f.

④ James H. Leicester. Johnson's Life of Shenstone: Some observations on the Sources. *Johnsonian Studies*[M]. Compiled by James L. Clifford & Donald J. Greene. Magdi Wahba (Ed.). Oxford: Oxford University Press, 1962: 212.

是问问他的小溪里是否有鱼也会引起他的愤怒。"①这里可以看出约翰逊与谢思顿之间审美观和价值观的差异,这样的差异实际上也是18世纪人们在美和实用性之间争议的体现。约翰逊从丰富的大自然需要得到更加丰硕的果实,能够为人所用的产品,而不是一种审美经验。在这个方面他代表着理性主义者。皮奥兹夫人(Mrs Piozzi)有这样的记录:"约翰逊过去常常嘲笑谢思顿,说他不在意他非常喜欢的溪水里有没有好吃的东西,'就好像一个人听到涓涓细流的声音或是看到瀑布倾泻而下的场景就能填饱肚子一样'。"②然而,在谢思顿的溪流里,确实有鱼,正如一位约翰逊学派的没有受到邀请的参观者所发现的。谢思顿对于这一情况所做的第一反应就是把这位侵入他人地界者送上法庭。然而,在了解了他贫困境况之后,他以另一种方式反思:

> "我在强盗和小偷之间做了物质上的区分;我不能把前者的称呼加在一位穷苦人的头上,在他饥饿的时候,抓了两三条鱼,或是两三块面包……然后又是,妻子和五个孩子!——贫穷的人士也要维持生计,一年的大部分时间,在这个乡下,身上只带着报纸。如果他被关起来,拿什么来抚养这个破败的家庭呢?我在这里倾向于认为,半个克朗,一个小小的有益的警告即可,也就是,如果他不是习惯性的,或是固执的冒犯者,可以尽可能地完善他的道德,正如一位在监狱里面的朋友,通过和这些人的谈话,他可能在那里找到谈话的对象。"③

约翰逊和谢思顿在美与实用性的观点上互相对立,但是,对人性的关心对他们两人来说却是共同的。

第四件趣闻轶事关乎谢思顿的房子,"他的房子很破旧,他也不修缮;他关心的是他房子外面的地。当他从他的小道上散步回家,可能会发现家里的地板已经被一场暴雨透过漏雨的屋顶所淹,就这样他也不能省出钱来进行维修。"④这一趣闻也引起了人们的争议。格莱弗质疑约翰逊在这一点上"理解力"的正确

① Samuel Johnson. *Lives of the English Poets, Vol. iii*[M]. G. B. Hill (Ed.). Oxford: The Clarendon Press, 1905: 352.

② Mrs. Piozzi. *Anecdotes of the Late Samuel Johnson, LL. D.*[M]. Johnsonian Miscellanies, I: 323.

③ William Shenstone. *The Letters of William Shenstone*[M]. Marjorie Williams (Ed.). Oxford: B. Blackwell, 1939: 605f.

④ Samuel Johnson. *Lives of the English Poets, Vol. iii*[M]. G. B. Hill (Ed.). Oxford: The Clarendon Press, 1905: 352.

性。他否认房子是“破旧的或是被忽视的。”①波西从第一手知识来写,证明了这一点:“约翰逊在关于谢思顿方面犯了很大的错误……他故意对谢思顿的境况和房子做错误描述。房子虽然小,但很精致,在房间布置和装饰方面显示了很高的品位。”②尽管如此,约翰逊在这则故事里对于谢思顿的生活观进行了有效批评,同时也提醒了社会上有类似生活观的人:一些人的生活必需品还没有满足,就想着要购买奢侈品;他们不考虑事物的实用性,却在乎它的外表装饰;他们很容易把事物的影子错认为事物本身。

由于约翰逊使用趣闻轶事更多地来说明谢思顿的缺点而不是优点,所以毫不奇怪他的批评者们阅读起来五味杂陈。约翰逊的一些说法引起了争议,还有一些说法被证明确实存在争议。但是对约翰逊来说,一个故事展示了一个人,一个人成就了一本传记。传记才是约翰逊在老年时期真正所关心的,而不是把50位诗人载入编年史。在《诗人传》中有许多这样的趣闻轶事,它们不仅反映了传主的性格,也使读者感到了兴趣和趣味。

作品阐释

约翰逊在《诗人传》中大量引用诗人们的作品,把它们放置在详细的脚注中,并把这些引文整合到他的叙述框架之中。这些引文,从写作手法上来讲,是一种新的传记技巧,因为它给读者带来了诗人自己声音的印象。这里诗人真正直接与读者交谈,就像诗人与约翰逊之间的谈话那样。这是传记家对小说家逼真描述最有力的方式——直接引语的回应。这些引文担当“真正”独白的作用。通过把它们从诗人自己的诗中拿出来,约翰逊给予它们文本上的真实性:这些是他自己的话。它们不是被创造出来的,而是他自己的声音打动我们。这些是他真正说过的,而且通过引用这些摘录,约翰逊有效地再现了诗人作品的活力。约翰逊对诗人作品所作的阐释蕴含着约翰逊自己的写作经历和体验,它升华为对人性的辩护。

例如,在“塞维奇传”中约翰逊这样写道:当塞维奇先生再次陷入贫困时,希

---

① Richard Graves. *Recollections of some Particulars in the Life of the Late William Shenstone* [M]. London: J. Dodsley, 1788: 71f.

② John Nichols. *Illustrations of the Literary History of the Eighteenth Century, Vol. vii* [M]. London: Nichols and Son, 1848: 151.

尔先生鼓励他以一种独特的方式向杂诗集投稿,在《率直的人》上发表他的故事。① 塞维奇为这本杂诗集作了序②。约翰逊通过在脚注中全文引用该序言,让

---

① 《率直的人》是定期刊行的文章,由希尔先生和邦德先生共同完成。塞维奇先生称这两位是白天和黑夜的两大竞争力量。他们轮流写作,每次 6 篇文章,作品中的人物通常在希尔的文章中处于好运,而在邦德先生的文章中则处于逆运。

② 序言如下:

恐怕,我的读者朋友们在了解到理查德·塞维奇先生和故去的瑞弗斯伯爵的儿子联系得如此紧密、如此频繁之后,一定会认为那是一种很可笑的虚荣。这也是我艰难的命运置我于不幸境地的结果——我执着地忠于我的父亲,这将会得到原谅,因为我的母亲只允许我成为一个不存在的人,在种种折磨之下,几乎使我陷入少见的贫困之中,正如美国印第安人在我们第一次定居那里时所抱怨的那样。当他们来乞求获得英国的名字的时候,因为(他们说)我们本身是穷人,我们什么也不能要求得到。

那些人的善良本性将会原谅我开始荒唐的行为,如果他们知道我没有一点快乐的理由。我不配与他们相识——这是我的不幸,成为上面提到的伯爵和先前的麦克雷斯菲尔德伯爵夫人(现在是亨利·布莱特上校的寡妇)的儿子,他们的离婚,由于不正当男女关系的结果,留下了一些记录,使得我更加引人注目。也就是由于这些:我们伟大的法官中的某些人,带着世俗的决定,却依照精神上的利于伟人的神学来行事,特别是十诫,其中有两诫似乎与我有关,影响了他们的观点——你不应该犯通奸罪,这一诫直指我的母亲;但,至于另一诫,上帝将父亲所犯罪行应得的惩罚施加在他的孩子身上,这点被认为仅仅是针对我的。我想,也许由于那个原因,为了抚养一个有罪的婴儿而分配母亲的财产,是与神圣的规则相违背的。

这样,法律上我是一位伯爵的儿子,实际上是另一位的。名义上,我不是任何人的儿子:因为那位女士给予我太多的父亲。尽管这只是一个推论,出于平衡的考虑,使我也没有母亲——我就像羽毛球一样,在法律和本性之间被抛来抛去,来到了这个世界——如果法律没有通过一项法案,将我拍回去的话,我不可能由于成为拥有地位的人这一特权而才华出众:不,我可能会保全汉密尔顿公爵和莫汉伯爵的性命,他们的争端起源于麦克雷斯菲尔德伯爵的财产纠纷,(若不是上面提到的那项法案)我一定会称他为父亲的那位伯爵——如果,本性没有用强于法律的力量将我击回的话,另外一位伯爵,极有可能成为我父亲的那位,在他打算通过遗嘱让我活着有奔头的时候,就决不会听到他的私生子,我,已经死了的消息。一位母亲不可理解的严厉!那时我的年纪还小,不知道如何去获得这笔遗产:这样,在贵族的私生子中,我就成为一个孤单不幸之人,没有亲朋好友,没有谋生的本领,没有权威向那些我知道有责任和义务抚养我的人求得援助,被扔到了这个世上。

尽管我不太适合依靠我的才气生存,但在这个世界上,我最有理由去努力争取。因为,很显然,我生来就注定了——经过无数的努力以求获得幸福,结果却是徒劳,这使我的判断力匮乏,我只有把痛苦留给幻想,这样我至少可以学会轻松对待人生。

我还是停下来说说我自己,这样,我可以谈谈我的《杂诗集》——写给朋友们的诗行,为我提供了足够的智慧,使我获得了一些稿费。但我想得到另一种好处,使我更加大胆地去赢得读者(这也归因于我母亲的愿望)!我几乎没有得到任何鼓励,除了很少几位绅士的努力。他们非常慷慨地把我不幸的命运看成有资格获得他们注意的原因。

在这些人当中,我特别感激《率直的人》的编者,在他的两篇文章中(我请求他的原谅,在我的《杂诗集》前再版),非常乐意将我的不幸故事告知世界,并且是如此感人,收到了如此好的效果,以至于许多来自不同等级、不同性别的上层人士没有等我去请求,他们立刻付款(他暗示为高贵精神),以最慷慨、最体面的方式,给我寄来他们的订购单。

至此,我应该深深感谢希尔先生在几个方面给予我的帮助。他的文字令这本杂诗集熠熠生辉,我为耽搁了读者而致歉,请求他们来看题为《朋友》的诗,这时我已经冒昧地把它献给这位绅士。

再回到那位女士,我的母亲——如果尊敬的洛克先生熟悉她的事迹,那么它一定会出现在他(转下页)

读者体味传主塞维奇以一种不同寻常的幽默描述他母亲的残酷，让读者了解他那丰富的想象力，以及他的诗作获得成功的原因。

约翰逊在谈到塞维奇的题献时，在脚注中引用了献给玛丽·沃特莱·蒙太古女士的题献作为例证[①]，在正文中对塞维奇的题献作出评议。约翰逊认为塞维奇的题献中充满了奉承之语，说实话，毫无艺术而言，并且由此推及他所有的题献。约翰逊认为塞维奇的赞美很不自然，而且言辞激烈，堆积在一起，毫无次序。约翰逊并没有停留在描写塞维奇题献的缺点，而又进一步寻找原因，揭示他写这样颂词的动机，并对此作出合理的解释，认为他似乎只是为了给他的恩主们仔细阅读的。他想象着，这些恩主尽管粗俗，除了用赞美的话语来颂扬他们之外，他别无他法，尽管没有优雅和创新，奉承同样可以通往他们的心灵。

(接上页)反对遗传原则的章节中，因为它将完成他罪大恶极的案例：尽管不能完全按照次序列出，其中一些是这样的——在全民族，或是最文明的人们所在的民族中，难道没有使他们的孩子忍受饥饿和面临野兽的危险的人吗？这样的行为和生下他们一样，很少受到指责或是有所顾忌。如果我倾向于严肃地对待这些问题，我能够非常容易地证明我没有被布莱特夫人体面地对待过。倘若这对我的事情还有点离谱的话，接下来我可以举一个更近的离奇古怪的例子。

无所顾忌地活埋他们的孩子，在蒙格瑞丽——一个声称信仰基督教的民族——的人看来是司空见惯的事情。确实基督徒也存在各种教派之分。我也常想我的母亲是属于哪一派的呢。但我现在发现她虔诚地以蒙格瑞丽人的方式信仰基督教。她不知疲倦地隐匿我。从这种意义上来讲，她已经活埋了我。的确是这样，她在实施以上行为时，像蒙格瑞丽人一样无所顾忌。因为她是依靠精神生活的女人，能够毫不懊悔地看到这个结果——(作者接着说)加勒比人习惯于阉割他们的小孩待其长肥而食——这里我无法做比较。因为谈到这位女士的公正，她并没有使我吃得过饱，而总是加重我的饥饿。甚至在我的婴儿期，她也没有给我太多的溺爱而被怀疑有毁灭我的计划。但是，相反，她不能容忍我接近她，主动贿赂别人，以一种古怪的方式，把我运往一个种植园——当我大约15岁时，她的爱才开始醒来。如果我知道我的兴趣的话，我可能就会体面地实现它。简言之，她要求我去学徒，找一份诚实而又值得尊敬的工作——鞋匠。她的这番好心被我不恭敬地回绝了。我确实不愿意理解她，希望她像一个古老的预言家那样，把自己的心思隐藏在某种寓言当中，或是谚语里。如果这样的话，我可能在某个时候，以适当的方式，荣幸地了解她的缺点。

洛克先生还提到了另一人种。如果一位假装的占卜家说他们的孩子有灾星，就杀死他们孩子——也许我的妈妈也请了一些狡猾的人来测算我的生辰八字，或者在我出生之前，就做过一些不祥的梦。这些恐怖的情景总是出现在她的面前：在又黑又深的瓷杯底部，那里的咖啡垢经常用来占卜，和古老的西比尔的树一样灵验——在一定程度上，严肃说来，我宁愿冤枉她的判断力，怀疑她是有点信奉迷信的信条，而不希望她是一位做事毫无原则的女性。

① 以下的节选将会证明。

由于我们的国家因您的智慧而荣耀，因您的灵魂崇高而不朽，对于您的性别来说，坚强意志与温柔大方是否相称已经不再令人怀疑。您的诗行和您的气质一样出众——它们和真理一样强大，和理性一样深沉，和洁白一样清晰，和美丽一样光滑——它们是说不上名字的非常特别的力量和优雅美丽的组合，立刻就可以是如此动人的安详，如此庄严的可爱，以至于它是太亲切而只能出现在您的眼睛里和您的作品中。

“与其说我是阿谀奉承的敌人，不如说命运是我的敌人。我不知道如何才能容忍自己对您作这样的请求，因为当我谈到您的出众之处时，我无法把我相信的全部说出来。”

在塞维奇发表《私生子》的时候,约翰逊写道:该诗以活泼的俏皮话开头,列举了卑贱出身所带来的优势,结尾部分叙写了由于父母的罪过使他遭受的不幸。约翰逊在脚注中引用了这样一段:

在快乐时刻,当我的想象驰骋,
诗神,狂喜不已,开始进入她的状态。
私生子的出生真幸福!从各种迹象可以看出,
他像彗星一样发出不同寻常的光芒,
他没有圣徒共谋的恶果。
他!是自然与狂喜的完美结合,
他活着是为了创造,不是吹嘘,慷慨的种类;
不是一张愚蠢的脸的第十个传播者。
他的大胆希望,没有先例。
没有偏见迷惑他出生的光辉,
在其中他无需火焰就可以燃烧。
他以私生子的发光名字而感到荣耀。
——自由自在于世界的广泛范围——没有目标
没有责任,没有名字,
他独自站立着,是没有边际的自然的儿子。
他的心没有偏见,他有自己的思想,
——哦,母亲,——然而没有母亲!——这对于你来说,
感谢您赋予我如此突出的权利;
我失去了什么?如果是婚姻生活的那种,
这是自然所憎恨的,然而是誓言所限制的。
——你圣徒般地独自给我画像、赋予我形式,
迫使自己承担生活的一大堆法律事务!
——我一出生就有了你说不清楚的家庭遗传,
负载你的生命,你关心的动机;
也许是贫穷的富有,或卑鄙的伟大,
壮观队伍的奴隶,国家的没有重要性的人物,
一个不知名的、被忽视的有价值的人。
一个偶然的机会在我自己座位上睡觉。

——这样不可预测,最近没有灵感。
我歌唱,快乐,我想象的希望,
安全,通过有意识的恶意嘲讽,
没有智慧能够教会如何平衡意志。
——但是现在暴露于痛苦之中并颤抖着,
当暴风雨来临,我飞向遮蔽处。

在提到辛克莱尔的死之后,他这样写道:
——我的希望将在哪里找到栖息之处?——

约翰逊在脚注中引用这些诗行着力体现塞维奇诗作的活力和精神、作者的特殊环境、新奇的主题以及其中故事所暗示的恶名昭著。约翰逊还在正文中旁征博引,通过塞维奇过去经常提到的、非常满意的情况来说明这首诗得到了广泛的接受并且成功地使麦克雷斯菲尔德夫人感到耻辱和不适。它被多次印刷,并且传播速度惊人。约翰逊写道:"塞维奇过去常常带着极大的满足感提及该诗发表时的情况。他的母亲恰好那时在巴斯,而这首诗使她不能正常地生活,人们都用异样的目光看她。这首诗一开始流传,她就在所有公众场合听到有人重复它。她既不能去集会地点,也不能穿越街道,走到哪里,都有几句《私生子》的诗行来向她致敬。"[①]很明显,麦克雷斯菲尔德夫人在公共场所所受到的耻辱,约翰逊和塞维奇都是持欣喜的态度。他注意到她很快逃离巴斯——那时最时髦的夏日避暑胜地——来到伦敦相对无名的地方"隐藏自己"。这是"智慧的力量"战胜金钱和特权获得成功的例子。"这样,塞维奇满意地发现尽管他不能改变他的母亲,他能够惩罚她,他并不总是独自一人承受痛苦。"[②]

实际上,在讨论《私生子》时约翰逊又回到他最强有力的恳求。我们认为塞维奇作为流浪孤儿,从来没有给予道德成熟的机会。在他最伟大、报复最成功的时刻(30岁),约翰逊邀请我们反思他仍然是一位无助的,无防御的受害者。他可以被看作一位孩子,处于贫穷境地,面临各种诱惑。他在《私生子》诗中以一种非常动人的方式叙说了哀怨的环境——

---

①② Samuel Johnson. *Life of Savage*[M]. Clarence Tracy (Ed.). Oxford: Clarendon Press, 1971: 71, 72.

没有母亲的关心,
祈祷保护我婴儿时的天真,
没有父亲的保护度过我的青少年,
召唤我的善行,从抑制的邪恶之中。①

在这里读者可以感觉到塞维奇在情感上成功地影响着他的传记作家约翰逊。1729年,他生活的快乐时期,发表了《流浪者》,一首道德诗,他的意图在这些诗行中:

我飞越所有公众的关心,所有堕落的争吵,
试图过一种与活跃相对的宁静生活。
通过这些来证明:人的儿子可以
把幸福的果实归结于痛苦的乌云,
甚至是灾难,由思想定义
精神和装饰思想的头脑。

在下面一段更加明显:

由于痛苦,灵魂发誓要采取勇敢的行动
由于痛苦,它以坚强的毅力超越
从毅力、谨慎、经验的清晰源泉
通过事物的轨迹寻求知识。
这样希望就会形成,坚强的意志、成功
名誉——所有人希望得到的和喜爱的。

这首诗总被作者自己认为是他的代表作。约翰逊一方面提出蒲柏先生对于这首诗的赞成态度:他读了两遍,对此没有厌烦,细读第二遍时给予他更多的快乐,读第三遍时就会更加高兴;另一方面,也提出一些反对意见:各部分的分布是不规则的,意图含糊,计划复杂,意象尽管美丽,但互相连续时没有次序;整个诗篇没有一个规则的结构,就像一堆发光的材料,偶然地堆在一起。约翰逊认为这

① Samuel Johnson. *Life of Savage*[M]. Clarence Tracy (Ed.). Oxford: Clarendon Press, 1971: 75.

种批评是普遍的,在很大程度上是公正的,同时他不忘给塞维奇机会提出相反的观点:他认为不能领略塞维奇的要旨只是由于粗心大意或是愚蠢。他的诗歌的结构是规则的,各部分之间的联系也是非常清楚的。最后,约翰逊作出总结:从来没有人否认他的诗中充满了对自然的刻意描写和对人生的深切体悟。在诗中很容易看到,他的描述有一种倾向:即善是恶的结果。太阳烧光了高山上的作物,却使得山谷变得非常肥沃;洪水猛烈冲刷碎石,分流成潺潺而流的小溪;狂怒的飓风可以净化空气。甚至在这首诗中他没能忍住不提他母亲的残酷。这证明母亲的残酷在他心中留下的印象是多么深刻。

约翰逊通过引用和使用自己的经验和心理来解释诗人的作品,彰显了历史传主的写作风格和人格,同时也强烈地反映出书写主体的个性和新古典主义文学评价标准。

书　信

约翰逊对传主们书信的引用是非常小心的。书信是人们与他人交往和个性展示的重要形式。他在《塞维奇传》(1744)(298—304,312,319)中引用了一些有启迪作用的信件。约翰逊也曾称赞《万宝路公爵夫人的行为的回忆》中信件的使用,使得读者具有"演员角色的满足感"。[①] 然而,这里的含义是,书信作家不必信赖"他们自己的……性格"。尽管约翰逊在1780年准备写蒲柏传的时候,仔细阅读了诗人的书信,但是他只引用了其中一些有关他的交往和有写作计划信息的书信。(如"Pope" 101, 190, 228)因为他意识到蒲柏书信中有为了表现自我的欺骗和自我迷惑的方面。("Pope" 273-276)在托马斯·格雷的例子上,格雷的书信形成了威廉姆·梅森(William Mason)的《回忆录》(1775),约翰逊只是有限使用了其中有关个人信息的部分资源。(Gray 24)

约翰逊在《诗人传》中对书信的使用没有太大的兴趣,他不能允许诗人通过这种方式"为自己说话"。这可以通过他在1777年开始写作《诗人传》之后不久他自己写的一封信里得到解释,其中他嘲弄一种主张:认为在书信里一个人的"灵魂赤裸裸地躺着,他的信是他心灵的镜子,他想到的无论什么都以它自然的状态毫无掩饰地显现出来。什么也没有被颠倒,什么也没有被歪曲"。[②] 他引用

① Donald Greene (Ed.). *Samuel Johnson* (*The Oxford Authors*) [M]. Oxford: Oxford University Press, 1984: 114.

② R. W. Chapman (Ed.). *The Letters of Samuel Johnson, with Mrs. Thrale's Genuine Letters to Him, 3 vols, Vol. iii*[M]. Oxford: The Clarendon Press, 1952: 89.

了考利的一封信指出了有关令人失望的道德讽刺。在"罗维传"(Nicholas Rowe)、"休斯传"(John Hughes)、"萨默维尔传"(William Somerville)和"谢思顿传"中引用书信是为了诗人们互相评论而不是显示他们自己的个性。

在"罗维传"中,约翰逊引用了蒲柏写给布朗特(Blount)①的一封信来证明罗维与人相处融洽,能够给他人带来欢乐:"罗维先生陪伴着我,在福莱斯特(Forest)度过了一周时间。我无须告诉你他的到来给我带来了多少快乐;但是我必须让你知道在他身上有一种非常特别的气质,能够增添一份生机和快乐,这使得我们在获得所有快乐之后,很难轻松地与他分别。"②蒲柏也曾经告诉斯宾思(Spence):"罗维能够笑一整天,他其他什么也不做,就是大笑。"③

在"休斯传"中,约翰逊引用了斯威夫特和蒲柏的通信,来转述休斯天才的特征:"一个月前,我的一个朋友寄给我约翰·休斯先生的作品集。它们是用散文体和韵文体写成的。我以前从来没有听说过此人,然而我发现你作为订阅人,名字也在其中。对于我来说,他是一位非常伟大的诗人;我认为在散文和韵文方面,他处于中等水平。"④蒲柏的回信:"回答你关于休斯先生的问题,在天才方面他想要得到的是,他想自己成为一位诚实的人;但是他确实属于你所认为的那个阶层。"⑤

在"萨默维尔传"中,约翰逊引用了萨默维尔的朋友谢思顿的书信,一方面可以了解萨默维尔的生活,另一方面可以看出萨默维尔与谢思顿在经营管理家产方面粗心大意的相似性。谢思顿这样写道:"我们的老朋友萨默维尔去世了!我无法想象此时此刻我是如此难过。在世的时候,我们轻视他的美德,去世以后,我们带着嫉妒的目光跟随他。现在,我能够原谅他所有的弱点,把它们归罪于年龄,归罪于生存环境的窘迫:最后的痛苦触动了我的灵魂,使我反思。精神如此高尚的人,意识到已经给整个世界带来了快乐(至少有一篇作品),却受到低级痛苦(负债)的威胁并深受其困扰:强迫自己过度饮酒,引起身体上的疼痛,从而消

---

① 据希尔考证,这封信实际上是1713年9月20日写给约翰·卡瑞尔(John Caryll)的。蒲柏在发表的时候篡改成爱德华·布朗特(Edward Blount)。

② Samuel Johnson. *Lives of the English Poets, Vol. ii*[M]. George Birkbeck Hill, D. C. L. (Ed.) Oxford: The Clarendon Press, 1905: 74-75.

③ Rev. Joseph Spence. *Anecdotes, Observations, and Characters, of Books and Men. Collected from the Conversation of Mr. Pope and Other Eminent Persons of his Time*[M]. Samuel Weller Singer (Ed.). London: W. H. Carpenter, 1820: 284.

④⑤ Samuel Johnson. *Lives of the English Poets, Vol. ii*[M]. George Birkbeck Hill, D. C. L. (Ed.) Oxford: The Clarendon Press, 1905: 164, 165.

除精神上的痛苦，这是一种苦难。”①

然而，约翰逊对于唾手可得且数量众多的斯威夫特、蒲柏、谢思顿和格雷的书信似乎没有产生特别的传记兴趣。他不喜欢当时出版书信的“时髦”。当他的作品 1781 年最后出版时，他解释道：“为了避免书信，我尽可能少地把它放到我的作品中”。②

当约翰逊写作“谢思顿传”的时候，已经有两个版本的诗人信件选集和一卷拉克斯伯勒女士(Lady Luxborough)写给谢思顿的信件选集出版。③ 约翰逊没有利用这些传记信息资源，尽管与他同时代的人非常重视这些书信。如书商道兹雷极为强调谢思顿书信的价值，认为是“他思想的真实历史”写照，所以在前两部书信选出版以后，又出版了自己编辑的版本。除了它们传记的重要性之外，他全面欣赏它们的文学成就，有信心地认为它们能够为读者提供愉快的阅读感受。在前言中，他不遗余力地认定出版这些信件的正确性，并引用谢思顿给格莱弗的一封信中所表达的情感，来论证他的宣称：

> “我向你坦白，我被威斯勒先生的行为极大地伤害了，关于那些信件(意思是他自己的信件写给那位绅士的兄弟的)；如果允许的话，我宁可体面地提及我可以给更多的钱给他们，也不情愿他们销毁这些信件。我把我自己的信件看成我代表作的一部分。其中情感或是风格的合适方面没有存在一丝一毫的虚假，我能够想象它一定会出现在我给他兄弟或是一个或两个更多的朋友的信中。我把它们当成友谊的记录，对于我来说总是很亲切的，作为我过去的二十年的思想史。”④

---

① Samuel Johnson. *Lives of the English Poets, vol. ii*[M]. George Birkbeck Hill, D. C. L. (Ed.) Oxford: The Clarendon Press, 1905: 317-318.

② James Boswell. *Boswell's Life of Johnson, together with Boswell's Journal of a Tour to the Hebrides, Vol. ii*[M]. George Birkbeck Hill (Ed.), L. F. Powell(rev.). Oxford: Oxford University Press, 1971: 58.

③ William Shenstone. “Letters to Particular Friends, from the Year 1739-1763,” *The Works in Verse and Prose of William Shenstone, Vol. iii*, Robert Dodsley (Ed.). London: Printed for J. Dodsley, 1769; Thomas Hull (Ed.). *Selected Letters between the late Duchess of Somerset, Lady Luxborough, Miss Dolman, Mr. Whistler, Mr. R. Dodsley, William Shenstone, Esq. and others*, 2 vols. London: Printed for J. Dodsley, 1778; Lady Luxborough. *Letters written by the late Right Honourable Lady Luxborough to William Shenstone, Esq.* London: Printed for J. Dodsley, 1775.

④ William Shenstone. *The Works in Verse and Prose of William Shenstone, Vol. iii*[M]. Robert Dodsley (Ed.). London: Printed for J. Dodsley, 1769: vii.

约翰逊和鲍斯威尔也探讨过同样的主题，在一起去赫布里底群岛（Hebrides）旅行的时候。他也认为这位把自己兄弟的信件烧毁的人是错误的，并说："谢思顿这样的人，和他通信是一种荣耀。"[①]那么这就更加奇怪了，约翰逊为什么忽视了这些信件了呢？如果他带有同情心地阅读这些信件，他也许会以更加亲密的关系与他会面，更多地了解其中所勾勒的那个人。如果这种更加亲密的相识能够修正先前的形象，约翰逊也许省去后面紧接着的负面批评。约翰逊也知道对于传记家来说信件的价值，但是他也意识到了其中的陷阱。对他来说，真相和诚信对于传记写作来说是最为基本的。因此，信件不能毫无保留地作为一位作家性格的可靠反应，传记作家应该谨慎使用这些信件。在"蒲柏传"中他不相信"人们的真实性格可以从他们的信件中找到，他写给朋友的信不可能对他们敞开心扉。"[②]鲍斯威尔在传记中转向约翰逊的信件来提供他的思想的一面的时候，却没有这些疑虑。他认可梅森在《格雷生平回忆录》（1775）中的传记方法，但也不知道为什么约翰逊会如此毫无理性地反对这部作品。

约翰逊在传记结尾部分提到了谢思顿的信件。约翰逊在评价谢思顿作品的时候，并没有包括这些信件，而且，约翰逊没有直接评论，而是引用格雷的话来评价谢思顿的性格特征。约翰逊选择这样毫无同情心的评价，另一方面也体现了他对格雷的情感存在嘲讽成分：

> "格雷在详细阅读了他的信件之后，想到他的性格是这样的：'我已经读完一卷八开本的谢思顿信件。可怜的人啊！他总是在希望得到金钱、名誉及其他卓越之处；他整个哲学就存在于违背自己的意愿过一种退隐生活，生活在符合他品味的那个地方，只有当有名的人来看并给予评价时他才感到高兴。他和两至三个也写作诗歌的牧师邻居的信件只是关乎这个地方，和他自己的一些作品，其他什么也没有。'"[③]

如果约翰逊也细读了这些信件，发现其中显示的性格与格雷发现的不一致，他一定能够说出自己的感受。正因为如此，他引用格雷的话，而不作任何评论。

---

① James Boswell. *Boswell's Life of Johnson, together with Boswell's Journal of a Tour to the Hebrides, Vol. v*[M]. George Birkbeck Hill (Ed.), L. F. Powell (rev.). Oxford: Oxford University Press, 1971: 268.

②③ Samuel Johnson. *Lives of the English Poets, Vol. iii*[M]. George Birkbeck Hill, D. C. L. (Ed.) Oxford: The Clarendon Press, 1905: 206, 354.

从这点来看,我们可以假设要么他不了解这些信件,要么就是默认格雷的观点。对于现代读者来说,谢思顿的书信能够带来快乐,让人了解当时的趣味、生活方式、多变的性情、一位18世纪诗人的品位和逝去的情绪。谢思顿没有鲍斯威尔记录他的讲话,但是他的书信为他做了这件事。评价谢思顿在风景园林艺术方面的成就时,这些信件特别富有启发意义。在那个时代,风景园林艺术成为一种流行的时尚,谢思顿在这方面获得了令人羡慕的声誉。约翰逊的反应令他的同代人感到愤怒。他的观点遭到质疑,他对谢思顿的评价受到挑战。约翰逊坚持认为:"谢思顿的快乐全部来自他的眼睛;他只是从表象来评价物体的价值。"①

谢思顿生活中对参观者的喜爱,对朋友的依赖和他的懒散习性三个方面的材料,约翰逊几乎没有挖掘,但这三个方面在他的书信中得到了显示。他的花园给他带来了社会交往的快乐。他没有试图隐藏篱索思花园广为人知的快乐,对他来说,参观者的人数和地位都是很重要的。在1749年,他写给朋友雅戈(Jago):"现在是星期天的晚上,我已经在我的小道上向至少150位参观者致意,这并不逊色于一位土耳其人在他自己宫殿里的状态和虚荣。"②仅有数量还不够,他也在意参观者的地位和名声。他列举了富有的、声名远扬的人物名字,就像他花园里的网中网住的蝴蝶那么多。这些人悦耳动听的称呼和高贵的光环对他的劳动都是充分的回报,给他带来满足感,让他达到生活的目标。他在园艺方面的成功持续了多年,但是参观者能够带来的只是一种暂时的快乐,不能满足他深层次的需求。对谢思顿来说,生活的必需品是友谊。在这一点上他与约翰逊是一样的:两人都依赖朋友和同伴。参观者满足了他的虚荣心,但是朋友支撑着他的存在。有时暂时缺乏来访的马车和名人会引起他意志消沉,但有时他们的出现与否,谢思顿也无动于衷。但是失去一位朋友或是深爱的亲戚会深深刺痛他的内心,使他感到手足无措。特别是临近死亡前,那是谢思顿精神内省和自我评价的时候,他把自己内心的所思所想都通过书信得以留存。尽管他生活在可怕的死亡恐惧之下,谢思顿从树立纪念瓮获得了精神上的慰藉,享受着既令人愉悦又令人忧伤的沉思。

大部分时间,谢思顿满足于一种安静的、与世隔绝的生活,随着季节的变化有规律地生活,通过他的日常消遣活动而变得活泼,没有很大的欲望、雄心或是

① Samuel Johnson. *Lives of the English Poets, Vol. iii*[M]. George Birkbeck Hill, D. C. L. (Ed.). Oxford: The Clarendon Press, 1905: 352.

② William Shenstone. *The Works in Verse and Prose of William Shenstone, Vol. iii*[M]. Robert Dodsley (Ed.). London: Printed for J. Dodsley, 1769: 183.

冒险精神来超越篱索思花园的限制。他的书信和他的朋友证明了他生活的合理性。但是懒散、疾病和忧郁气质在某种程度上也影响着他的生活。谢思顿在书信中也提及通过收集硬币或是小件珍奇物品，获得某种治疗的效果。在他遭受忧郁侵扰时，他的信件中充满了对乡村里琐碎之事以及一些花费不多的娱乐活动的描述。可见，琐事对他来说很重要，是诗人谢思顿生活哲学的一部分：

> "同时，不要轻视那些能够找到必要娱乐方式的人，我认为，这在班扬的名利场中的说法非常恰当。这个季度，我尝试了许多次，也买了许多种商品。这是哲学的一部分，即把自己的情感与自己生活方式相适应。我指的是孤独的、不善交际的那个方面。让我感到高兴的是，我能够保留对这些小物件的兴趣。"①

如果谢思顿不能够克服懒散习性，他会与之休战。有时，他认为他的诗歌就是陶醉于这些琐事的一部分。有时，懒散习性也会使他远离这些琐事；有时他也会转向诗歌来克服懒散习性。这里，传主和传记家之间有着天壤之别。谢思顿认为他的写作是自己懒散的缓解剂，或者说是一种逃避。而约翰逊知道自己的懒散，并努力与之抗争，意识到任务还没有完成，而这项工作又必须要做，他不得不转向写作，从写作中寻求解脱。约翰逊坚持认为一个人"如果他顽强地适应它"②可以在任何时候写作。约翰逊也能够从琐事中寻求快乐，但是是以他自己的方式和用他自己的术语；但是他拒绝欺骗自己。他的宗教思考与谢思顿的态度也完全不同：

> "哦，主啊，我不可以把你给予我的生命挥霍在那些毫无用途的琐事上，也不可以浪费在徒劳地搜求那些你从我这里隐藏的事物。通过你的圣灵，使我能够克服懒惰和粗心大意，每天都可以完成你分配给我的任务的一部分。"③

---

① William Shenstone. *The Works in Verse and Prose of William Shenstone*, *Vol. iii*[M]. Robert Dodsley (Ed.). London: Printed for J. Dodsley, 1769: 198.

② James Boswell. *Boswell's Life of Johnson, together with Boswell's Journal of a Tour to the Hebrides*, *Vol. v*[M]. George Birkbeck Hill (Ed.), L. F. Powell(rev.). Oxford: Oxford University Press, 1971: 40.

③ Samuel Johnson. "Before any New Study, 1752 Nov." in Prayers and Meditations. George Birkbeck Hill (Ed.). *Johnsonian Miscellanies*, *Vol. i*[M]. Oxford: Oxford University Press, 1897.

而谢思顿能够把他的懒散和琐事与生活目标相协调，能够忍受自己的无所事事：

> "你说我懒散地生活在城堡里，我非常赞同。在我当前的无所事事中也有一些迷人之处，因为没什么东西阻碍我完成我的琐事。我想我能够继续向前，如果你在这里，我们应该在丛林周围漫游，交谈，让时间流逝，也许这就是最重要的。"①

没有人比约翰逊更喜欢与朋友交谈了，但是他并不愿意通过交谈让时间流逝。他没有在懒散中发现一点迷人之处，他认为懒散是敌人，是处在邪恶那边的，他必须与之搏斗。谢思顿退隐到篱索思花园，在同时代看来，众人的观点并不一致。一些人认同他是格莱弗的《考卢麦拉》(*Columella*)中的人物，②一位献身诗歌和浪漫的隐士。对这些人来说，他似乎是俭朴生活的令人崇敬的榜样；对于另外一些人来说，他代表着反社会的逃避主义者。当然，谢思顿对于自己的生活方式并没有自我欺骗，平凡乏味也没有被浪漫所遮蔽。在写给雅戈的信中，他描绘生活中"值得注意的事件"，与你小孩玩具马上的金属箔一样多。在同一封信中，他给朋友开了幸福的秘方。如果早十二年，他会教伏尔泰如何修理他的花园：

> "我在饲养各种家禽的过程中获得了极大快乐；鹅、火鸡、小鸡、鸭子……一个人很容易使自己习惯于这些廉价的娱乐活动；也就是乡间活动(因为所有城镇里的娱乐活动价格贵得吓人)；——我建议你也修理你的花园；种植鲜花，在过道里养一两只小鸟(至少它们会逗你的孩子们开心)；时不时写首歌；时不时买本书；时不时写封信。"③

这是那个时代他的生活的真实写照。这里有着田园诗歌的所有魅力，但是对约翰逊来说，和他知道的真实生活相去甚远。对于他来说，篱索思花园不可能是世界上最好的。他简洁地观察到："他花费钱财来装饰它，他的焦虑可能加速

---

① William Shenstone. *The Works in Verse and Prose of William Shenstone*, *Vol*. *iii*[M]. Robert Dodsley (Ed.). London: Printed for J. Dodsley, 1769: 170f.

② Richard Graves. *Columella*; *or*, *the Distressed Anchoret*[M]. London: Printed for J. Dodsley, 1779.

③ William Shenstone. *The Works in Verse and Prose of William Shenstone*, *Vol*. *iii*[M]. Robert Dodsley (Ed.). London: Printed for J. Dodsley, 1769: 159f.

了他的死亡。”[①]浪漫的理想破碎了。约翰逊对“挽歌”的评论可以同样运用于乡村退隐生活的一个缩影：“孤独的宁静，无所事事的天真，卑微状态的无人妒忌的安全感只能填满几页纸而已。”[②]对约翰逊来说，所有这些是不足以填满一个人的生活。至少，这代表了一种错误观点。孤独驱使他广交朋友，无所事事折磨着他的灵魂；贫穷是痛苦的记忆。结果就是约翰逊在谢思顿那里能够找到的更多的是同情，而不是赞扬。他在《拉赛拉斯》中已经显示，从幸福谷中逃离到这个世界，并没有导向真正的幸福。与之相反的，他不想欺骗自己的读者，通过从这个世界退隐至篱索思的丛林和花园里能够拥有幸福的希望，这只是一个假象而已。由此可见，约翰逊没有引用谢思顿的信件是与其坚守的道德原则相关的。

然而，约翰逊对于家庭成员之间的书信还是比较感兴趣的。在《诗人传》中，约翰逊全文或是大段引用的此类信件有四封：汤姆森给他姐姐的信、格兰维尔给他父亲的信、利特尔顿父亲给他的信，还有德莱顿给他儿子们的信。约翰逊把这些信件引入传中，主要目的还是这些信件的道德价值。例如汤姆森写给姐姐的信充分展示了传主兄弟姊妹之间的情谊。他写的科瑞欧莱纳斯(Coriolanus)的悲剧在朋友和恩主的帮助下搬上了舞台，获得了一笔钱，一部分他还清了债务，剩下的就寄给了他的姐妹们。约翰逊全文引用了一封他在鲍斯威尔先生帮助下获得的信，全文如下：

> 亲爱的姐姐，——我想你更加了解我，不是去试图弄清楚我为何对你的情感减弱至沉默不语，而你的行为总是试图增加爱意。不要想象，因为我不善于写信，也不能证明自己是一位友好的朋友和兄弟。我必须公正地告诉你们我对你们的爱从来都没有变过；如果我有任何理由来埋怨，我意识到我自己有许多缺点，使我倾向于没有一点仁慈和宽宏大量。
>
> 听到你拥有一位好的友善的丈夫，现在生活得还算舒适，我真心感到满意；但如果有不同情况，那只能唤醒和提升我对你的爱护。因为我们善良的父母没有活到现在，没能接受我亏欠他们的任何见证人类最高感激之情的物质，那么我现在能够回报的是通过关心他们留在世上的子女。如果可怜的丽兹(Lizy)活得长久一些，就见证我所说的内容的真实性，我也可以快乐地再一次看到我真正喜爱和尊敬的一位妹妹！但是她是幸福的，当我们在

①② Samuel Johnson. *Lives of the English Poets*, *Vol. iii*[M]. George Birkbeck Hill, D. C. L. (Ed.). Oxford: The Clarendon Press, 1905: 352, 355.

这里还要辛苦劳作稍微更长的时间:让我们快乐地满怀感激地劳作,希望能够在一更加安全的海岸与她重逢,在那里回忆我们生活中经历的暴风雨和困难,这也许与那幸福的状态并不矛盾。你做得很对,为你的女儿取名她的名字丽兹。因为你们互相之间有着特殊的友谊,你们关系亲密,一起度过年轻时代:共同面对困难。应该由我来使你们的日子过得轻松一些,这也是我生活中最大的快乐,尽管我们有着足够多的令人沮丧的生活压力。

我尊重你给予贝尔先生合乎情理且又毫无功利的建议,你可以从我给他的信中看出来。因为我完全同意他再婚,你可能会问我为什么不结婚。我现在的情况多变,而且在这变动不居的世界上有很多不确定因素,为了使自己远离这种境况:现在,尽管生活比较安定了,也改善了许多,我开始认为我自己是否年龄偏大,不太适合像结婚这样的年轻人的事情,更不要提容易让困难的老单身汉感到惊讶的其他次要理由了。然而,我一点也不怀疑,如果我回一趟苏格兰,我可能会考虑此事。我总是认为只有苏格兰的女子才能成为最好的妻子;然而,为什么绅士们却持续往世界其他国家跑呢?有些人非常明智,为了找到合适女子做妻子,回到苏格兰。你看,我开始对苏格兰女士感兴趣了。好了,不讲这个有感染力的话题了。让我时不时地收到你的来信;尽管我不是一位有规律的写信人,然而,在这方面我也许可以改正。请代向你的丈夫问好,也请相信我是

你最为挚爱的兄弟

詹姆斯·汤姆森

再如"利特尔顿传"中,他的父亲有幸看到他的一篇题为"论圣保罗的皈依"的论文,写信表达了父亲的喜悦心情:

我读到你的宗教论文,感到无穷的乐趣,也非常满意。风格清新,论证紧凑、令人信服且具有无法抗拒的魅力。因为你极力为他的荣耀而辩护,所以希望王中之王能够奖励你虔诚的劳动,允许通过耶稣基督的功绩,使我发现自己值得成为这一幸福的见证人,对此我毫不怀疑他会无限地赐福于你。同时,我也不会停止感激上帝,因为他赐予你如此有用的天赋,赐予我如此优秀的儿子。

你挚爱的父亲

托马斯·利特尔顿

约翰逊在“格兰维尔传”中全文引用了格兰维尔给他父亲的信,包括写信日期、称呼等,以此证明格兰维尔对于国王的忠诚。这封信是格兰维尔在奥兰治亲王来到英国之前一个月写给他父亲的。

先生,

如果您那里我没有希望获得新的使命,那么在这个重要的关口,没有什么能够改变或是平息我为了我的国王和祖国而冒生命危险的欲望。

其他只要有一点荣誉感的人都在为此做准备的时候,而我却躲在乡下无所事事,这样的生活我不能忍受,我为此感到羞愧。

先生,您可能还记得,蒙茅斯叛乱之时,您对我所下的指令,我是多么的不情愿去服从,那时您强求我不要离开学术圈:我还太年轻,抵御不了外在的危险。但是,让我说,在任何时代为自己的祖国牺牲自己都是光荣的;这样的牺牲越早,就越高贵。

现在,我又长了3岁。我的叔叔巴斯参加纽布里(Newbury)战役时,还没有我年长就置身于杀戮之中。先生,您不是也一样吗?您逃离自己的导师,与您兄弟会合,参加到保卫锡利群岛(Scilly)的战役中。

现在同样的事情又一次来临。国王正在被引入歧途;让那些把国王引入歧途的人应该为此负责并承担相应后果。没有人能够否认就他本人而言他是神圣的,应该受到尊重。每一位诚实之人都有责任来保护。

您会很高兴地说,荷兰人是否由于过分鲁莽而做出这样的举动,这点还是令人怀疑的。但是,就正如所期望的,我请求坚持这一点,我可以向国王提出,我就以我所有的祖先为榜样,最大理想就是为国王和我的祖国献出自己的生命。

贵族们在约克聚集开会,就国家的代表做出选择,已经准备了宣言,牺牲他们的生命和财富来确保国王此刻和所有其他情况的安全。但是,同时,他们谦恭地恳求国王给予他们适合土地法的地方行政管理的权利,因为目前他们还没有能够服从合法的权威。

他们正在约克以及附近城镇敲鼓召集志愿者,来补给在哈尔(Hull)的兵团;但是没有人应征。

我所能够听到的是,每个人都希望国王一切平安;但是他们非常乐意他们的部长们被绞死。

风向变幻如此之快,无论哪种选择都很难理解。因此,我可以希望,在您的帮助之下，在任何行动开始之前准备好一切。先生，我最谦恭和最真诚地恳求您再放纵我一次，虽然您已经持续给予了许多别的支持；也请像往常一样以最大可能的责任和让步，愉快地相信我，先生。

您最有责任感的儿子，
也是最顺从的仆人，
乔·格兰维尔①

这三封信都是私信，而且都是家人之间的书信。这些信件所提供的信息对收信人来说都是非常宝贵和重要的，其中包含着鲜活的生活内容，这是其他形式的文献所不可替代的，所以约翰逊在《诗人传》中原文引用了这些信件。

解　释

约翰逊在《诗人传》中不仅解释传主的作品，而且对传主和事实也做出了种种解释。在这些解释中，书写主体的个性得到最鲜明的表现。例如在"塞维奇传"中最具戏剧性和讽刺性的启示是在 1738 年，约翰逊他们日夜在格鲁勃街的时候渐渐认识到塞维奇在道德上不能保持真正意义上的友谊。塞维奇能够非常和善和慷慨，特别是对那些比自己境遇更加悲惨的人，但他变化无常，总是不可信任。约翰逊看塞维奇的缺点是如此清晰，能够深入洞察塞维奇的虚荣、幻想和机会主义，是因为他们的亲密关系在 1738 年秋加深了。约翰逊在传中全面为塞维奇辩护。

约翰逊评价：这样的感觉，似乎挑战他们亲密关系的整个基础，"他在本质上和做人原则上都是充满同情心的，总是准备着施行人道的行为，但当他被激怒，哪怕是小小的冒犯足够使他激怒，他会以最尖刻的讽刺来报复，直到他的怒气平息下来。因此他的友谊几乎没有什么价值，尽管他热心帮助他人或是为那些他所爱的人提供辩护。然而信任他也总是非常危险的，因为他认为一次吵架就代表着信任关系的破裂，他会泄露朋友们出于信任告诉他的那些秘密。这种做法使得大多数人责备他忘恩负义。"②

---

① Samuel Johnson. *The Lives of the Most Eminent English Poets; with Critical Observations on Their Works; with an Introduction and Notes by Roger Lonsdale, Vol. iii*[M]. Oxford: Clarendon Press, 2006: 104-105.

② Samuel Johnson. *Life of Savage*[M]. Clarence Tracy (Ed.). Oxford: Oxford University Press, 1971: 138.

这种认识加深了我们对约翰逊作为传记家能力的认识。他没有被塞维奇所欺骗,但仍然给予同情和洞察。年轻的约翰逊非凡的才智,博大的胸怀在这一危急时刻表现得非同凡响。他接受塞维奇性格的真相,但他知道这不是整个真相。因为他从各个侧面争辩塞维奇与生活本身以及他周围的人有某种本能的默契。约翰逊在咖啡馆和酒店观察他,看到的是一位在写作、具有创造性的人物,这给他留下深刻印象,并认为是自己未来意欲超过的竞争对手。“他判断准确、思维敏捷并且有着很强的记忆力……他有特别的幸福感,他的注意力非常集中,能够在每一个对象面前,关心最细微的情况。”①

约翰逊也感觉到塞维奇人格中仍然保留着一种善。尽管他表现出种种弱点,常常遭人羞辱,但他的慷慨行为广为人知。如果塞维奇不存在幻想,他不会被生活所困:“无论是对作品还是对人的判断,他都是非常准确的。他主要的收获实际上来自生活实践。”②

可以肯定这也是年轻约翰逊的情况,他的温柔和同情心是如此形象地反映在传记中的“偏爱”。他发现塞维奇最大的优点是心地善良。同情实在是塞维奇最突出的品质,他从不想得利于弱者、攻击无备者、或压迫失败者。任何悲伤的人必定得到他美好的祝愿,当他无法帮助他们摆脱不幸的时候,他也会尽力用同情和温柔使他们平静下来。约翰逊也发现塞维奇有着杰出的才华:在码头、地窖和暖房的偷儿乞丐之间,可以找到《流浪者》的作者,一位有着高贵的感情、广阔的眼界和奇异的观察力的人。此人关于生活的论述可以帮助政治家;他对善德的观点可以启发道德家;他的雄辩可以感动上议院;他的高雅可以美饰宫廷。

约翰逊对塞维奇为什么要获得桂冠诗人的称号,又为什么没有获得的原因做出了种种解释。约翰逊认为《私生子》尽管可能使塞维奇母亲受到刺激或感到羞耻,但不能期望得到她的同情,因此他的温饱问题仍然存在。在这样的情况下,他竭尽全力来获得桂冠诗人的称号,认真准备他的申请,国王宣称他有意把这称号赐给塞维奇。塞维奇的命运就是这样,即使国王有这样的意图,最后还是未能实现。塞维奇没有获得桂冠诗人的称号,对此约翰逊给出了这样的解释:确定桂冠诗人人选是乾布澜(Chamberlain)伯爵附带的工作之一,他要么不知道国王的意图,要么不同意国王的意见,要么认为提名桂冠诗人是对他权利的一种侵害,因此把桂冠诗人的称号赠给了考利·西伯。

---

①② Samuel Johnson. *Life of Savage*[M]. Clarence Tracy (Ed.). Oxford: Oxford University Press, 1971: 136.

塞维奇很失望，就决定向曾经给予他自由和第二次生命的女王申请，在她生日那天发表了一首短诗，题为《自愿的桂冠诗人》。这件事他在附在诗歌前面的信中作了阐述。后来又重新发表在《绅士杂志》上，约翰逊引用了全部内容，因为这是塞维奇先生仅有的几次成功的努力之一。

厄本(Urban)先生，

在您2月份的杂志上，发表了最近的《自愿的桂冠诗人》，写了一件令人忧伤的事件，艺术和文学的王家女恩主，特别是该诗作者恩主的去世。我现在首先寄给您塞维奇先生写的同样题目的作品。——这位绅士，虽然有很大兴趣，在尤斯顿先生去世的情况下，未能获得桂冠诗人的称号，写了如下诗文；女王已把它交给一位书商发表：作者当时没有得到任何一位朋友的介绍，或者使他的诗在宫廷得到阅读；然而这就是女王无以言表的善行。虽然缺乏庆祝的行为，但发表以后没有几天塞维奇先生就收到了50英镑的银行汇单和女王陛下亲切问候的便条；诺思伯爵和吉尔福特伯爵也传达了如下意见：“女王陛下看到这样的诗文非常高兴；她特别划出那些与国王有关的诗行；允许他每年就这同一个主题写一首诗；他每年可以获得类似的礼物，直到有更好的(这是女王的意图)给他。”在这之后，允许他在写给女王的诗中朗诵一首给女王听，有幸吻女王的手，得到最亲切的接待。

自愿的桂冠诗人

诗一首：在女王的生日那天。谨献给女王陛下。

沉闷的月亮消失了几十次
自从希望和乐善好施者调好了我深沉的歌谣曲调
小声说道，您，把我从绝望中拯救，
通过您的微笑，使得我的努力有所价值
用同情的手，拭去一位孤儿的泪，
女王竭尽全力帮助那些没有母亲的孩子。
这将是——

传记家判断某种行为，实际上就是判断行动的意图。“一种行为的道德依赖于我们行动时的动机。如果我给一位乞丐投了半文钱的目的是打破他的头，他捡起来用它买了食物，结果是好的，但至于我的行为就大错特错了。”[①]约翰逊相信判断的心理只有在一个人写自己的行动的时候才能清楚，这也是他为什么更加喜欢自传而不是他传的原因。传记家只能通过自己个人的情感和经历来对传主的行动意图作出主观推测。只有通过主观推测才能判断另一个人的动机或情感。而自传作家对自己的动机有着更确信的了解。在这里，约翰逊也意识到自我欺骗的危险，正如他在“德莱顿传”中所说，“我们不是总是知道自己的动机。”[②]但是，与自传作家相比，传记家显然是在黑暗中摸索。

约翰逊在写作“塞维奇传”的实践中，通过给予某一行为做出合理的解释，提供可选择的动机。而且如果他进行选择，总是倾向于最有可能性的动机。他对麦克雷斯菲尔德伯爵夫人的动机的解释就是其中一例。在“塞维奇传”前面，约翰逊写道：“实际上很难发现是什么动机使得一位母亲对子女自然的爱失去平衡，或是通过忽略或残忍的手段来激发某种兴趣。”[③]他甚至对她有时表现出来的和蔼和慈善感到困惑。大约 30 页之后，约翰逊又回到了这个主题，当塞维奇试图拜访她，被这位伯爵夫人认为是要谋杀她。查问他的母亲有什么样的动机以这种残暴、不可饶恕的方式陷害他是很自然的事情。为什么她能用这些恶意行为、这些诽谤的陷阱剥夺她自己儿子的生命？她的儿子从未伤害过她，从未得到她的抚养和支持，也没有妨碍过她的任何快乐或是利益。为什么她要用一个谎言，一个不能获得信誉、在细察的第一刻就会消失的谎言来尽力摧毁他？约翰逊的回答是：据说只有这样的谎言才可能从她的行为中看出，有时没有明显的诱惑就犯下了最可憎的罪行。[④]

塞维奇先生被判处死刑之后，没有生的希望，除非女王降恩。他的朋友们在非常努力地为他请命。至于遇到何种困难，听来令人难以置信。朋友们的请求却唯独遭到了他母亲的阻挠。为了使女王对他存有成见，这位母亲利用一个省略了时间次序的事件：在塞维奇先生知道自己身世的时候，他持续不断地想要和他的母亲讲话。而他的母亲在公众场合总是回避他，又不让他进入自己的房子。一天晚上，当他习惯地在他母亲居住的那条大街上散步的时候，他看到她房子的

---

① James Boswell. *The Life of Samuel Johnson, LL. D. Vol. i*[M]. New York: The Macmillan Company, 1900: 97-98.

② Samuel Johnson. *Lives of English Poets, Vol. i*[M]. G. B. Hill (Ed.). Oxford: Clarendon Press, 1905: 458.

③④ Samuel Johnson. *Life of Savage*[M]. Clarence Tracy (Ed.). Oxford: Oxford University Press, 1971: 6, 38-39.

大门出人意外地敞开着。他走了进去，在楼道旁没有人阻止他，他就上楼向她问候。在他进入她的房间之前，她就发现了他，以最痛苦的叫喊惊动了全家。当她的尖叫声使家人都聚集在她身旁的时候，她命令他们把这个试图靠近并谋杀她的恶棍赶出去。塞维奇试图以最顺从的温柔来缓和她的狂怒，听到她说出如此可憎的罪名，他慎重考虑，认为还是退出为好。约翰逊认为，在此之后，塞维奇再也没有想要和她讲话。

在对她的虚伪和残酷感到震惊的同时，他想象着她的谎言除了使他不再拥抱和请求她之外，别无他用。他远未想到她会把它珍藏在记忆中，作为将来行恶的工具，或是她会利用这个虚构的攻击来夺取他的生命。当有人请求女王宽恕他，并告诉女王他已经得到法官的严厉对待时，她回答说，对他的审判方式无论是多么不公正，或者他的犯罪行为可以减轻惩罚到何种程度，她认为那个男人不是适合国王宽恕的对象，因为他曾经在晚上闯入母亲的房间，试图谋杀他自己的母亲。

约翰逊不知道这个可怕的诽谤是由谁传到女王那里，是否他母亲捏造的这件事有前因，是否她发现有非常脆弱的人会相信它，堕落的人会赞同她可恶的阴谋。但是让女王相信确有其事的方法是如此有效，以至于女王在很长一段时间内拒绝任何人为他请命。

塞维奇母亲的证词决定了塞维奇的毁灭。然而，约翰逊在这里充满信心地为人性辩护，认为人性中的善一定能够战胜恶。约翰逊写道：塞维奇虽没有获得公正和同情，却使他得到一个支持者，其地位之高，闻所未闻，品德之优秀，难以置信。他的功绩和灾难碰巧传到了赫特福德伯爵夫人那里。她把由同情激起的全部温情和由慷慨燃起的全部热情都投入到支持他的行为中。她要求被女王接见。在女王面前，她展示出他母亲的全部残酷行为，显示出他犯有对他没有任何好处的谋杀罪行的指控是不成立的，并且，很快使女王相信他以前的行为根本不值得用来作为严酷惩罚的理由。这位女士的干预非常成功。此后不久，他便获得保释，并于 1728 年 3 月 9 日，获得国王的赦免。

这位母亲仍然活着，尽管她的预谋经常失败，但也许还享受着回想的快乐。尽管她没有能够把她儿子运往种植园，把他藏在一位技工的店里，或是加快他死刑的执行，她仍然有满足感，她使他的每一时刻都在受煎熬，使他处于危急的关头，而所有这一切都加速了他的死亡。然而，绝对没有必要加重这个女人所作所为的凶恶，来与赫特福德伯爵夫人的行为作对照。约翰逊感叹道：人人都能看到，减轻别人的痛苦比加重别人的痛苦要亲切得多；从毁灭中拯救无辜比对别人造成破坏要亲切得多。

在作品的结尾,约翰逊为塞维奇作了动人的评价,也是为自己所作的评判:

他所受到的谴责——傲慢和憎恨很难被一位具有伟大思想的人所避免,他遭受永久的困难,还要时刻回应被人轻视的压抑,压制富人的傲慢;他身上的虚荣心真应该被原谅……他的行为虽然没有得到正确的评价,但也没有任何聪明的人敢于说,"如果我处于塞维奇的处境,我能够活得或写得比塞维奇好。"

可以说"塞维奇传"是愤慨的年轻约翰逊的一种自我心理分析,写作这部作品的行为是他对自己存身世界憎恨的某种宣泄。书写主体与历史主体的相似性在文本主体中得到体现。他们的相似性可能是性格和气质的,可能是经历和命运的,可能是兴趣和爱好的,也可能是宗教、政治和思想倾向方面的。有了这种相似性就可以缩短书写主体和历史主体之间的距离,他们之间的"对话"在文本主体中就容易实现。

《诗人传》中文本主体的可变性——以"弥尔顿传"为例

杨正润曾以瑞士精神分析学家赫尔曼·罗尔沙赫(Hermann Rorschach,1884—1922)的墨迹测验[①]原理来类比传记中书写主体的个性、需求和动机的投射机制,结果会导致"同一个历史主体,在不同的传记家笔下出现的文本传主可能有所不同,经历和性格都会有不同程度的差异。"[②]而英国伟大诗人约翰·弥尔顿的早期传记正好可以印证该观点。

选择弥尔顿,不仅因为他是英国第一位有同代人为其作传的伟大诗人,更重要的是有关他的传记材料要比18世纪之前任何其他一位有影响的英国诗人都更加完备。塞缪尔·约翰逊的《弥尔顿传》之前,有关弥尔顿的传记有十多篇,其

① 此种测验为赫尔曼首创:他把两侧大致对称,然而是模糊不清和模棱两可的10种标准的墨迹图提供给被测试者,请他们对这些墨迹图进行主观描述。其原理是一个人对墨迹图的描述会将其隐藏在无意识中的欲望、需求、动机和冲突等投射到多解环境中去的倾向。而测试的结果往往是多人对同一张墨迹图有多种完全不同的描述。

② 杨正润.《现代传记学》.南京:南京大学出版社,2009:180.

中5篇出现在17世纪，先后为1681年约翰·奥伯雷的《约翰·弥尔顿先生：生活细节》、匿名的《约翰·弥尔顿传》手稿、1691年选自《牛津大学年鉴》的安东尼·伍德的《约翰·弥尔顿，文学硕士》、1694年爱德华·菲利普斯的《约翰·弥尔顿先生传》（系弥尔顿《国务信札》的引言）、1698年约翰·托兰德的《约翰·弥尔顿传》。到了18世纪，值得提及的弥尔顿传记有1734年乔纳森·理查生的《弥尔顿传和一篇评〈失乐园〉的论文》和1779年塞缪尔·约翰逊的《弥尔顿传》。其中前四篇作者奥伯雷、匿名者、伍德和菲利斯与弥尔顿关系较近。约翰逊曾说过："只有那些和他一起吃饭、喝酒，和他有社会交往的人才能够写有关他的传记。"①确实，他们四位留下的有关弥尔顿生平和性格的记载是无可取代的。而托兰德、理查生和约翰逊的《弥尔顿传》也都提供了关于弥尔顿个性的新材料，与前面四位一起形成了弥尔顿早期传记的权威版本。

在此需要特别说明，关于那篇匿名《约翰·弥尔顿传》的作者到底是谁，学术界存在着争议：1902年帕森斯先生（Mr. Parsons）在编辑该手稿时未能发现真正的作者，只是猜测极有可能是熟悉弥尔顿的内森·帕杰特医生（Dr. Nathan Paget）；② 1932年海伦·达彼赦根据手稿中某些单词拼写习惯推测该作者是弥尔顿的另一位亲外甥约翰·菲利普斯；1957年威廉·拉雷·帕克根据弥尔顿第21和22首十四行诗的抄写版手稿与西里亚克·斯金纳（Cyriack Skinner）在1668—1669年3月23日的一封信的手稿，推断匿名者为斯金纳。而此人也是弥尔顿的学生之一。尽管匿名者的身份存疑，但从手稿中可以推断他是一位重视道德、尊重事实真相之人，且与弥尔顿私交甚好。该作品的首段包含一种吁求，要写作好人的传记。很明显他写作的目的是通过弥尔顿的公共生活和私生活，来美化其性格。公共生活方面，他称颂弥尔顿政治原则的高尚，并以天主教徒斯宾塞的孙子和保皇党派威廉·戴夫南特爵士从监狱获释的事例证明弥尔顿能够公正对待不同教派和党派人士并慷慨给予帮助的高尚品德。"他没有因为自我利益而加入任何党派，因此也没有被任何党派作为敌人加以分离，但是他努力去做任何党派的事情，当他们特别的场合能够提供他根基，他会代表他们出现。"③在私生活方面，匿名者提及弥尔顿尽管平时很节俭，但喜欢买书，对待朋友也非常慷慨并经常接济他们。也正是在公共生活和私生活方面，不同的传记家对弥尔顿有着不尽相同的叙述和阐释。

---

① G. B. Hill (Ed.). *Boswell's Life of Johnson, Vol. ii*[M]. Oxford: The Clarendon Press, 1934: 166.
②③ H. Darbishire. *The Early Lives of Milton*[M]. London: Constable & Co. Ltd., 1932: ix, 30.

弥尔顿的首位传记作家奥伯雷是英国文物学家，他有着很强的社交能力。他对伍德的传记词典工程很感兴趣并醉心于收集名人的趣闻轶事。他对弥尔顿生活细节的叙述为后来者提供了素材。同时，他收集传记材料的方法和执着精神也值得后人效仿。他笔下的弥尔顿，正是非常熟悉和了解弥尔顿的人眼中的形象，而且他本人与弥尔顿也相识，这可以从作品中的行文得到印证："他的个头几乎和我一样高。"①奥伯雷曾经多次拜访诗人的弟弟克里斯托弗·弥尔顿，诗人的遗孀和外甥爱德华·菲利普斯，向他们求证日期、事实和诗人的生活细节，并仔细标注其权威性。从他的手稿中，可以了解到弥尔顿早期学习情况：平时非常努力，经常熬夜至夜间 12 点，或是凌晨 1 点；也提及弥尔顿的大学生活和第一任导师的关系，指出在剑桥，弥尔顿也是非常刻苦的学生，所有的功课都获得了好评，但他遭到了第一任导师查普尔(Chapell)先生一些不友好的对待。可见，在奥伯雷看来，或是奥伯雷从弥尔顿亲属那里听来，错误在导师。这也为后来者约翰逊刻意强化他与导师之间关系埋下了伏笔。关于弥尔顿的性格和爱好，奥伯雷认为："在晚餐或是正餐的时候，他谈话的心情非常愉快，有时也会嘲讽，也会讲些令人开心的幽默话，"②"甚至他在痛风发作的时候也非常快乐，还唱歌。"③从奥伯雷那里，还可以了解到弥尔顿名声很大，他被热情邀请去法国和意大利，外国人很多是来看他的，很多人崇拜他，给他提供升迁或职位。来到英国的一些外国人的唯一诱惑主要是来看护国公和约翰·弥尔顿先生，常常会去参观他出生的房子和房间：他在国外比在国内获得的尊敬要多得多。"他与朋友的交往也非常频繁，"常常有人拜访他，比他期望的要多。"④

奥伯雷和匿名者有关弥尔顿的传记手稿虽然都没有正式出版，但两者相对独立，并为伍德完成第一部正式出版的弥尔顿传记作品提供了基础。根据海伦·达彼赦所说，伍德的作品"将近二分之一是从匿名者手稿中逐字逐句抄来的，大约十分之一是从奥伯雷的手稿中润色而来。"⑤尽管如此，作为一位牛津学者，伍德有着自己的优势和主见。优势体现在他比其他传记作家拥有更加完整的弥尔顿作品列表，他自己可以从作品中进行归纳。对于弥尔顿的政治观，伍德有着自己的主见。与奥伯雷和匿名者不同，他公然控诉弥尔顿与派系结盟。尽管，奥伯雷已经写道："无论弥尔顿反对君主独裁写了什么，并不是出自他对国王本人或是某个派系或是利益的仇恨和敌意，而是出自对人类自由的纯粹热情。"⑥然而，由于伍德与弥尔顿

①②③④⑤⑥ H. Darbishire. *The Early Lives of Milton*[M]. London: Constable & Co. Ltd., 1932: 3, 6, 5, 6, ix, 13-14.

分属不同党派，他开始歪曲事实，并错误阐释其动机。他说，“没有更加错误的词汇来修饰弥尔顿了，”他“做伟大的事情是为了获得名声和财富。”[1]那位匿名者也坚持认为弥尔顿的“付出是为了上帝的荣耀和公众的一些福利”，而伍德对这些不感兴趣。伍德告诉我们，在辩论中“萨尔马修斯受到了极高的赞扬，而弥尔顿则表现出自己的本色。”——这句话是伍德恶意篡改了匿名传记作家的句子：“萨尔马修斯在这里得到了巨大的赞扬，而弥尔顿先生则错误地受到了诽谤和中伤。”[2] 正如我们所见，伍德的省略正如他的修改一样可以说明问题。伍德的政治偏见使得他对弥尔顿的评价有失公允，也给弥尔顿的声誉带来了负面的影响。

爱德华·菲利普斯是弥尔顿的外甥，也是他的学生。他的《弥尔顿传》作为《国务信札》的前言部分，在长度上是匿名者的两倍，匿名者的又比伍德的长，而奥伯雷的最为简短。所以爱德华的《弥尔顿传》比前三者都要完整和详细。尽管有些日期不值得信赖——他把弥尔顿的出生年份写错了，把 1608 年写成了 1606 年，死亡年份 1674 年写成了 1673 年——但是，他对地点的记忆非常准确。约翰逊博士评论道：“他的传记作家们非常尊敬弥尔顿，他住过的每一处住宅都有提及。”[3]这也是爱德华·菲利普斯的功劳，使得后来的传记家们能够挖掘不同地方的诗人事迹。他也介绍了一些弥尔顿的朋友，特别是戴维斯先生的女儿们，否则我们也不会知道，当弥尔顿的妻子抛弃他的时候，他计划与戴维斯先生的女儿们中的某一位结婚，“一位非常美丽、智慧的淑女，但是，据说，对这一请求不太乐意，”[4] 在弥尔顿做教师的早期，他和阿尔弗雷先生和米勒先生时不时地举行聚会。也是爱德华无意中向我们透露，弥尔顿无与伦比的勤奋、慷慨的气质、节俭和有节制的生活。可以理解，外甥为舅舅作传，尊重和赞颂是该传记的基调。

诗人的下一位传记家是约翰·托兰德。他与弥尔顿并不相识，但是他紧紧沿着前面传记家的足迹前行。他认识奥伯雷，他通读爱德华·菲利普斯的作品，与约翰·菲利普斯交谈，从弥尔顿的一位抄写员和他的遗孀那里了解到一些细节之处。托兰德是《基督教并不神秘》的作者、自然神论信仰者和自由思想家，他也是弥尔顿政治作品的热情崇拜者。在去世之前，他在自己的墓碑上称自己是“真理的捍卫者、自由的维护者，这里有一位追随者或践行人。”[5] 正是这样一位性格的人，他发现弥尔顿有着类似的精神。他的“弥尔顿传”作为诗人首部散文

---

①② H. Darbishire. *The Early Lives of Milton*[M]. London: Constable & Co. Ltd., 1932: 27.
③④⑤ Ibid., xiii, xiv, xxviii.

作品集的前言于1698年出版。他的叙述主线是沿着爱德华·菲利普斯的作品，偶尔参考一下伍德，但是他把更多的空间给了政治事件。他从自己的角度来审视这些事件，他更加自由和大量引用弥尔顿的散文和诗歌——实际上是从他的出发点来显示他喜爱的弥尔顿——一位自由和自由思想的捍卫者。他带着自己的偏爱来评价，“显示自由和暴政的不同效果是他《失乐园》的主要计划。”①另外，他也提及弥尔顿给予其他作家的慷慨指导和帮助。

18世纪前半叶，弥尔顿的名声越来越大，他的作品不断有新的版本出现，他的传记也是经常被人撰写。其中有些是充斥着溢美之词的颂词，没有提及什么新的信息，但值得提及的是画家理查生。他能够竭尽全力询问弥尔顿的后人和相识之人，提供了一些新的细节。因为理查生是画家的缘故，他的作品，在人物描写过程中，喜欢用画家的笔法通过色彩、运动、线条等手段来勾勒人物形象。他甚至注意到弥尔顿眼睛的颜色倾向于蓝色，而不是深色。他对弥尔顿姿态以及一些生活场景的描述惟妙惟肖，近乎传神：“其他的故事我听到有关他口述的时候的姿势——他身体向后斜坐在一舒适的椅子上，一只腿悬在椅子扶手上。”② 他虽然不认识弥尔顿，也没见过他，但幸运的是他认识几位与弥尔顿熟识的人。由于个人对于弥尔顿的崇拜和尊敬，他记录了许多生动的场景和微小的细节，为我们呈现了一位鲜活人物。通过理查生的眼睛，一位画家的眼睛，我们看到由于失明，“弥尔顿由经营小不列颠旧书店的书商梅林顿(Millington)带领着在街上走路。”③那个时候这位书商给弥尔顿提供了住宿。我们也看到“弥尔顿在寒冷天气下穿着灰色驼毛呢上衣”，“在暖和的阳光明媚的时候会穿着灰色粗布上衣坐在邦希田园(Bun-hill Fields)附近的房子外面呼吸新鲜的空气。”④

然而，18世纪文坛领袖约翰逊的《弥尔顿传》中所描述的弥尔顿在气质、习惯和性情上都不同于其他早期传记家。海伦·达彼赦曾经对弥尔顿早期传记作了归纳：“早期的传记家们的弥尔顿形象要和蔼可亲得多：在公共辩论的时候他可能是严厉的、粗俗的和冷酷的，但是在私下生活中他的朋友和亲戚所知道的是另外一个不同的人——有文化、有教养、慷慨、适合做朋友、言辞诙谐、温和的、爱好音乐和佳句、爱好安静和享有与感情深厚的聪明同伴交往的所有乐趣。这是

①② H. Darbishire. *The Early Lives of Milton*[M]. London: Constable & Co. Ltd., 1932: 182, 291.
③④ Ibid., 203.

早期传记家所熟悉的,在他们的书中存活的弥尔顿。"[①]然而,在约翰逊所作的《弥尔顿传》开篇,作者就不遗余力地显示年轻的弥尔顿作为一个"异化了"的人物,一位"流浪者"的形象。约翰逊首先在弥尔顿的大学时代发现影响他一生的非常重要的线索,就是"弥尔顿没有多少朋友。"[②]虽然对于大学这段时间,约翰逊知之甚少,只有少数有事实依据的传记材料。实际上,约翰逊的措辞暗示了他只是一种推测:有理由怀疑他在学院里不太受人喜欢。约翰逊把这种"不太受人喜欢"戏剧化。根据伯根·伊万斯的研究,约翰逊可获得的传记材料很少:弥尔顿就像其他先前的同学一样,挑起一位老师的不愉快,真的被抽了鞭子。[③] 但是,约翰逊以戏剧表演的语气故意拉长:"我羞于讲述恐怕是真实的一件事,就是弥尔顿在大学里面是排名靠后的学生之一,曾经当众受到过体罚。"[④]接着,约翰逊就讲述了弥尔顿下乡生活的故事。对此,对他充满敌意的人提出他是被学校开除的,在这一点上,弥尔顿持续否认,很明显这不是真的。但是从他自己写给查尔斯·迪奥达提(Charles Diodati)的诗歌来看,似乎很明显他暂时离开学校到乡下去可能损失了一个学期时间。约翰逊引用弥尔顿关于下乡这个主题的诗歌,抓住了其中的句子:他厌倦于忍受"一位严厉老师的威胁,以及其他一些事情,如像他这样的脾气。"[⑤] 约翰逊推测,比威胁更甚的可能就是体罚了。这首提及他流放的诗同样可以证明下乡不是长久的事情,因为它的结尾是决定在某个时间会回到剑桥。这里,约翰逊通过引用弥尔顿的诗歌,把下乡(rustication)升格为流放(exile)。然而,约翰逊在这里最感兴趣的不是流放本身,而在于弥尔顿愿意使他流放的记忆永存的目的是让他感觉不到羞耻。这样可以推断弥尔顿有以自我为中心并且喜欢与他人孤立的意识。

对于约翰逊来说,友谊是年轻人与社会融合最确定也是最自然的标记。约翰逊在后文中非常仔细地暗示了弥尔顿的朋友很少。例如,约翰逊有关弥尔顿材料来源之一约翰·托兰德曾经谈到查尔斯·迪奥达提是弥尔顿"亲密的朋

---

① H. Darbishire. *The Early Lives of Milton*[M]. London: Constable & Co. Ltd., 1932: lxi.

② Samuel Johnson. *Lives of the English Poets*, *Vol. i*[M]. G. B. Hill (Ed.). Oxford: The Clarendon Press, 1905: 88.

③ Bergen Evans. *Dr. Johnson as a Biographer*. *Ph. D. diss.*[M]. Harvard University, 1932: 62-63 & 167.

④⑤ Samuel Johnson. *Lives of the English Poets*, *Vol. i*[M]. G. B. Hill (Ed.). Oxford: The Clarendon Press, 1905: 88, 89.

友,"①并说弥尔顿"因为失去最亲密的朋友和校友而悲痛了很长时间,"②但约翰逊对他们之间的友谊到底有多深未作说明,只是简单介绍了弥尔顿欧洲旅行回来之后听到朋友查尔斯的死讯,为他写了一首题为"达蒙的葬礼"(Epitaphium Damonis)的诗歌,并评价这是一首"孩子气的模仿田园生活"的诗歌。弥尔顿另外一首写给一位被淹死的朋友的诗"利西达斯",也遭到约翰逊的批评,认为该诗既没有自然,应该也没有真理,也没有艺术,因为没有什么是新颖的。该诗的形式是田园诗:简单,粗俗,因此令人厌恶。同时,该诗也未能够作为特殊友谊或是亲密关系的证明。约翰逊很少描写弥尔顿与其他人在一起的情形,传中只有一处,还是"在一位隐士的陪伴下,他从罗马来到那不勒斯。"③

弥尔顿作为一个自我有意识地与他人孤立并自认为理直气壮的形象在传中普遍存在。约翰逊不遗余力地给出详细的情况来说明传主这一形象。约翰逊首先在弥尔顿的家族史上发现一个不太明显但影响他一生的非常重要的线索:就是他的父亲由于违背了自己家庭成员的天主教信仰,改信英国国教,而被取消了继承权,可以说是被家庭所抛弃了。约翰逊在后文中时常提到这位被取消继承权的父亲与传主的关系:例如大学毕业之后他回到他父亲的住处,一起生活了5年;他获得父亲的同意,去欧洲游学;他的父亲在雷丁(Reading)被艾克塞斯占领以后,就来到他的住处和他一起生活;弥尔顿听从他父亲的建议,选了房子来为他提供住宿,等等。另一方面,约翰逊也仔细把弥尔顿和他的兄弟克里斯托弗区别开来,但开篇以后就很少提及。福尔肯弗利克(Folkenflik)注意到:约翰逊在《诗人传》中很少提及传主的兄弟姊妹,更不用说描述他们的重要性。例如在谈到阿斯卡姆母亲的时候,约翰逊只写道,"她有3个儿子以及一些女儿,罗杰是最小的一位;但是她希望自己不止一个孩子能够值得提及。"约翰逊对罗杰的兄弟姊妹只字未提,尽管约翰逊有关阿斯卡姆的材料来源于爱德华·格兰特(Edward Grant)的《阿斯卡姆传》,其中还提及了三个男孩的名字。即使在"范顿传"和"汤姆森传"中,约翰逊发现传主和一位姊妹的关系能够有助于彰显传主的仁义之心,他也未提及姊妹的名字。福尔肯弗利克认为,在维多利亚时代或是我们后弗洛伊德时代,这样处理传主的兄弟姊妹并不十分引人注目,但是在约翰逊之前或是同时代却不是这样。17和18世纪传记家正常的程序是给兄弟作出简

①② H. Darbishire. *The Early Lives of Milton*[M]. London: Constable & Co. Ltd., 1932: 88, 96.

③ Samuel Johnson. *Lives of the English Poets*, *Vol. i*[M]. G. B. Hill (Ed.). Oxford: The Clarendon Press, 1905: 96.

短的叙述,也可给出姊妹的名字或是只是提及他们存在。那个时候男性偏见禁止提及姊妹,这在当时的传记中普遍存在这样的痕迹。就像约翰逊在"艾迪生传"中提到艾迪生"只留下一个女儿"①,连名字也没有提及。这样的做法与妇女地位低下以及结婚后不能继承家族姓氏等因素有关。

唯一的例外就是"弥尔顿传",约翰逊提到弟弟克里斯托弗和姐姐安妮的名字并有简短的叙述:克里斯托弗学习的专业是法律,坚持依附国王的党派,正如法律规定他这样做的一样,所以有一段时间受到了压迫,但是在哥哥的帮助下,克里斯托弗在他那里安静地过上一段日子,他通过做法律顾问体面地养活自己。不久,詹姆斯国王继位,他被封为骑士,成为一位法官。但是他的身体太弱,不能正常工作,在有损于名誉的顺从成为必要之前就退休了。弥尔顿的姐姐安妮嫁给了一位非常有钱的人,爱德华·菲利普斯,他来自西鲁兹布里(Shrewsbury),官至国王办公室排位第二的职员。他们生了两个儿子,约翰和爱德华,他们都接受了诗人弥尔顿的教育,也是从他的外甥那里,人们才能获得有关弥尔顿在家中行为表现的唯一真实叙述。约翰逊在这里也提及他的弟弟,讲述他的弟弟仍然坚持法律和责任的主流倾向,从而可以衬托弥尔顿在他的家庭里面也是另类。而提及姐姐的原因且留在后文进行叙述。

弥尔顿开始教育他两个外甥的时候,他先在圣·布莱德教堂庭院内一位裁缝家里租了一个住处,发现他的房间太小,又在阿尔德盖特街找了一处带有花园的房子,在那个时候这条街道不像现在远离尘世,还是比较热闹的。他在一条通道的最末端选择了自己的住处,这样他就可以远离街道的噪音。由此可以发现,约翰逊浓墨重彩,目的是证明弥尔顿试图尽可能地与外界隔离,而这一形象与有关弥尔顿的早期传记存在很大不同。

约翰逊笔下成年的弥尔顿也有同样的习惯。他几乎没有朋友,实际上,他与别人打交道就是反对他们。传记的中间部分主要列举了他所反对的人和机构:1641年,他出版了有关改革宗教的两卷本书,反对英国国教。同年,弥尔顿发表"高位圣职的主教制度",来反对五位牧师,他们的名字首字母构成一个单词Smectymnuus。1642年,他发表了"教会政府鼓励反对高级教士的理由",其中采用了清教徒式的野蛮方式。同年,他还发表了两部小册子就同样问题回击他的反对者之一。

① Samuel Johnson. *Lives of the English Poets, Vol. ii* [M]. G. B. Hill (Ed.). Oxford: The Clarendon Press, 1905: 28.

弥尔顿这样的性格深刻地影响了他的婚姻观、政治观和宗教观。约翰逊在布道词中曾说过婚姻是友谊的永恒形式。他认为弥尔顿在婚姻问题上所经历的困难显示他不能够享受生活所允许的最亲密关系带来的快乐,而且婚姻并没有给他带来多少幸福。35岁那年,弥尔顿和牛津郡和平法官帕尔(Powel)先生的女儿玛丽结婚。弥尔顿把她带到镇上,期望着婚姻带来美好生活。然而,这位女士似乎对节俭的饮食和勤奋的学习不感兴趣。正如弥尔顿外甥菲利普所说,"玛丽过去在家习惯住大房子,有许多同伴和欢乐。大约过了一个月哲学式的生活,她的朋友,有可能是出于她自己的意愿,诚恳地提出希望她能够和他们一起度过剩下的夏日。在她答应会在米迦勒节回来的情况下,弥尔顿同意了。"①约翰逊试图解读传主性格的谜团,认为弥尔顿太忙碌了而没有太多的时间思念自己的妻子;他继续他的研究,时不时地拜访一下他曾经在一首十四行诗中提及的玛格丽特·莱(Margaret Leigh)女士。等米迦勒节到了,玛丽女士却没有回到她丈夫那个阴沉昏暗的居所的想法,因此,她就非常乐意忘记自己的誓言。弥尔顿给他妻子寄送了一封信,但没有收到回信。他又寄了几封,但都是同样的结果。当时无法证实这些信件是否都被送至玛丽本人。因此,弥尔顿又派了一位信使,可能这次是因为自己心中有怨气而没有亲自去。玛丽的家庭曾获得骑士勋章,弥尔顿的信使必然受到藐视而无果而归。约翰逊紧紧抓住弥尔顿的性格特点,认为像弥尔顿这样的人,比这轻微的冒犯都有可能激起他强烈的憎恨。弥尔顿很快就决定对她的不顺从进行批判。1644年,他发表了《离婚的信条和准则》,接着又是《马丁·布瑟有关离婚的判决》。第二年,他又发表《泰特克顿》(*Tetrachordon*),讲述《圣经》中四处主要有关婚姻处理的问题。在这些作品中,他阐明了支持离婚的观点,指出不和谐的夫妻生活双方都非常痛苦。后来约翰逊很确定地解释弥尔顿"可能爱她并不很深,"或是弥尔顿这个人在性情上就不适合结婚,他对婚姻,特别是有关离婚的观点充分说明他是一位以自我为中心的人,一位"总是轻视他人的人"。而约翰逊有关离婚的观点:"对于婚姻契约,除了男人和妻子,还有第三方——社会。如果婚姻被认为是一种向上帝的誓言,那它不能只是有夫妻双方的同意就可解除了。"②在为离婚辩护的时候,弥尔顿确实忽视了社会的权利,只是强调他自己的欲望和爱好。关于婚姻,约翰逊还有一个观点也是针对弥尔顿的:他所有的妻子都是处女,因为他宣称他认为成为

---

① Samuel Johnson. *Lives of the English Poets, Vol. i*[M]. G. B. Hill (Ed.). Oxford: The Clarendon Press, 1905: 105.

② G. B. Hill (Ed.). *Boswell's Life of Johnson, Vol. iii*[M]. Oxford: The Clarendon Press, 1934: 25.

第二任丈夫会感到不快和尴尬。至于他选择结婚对象是否有其他原则不为人知，但可以肯定的是婚姻没有给他带来多少幸福。第一位妻子厌恶地离他而去，只有在被威胁的时候才回来；第二位，实际上是他最喜欢的，但她的命不长；第三位，正如菲利普斯所说，“在他有生之年，压迫他的孩子们，在他死后，欺骗他的孩子们。”①约翰逊自己和一位布商遗孀结婚，自己对于弥尔顿结婚对象的选择原则持反对态度，这也是弥尔顿不愿意与他人交往的一个例证，甚至是连那些已经离世的人（女人的前夫），他也感到不安全。而且，约翰逊提及弥尔顿的姐姐，第一次嫁给菲利普斯先生，后来嫁给她前夫的一位朋友阿加（Agar）先生，接替了菲利普斯先生在国王办公室的职位。她和第一任丈夫生了两个儿子，和第二任丈夫生了两个女儿。这可能也是约翰逊为什么特别提及传主姐姐的名字和家庭情况的原因。

约翰逊相信，弥尔顿的政治观也是一样，对于他人的权利和期望很少注意，反映了他自己高傲自大的优越感：“弥尔顿的共和主义，我恐怕，是建立在如下基础之上的，那是对伟大带有妒忌心的憎恨，对独立持有不温不火的欲望，对控制拥有不耐烦的烦躁，以及对优越又有轻蔑的傲慢。”②在政治社会中，他憎恨国内的僧人和教会里的教士，因为他憎恨所有他需要服从的人。约翰逊怀疑，主导弥尔顿的欲望可能是摧毁而不是建立权威，以及他对自由的热爱还不如对权威的厌恶程度深。正如在他大学毕业后，考虑是否加入基督教新教成为一名神职人员的时候，他对“顺从的思考，无论是教会的还是民间的，都会激起他的愤慨。”③约翰逊进一步暗示弥尔顿就像所有的共和党人一样，他们提倡普通大众的自由，但是他们很少在意普通民众的需求和观点。例如，在为谋杀查尔斯一世辩解时，弥尔顿并没有和普通民众的步调一致。行刑“毫无疑问并没有征求人民的同意，”约翰逊告诉鲍斯威尔，“我们知道当查尔斯二世复辟的时候人们有多快乐。”④约翰逊显示，无论弥尔顿如何绝望地反对人们的意愿，都是以失败而告终：“无论弥尔顿能够写什么或是做什么，国王现在在普通民众不可抗拒的意愿之下复辟了。”⑤这个时候，弥尔顿不再是秘书了，只能离开他的办公室，评估自己作品的重要性及其带来的危险，他认为最好还是找个避难处。他在韦斯特·

---

① Samuel Johnson, *Lives of the English Poets*, *Vol. i*[M]. G. B. Hill (Ed.). Oxford: The Clarendon Press, 1905:131.

②③ Ibid., 157.

④ G. B. Hill (Ed.). *Boswell's Life of Johnson*, *Vol. ii*[M]. Oxford: The Clarendon Press, 1934: 370.

⑤ Samuel Johnson. *Lives of the English Poets*, *Vol. i*[M]. G. B. Hill (Ed.). Oxford: The Clarendon Press, 1905: 126.

史密斯菲尔德(West Smithfield)的帮助下，在巴斯勒缪小巷(Bartholomew Close)躲藏了一段时间。

约翰逊以同样的方式描述弥尔顿的宗教观点和实践。弥尔顿从来不在公共场合祷告。尽管他经常表达神学观点，但是他自己从不完全参与任何一个宗派："他的神学观据说先是加尔文教派。后来，也许在他开始憎恨长老会成员的时候，他开始转向亚米念主义。……他决定的是去谴责什么，而不是去认同什么。他从来没有与新教的任何一个分支建立联系。我们宁愿知道是他不是什么，而不是他是什么。他不属于罗马教堂，他也不属于英国国教。"①弥尔顿总是反对，很少同意。这一倾向不仅限于神学辩论，对约翰逊来说，这里回应了他先前所说弥尔顿从来不通过赞扬的方式把自己与他人联系起来："很少有人写了这么多，但其中的赞扬却如此少。他对于赞扬非常吝啬。"②弥尔顿逃避任何联系，包括教堂、学院、普通人的政治社会和婚姻，弥尔顿把自己排除在所有这些把人聚集在一起的机构和制度之外。

通篇来看，约翰逊抓住每一个机会来显示，作为与外界社会隔绝的结果，弥尔顿变成一位真正以自我为中心的人，自信于自我满足，判断标准只看他自己一个人。在谈到弥尔顿准备充足地提出赞成离婚这个观点的原因时，约翰逊说，不是简单地因为他不顾社会的利益，而是因为他很容易找到论据来为自己的爱好辩解。例如，他成为长老会的一名敌人，但是以前他是喜欢长老会的。"他热爱自己比真理更甚。"③

为什么约翰逊不遗余力地展示弥尔顿是多么与众不同呢？其目的不仅是为了告诉读者相关事实，还是要解释弥尔顿在写作不同题材文学作品时获得成功和失败的原因。除了《失乐园》之外，约翰逊论证弥尔顿与他人关系疏远使得他以自我为中心，有时表现得洋洋自得，而这些特质促使他写作并满足于那些自我为中心的、和真正经历无关的、普通人不感兴趣的内容。弥尔顿在写作诗歌时，他从来不会为了让读者满意或是吸引他们的注意力而感到压力。如此一来，约翰逊似乎相信弥尔顿大部分诗歌证实了诗人的性格与作品性质的联系。

在写到弥尔顿诗歌风格的时候，约翰逊发现弥尔顿的诗歌语言有种刚性，他个人的古怪阻止他适应材料和观众变动的需求。约翰逊抱怨"弥尔顿的风格不

---

①②③ Samuel Johnson. *Lives of the English Poets*, *Vol. i*[M]. G. B. Hill (Ed.). Oxford: The Clarendon Press, 1905: 155, 94, 106.

因主题不同而得到调整。"①例如,《失乐园》中所显示的风格也存在于《科马斯》中。这种独特风格很可能是受到他非常熟悉的托斯卡纳诗人的影响。他经常选用意大利语词汇,有时也会使用其他语言。弥尔顿的智力也影响着他对世界的经验观察:无论他的主题是什么,他都能够充分发挥想象力。但是他的意象和场景描写,或是对自然的描绘,似乎总是不能从本原的样子出发,也没有那种新鲜、保持原味和即时观察的能力。他观察大自然,正如德莱顿所表达的,"是从书本上描绘的壮观场面得来的。"② 在弥尔顿选择无韵体写诗时,约翰逊认为,弥尔顿又一次为自己的爱好辩解,佐证他采用的没有韵律的英文英雄体格式在意大利诗人的作品中有许多先例。英国也有一些诗人,如萨里伯爵就采用这种没有韵律的格式翻译了维吉尔的一本书;除了悲剧作品,还有一些短诗也用了无韵体。"弥尔顿发现无韵体要比韵律诗容易,就安慰自己用无韵体要比押韵诗好。"③ 约翰逊认为,弥尔顿的选择再次暗示了他忽视或者也许是轻视了他的读者。英语英雄体诗的乐感很微弱,很容易被人们忘记,除非每一行的所有音节互相配合。只有少数经验丰富的读者能够察觉到诗行的结尾或是开头。弥尔顿称之前的意大利无韵体诗人没有一位能够被人们所熟知。由此可见,约翰逊认为弥尔顿作为作家,很少考虑他的受众。结果也很明显,无韵体诗很难给读者留下深刻印象。

约翰逊对弥尔顿的措辞也进行了批评,认为他的措辞原则在他所有作品中都是一致的,他的词语表达在先前的作家的作品中很难找到相似的地方,他的措辞"离日常生活中所使用的意思如此之远,以至于学问不深的读者第一次打开书本时会感到非常惊讶,发现这是一种新的语言。"④ 约翰逊在"德莱顿传"中解释了为什么弥尔顿的这种措辞风格需要批评的原因:"太熟悉或是太生疏的词都会挫败诗人的创作激情。我们对在不大的或是粗俗的场合所听到的声音,很难能产生强烈印象,或是获得令人愉快的意象。对于我们来说,陌生的词汇无论在哪里出现,我们的注意力都会集中在它们身上,而不是它们所描述的事件上。"⑤ 在措辞方面,约翰逊又把弥尔顿看作只注意到自己的诗人。这一趋势还表现在弥尔顿使用外国的习语和模式。他远离身边的世界,忽视了自己本国语言的标准和惯例,而在希腊和罗马、法国和意大利等外来文化中寻找词汇。约翰逊认为,

---

①②③④⑤ Samuel Johnson. *Lives of the English Poets*, *Vol. i*[M]. G. B. Hill (Ed.). Oxford: The Clarendon Press, 1905: 190, 178, 192, 189-190, 420.

他的"任性的学究式的"风格是他"使用英语单词还附带一个外国习语"[①]的欲望之产物。

考虑到弥尔顿众所周知的偏见,约翰逊在《漫游者》中写道,"弥尔顿似乎有点错误理解了我们语言的性质,其中主要的缺陷是粗犷和严格,使得我们本来严格的韵律变得更加严格。"[②]由此可见,约翰逊并没有把弥尔顿置于英国文学传统之中。在约翰逊的意识里,弥尔顿还是作为一位局外人,一位自我寻求放逐的人。在其批评语境下,句子中的"我们"就是把弥尔顿从这个大家庭中排除出去,把他从英语文学传统中自愿放逐。例如,约翰逊在"德莱顿传"中说,德莱顿的诗歌"比沃勒的有更多的音乐,比德纳姆(Denham)的更有生机,比考利的更自然。与他的同辈人相比,他的地位没有危险,因为他处在最高的位置。"[③]对此,托马斯·沃顿回应:"那么弥尔顿到哪里了?"[④] 弥尔顿并没有被约翰逊所遗忘,他太与众不同了,所以不能包括在其中进行比较。

约翰逊把弥尔顿与其他作家,以及他的读者分隔开来。这样做能够为约翰逊在评论诗歌的时候提供便利。最明显的例子就是他把弥尔顿除了《失乐园》之外的诗歌都称为"次要的诗歌"。简单回顾这些"次要诗歌"的评论可以看出约翰逊如何把弥尔顿的个性与其艺术结合起来进行评论的。尽管他认为弥尔顿的拉丁文诗歌是"优雅的",他宣称它们缺乏"情感的活力"和其他富于人性的特质。[⑤]对于弥尔顿的十四行诗,约翰逊认为这些诗不值得"任何特别的评论",只是评价了把真正意大利形式适应英语语言韵律的难度。[⑥]实际上,弥尔顿的十四行诗都是个人作品,其中有哀叹自己的失明、妻子的去世等,也有一些标题可能与约翰逊的观点相违背的作品,如"致我的朋友亨利·路易斯……"和"我信奉基督的朋友卡瑟琳·汤姆森夫人有关宗教的回忆"等。在传记中,有关他朋友这方面的信息,约翰逊不愿意承认,也不愿意显示,因为这些信息明显与弥尔顿先前的形象不一致——弥尔顿并非没有朋友,他次要的诗歌并非缺乏"情感的活力"。

约翰逊在评价弥尔顿更加重要的诗歌时,也持同样的观点。当他解释《科马

① Samuel Johnson. *Lives of the English Poets, Vol. i*[M]. G. B. Hill (Ed.). Oxford: The Clarendon Press, 1905: 190.

② W. J. Bate and Albrecht B. Strauss. (Ed.) *The Yale Edition of the Works of Samuel Johnson, Vol. iv*[M]. New Haven: Yale University Press, 1969: 102.

③④⑤⑥ Samuel Johnson. *Lives of the English Poets, Vol. i*[M]. G. B. Hill (Ed.). Oxford: The Clarendon Press, 1905: 464-465, 465n, 161, 169.

斯》在戏剧性方面的不足时，他说：弥尔顿不可能在戏剧写作方面取得卓越成就，他只是大体上了解人性，从来没有研究过人物性格的阴暗部分，或是阴暗与明亮部分同时存在或是对立情感的复杂性。“他阅读了大量的书本，知道什么样的书能够用来教育；但他对人世间的直接经验不多，缺乏对于通过交换和协商而获得的经验。”①这样的诗人可能在写作挽歌的时候会遇到一种特别的困难。1637 年弥尔顿在写作《利西达斯》的时候，选择了挽歌的形式，是为了纪念金先生——爱尔兰约翰·金爵士的儿子。金先生那个时候在剑桥受到人们的厚爱，许多智者联合起来一起悼念他。《利西达斯》受到了很多好评，然而约翰逊提出批评，认为这首诗的措辞严厉，韵律不确定，节奏不明朗。那么，其中的美必须在情感和意象方面来寻找。然而它又没有真实情感的流露，因为情感不是跟随遥远的典故或模糊的观点而流露的。情感就如同不能在桃金娘和常春藤上采摘浆果一样，也不是拜访林仙泉（Arethuse）和米尼克河（Mincius）即可获得，更不是讲述一些不确切的半人半羊的森林之神和农牧之神即可获得的，因为只要那里有闲暇来虚构，那里就很少有悲伤。约翰逊接着在诗歌意象方面进行详细的批评：在这首诗中没有自然，因为其中没有真理；也没有艺术，因为其中没有新的内容。它采用的是田园诗的形式：简单、粗俗，因此，令人生厌；它能够提供的无论什么意象都是很久以前就已经穷尽了的；它内在的不可能性总是不能令人满意。考利曾经告诉一起学习的赫维（Hervey），很容易让人想到弥尔顿有多么怀念一起劳作的同伴和一起探索的伴侣。但是如下诗行中能够引出什么样的温柔意象？

> 我们一起在田野上追逐，彼此都能听见，
> 什么时候灰白色的苍蝇吹起她性感的号角，
> 利用夜晚新鲜的露珠来养肥我们的羊群。

我们知道他们从来没有一起在田野上追逐，他们也没有羊群要养肥，尽管这里代表的可以是具有寓意的，但是其真实的意义却不确定，而且显得很遥远。在羊群中、杂树林里和花丛中出现了无宗教信仰的神——朱庇特和太阳神菲比斯、海神尼普顿和风神伊俄勒斯——有着一长串神话意象，这是一个学者很容易想到的。这样的诗行只显示了他知识渊博，却没有讲述一位牧羊人如何失去他的

① Samuel Johnson. *Lives of the English Poets*, *Vol. i* [M]. G. B. Hill (Ed.). Oxford: The Clarendon Press, 1905: 189.

同伴，必须独自喂养他的羊群。这样的悲伤无法引起同情，对他的赞扬也就不能给予尊重。[①] 由此可见，约翰逊暗示弥尔顿的天才和经验似乎没有赋予他写作此类诗歌的能力。弥尔顿选择用田园诗的形式来写这一挽歌，导致约翰逊说成“在活着的世界，没有认识的人”。[②]

约翰逊竭力批评弥尔顿《利西达斯》中的风格、体裁、措辞和意象等的真实意图与他把这首田园诗式的挽歌作为反映弥尔顿自我为中心的个性相关。实际上，弥尔顿对于为他人写颂词缺乏兴趣，对读者的欲望也缺乏关心。读者都希望通过诗歌主人公生前行为或死后影响在道德上和社会上吸取有益教训。约翰逊认为《利西达斯》最终更多的是关于弥尔顿自己，而不是其他人。他相信弥尔顿没有必要但却有意吹捧诗歌的艺术只是为了在读者意识前景中显示自我及其诗歌天赋。正如约翰逊评价考利及其诗歌一样，考利缺乏社会经验，以一种他从未体验过的方式假装去爱。弥尔顿的这首诗也是作者为了纪念一位自己几乎不了解的人、为了自己几乎没有关注过的读者，而且是用一种对大多数人都感到恶心的风格和体裁在作诗。如此一来，《利西达斯》关注的只是作者本人，在此，约翰逊展示了弥尔顿游离于他人的后果。

约翰逊对弥尔顿的《快乐的人》和《忧郁的人》作出积极的评价，认为其中的观点是一致的：阅读它们，每个人都会感到非常愉快。这两首诗都描写了远离尘世生活、与他人保持距离的人：快乐的人早晨听云雀在啼鸣，忧郁的人夜晚听夜莺在歌唱。快乐的人看到公鸡趾高气扬的步态，听到号角和猎犬在林中的回声；然后走过去观察正在升起的太阳的光辉，或是听挤奶女郎在歌唱，看耕田人和割草人在劳动：然后把他的目光投向许多笑容满面的场景，眺望远处的高塔，一些美丽人儿的住处；这样他通过白天的劳动或是嬉戏追寻乡村的快乐，晚上就通过别出心裁地记叙迷信的愚昧来娱乐自己。[③]这样的人这一天都是在观察，不是在与他人交往。描述这样一位人类生活的旁观者，通过风景画、文学罗曼史（远处的高塔，居住着一些美人）的棱镜来关照生活，以及通过书本的眼镜来看自然等，约翰逊认为这些都是弥尔顿的特殊才能。

约翰逊对《忧郁的人》中的主人公的描述能清晰地看出弥尔顿的能力更加适合写作这类主题。这位“忧郁的人”更加接近约翰逊所创造的文本主体弥尔顿。约翰逊说道，“这位忧郁的人在人群中从来不会迷失自己，但他常常选择走进修

①②③ Samuel Johnson. *Lives of the English Poets*, *Vol. i*[M]. G. B. Hill (Ed.). Oxford: The Clarendon Press, 1905: 164, 4, 166-167.

道院或是去大教堂。"这位忧郁的人有时"深夜孤身走进林间沉思,有时倾听晚钟沉闷的声响。如果天气原因,让他回家,他就坐在余火还在发光的房间内,或者是在孤灯旁,向外看着北斗星,来发现分离了的灵魂栖息地,通过细心观察悲剧或史诗中壮烈或可悲的场景来改变冥想的明暗。清晨时刻,下雨刮风,令人沮丧,他走进黑暗的、没有足迹的森林,在潺潺溪水旁睡了一觉,带着忧郁的热情希望能够预测一些梦想,或有精灵演奏一些音乐。"[①]毫无疑问,约翰逊把《利西达斯》的失败和《忧郁的人》的成功联系起来:在后者中,弥尔顿需要创造一位主人公,而他自己孤独的和隐居的经验给予了他令人信服的方法。约翰逊不仅显示了《快乐的人》和《忧郁的人》适合弥尔顿的天赋,而且在主题和形式上,也是弥尔顿所擅长的。这也许是约翰逊对于这两首诗为何成功所做的最有启迪作用的解释:"快乐和忧郁都寄居在孤独寂寞的心中,它们既不接受也不传递交往;因此,更不用提及一位哲学朋友或是快乐的同伴。严肃性没有从遭遇灾难中升起,欢乐也没有从酒的快感中产生。"[②]这两首诗没有把它们的讲述者置于戏剧式的对话环境中,却把叙述者与自然、叙述者与自我进行戏剧化的对话,它们是内省的诗歌。

弥尔顿的《科马斯》也为约翰逊提供了证据证明弥尔顿对他人缺乏亲密的了解,只是大体上了解人性。尽管约翰逊称赞:"很难发现比它还有真正诗性的作品;典故、意象和描述性的修饰语对几乎每一个时期都慷慨地给予装饰和加以渲染。因此,一系列的诗行可以被认为值得崇拜者对之付出所有的崇敬。"[③]但是,约翰逊接着写道,"作为一部戏剧,它是有缺陷的。"约翰逊发现弥尔顿太不熟悉人们真实对话的方式,不能写出有效的对话。他抱怨《科马斯》中的言语:"即使是热烈的互相争论,也没有生气勃勃的对话,但是似乎是故意写成对一个道德问题进行口若悬河地雄辩,而且很正式地重复该问题。"约翰逊认为该剧中人物的行为也不合情理。兄弟俩去捡野果,走得太远迷了路,把妹妹孤身一人留在荒野之上任她陷入疲惫和危险之中。等到兄弟俩最终回到舞台时,他们表现得过于平静,哥哥对于贞操发表了一通宏论,弟弟则在梦想着成为一位哲学家;他们就像《利西达斯》中的叙述者一样,似乎忘记了人世间的艰难困苦,在闲散的文字游戏中迷失了自己。按照常理,他们应该为妹妹的

①② Samuel Johnson. *Lives of the English Poets*, *Vol. i*[M]. G. B. Hill (Ed.). Oxford: The Clarendon Press, 1905: 166-167.

③ Ibid., 168.

安全感到担忧。

约翰逊懂得弥尔顿游离于社会的生活方式也有其优势，特别是在写作《失乐园》方面。约翰逊认为，就《失乐园》的写作计划和执行情况而言，可以避免弥尔顿的弱项：对人际关系的熟悉程度不够。约翰逊高度评价《失乐园》，与弥尔顿其他作品的评价迥然不同，原因在于他感觉到弥尔顿拥有的那份天赋正好适合那首诗，而那首诗的主题也同样适合弥尔顿的特殊天赋。而这也对约翰逊有重要意义，他总是迷恋于圣经中的寓言。他希望也经常祈祷人们能够感受到上帝所给予的与众不同的天赋，并合理使用他们的天赋。约翰逊说，大多数史诗，叙述"一个城市的覆灭，殖民的行为，或是一个帝国的建立，"[①]所有这些人类行为的故事，需要有与人交往的经验和知识。而弥尔顿的主题并不是地方性的，是关乎"世界的命运，天上与地上的革命；反叛至高无上的王，是所造之物的最高秩序举行的反叛；推翻他们的主人以及惩罚他们的罪行；创造一种新的合乎情理的动物种类；他们原初的幸福和无邪，以及他们不朽的丧失，和他们对希望和和平的回归。"[②]这些主题需要想象力，而不是有关社会的知识。尽管《失乐园》无需讨论社会交往行为的复杂性，因为直到人的堕落，诗中没有涉及人的行为，但它也是极好的有着道德意义的诗歌。虽然约翰逊说《失乐园》"对人类行为的指导作用不大"。这里，约翰逊只是陈述一个事实，而不是批评和反对。这部作品是想象和描述另外一种时间居住在不同世界的角色：他们是善良的和邪恶的天使，或是天真无邪的和有罪的人。亚当和夏娃对于大多数人来说，可以代表这些可能性之间的中间点，但是对于弥尔顿来说，他们只是处于一个梯子的最底层："他最为弱小的角色就是人类最高级别的也是最为尊贵的，人类原初的父母。"[③]大多数史诗中的角色是在亚当和夏娃之下的人物，因此需要对人及其行为熟悉。但弥尔顿的《失乐园》并不是真正关乎人的，它是有关更高级别的"存在"，既神圣又该受惩罚，他们的快乐和痛苦超越了普通人所能真正理解的范畴。约翰逊欣赏弥尔顿所取得的成就，惊叹于弥尔顿为自己所定目标的难度："这位伟大诗人所从事和进行的任务是，显示这些高级生物的行为和动机，在人类理性范围之内来考

---

① Samuel Johnson. *Lives of the English Poets*, *Vol. i* [M]. G. B. Hill (Ed.). Oxford: The Clarendon Press, 1905: 168, 171-172.

②③ Ibid., 172.

察他们或用人类的想象力来叙述他们。"[1]这里，约翰逊没有简单地要求读者原谅弥尔顿与普通生活的游离，因为弥尔顿的艺术表现非常出色；相反，他暗示这种游离给予了弥尔顿天赋并使他能最终完美发挥。

在约翰逊笔下，弥尔顿的艺术天才和他游离于生活之外的习性之间互相交织在一起。在"弥尔顿传"结尾，约翰逊巧妙地把两者结合在一起，做了一个归纳。弥尔顿受到失明的痛苦，而失明本身就是一个隐喻，暗示着与他人生活的隔离：

> 在所有借鉴荷马的人中，弥尔顿也许是最少蒙恩的。他天生就是一位思想家，自信于自己的能力，对于他人的帮助或阻碍他都瞧不起；他不拒绝接纳前人的思想或意象，但是他不追求它们。他既不从同代人那里寻求支持，也没有获得支持；他的作品不需要满足其他作者的自尊心，或是获得他们的偏爱，没有交换相互的赞扬，也没有请求别人支持。他伟大的作品是在他失明时，在他人反对的环境下完成的，但是困难经他一触摸，就烟消云散了；他是为了艰苦而生；他的作品不是最伟大的英雄体诗歌，仅仅因为它不是第一部。[2]

综上所述，同一历史主体弥尔顿，在不同的书写主体笔下出现了不一样的文本主体，这充分证实了文本主体的可变性，也是书写主体的权力体现之一。同时也要求阅读主体依据自己的学识和鉴赏能力，抽丝剥茧，去伪存真，多维度来了解历史主体。与早期传记家笔下"适合做朋友的、和蔼可亲的"弥尔顿相比，约翰逊笔下出现的文本传主迥然不同：弥尔顿俨然是一位异化了的，游离于人间世态之外的孤独者，而他的诗歌在选材、风格、措辞和主题与他的特立独行的个性息息相关。约翰逊对于弥尔顿诗作的评价与早期传记家相比也存在不同程度的差异，除了所见资料不一致的原因之外，更主要的还是因为传记家约翰逊与众不同的眼光和他注重诗人性格与其作品之间关系的批评方式。

文本传主与历史传主相比，在许多情况下会更加丰富和多样，更加清晰和生动，从这一意义上说，约翰逊笔下的诗人们是历史主体的文学化和艺术化。而每个时代的读者都有自己所关心的问题，传记家约翰逊总是直接或间接地在回答这些问题，他也把英国历史上诗人们的生活和个性引入传记领域。

---

①② Samuel Johnson. *Lives of the English Poets*, *Vol. i*[M]. G. B. Hill (Ed.). Oxford: The Clarendon Press, 1905: 172, 194.

《诗人传》的读者:阅读主体

阅读主体,即读者,是传记活动过程中不可或缺的一维。只有当传记进入了读者的视域,传记活动才结束。书写主体在写作传记时一方面总是希望得到阅读主体的理解和欣赏,另一方面也给他们提供人生的榜样。约翰逊非常重视传记的实用价值,他认为传记和其他体裁的作品一样应该具有道德教育功能,应该对人类有益,对社会有用,因为任何人本质上都是相似的,阅读者很容易把自己同文本主体同一起来,"类似的和相近的环境,使我们的精神乐于与之适应"。①

约翰逊为什么如此重视传记作品的道德教育功能呢?这与约翰逊所生活的时代密切相关。18世纪是英国资产阶级上升时期,也是英国社会发生深刻变革的时期。约翰逊的许多同胞们都陶醉在工商业快速发展所带来的"文明"之中。他们普遍表现出对科学、理性和发明创造的痴迷和信心,以及对海外殖民超额利润的狂热追求。如小说家笛福就曾经投资开发潜水器并一度经营砖瓦厂;再如东印度公司的原始股在复辟后30年间每年获利达20%—40%,"少数豪富掌握了从东方贸易得来的巨额财富"。② 然而,令约翰逊感到忧虑的恰恰是新兴资产阶级道德上的危机。而当时的时代特征正如黄梅所说:"社会财富的增长及市民阶级的兴起导致了一系列利益及权利的冲突或调整,旧的等级秩序和道德秩序逐渐瓦解,而新的秩序还未形成。"③物欲张扬和政治腐败是这一时期英国生活的主要景观。这一情形在蒲柏的诗中可见一斑:

> 我们的青年,一个个身穿外国金钱的号衣,
> 在邪恶面前献舞;长者则在她身后匍匐在地!
> 看呀,人们熙熙攘攘争先恐后涌向那尊泥偶

---

① 杨正润.《现代传记学》[M].南京:南京大学出版社,2009:263.

② G. M. Trevelyan. *English Social History*[M]. London: Longmans, Green and Co., 1942: 220.

③ 黄梅.《推敲"自我"——小说在18世纪的英国》[M].北京:生活·读书·新知三联书店,2003:79.

供奉上自己的国家、父母、妻子和亲生骨肉！
听吧，她那黑暗的号角响彻平原山谷
鼓噪说："不被腐蚀，即是耻辱。"
……
骗子的机智，娼妓的勇气，
令千万人百般钦羡，心仪不已。
所有的人都举目瞻仰，满怀畏敬
那些逃脱或挫败了法律的罪行！
真理、价值和智慧却日日遭到非议——
"如今，唯一的神圣之物乃是卑鄙。"①

在这种情势下，以约翰逊为代表的英国知识分子们自觉承担起道德改良的使命。如作家亨利·菲尔丁出版《汤姆·琼斯》(1749)之际，在给利特尔顿伯爵的题献中宣称：在这部作品中"推崇善良和纯真是我的不懈努力"。再如学徒出身的印刷商理查生出版的《学徒手册》(1733)和《模范尺牍》(1739)都旨在告诫读者按照道德规范来约束自己的行为和生活。在谈到《克拉丽莎》的创作时他曾说，道德指导和警示是"我创作《克拉丽莎》的唯一目的"。② 在《查尔斯·格兰迪生爵士》的前言中，他就该书的宗旨作出了这样的阐述：着意于表现一个男人的楷模。他在多种充满诱惑的场合中言行一致，完全依照他自己那坚定的准则行事：做一个信奉上帝且品德高尚的人，一个生机勃勃且精神振作的人，一个功成名就且和蔼可亲的人，一个幸福且又能给别人带去幸福的人。③ 约翰逊和他们一样，尽管在1777年5月3日写给鲍斯威尔的信中，他就写作《诗人传》的目的作了简要说明：他的任务一开始只是"给有关英国诗人的简明版写简单的传记并附上简短的前言，"④在《诗人传》第三版前言中也写道："我的目的只是给每一位

① Alexander Pope. "Epilogue to the Satires", II. 147-170, in *Poetry and Prose of Alexander Pope*[M]. Boston: Houghton Mifflin Company, 1969: 285-286. 译文引自黄梅.《推敲"自我"——小说在18世纪的英国》[M].生活·读书·新知三联书店，2003：79—80.

② John Carroll (Ed.). *Selected Letters of Samuel Richardson* [M]. Oxford: The Clarendon Press, 1964: 224.

③ Samuel Richardson. *The History of Sir Charles Grandison* [M]. Thomas Archer (Ed.). London: George Routledge and Sons, LTD., 1924, Preface: v.

④ Samuel Johnson. Letter 515 (to Boswell, May 3, 1777), *The Letters of Samuel Johnson, Vol. ii*[M]. R. W. Chapman (Ed.). Oxford: The Clarendon Press, 1952: 170.

诗人做宣传,就像我们在法国杂记中找到的那些广告,其中包括一些日期和大概性格的介绍;但写着写着就超越了原先的意图,希望能够给予读者带来愉悦和实际用途。"①这里的"实际用途"实际上就是提供榜样的力量。因为在约翰逊看来,"每一种艺术最好的教导方法就是提供榜样。"②在1773年9月22日与鲍斯威尔的谈话中,约翰逊提及写作作家传记的原则:作家传记除了告知生平的普通事件之外,应该"告诉我们他的学习和生活方式"以及"他达到优秀的途径"。③ 事实上,约翰逊的《诗人传》有着多重目的,虽然最初有着广告功能,体现在两个方面,一是约翰逊的名字能够带来书的销量,二是为英国诗人做宣传,然而随着写作的深入,其功能也发生了变化,它成了一部"严肃的批评作品"④。不仅如此,1779年在他完成了一部分诗人的传记以后,约翰逊希望以写作诗人传记的方式来"提升人们对上帝的虔诚度",⑤如此一来,《诗人传》又有了宗教的功能。正如沃特·贝特所说:"《诗人传》是约翰逊对人类命运悲剧性探索的最后篇章……在这部文学传记集中,英格兰的作家们就像在舞台上一样,每个人都栩栩如生地表演着他们的希望、恐惧和短期的雄心壮志,然后又被其他的志向所替代。"⑥如此看来,道德教育是约翰逊所追求的目标。

约翰逊不仅在写作传记时有着明确的道德教育目的,而且在展开文学批评时,也关注批评对象的道德教育功能。约翰逊曾经在《莎士比亚戏剧集》的前言中强调:"莎士比亚的第一个缺点可以归咎于作品中或是人物身上充斥着太多的邪恶。他牺牲了美德,让位于个人的利益;他更多地关注愉悦,从而忽略了教育。他写作时似乎没有任何道德教育目的。"⑦由此可见,约翰逊的戏剧批评最为关注的是其道德教育功能。他对传记的评价也是如此:"我尊敬传记,因为它提供

---

① Samuel Johnson. *Lives of the English Poets, Vol. i*[M]. G. B. Hill (Ed.). Oxford: The Clarendon Press, 1905: xxvi.

② Samuel Johnson. *Lives of the English Poets, Vol. iii*[M]. G. B. Hill (Ed.). Oxford: The Clarendon Press, 1905: 254.

③ George Birkbeck Hill (Ed.). *Boswell's Life of Johnson, Vol. v*[M]. revised and enlarged edition by L. F. Powell. Oxford: The Clarendon Press, 1950: 240.

④ Paul Fussell. *Samuel Johnson and the Life of Writing*[M]. New York: Harcourt Brace Jovanovich, Inc., 1971: 25.

⑤ Samuel Johnson. *Diaries, Prayers, and Annals*[M]. E. L. McAdam, Jr. with Donald and Mary Hyde (Ed.). New Haven and London: Yale University and Oxford University Press, 1958: 294.

⑥ Walter Jackson Bate. *The Achievement of Samuel Johnson*[M]. New York: Oxford University Press, 1955; rpt. 1961: 136.

⑦ Arthur Sherbo (Ed.). *The Yale Edition of the Works of Samuel Johnson, Vol. vii*[M]. Johnson on Shakespeare. New Haven and London: Yale University Press, 1968: 71.

的是一种向我们走近的东西,我们也可以转而运用它们。"①

约翰逊以一位职业作家和批评家的视野和方法使得《诗人传》的阅读主体不仅可以了解传主们的历史生平,掌握有关诗歌的知识,而且可以陶冶自己的道德情操。

《诗人传》:人生的示范

《诗人传》中约翰逊非常强调诗人的道德品质。他自己是个著名的道德家,"直到他去世,他都被同时代人拥立为伟大的道德导师和基督教真理的辩护者。"②《诗人传》自始至终贯穿着约翰逊的道德观。对英国历史上的诗人们,约翰逊总是详尽列举他们的美德,而且,他极力主张从细微之处显人品。他在评价艾迪生的作品时写道:"他的快乐来源于给人更多的是欢笑,而不是憎恶;他能洞察愚蠢的行为,但不是犯罪行为。"③尽管在约翰逊的记述中也经常出现一些愚蠢的行为,但可以说,他更加关注和洞察微小的邪恶或是轻微的罪行,而不是重罪。他在自己的散文中也对教育者妄自尊大进行了批判,认为他们认识不到从小事来看高贵品质的重要性:"那些人提升自己,坐上了教育他人的位置……这些人没有充分认识到人的一生有多少时间是在小事件、仓促的谈话、琐事和随意的娱乐中度过;他们不愿意降低身份来关注那些微不足道的品质,只有它们频繁出现才会变得重要。"④"弥尔顿传"中,约翰逊批评了古代写作史诗的诗人们,认为他们是"非常缺乏技巧的道德导师;他们的主要人物都非常伟大,但是都不和蔼可亲。读者可以从他们作品中感受到更大程度上积极的或是消极的刚毅精神,有时会更加谨慎行事,但几乎不能掌握正义的戒律,更不会有仁慈之心了。"⑤

---

① James Boswell. "Journal of A Tour to the Hebrides", J. L. Clifford (Ed.). *Biography as an Art: Selected Criticism 1560-1960*[M]. Oxford: Oxford University Press, 1962: 47.

② Greg Clingham. *The Cambridge Companion to Samuel Johnson*[M]. Cambridge University Press, 1997: 194.

③ Samuel Johnson. *Lives of the English Poets, Vol. ii*[M]. G. B. Hill (Ed.). Oxford: The Clarendon Press, 1905: 125.

④ Samuel Johnson. *The Rambler, no. 72*[M]. W. J. Bate and Albrecht B. Strauss (Eds.), (the second of three volumes). New Haven and London: Yale University Press, 1969: 12.

⑤ Samuel Johnson. *Lives of the English Poets, Vol. i*[M]. G. B. Hill (Ed.). Oxford: The Clarendon Press, 1905: 179.

在《诗人传》中,约翰逊一方面从小事着眼,颂扬诗人们坚韧不拔的毅力、勤奋好学的精神和对幸福生活的向往,称赞他们的孝顺、仁义和友善;另一方面也列举他们的种种弱点和可笑之处以及一些不明智的滑稽行为,描述他们的痛苦、贫穷、对友情的背叛、对死亡的恐惧等。他在为读者提供人生榜样的同时,也为读者提供人生的教训。

约翰逊在"艾迪生传"中谈到传主的美德时提到:"有足够的证据证明,除了个别人如蒲柏诋毁他之外,政党之间的憎恨并没有导致他受到任何罪行的指控。"①艾迪生不是那种只有在去世以后才得到人们赞扬的人,他的美德在当时就得到了广泛的认可。约翰逊援引处于反对党阵营斯威夫特的观点来加以证明。斯威夫特认为:那场选举以艾迪生绝对性的优势胜出,无人能够与之竞争,而且斯威夫特附加了一句:"如果他提议自己当国王,他也几乎不会遭到人们的拒绝。"② 因为艾迪生对待自己政党的热情并没有使他对反对党成员的友好行为不复存在。当他在爱尔兰期间出任国务秘书,他并没有中止与斯威夫特的结识。这可以从斯威夫特 1717 年 7 月 9 日写给他的一封信中得到证明:"我非常感谢……您慷慨的意图,您来到爱尔兰,使得政党让位于友谊,继续与您的朋友交往。"③ 而且,约翰逊还通过斯梯尔的话来证明艾迪生为人极为谦虚且讲话富有幽默感。斯梯尔告诉我们:"他的能力仅仅被谦虚所遮掩,而谦虚既给他的外在增加了双倍的美感,又对他的内在特质赋予了信任和尊敬。"④斯梯尔认为:艾迪生的幽默天才超越了所有人,达到了完美的状态。斯梯尔清楚地记得某天晚上他和艾迪生的谈话:艾迪生非常熟悉罗马剧作家特伦斯(Terence)和诗人克塔乐斯(Catullus),以最为精彩和有趣的幽默谈论他们的智慧和性格,使得斯梯尔感到心满意足。也许有人质疑这是朋友之间的互相称赞。然而,艾迪生的竞争对手蒲柏也是这么认为的:"艾迪生的谈话中有种东西,与其他任何人的谈话相比,很难发现有什么比他的谈话更加令人陶醉了。但是这样的谈话也仅限于彼此熟悉的情况,在陌生人面前,或者也许只有一位陌生人,他就会以绝对的沉默来保留自己的尊严。"⑤

再如"蒲柏传"中,约翰逊特别赞扬蒲柏的孝道:"蒲柏的孝顺是最高程度的温顺,也是值得人们效仿的。他的父母生活得很幸福,在他诗名达到顶峰的时

①②③ Samuel Johnson. *Lives of the English Poets*, *Vol. ii*[M]. G. B. Hill (Ed.). Oxford: The Clarendon Press, 1905: 118.

④⑤ Ibid., 118-119, 119.

候……也没有发现他对父母的尊敬或是温柔有所减少或降低。无论他有多么高傲，但对于父母，他都顺从他们；无论他的脾气有多么暴躁，但对于父母，他都持温柔的态度。除了这样一位儿子之外，生活别无他求，这就是最好的赐予了。"[①]约翰逊不仅列举蒲柏的孝顺，而且还赞扬他对朋友的慷慨解囊和无私帮助。同样，在"考利传"的篇首，约翰逊借斯普拉特之口赞扬考利对母亲的孝顺。考利是遗腹子，他的母亲独自一人照顾他，挣扎度日，但尽其所能为他争取到了接受教育的机会。当她80岁时，她一直牵挂的事情终于有了回报，那就是看到了她的儿子闻名于世，看到他幸福，并分享他的成功。从斯普拉特的叙述中，我们至少知道他总是在回报他母亲的养育之恩，尽孝敬之道。

在"瓦茨传"中，约翰逊极力赞扬瓦茨谦虚温和的性格以及他对待孩子和贫困人士的爱心。尽管他的年收入还不到100英镑，他自己也长期寄居在朋友家中，然而他把自己三分之一的年收入给予贫困的人。考虑到孩子们的接受能力，他有意识地放下学者、哲学家和智者的架子，来写一些表达奉献和忠诚的短诗来迎合孩子们的需要。在逻辑推理的能力方面，瓦茨可以与哲学家洛克媲美，但瓦茨同时还可以为小学四年级的学生们写教义问答书。由此可见，瓦茨除了在物质上对弱势群体给予帮助之外，也不忘在精神上给予他们关心和爱护。

约翰逊认为捐助他人是最大的善举之一。在《诗人传》中，他经常提到捐助的具体行为，甚至列出数目。蒲柏资助道兹雷100英镑，帮助他开一间小店。蒲柏也为诗人塞维奇筹集资金到布里斯托尔生活，共筹到每年40英镑的数额，而其中20英镑是由他自己来支付的。有人责备蒲柏爱钱，约翰逊则认为："他这种对钱的爱是渴望获得它，而不是祈求保存它。"[②]然而，他对同样是著名诗人的斯威夫特的做法则不赞同，认为他的捐助方式不可取。根据谢里丹的说法：斯威夫特"把总数为500英镑的资金分成5至10英镑不等，"[③]借给穷人，不收利息，但必须按照预先约定好的时间归还本金。尽管他贷款给穷人且不需要利息，但他坚持必须按时归还本金，还把那些未能及时归还的人送上法庭。按照福尔肯弗利克的说法："在约翰逊的眼里，这种没有耐心或同情的善举根本不能称它为善举，因为它忽略了人性脆弱的事实。"[④]在"格雷传"中，尽管约翰逊对诗人格雷有

①②③ Samuel Johnson. *Lives of the English Poets, Vol. iii*[M]. G. B. Hill (Ed.). Oxford: The Clarendon Press, 1905: 154, 213-214, 45.

④ Robert Folkenflik. *Samuel Johnson, Biographer*[M]. Ithaca and London: Cornell University, 1978: 65.

偏见,但是他也不忘借格雷的朋友梅森之口来赞扬他的善举。“梅森先生通过自己的了解,补充道,尽管格雷不富有,但是他从不嗜钱如命。他总是非常乐意地从他仅有的钱数中拿出一部分来帮助那些贫困之人。”①

约翰逊还认为个人才能和对社会有用并不等同于一个人的德行。他赞扬诗人们在多方面的才能,并把这些才能运用到他们的诗歌里。如在“考利传”中,约翰逊写道:考虑到植物学知识对一位医生来说是需要掌握的,他就回到肯特收集植物;由于对一项喜好的研究会影响到所有其他次要的智力活动,植物学在考利的脑海中都变成了诗歌。他用拉丁文写了几部有关植物的书,其中“第一部和第二部是用挽歌诗体写成,显示草本植物的特征;第三和第四部是用多种方法写花的美丽;第五和第六部用英雄体来写树的用途。”②然而,约翰逊更加关注个人的品德,所以,在他的笔下,德行往往会得到更高的赞扬。约翰逊在他早期传记实践《赫曼·博尔哈弗传》(*The Life of Dr. Herman Boerhaave*)中选择一位医生作为传主,因为该医生在德行上更加令人崇敬。他是注重节制、坚忍不拔、谦虚谨慎和乐于奉献的楷模。在传中,约翰逊写道:“他的知识,尽管不同寻常,但从他的性格特征来看,只是位于第二位;他的道德品质要比他的知识更加不同寻常。”③他在另外一位医生的传记《西德纳姆传》(*The Life of Dr. Sydenham*)中写道:“精于医学并不是他的最大优点;他性格和善,考虑问题的主要出发点是人类的利益。他行为的主要动机是上帝的意志”。④ 可见,约翰逊在传记中更加强调传主的德行而非技艺的高超。

慈善和同情心,忍受侮辱和原谅自己的敌人也是约翰逊强调的善。在“塞维奇传”中,传主有许多毛病,但约翰逊认为“同情”是“塞维奇最突出的品质”。塞维奇把自己身上仅有的钱的一半给了一位乞讨的妇女,而这位妇女正是在有关他的谋杀案审判时出庭作证反对他的那人。这样以德报怨的行为“在一些时代应该是圣人所为,也许在其他时候是英雄的创举;无需任何溢美之词,这样的行为也应该是非同寻常的慷慨之举,复杂的善行;有了这样的行为他会立刻救济穷

---

① Samuel Johnson. *Lives of the English Poets*, *Vol. iii*[M]. G. B. Hill (Ed.). Oxford: The Clarendon Press, 1905: 433.

② Samuel Johnson. *Lives of the English Poets*, *Vol. i*[M]. G. B. Hill (Ed.). Oxford: The Clarendon Press, 1905: 12.

③ Samuel Johnson. *The Major Works*[M]. Donald Greene (Ed.). Oxford: Oxford University Press, 2000: 69.

④ L. C. Mchenry. Samuel Johnson's 'The Life of Dr. Sydenham'[J]. *Medical History*, Vol. 8, April 1964: 184.

人，阻止邪恶，宽恕敌人；有了这样的行为他会立刻撤回最强烈的挑衅，施行最热心的慈善活动。”①他的行动是理智的，充满感情的；他克服了报复的本能，在自己的善举中有了温存。约翰逊不同于那些高度自我克制的人，他不希望灭绝人类的情感，而是调节和鼓励它们与道德保持一致。综上所述，在传记写作中，约翰逊竭力颂扬诗人的美德，希望这些诗人的善行能为读者所效仿。

然而，约翰逊在颂扬诗人美德的时候，始终清醒地意识到人性的弱点和世事无常："人在根本上是有缺陷的，即使是最优秀的人，也有可能在某个时期遭到失败的打击。"②这样的失败不仅仅在诗人个人生活道路上时有发生，也会体现在诗人的某些作品得不到读者的认可。约翰逊对于诗人汤姆森的长诗《自由》的叙述就是一例。《自由》共分为5部分，长约3 000多行，写自由女神自述在古希腊、罗马和不列颠的经历。针对这首长诗，约翰逊写道：作者花费了2年的时间，而且自认为这是他最伟大的作品，但是作者和他的读者们往往不是同一种想法。《自由》徒劳地求告它的仰慕者来阅读，并对它作出赞美，也好回报它的爱好者。然而，对它的赞扬却成了蜘蛛的港湾，布满灰尘。可以说，"这是汤姆森获得关注最少的一部作品。"③约翰逊对汤姆森从苏格兰来到伦敦第一天的叙述也"喜剧性地"展示了人性的弱点："他把写给几位重要人物的推荐信小心翼翼地包在自己手帕里，但当他走在街上，瞪着双眼，带着一位新来客的好奇心，他的注意力被周围的一切所吸引而忽视了自己的口袋。"④他所有的重要文件都被人偷走了。

约翰逊《诗人传》中有一恒常的主题，即人类的幸福是短暂的，也是不确定的。约翰逊笔下，约翰·德纳姆爵士一开始能够得到雇主的喜欢和公众的尊敬，感到很幸福，但第二次婚姻给他带来了不安和烦扰，以至于一段时间内他精神失常，巴特勒(Butler)讽刺性地攻击他说他"精神错乱"。⑤ 而诗人安布鲁斯·菲利普斯(Ambrose Philips)的例子则说明了人生有起有落，人的愿望往往与现实不符。在安妮女王统治的后期，菲利普斯成为汉诺威俱乐部(英国由一群贵族和绅士参与的一个政治团体)的秘书。他们定期聚会，与那些和汉诺威家族有联系的

---

① Samuel Johnson. *Life of Savage*[M]. Clarence Tracy (Ed.). Oxford: Clarendon Press, 1971: 40.

② William McCarthy. The Moral Art of Johnson's Lives[J]. *Studies in English Literature, 1500–1900*. Restoration and Eighteenth Century, Vol. 17, No. 3, Summer 1977: 506.

③④ Samuel Johnson. *Lives of the English Poets, Vol. iii*[M]. G. B. Hill (Ed.). Oxford: The Clarendon Press, 1905: 289, 283.

⑤ Samuel Johnson. *Lives of the English Poets, Vol. i*[M]. G. B. Hill (Ed.). Oxford: The Clarendon Press, 1905: 75.

女士们喝酒,为她们的健康干杯。但当汉诺威选帝侯乔治入主英国的时候,菲利普斯似乎很少获得注意:"他只是沾了金色大雨中为数不多的几小滴光而已,尽管他没有省略阿谀奉承之能事,但结果只获得了彩票委员之位,以及也不能提升他声誉的和平法官之职。"①

虽然《诗人传》中约翰逊所要表达的道德意图有限,但表现在每一个传主身上却有着多种演绎。对于不同的诗人,约翰逊能够在他们的生平和作品中找到暗示,发现不同的答案,然后运用合适的文学方式进行表达。上文提及的人生有起伏,荣誉有兴衰的观点在马修·普拉尔身上又有着不一样的故事。普拉尔在外交上从无名小辈起步到取得卓越成就,但又经历了惊动一时的挫折,最终只能依靠一所古老学院的职位所获得的薪资生活。约翰逊紧扣普拉尔的人生经历,对荣誉的兴衰进行阐释,同时也让诗人自己发出声音,使读者了解诗人普拉尔的人生所折射的道德教育意义。约翰逊引用了普拉尔写给斯威夫特的一封信,其中写道:"我在剑桥款待了哈瑞尔特女士(Harriot)。学院教员式的款待! 穿着长袍戴着礼帽朗诵诗歌给她听! 过去在乌得勒支该死的和约中起草委员会报告的外交重臣,如今最为关心的是读诗!"②而"盖依传"中盖依的生活既与普拉尔类似,又有不同,约翰逊表述方式也有变化。盖依也经历几次从失败到令人兴奋的成功,又回到失败的过程。约翰逊通过盖依在戏剧舞台的滑倒这一细节影射了他曲折的人生。盖依写了一部题为《俘虏》的悲剧,他被邀请在威尔士公主面前阅读该剧。该他上台的时候,他看到公主和她周围的女士们都充满了期待。他带着敬意走上台前,由于太过注意她们,而没有留意脚下,被一凳子绊倒,直接把沉重的日本屏风扑倒在地。"公主突然一惊,女士们都尖叫起来,可怜的盖依在这一骚动之后仍然要朗读他的剧本。"③ 约翰逊认为,盖依是很容易燃起希望的人,但当他的希望破灭时他又会陷入深深的失望之中。盖依曾在安妮女王生命的最后一年被聘为派往汉诺威王室的大使克莱伦顿伯爵的秘书。这一职位自然而然地给了他获得双方恩惠的希望,然而安妮女王的离世结束了这一方的恩宠。加上盖依曾经把自己既描写了现实的乡村景色,又讽刺了当时社会状况的田园诗题献给了托利党员,也是安妮女王时期的国务大臣博林布鲁克。这一做法被斯威夫特认为是一种犯罪,也扼杀了他获得辉格党派当权的汉诺威王室所

---

① Samuel Johnson. *Lives of the English Poets, Vol. iii*[M]. G. B. Hill (Ed.). Oxford: The Clarendon Press, 1905: 321.

②③ Samuel Johnson. *Lives of the English Poets, Vol. ii*[M]. G. B. Hill (Ed.). Oxford: The Clarendon Press, 1905: 194-5, 274.

有恩惠的可能。但盖依还是很幸运，他的《牧羊人的一周》获得了意想不到的成功；他的讽刺悲剧《你叫它什么》也是通过新奇而给人快感的“幸运”①作品之一；他的《乞丐的歌剧》也是“幸运的作品”。②然而，并不是他所有的作品都是这样幸运。他的作品就如同他的生活一样，成功与失败并存。如1713年他把喜剧《巴斯的妻子》搬上舞台，却没有得到观众的掌声。他把该剧印刷出来，17年之后，他又做了改动，使之更加能够迎合公众的趣味，但让他感到耻辱的是，这部剧作再一次遭到公众的拒绝。再如他的喜剧《婚后三小时》(1717)是为了娱乐观众，但其中采用了木乃伊和鳄鱼作为道具，使观众感到恶心，在一片谴责声中被赶下了台。在经济上，由于盖依投稿发表诗歌，获得成功，也给他带来了实惠，积攒了1 000英镑。当时他的朋友们给了他几种建议，可以投资基金，依靠利息生活，也有建议他购买年金保险，但在那悲惨的一年，盖依拥有了一份礼物——南海股票，他幻想自己会成为2万英镑的主人。他的朋友们劝说他卖掉股份，但他梦想着尊严和辉煌，不能忍受任何东西阻挡自己的财路。他的朋友再三请求他尽可能卖掉，这样还能够为自己的生活买个每年100英镑的保障，正如范顿所说，“这还可以确保你每天能够穿上一件干净的衬衣和吃上一块羊肩肉。”③这一建议又被他拒绝了，利息和本金都没了，盖依陷入不幸之中，生命也处在了危险境地。但在朋友们的照料之下，他又恢复了健康。由此可见，约翰逊笔下的盖依是命运和希望具有喜剧性的受害者，他坚不可摧的天真既给他带来了灾难，但又能让他逢凶化吉。作为批评家的约翰逊几次运用“幸运”和“幸福”这样的词汇来修饰盖依最好的作品，盖依的一生确实印证了约翰逊所说的话：“命运总是变化无常的。”④

约翰逊在记录诗人大量趣闻轶事的时候常常含而不露地从中引申出道德教训。如“史密斯传”中，诗人嗜酒如命，饮酒无度。1710年6月史密斯受到乔治·达克特先生(George Ducket)的邀请，来到他在威尔特郡哈特姆的家中做客。在这里他有了放纵自己的好机会，把自己的研究丢到了一边，沉迷于口感甚好的强麦啤酒无法自拔。有一回“他吃得喝得直到发现自己过量了，为了让自己轻松些就去清肠。他请附近的药剂师写了个药方，而这个方子清肠的药力太强，药剂师感到有必要写个字条说明其危险，史密斯却对这个店员的多事感到不快。他对自己的知识很自负，把字条轻蔑而粗鲁地扔到了一边，把自己的药吞了下

①②③④ Samuel Johnson. *Lives of the English Poets*, *Vol. ii*[M]. G. B. Hill (Ed.). Oxford: The Clarendon Press, 1905: 271, 276, 273-4, 271.

去。1710年7月他就因此被送进了坟墓,安葬在哈特姆。"[①]"把自己的药吞下去"是英语中的一句成语,意为"自食其果",[②]约翰逊把一段轶事同一句双关语巧妙地结合起来,帮助读者认识人性、认识世界。

在"谢思顿传"中,约翰逊针对逃避主义进行了嘲讽,并指出了逃避主义审美的虚妄。唐纳德·J. 格林(Donald J. Greene)注意到:"对于某问题的任何解决方案,只要带有逃避主义的性质,约翰逊心理上就有一种本能的敌意,这也是他最为一贯的特性之一。"[③]这与约翰逊的道德观紧密相关。约翰逊认为善行开始于个体之间的关系,充满激情的布道都是讲述个人的慈善行为。正如约翰逊在巴斯布道的第四篇讲道文章结尾所述:

> "请你记住!面对那些长期遭受病痛折磨的最为脆弱之人,更需强调的是:对你来说,夜幕已经降临,没有人还在工作,然而,如果他有求于你,千万不要和他说'现在先走吧,明天我就帮助你。'明天!明天对所有人来说都是未知数,几乎没有什么希望。如果你今天听到上帝的声音召唤你忏悔,通过忏悔来实施慈善之举,而不是让你变得铁石心肠;你就会知道在你最后时刻想要做的事情就是抓紧时间帮助这个人,这样才不会担心你最后时刻的到来。"[④]

这里,约翰逊想要表达的是:忽略善行义务的根源来自他们对存身世界的漠不关心。也许最好的例子就是前文提到的约翰逊以牛津大学一位教师为原型而创作的人物格莱德斯(Gelidus)。此人整日忙于气象观察,根本不在意附近城镇发生了火灾,而那里的居民需要帮助。即使他已经知道了真相,他也毫不关心。"这位伟大的哲学家就这样活着,对每一悲伤场面毫无知觉,对于最为大声的关爱呼唤也无动于衷。然而,人活着就是为了互相安慰和互相帮助,这才是社会的

---

① Samuel Johnson. *Lives of the English Poets, Vol. ii*[M]. G. B. Hill (Ed.). Oxford: The Clarendon Press, 1905: 17-18.

② 杨正润.《现代传记学》[M].南京:南京大学出版社,2009:268.

③ Donald J. Greene. *The Politics of Samuel Johnson*[M]. New Haven: Yale University Press, 1960: 136.

④ Samuel Johnson. *The Works of Samuel Johnson, LLD. 9 vols. IX*[M]. Oxford: Talboys and Wheeler, and W. Pickering, 1825: 330.

本质。"[①]由此可见，隐居者主观上限制了自己道德行动的可能范围；他可以对上帝或是他自己完成他的职责，但是却不能对他人完成职责。因此，约翰逊有理由嘲笑并讽刺逃避主义或是隐居思想。

谢思顿在英格兰篱索思建立一处安全的乡村隐居地，在此他沉迷于模仿自然的花园艺术，为他赢得了不小的名气。对于约翰逊来说，谢思顿的田园梦想实际上是一种自我欺骗，以此来逃离"现实生活"及其道德约束。用约翰逊的话来说，如果一个人"试图装饰自然的形态"，[②]他应该想到把自然改变为对人类有益的工具。但是谢思顿所做的只是为了展示：他的乐趣"都在他的眼中"；他关心的只是事物的外表。约翰逊巧妙地运用一个谢思顿小时候的趣闻说明了这一点。谢思顿孩提时代特别喜爱读书："据说当他需要一本新书拿到床头的请求被忽略的时候，他的妈妈就会包上一块形状类似的木头放在他的床头，使其夜里能够安静下来。"[③] 约翰逊认为他忽视了人类的基本需求："他的房子很破旧，他不去修缮，他只关心他的土地表面。"[④]像谢思顿只顾展示花园艺术，就像能够给人快感的其他形式的做法一样，人们对它的兴致不可能不减退。一方面，约翰逊注意到，谢思顿只为了好看而辛勤培育和修剪花草的做法是社会上虚荣心的经典表达，它产生的自然结果一定是充满嫉妒的竞相效仿。另一方面，园艺要花钱，而谢思顿却没有这么雄厚的经济实力。具有讽刺意味的是，约翰逊采用了田园诗的语言来表现谢思顿的田园幻想篇章："那个时候他的花销给他带来了争议，压倒了羊羔的咩咩声和红雀的鸣叫；他的丛林中徘徊着的生物与牧神和仙女迥然不同，他把地产的收入花费在修饰它，而他的焦虑可能加速了他的死亡。"[⑤] 其中蕴含的讽刺寓意不言而喻，对于读者来说，逃避的态度不可取，应该要勇敢面对。

也许有人会为谢思顿的逃避主义鸣不平，认为他是由于家庭和身体原因而归隐乡下。诚然，1714 年 11 月出生的谢思顿，在他 10 岁的时候，父亲就去世了，母亲也在他 18 岁去牛津大学上学之前离世。他的弟弟也是 30 岁不到就英年早逝，而他自己也只活到了 49 岁。从遗传学角度来看，虚弱的体质可能影响了他所有的家庭成员。对于自己的病态，谢思顿也毫不隐讳，经常用夸张的幽默

---

① Samuel Johnson. *The Works of Samuel Johnson, LLD. 9 vols. II*[M]. Oxford: Talboys and Wheeler, and W. Pickering, 1825: 120. (Rambler No. 24)

②③ Samuel Johnson. *Lives of the English Poets, Vol. iii*[M]. G. B. Hill (Ed.). Oxford: The Clarendon Press, 1905: 351, 348.

④⑤ Ibid., 352.

语气说他在持续不断地与疾病展开斗争,称自己患有“习惯性意志消沉”。[①] 他的诗歌《健康颂》虽然写作日期存在争议——因为说是写于1730年,那时他才16岁,然而诗歌的语气很成熟,风格也老练,不像出自少年之手。尽管如此,诗歌的主题确是忠实反映了谢思顿的境况:

> 哦,健康啊,反复无常的侍女!
> 你为什么躲避我那安静的凉亭,
> 我多么希望在那里分享你的力量,
> 赞美你持久的帮忙?
> 唉,自从你飞走以后,
> 无论是缪斯还是格雷斯(Grace)
> 都不会带着诱人的微笑,常来光顾这地方
> 我独自为你叹息。
> 岁月不会禁止你的驻留;
> 然而你可以扮演友好的角色;
> 你也可以让这颗疲倦的心加速跳动;
> 为什么时光是如此稍纵即逝?

这样的沮丧情绪也许并不是谢思顿的装模作样,他与朋友的书信和其他诗歌中也弥漫着这样的伤感情绪,尽管他也记录了许多活泼生动的幽默和饶有兴趣的爱好。根据汉姆弗莱的说法,谢思顿患有“一种功能性的精神病”,[②] 特征就是想法悲观黯淡、对生活有着毫无根据的恐惧。对于这样的症状,约翰逊本人也有着亲身体验。约翰逊有时也感到非常疲倦,也有对死神的恐惧,而且小时候患瘰疬病导致的半瞎,使得他连镇上钟楼的时间都看不清楚。根据鲍斯威尔的说法,约翰逊罹患了一种可怕的抑郁症——长时间的易怒、烦躁和不耐烦。他的健康状态要比谢思顿差得多。然而,他不能理解谢思顿在忧郁打击之下就退隐乡村的做法,相反,他引用格雷的话来进行无情嘲讽:“可怜的人啊!他总是渴望着金钱、名誉以及其他出名的事情,而且他全部的哲学包含在违反自己的意志过着

①② A. R. Humphreys. *William Shenstone: An Eighteenth-Century Portrait*[M]. Cambridge: Cambridge University Press, 1937: 8, 10.

一种退隐生活。”①虽然谢思顿生活在根据他自己品位所装饰的地方,但只有当有名的人物前来参观并给予评论的时候,他才感到高兴。不仅约翰逊的态度如此,就连谢思顿的朋友们对他慵懒的生活态度也感到困惑与不解。如罗伯特·道兹雷——最后帮他收集整理材料,介绍他作品的朋友,也相信:“他有一种高尚气质,相当于最高追求;然而从他性情的慵懒程度来说,他宁可选择在山脚下挑选花朵来娱乐自己,也不愿意花力气爬上更加陡峭的帕纳萨斯(Parnassus)山坡上。”②再如理查德·格莱弗,是他牛津上学期间最要好的朋友,是小说《精神上的堂吉诃德》(*The Spiritual Quixote*)的作者,也为谢思顿缺乏主动承担责任和积极生活的态度感到困惑。格莱弗写了另外一篇小说,《科卢梅拉》(*Columella*),也称《苦恼的隐者》(*The Distressed Anchoret*),这部作品在谢思顿去世16年以后才出版。虽然书中没有指出科卢梅拉和谢思顿的相关性,然而读者可以清晰地看到作者以篱索思为例来反对隐居。格莱弗说:“出版这个故事的意图是为了显示退隐和逃避社会责任是一种愚蠢的轻率行为。”③这一立场通过科卢梅拉和他两个朋友霍顿休斯(Hortensius)及阿提克斯(Atticus)的故事得到阐释。他们三位一起接受了公立中学和大学的教育,毕业后,霍顿休斯成为一名律师,很快出了名。阿提克斯毕业后留在大学成为一位有名的牧师。唯独科卢梅拉在接受了人文教育之后,却从充满生机的生活中退隐至乡下,整天过着孤独和没有任何意义的日子。朋友们认为,即使在乡下,也有许多有意义的事情可以做:“如果他能够做一位地方官,社区也会获益良多;如果他致力于改善农民的生活条件,他可以帮家庭贫困的人找工作,有利于他们过上舒适的生活,可以和那些普通的勤劳的人们结交朋友,保护他们。”④他可以减轻他们的苦恼,增加他们的快乐。然而,这一切在他身上都没有发生。这样一来,从大的方面来说,浪费了社会的有用之才,从小处来说,也为他自己的不幸生活埋下了种子。像谢思顿这样的隐居者躲开了尘世纷争,规避了应该承担的社会责任,同时也回避了道德上的危机。约翰逊认为这是没有勇气面对生活:这些危机是世界上其他人仍然要持续面对,社会责任仍然需要人们共同承担。所以,在“考利传”中,约翰逊写

---

① Samuel Johnson. *Lives of the English Poets*, *Vol. iii*[M]. G. B. Hill (Ed.). Oxford: The Clarendon Press, 1905: 354.

② A. R. Humphreys. *William Shenstone: An Eighteenth-Century Portrait*[M]. Cambridge: Cambridge University Press, 1937: 11.

③④ A Society of Gentlemen. *The Critical Review*; *or Annals of Literature*, *Vol. 47*[M]. London: Printed for A. Hamilton, in Falcon-Court, Fleet Street, 1779: 454, 457.

道"让我们既不要为他是一位天才表示尊敬,也不要为他是一位遭受痛苦的人感到难过,但需要我们记住的是,如果他的行为是高尚的,那么他的退隐就是懦夫的表现。"①在《闲散者》(*Idler*)第19篇中,约翰逊就该主题进行了详细阐释:这些孤独的投机者们的退隐计划已经遭到了反对。如果他们是幸福的,那么他们幸福仅仅因为他们毫无用途。人类是一个巨大的团体,每一个个体从其他人的劳动中获得了许多益处。因此,该个体也应该通过劳动来回报他人——他有义务来偿还;"如果所有人的共同努力都不能使所有人免除痛苦和不幸,那么,没有人有权利从他们的义务中退出,或是沉湎于无意义的智力游戏或是独自快乐。"②根据这些原则,任何种类的闲散都是不道德的,因为逃避对他人职责的人也将不会有利于他人。

有道德的生活是一种有着持续不断行动的生活。这是约翰逊与其他强调人格和善行的道德家的不同之处。在他看来,道德是要行动。前面例子可以看出,他轻视逃避主义者和退隐者。修士或修女也可能德行上毫无瑕疵,他(她)可能非常睿智,无所不知,但是他(她)就不能成为一个真正的好人,因为好人要努力奋斗。

虽然,约翰逊写作《诗人传》有着明确的道德目标,但是他主张通过写出真实的传主来实现传记的道德目的,让读者自己思考和判断,从中得到道德教训,而不是隐瞒传主的过错和失败,塑造完美无缺的传主。他反复强调,一部传记的价值就是看其是否真实。鲍斯威尔曾经向约翰逊提出一个问题:写作传记时是否应当提到一个人的怪癖?约翰逊回答说:"提到怪癖是没有问题的,问题在于是否应当提到一个人的恶习。"③约翰逊的意见是"如果一个人是在写颂词,他可以对恶习视而不见,如果是写一部传记,他就必须如实写出来,"④既不能美化,也不能丑化传主。但如果写出诗人的恶习,可能会给传主或其家人或朋友带来伤害,约翰逊的观点是:如果应当尊重死者的名声的话,那就更要尊重知识、善德和真理。约翰逊在《诗人传》中记录了诗人们的种种缺点、弱点和可笑之处,尽管有人认为这损害了已经去世的诗人们的形象和历史地位,但他还是在《诗人传》中

---

① Samuel Johnson. *Lives of the English Poets*, *Vol. i*[M]. G. B. Hill (Ed.). Oxford: The Clarendon Press, 1905: 10.

② Samuel Johnson. *The Works of Samuel Johnson*, *LLD. 9 vols. IV*[M]. Oxford: Talboys and Wheeler, and W. Pickering, 1825: 204.

③④ James Boswell. *The Life of Samuel Johnson LL. D. 3vols. Vol. ii*[M]. London: Privately Printed for the Navarre Society Limited, 1924: 393.

实践了自己的传记思想。

《诗人传》:真实的力量

无论是在生活中,还是文学观念上,"真"可以说是约翰逊一生的追求。在日常生活中,约翰逊对虚假,哪怕是最细微的差错都保持警觉。在家中,为了学习时不被打扰,约翰逊去书房时就不会通知他的仆人,因为他不允许他的仆人说假话。如果告诉了仆人,有人来访时,仆人可能会谎称他不在家。他说"这样做,仆人对事实真相的关注就会减少。一位哲学家可能知道这只是一种婉拒的形式,但很少有仆人能够区分开来。如果我习惯于一位仆人为我撒谎,那么难道我没有理由担心他会为自己撒更多的谎吗?"①在文学观念上,约翰逊深受人性论思潮的影响。从 17 世纪开始,以洛克为代表的经验论哲学家逐步统治了英国思想界。他们大多数是人性论者。到 18 世纪,休谟提出了完整的人性论。约翰逊不仅用人性论来指导自己的文学创作,而且也把它作为文学批评的尺度。他认为文学应当真实地表现人性。他说:"每一则故事的价值都在于它的真实。一则故事可以是个体的缩影,抑或是一般意义上人性的缩影。如果它是假的,则什么都不是。"②而谈到传记的时候,约翰逊认为英国还没有一位文人的传记能够称得上好的作品,这也与传记的真实性相关。

《诗人传》的开篇是"考利传",这是约翰逊认为自己所有传记作品中写得最好的一篇,因为其中包含玄学派诗人的专题论文。而在此之前,有关考利或是沃勒从未出现任何批评性质的研究。在"考利传"的第一段,约翰逊就指出了此前有关考利传记的症结所在。在约翰逊之前,考利的传记是由斯普拉特博士所写,而他们俩是朋友,所以斯普拉特博士的"考利传"更像是葬礼上的祭文,而不是真实的历史人物。约翰逊认为托马斯·斯普拉特已经给考利的生平裹上了一层"颂词的迷雾"。③ 这样的传记不为约翰逊所认同,他要尽可能还读者一位真实

---

① James Boswell. *The Life of Samuel Johnson LL. D. 3vols. Vol. i*[M]. London: Privately Printed for the Navarre Society Limited, 1924: 288-289.

② James Boswell. *The Life of Samuel Johnson LL. D. 3vols. Vol. ii*[M]. London: Privately Printed for the Navarre Society Limited, 1924: 184.

③ Samuel Johnson. *Lives of the English Poets, Vol. i*[M]. G. B. Hill (Ed.). Oxford: The Clarendon Press, 1905: 1.

的、有独特人格的诗人，并不遗余力地批评其诗作的不足和错误之处，给出自己的真实见解，而非一味地颂扬。

在"考利传"中，针对考利的身世，约翰逊直接指出，"他的父亲是一位杂货商。"[①]而这一点斯普拉特博士也进行了美化和隐瞒，未能给出事实真相，只是用了"市民"这一普通的称呼，说"他[考利]的父母亲都是品德高尚的市民，家境殷实。"[②]而且斯普拉特小心谨慎地隐瞒了考利出生时的信息，省略了他在圣·顿斯坦(St. Dunstan)教区注册簿上的名字，这样做，可以避免人们怀疑考利的父亲是一位新教徒。

考利在母亲的劝说之下，进入了威斯敏斯特学校，考利在那里很快就出了名。而斯普拉特又忍不住针对一件小事而夸大其词。斯普拉特说"他[考利]习惯于讲述在威斯敏斯特学校上学的时候他有一缺憾，就是他的老师们从来都没有能够让他记住普通的语法规则。"[③]约翰逊认为这样的说法欠妥，而且也与事实不符。考利真实的讲述是这样的：他说他"对所有束缚和限制都怀有敌意，以至于他的老师从来没有能够成功地让他在不看书的情况下学会这些规则。"[④]这里，他不是告诉我们他不能够学会这些规则，而是在不使用这些规则的情况下能够完成自己的作业。事实上，老师们后来因材施教，单独给他布置作业，因为老师们发现他开始用自己的阅读和观察来完成普通的练习。考利后来在1636年申请三一学院奖学金的时候未能获得，因为多年来，针对奖学金申请者，有一条件非常严格，即他们绝不允许用任何天赋来弥补对于语法规则的忽视。

在评价考利1647发表的爱情诗《情人》的时候，约翰逊针对作者与作品之间的关系，再次强调："一切卓越和完美的基础都是真实。"[⑤]考利在该诗再版时候的前言中写道：诗人们很少被人们认为是对伴侣推卸责任的自由人，他们自己也认为能够真心对待爱情。他们迟早都要经受这一考验，就像一些信奉伊斯兰教的阿訇们，被他们的教规所束缚，在他们有生之年要到麦加朝圣至少一次。约翰逊认为这样的爱情诗可以追溯至彼得拉克，通过对他的劳拉表示顺从的优美诗

① Samuel Johnson. *Lives of the English Poets, Vol. i*[M]. G. B. Hill (Ed.). Oxford: The Clarendon Press, 1905: 1.

②③ Abraham Cowley. *Select Works of Mr. A. Cowley, Vol. i*[M]. Richard Hurd (Ed.). London: Printed by W. Bowyer and J. Nichols for T. Cadell, 1772: 4, 6.

④⑤ Samuel Johnson. *Lives of the English Poets, Vol. i*[M]. G. B. Hill (Ed.). Oxford: The Clarendon Press, 1905: 65, 6.

句，使得整个欧洲都充满了爱。而彼得拉克的爱情诗是优秀的，拥有爱情的人应该能够感觉到它的力量。因为彼得拉克是一位真实的恋人，而劳拉毫无疑问值得拥有他的柔情。至于考利则不然，据有足够信息来源的巴恩斯所说，无论他谈到自己性格有多么冲动或多变，在现实中他只爱过一次，然后再也没有信心谈他的爱情。

约翰·穆兰认为："发现诗人的错误是约翰逊持续的关注之一。"①约翰逊针对玄学派诗歌的批评，可谓是单刀直入，且力透纸背。总共65页的"考利传"，约翰逊就用了十几页的篇幅，大量举例来指出邓恩等玄学派诗人的诗歌不足之处。这也是约翰逊在诗歌批评中务实求真的表现：值得赞扬的方面毫不吝啬地加以赞扬，应该批评的决不含糊其词。如此务实求真的批评方法贯穿了整个《诗人传》，给予读者耳目一新的审美感受。

"沃勒传"中，约翰逊在谈到沃勒的一些短小诗歌的时候，认为它们的优美不应该被人忘记，并举两首诗歌为例指出其优美之处。与他狂热追求的萨卡瑞莎（现实生活中的多萝西·锡德尼女士）相比，《致阿姆雷特》（*To Amoret*）这首诗中他注视她时有了不同的关注方式；而《论爱情》（*On Love*）中能够用"轻率的言辞或是打击引起的愤怒"来开篇也值得称赞。在这简单的赞扬之后，约翰逊紧接着就指出其他的短诗就不那么成功了："有时他的思想，有时他的表达是有缺陷的。"②约翰逊还举例论证诗中的音节数也不总是那么具有优美的乐感：

> 美丽的维纳斯，在你温柔的臂弯里
> 管制着愤怒之神；
> 因为你的轻声细语令人陶醉
> 也是唯一能够转移他实施凶猛计划的注意力，
> 他皱眉，想要吵闹又有什么关系呢；
> 你能用你身上还未融化的白雪
> 抑制他

① John Mullan. Fault Finding in Johnson's Lives of the Poets. In *Samuel Johnson: The Arc of the Pendulum*[M]. Freya Johnston and Lynda Mugglestone (Ed.). Oxford: Oxford University Press, 2012: 72.

② Samuel Johnson. *Lives of the English Poets*, *Vol. i*[M]. G. B. Hill (Ed.). Oxford: The Clarendon Press, 1905: 284.

胸中燃起的火焰①

约翰逊还指出沃勒很少能够以科学的深度真正抓住爱情这一情感，认为他的大部分思想以及诗中的意象是容易被人理解的，但有些诗却是例外。如《致太阳》(*To the Sun*；*or Stay*，*Phoebus*，*Stay*)的结尾，过于采用哥白尼学说体系的知识：

这很好地证明了
那些古代书籍的错误
让你围绕着这个世界运动：她的魅力看上去
将要定格你的光芒，让它永远成为白昼，
旋转着的地球没有把她夺走。

这一节暗指哥白尼学说体系。诗人邓恩和考利常常使用这样哲学性的暗指来表示两性关系，而沃勒后来极力避免使用这样的暗指。约翰逊认为这样的暗指对于普通读者来说是很难理解的。又如有关《王政复辟》的一首严肃诗歌中的一句，有关 vipers and treacle，这只有那些碰巧知道 theriaca 成分的人才能够理解。Treacle 是一派生词，旧时拼法是 triacle，来自拉丁语 theriaca，是一种解毒剂，特别针对毒蛇咬伤，其成分主要是从毒蛇和其他材料中提炼而成。

约翰逊接着指出沃勒的思想有时过于夸张，他的意象也不是很自然，并提供了如下例证：

植物崇敬她
不下于那些老者对俄尔普斯(Orpheus)琴声的崇敬
如果她坐下来，所有植物的顶部都向她低头
他们围绕着她聚在一起形成凉亭：
或者如果她散步的话，就按照高低次序站成排
就像一些卑躬屈膝和排列整齐的乐队。②

---

①② Samuel Johnson. *Lives of the English Poets*, *Vol. i*[M]. G. B. Hill (Ed.). Oxford: The Clarendon Press, 1905: 284, 285.

虽然，这里第四行中 Crowd 这一奇喻用得很妙，而且蒲柏在他的《田园诗》(ii. 74)中也曾用过：你坐的地方，树木将簇拥着生长，遮起一片阴凉(Trees, where you sit, shall crowd into a shade)，但是从诗歌表达的思想来看，确实有过分夸张之嫌。

另一处是这样的：

当在公园的时候，我歌唱，那头鹿也在聆听
被我的激情所感染，竟然忘记了恐惧：
当我把胸中的火焰向山毛榉树汇报的时候，
它们也弯下了头，好像它们和我有着同样的感受：
当我到达诸神的凉亭，向他们呼吁，
并大声地抱怨，他们就以阵雨来回答我。
你有着一个狂野和残酷的灵魂
比树木还要耳聋，比天堂还要骄傲！①

有关雄鹿的头，沃勒是这样描述的：

哦，丰满的头！每一年
都能拥有一大批奇思妙想！
富饶的土地从来没有如此快地带来
这样一件如此坚硬、如此巨大的东西。②

约翰逊并没有结束他对沃勒诗歌的批评，而是接着指出他的诗歌有虎头蛇尾的现象：第一部分写得很成功，但是到了结尾的时候就比较弱了，并举例认为歌曲《萨卡瑞莎和阿姆雷特的友谊》(*Sacharissa's and Amoret's Friendship*)的最后两节应该省略。约翰逊接着指出沃勒诗歌中有关"对女子殷勤"的意象并不总是天衣无缝：

那么我的爱情将会替换这一怀疑，

---

①② Samuel Johnson. *Lives of the English Poets, Vol. i*[M]. G. B. Hill (Ed.). Oxford: The Clarendon Press, 1905: 285.

获得如此的信任，以至于我可以回来
有时以你的名义举办宴会，
但是在家里给我做一贯的饭菜。①

普拉尔在《一个更好的回答》(*English Poets*，xxxii. 260)中模仿了这段诗：

因此当我厌倦了整天四处漫游
晚上我回到你那里，你是我的快乐：
在路上无论我看到什么美人；
她们只不过是我的访客，只有你才是我的家园。

约翰逊还指出沃勒诗歌中有些意象之间的联系太过遥远，而且不连续，如诗歌《女士跳舞》中：

太阳，在数目上就像这些，
和月亮一起玩耍的快乐：
他们之间甜美的紧张关系，
确实源于各自的范围；
就像这位仙女的舞蹈
随着她听到的音律在运动。②

约翰逊认为有时适合一个对句就可以表达的思想却被沃勒故意拉长，直至思想变弱，几乎快被人们忘记。这样的做法适得其反，诗歌的思想没有得到加强，反而受到了削弱。约翰逊举例如下：

克洛丽丝！自从我们平静的心灵首次
受到恐吓，于是我们发现这一好处，
对你的喜欢与对你的恐惧同时在增长，
不断发展的恶作剧使你变得和善。

①② Samuel Johnson. *Lives of the English Poets*, *Vol. i*[M]. G. B. Hill (Ed.). Oxford: The Clarendon Press, 1905: 286.

美丽的树也是这样，
在没有风吹的时候
仍然保存着她的果实和境界，
暴风来临的时候，
直立的她就会弯下腰来；
大地欢快地接受她从缀满果实的枝条上
洒落的珍宝。①

约翰逊接着指出沃勒诗歌的意象并不总是很明确，如下列诗篇中沃勒混淆了作为一个人的爱和作为一种激情的爱：

一些其他的仙女，丘比特可能
以黯淡的颜色，缓慢的笔画来画，
还有一颗被时间摧毁的虚弱的心；
她有一个印记，印着那个男孩：
最为粗鄙的温顺，通过简单的一瞥能够点燃
最冰冷无情的心中的焰火吗？②

由此可见，尽管德莱顿和蒲柏对沃勒的诗歌极为赞赏，约翰逊对沃勒诗歌的批评不是一味地颂扬。德莱顿曾经说过："在沃勒先生之前，为了发音的甜美而处理词汇到合适位置这种手法闻所未闻。"③蒲柏在《论批评》中写道："赞美一句诗行得简洁且有活力，需有德纳姆的力量和沃勒的甜美加入。"（And praise the easy vigour of a line，/ Where Denham's Strength，and Waller's sweetness join.）约翰逊在批评中不因前人的赞扬而忽略他对诗歌的真实评价，并明确指出沃勒诗歌的缺陷，可以说，这也是约翰逊务实求真的表现。上文可以称得上是沃勒诗歌不足之处的列表："缺乏乐感的"数，"夸张的"概念，"不自然的"或是"牵强的、不连贯的"意象，缺乏说服力的结论，还有"浅薄的"或是"逐渐变得浅薄的"思想。这些只是约翰逊评论沃勒的抒情诗，而接下来约翰逊继续批评

---

①② Samuel Johnson. *Lives of the English Poets*, *Vol. i*[M]. G. B. Hill (Ed.). Oxford: The Clarendon Press, 1905: 286, 287.

③ John Dryden. *The Works of John Dryden*, *Vol. iv*[M]. A. B. Chambers, William Frost, Vinton A. Dearing (Ed.). Oakland: University of California Press, 1974: 233.

沃勒"颂词性质的"诗歌，因为从表现崇高及其重要性程度来看，他的颂词所占比例更大。约翰逊认为沃勒的颂扬有过分之嫌，而且约翰逊也不忘批评他有关萨利(Sallee)的诗歌，虽然情感强烈，但结尾却软弱无力。在论有关圣・保罗教堂的修缮时有些地方粗俗，如提及安菲翁(Amphion)的时候，也有些地方过于暴力和残酷，如：

> 因此，在他的阴谋策划下我们所有人的思想都惠赐
> 非犹太人的伟大传教士，而丑化
> 那些状态模糊不清的棚子，就像一条锁链
> 似乎要限制他，再一次给他带上镣铐；
> 在他的命令下，那只毒蛇一从他神圣的手上窜出，
> 那个圣人就摆脱了束缚，获得了快乐。
> 这就像苍老的橡树，当我们把匍匐在他身上的常青藤
> 从他受伤的那边剥离时所感受的快乐一样。①

最后两个对句，前一个对句过分暴力，而后一个对句又过于平淡。此后，约翰逊又接着批评他对女王的赞美过于夸张，其中的思想留给读者的只是厌恶和恐惧：她能够"拯救恋人，通过阻断希望，就像通过截肢来治愈坏蛆一样。"②而关于沃勒的《夏日岛的战役》(*The Battle of the Summer Island*)，约翰・奥伯雷和艾力加・范顿都给予了不同程度的赞扬。奥伯雷的评价是这样的："他写有关百慕大的诗歌，是听到某个人讲述50年前曾经发生在那里的事件；徜徉在他美丽的丛林里，诗歌的精灵遇上了他。"③范顿也详细叙述了夏日岛名字的由来并分析了其中"就像仙界中拿着铁枷的塔卢斯"一行诗句的深层含义：百慕大群岛获得夏日岛这个名字，源于它的首位发现者，西班牙人乔治・萨默斯(George Summers)。大约1609年，本来他打算在弗吉尼亚建立殖民地，但他的船舶在那里的海岸失事，于是在那里建立了一个殖民地，称之为夏日岛：它们位于北纬32度30分……就像斯宾塞的塔卢斯，《仙后》中的人物，他拿着铁枷，"剥掉虚

---

①② Samuel Johnson. *Lives of the English Poets*, *Vol. i*[M]. G. B. Hill (Ed.). Oxford: The Clarendon Press, 1905: 289.

③ John Aubrey. *Brief Lives*, *Vol. ii*[M]. Andrew Clark (Ed.). Oxford: The Clarendon Press, 1898: 276.

伪,恢复真相”,这种醒目的工具,仅仅适用于仙界!但这不是斯宾塞的发明。因为塔卢斯是克里特国王拉达曼迪斯领导下的一位严格的司法部部长,他每年要巡回该岛三次来执行法律,这些都被刻在了铜片上。希腊人,用他们词语的隐喻方式,称他为“铜人”,就是阿波罗尼奥斯在《阿尔戈英雄纪》(*Argonautics*)中所描述的情形。通过范顿这样的分析,读者可以领会到沃勒诗歌语言的多义性。而约翰逊对该诗的批评则是一针见血地指出其不足之处:“似乎不太容易说这首诗的意图是致力于引起恐惧还是快乐:开头极为壮观,不适合戏谑,结尾又过于轻快,不适合严肃的主题。虽然诗的韵律是经过深思熟虑的,场景也是精心安排的,意象的艺术性也得到了增强,但是它结束的时候既不能带来快乐,也不能带来悲伤,读者几乎不会阅读第二遍。”[①]更加令人拍案叫绝的是约翰逊对沃勒有关克伦威尔(Cromwell)颂词的评价,指出该诗最大的错误是赞颂的对象即诗歌主角选择的错误。在传记中,约翰逊也记叙了沃勒有关查尔斯国王归来的颂词与克伦威尔的颂词相比,前者不如后者的原因。

约翰逊对沃勒诗作的批评方式是明确指出他的错误之后,进行例证,而且每一处引用都是要展示他诗歌中一些值得惋惜的地方。直到传记接近结尾,约翰逊才说出沃勒的声誉在很大程度上归因于他在诗歌中非常“平稳和流畅”地使用音节数。[②]即使在这里,约翰逊仍然不失时机地指出他诗歌中的韵律不和谐、使用过时的术语等不足之处。在所有这些错误被指明之后,最后提到:“但是对于沃勒的赞扬,尽管很多会随之而去,但也有不少会被留下来。因为不可否认他为我们措辞的优雅和思想的适当都增添了一些元素。”[③]通过详细考察他的“沃勒传”,可以看出约翰逊务实求真、发现错误的冲动似乎深深植根于内心,而不仅仅是对习惯性赞扬的厌恶。

然而,约翰逊并不是视诗人成就而不见,一味地阐述他们的错误。事实上,他对真的追求,也体现在他对诗人作品的公正态度:赞扬的时候,会总结诗人作品的所有优点,批评的时候,会尖锐地提出令人耳目一新的错误分析。例如,他在“德莱顿传”中阐述《押沙龙和亚希多弗》的时候,约翰逊一开始认可这是一首得到广泛尊重的诗——“如此有名,特别的批评也显得多余。”[④]赞扬的

①②③④ Samuel Johnson. *Lives of the English Poets*, *Vol. i*[M]. G. B. Hill (Ed.). Oxford: The Clarendon Press, 1905: 289, 293, 296, 436.

时候,他很少引用段落进行例证,基本是陈述,这与他批评的时候方式不同。"如果把它看成一首政治上有争议的诗,可以发现它包含了所有的优点,其主题是可以接受的,其中的指责尖刻,表扬也显得优雅,人物排列有艺术性,情感丰富多样且有活力,语言变换也令人愉快,音节数也和谐悦耳。"①所有这些优越之处被提升到如此高度,这在英语中几乎不可能发现其他类似作品。然而,他简单赞扬的段落结束之后,后面紧接着就转向了批评。"然而,它并不是没有错误。"②阅读传记的主体一定会从他前面的赞扬声中惊醒。后面四段详细列举了《押沙龙和亚希多弗》中的错误:"其中一些诗行并不优雅或是合适,很多地方荒淫无度,缺乏宗教信仰。诗歌原来的结构是有缺陷的:太长的寓言总是不能自圆其说;查尔斯也不可能和大卫一起持续不断地跑步。"③约翰逊也从读者的角度出发,指出诗歌的主题同样也存在另一方面的不足:它不能得到充分的想象或是描述,那么一首长诗所蕴含的情感很容易变得枯燥无味;"尽管所有的部分都很有说服力,每一行都能激起新的喜悦,然而,如果没有通过某些抚慰人心的插曲而得到纾解的话,读者很快会感到厌烦,失去崇敬之意,从而不再阅读剩余部分。"④

约翰逊在批评该诗时,也提出尊重历史真实的方法也是必要的。由于诗中的行动和灾难都不在诗人的能力范围之内,因此,开头和结尾之间明显不成比例,会令读者感到不快:人们得到警告,由许多原则不同但有着相同邪恶目的的宗派,组成了一个阵营,人数众多、难以对付,而且后援强大,然而,国王的朋友既少又弱。双方的首领决定对峙,但是在期望值最高的时候,国王做了一次演讲,然后,"一个新时代从此开启了。当命中注定的骑士在它前面吹起号角的时候,谁能不去想一个有着魔力的城堡,四周有着宽阔的壕沟和高耸的墙垛,大理石墙壁和黄铜大门,在顷刻间灰飞烟灭,消失在空气中。"⑤

在谈到德莱顿的挽诗时,约翰逊提供了一首题为《埃莉奥诺拉》(*Eleonora*)的作品作为标本进行批评。埃莉奥诺拉是阿宾登伯爵夫人,她在自己家中举办舞会时突发疾病身亡。

---

①② Samuel Johnson. *Lives of the English Poets*, *Vol. i*[M]. G. B. Hill (Ed.). Oxford: The Clarendon Press, 1905: 436.

③④ Ibid., 436-437, 437.

⑤ Ibid., 437.

尽管所有这些思想上罕见的禀赋
局限在生命的狭窄空间里，
这个人物可以冠以十全十美；
尽管行动的轨迹不是很大，但是真正的圆形。
当带着荣耀，经过公共场所的时候
被征服了的国家会呈上贡品，
但是胜利的一天到来的时候，
执政官限制了大众迎接他的盛况；
因此敏捷的队列匆忙通过，
所有这一切都可以显示，尽管不是非常清晰
在有限的生命束缚之下，
她只是大致了解她光荣的思想：
以及她传递的大量美德
在拥挤的人群中每一个最为紧迫的
渴望能够被看见的，然后腾出空间
为了更多的人来临
然而没有浪费一分钟；
对于如此短暂的停留，时光珍贵，
天堂急于拥有她的愿望如此强烈
以至于有一些只是单幕，尽管每一幕都完整；
而且每一幕都准备着重演。

约翰逊指出这篇诗文也不是没有错误：“最初的比较有如此多的相似之处，然而没有进行解释。他哀悼埃莉奥诺拉，就像哀悼一个国王一样。”[1]约翰逊接着引用诗文：

正如当一些伟大的仁慈的君主离世，
先是轻轻的耳语，然后是悲恸的杂音升起

① Samuel Johnson. *Lives of the English Poets*, *Vol. i*[M]. G. B. Hill (Ed.). Oxford: The Clarendon Press, 1905: 441.

在伤心的随从人员中,然后这声音
很快逐渐增强,把这消息传遍
城市和乡村,直到可怕的哀乐
最终在遥远的殖民地吹响;
也许,那时有些人曾经徒劳地许愿,
祝福他万寿无疆,祝福他幸福的统治:
因此渐渐地、慢慢地,赞颂她的名声
公布举世无双的埃莉奥诺拉的命运
直到公众把这个消息当成损失。(*Works*, xi. 128)

约翰逊并不认可这些诗行,认为这样的说法无异于赞扬一处灌木丛林像一棵树一样的绿;或是赞扬一条浇灌着花园的溪流,正如一条河流哺育了一个国家一样。

德莱顿承认他并不认识他所歌颂的这位女士,但他用邓恩博士(Dr. Donne)的例子为自己辩护:邓恩承认自己从来没有看见过德鲁里(Drury)夫人,但是在他令人崇敬的《周年纪念》(*Anniversaries*)的诗中,使她成了不朽的人物。然而,约翰逊认为,由于德莱顿并不熟悉这位女士,所以他的歌颂不可避免地落入俗套,既不能给读者留下深刻印象,也不能激起爱的冲动,更谈不上模仿的欲望。对歌咏对象的了解对于诗人来说,就像持久耐用的材料对于建筑师一样。

约翰逊在总体评价德莱顿成就的时候,前面几乎都是在详细列举他的诗歌中存在的不足之处。“他几乎像其他诗人一样,时常使用神话,有时把宗教和寓言联系得过于紧密,而没有做出区分。”①他有时会炫耀和卖弄自己学问,他的虚荣心会时不时地背叛他,显露出他的无知:

他们和自然之王通过自然的光学原理来观看;
他们的眼中看到的他倒立着
他听说过把望远镜倒过来观看,

① Samuel Johnson. *Lives of the English Poets*, *Vol. i*[M]. G. B. Hill (Ed.). Oxford: The Clarendon Press, 1905: 462.

不幸的是把观察的物体倒立过来了。(*Prologue to the Prophetess*, *Works*, x. 408)

他的表达有时普通得让人意想不到。当他描述祷告者们祈祷上帝扑灭伦敦大火的时候,他是怎么表达的呢?

他拿出一个空心的晶体金字塔,
上面蘸着天上的水,
他把它做成一个宽大的灭火器,
竭尽全力地覆盖在火焰之上。(I,463)(*Annus Mirabilis*, stanza 281, *Works*, ix. 185)

当他描述最后审判日和至关重要的特别法庭的时候,他把下面这个意象混杂在其中:

当嘎嘎作响的骨头一起飞来,
从天空的四个角落。(*The Ode on Mrs. Killigrew*, l. 184, *Works*, xi. 113)

约翰逊认为德莱顿实际上从未有抵御戏谑诱惑的能力。对于莎士比亚来说一句戏言可以使克丽奥佩特性命攸关,可以使其失去她的世界,而且还满足于这样的失去。德莱顿在有关克伦威尔的挽诗中写道:

一旦接受了法国人的理念,
轻描淡写的先生(Monsieur)
就胜过了严肃认真的导师(Don);
他的命运也随之发生了扭转。
(*On the Death of Oliver Cromwell*, stanza 23, *Works*, ix. 21.)

德莱顿还有一种虚荣心,就是通过使用法语词汇来显示与他生活在一起的朋友阶层之高。这种虚荣心与他的能力并不相称,而且尽管法语已经渗透到他们的谈话之中,他的朋友阶层之高也是令人怀疑的。这在《排演》(*The Rehearsal*)中也有体现。"贝斯(Bayes):注意那一点。我让他们都说法语,来显示他们的教养。""哎,我很惊讶,但不是那种谋杀(tuant),现在,嘿? 这不是谋杀(tuant)吧?"[①]约翰逊还从德莱顿的诗歌中列举:如在《论加冕》(*On the Coronation*)中 fraîcheur 来代替 coolness;在《天竺葵》(*Astraea Redux*)中 fougue 代替 turbulence。这样的用法没有一个能够与英语融合,或是在英语语言中得到保留。他们持续存在的唯一理由就是对未来的创新者们提供一个永恒的警告。

约翰逊认为这些都是德莱顿装模作样的错误,而他"粗心大意的错误都多得无法详细列出了。如他作品的不平衡,连读者都感到羞愧,很难发现能有连续十行诗是平衡的。"[②]在这一点上,约翰逊的朋友,皮奥兹夫人是这样记录的:当加里克非常高兴地赞美德莱顿的时候,我猜他令他的朋友感到厌恶了。约翰逊先生突然向他发出挑战,从德莱顿的一系列作品中任意挑选 20 句,都会发现令诗人和他的崇拜者感到丢脸的地方。约翰逊进一步指出,德莱顿并不勤奋:他认为足够好的作品就不会让它修改得更好,这使得他有很多部分是未完成的;他自信自己好的诗行是超过差的诗行数量;作品一旦写完,他就不再去想它。约翰逊相信,没有例子能够证明他的作品出版之后他自己做过任何修订或是校正。

当提到德莱顿诗歌中不恰当地使用了一些令人难以理解的词汇或是专业术语的时候,约翰逊感到几乎没有必要进行论证,只是举例即可。他引用了《奇迹之年》(*Annus Mirabilis*, 1667)中的三段,他把与航海相关的词汇全部用斜体标示(如 *okum*, *seam*, *calking-iron*, *mallet*, *seams instops*, *gall'd*, *marling*, *tarpawling*, *shrouds*),然后简单地加上他的评语:"我想这里没有一个术语是我们每位读者不想远离的。"[③]除了用词不恰当之外,还有一些深层次的不恰当,如德莱顿习惯于把宗教与神话典故联系起来——"神话的使用不当"。[④]约翰逊引用了《正义恢复了》(*Astraea Redux*, 1660)中的片段,其中德莱顿首先祈求没有宗教信仰的海神,

> 神圣的祭坛上为谁铺盖着海藻?
> 查尔斯亏欠所有海神一次供奉;
> 将给你屠宰一头公牛,普尔图诺斯,

---

①②③④ Samuel Johnson. *Lives of the English Poets*, *Vol. i*[M]. G. B. Hill (Ed.). Oxford: The Clarendon Press, 1905: 463, 464, 434, 427.

献给你一只公羊，暴风雨的精灵们——

然后是基督徒的启示：

祷告声响彻天空，随之夺走了查尔斯
正如天堂本身也是通过暴力获得——

后来又提到《圣经》中最为惨烈的篇章之一《出埃及记》。约翰逊还指责德莱顿是一位不在乎道德的作家。尽管基于安东尼和克丽奥佩特拉的故事所创作的悲剧《一切为了爱情》(*All for Love*，1678)可能是他在风格或是人物方面所犯错误最少的一篇，但是确实有一处错误值得提及，即承认浪漫的爱情无所不能。这一个错误就抵得上许多错误，尽管这是道德上，而非批评层面的错误。约翰逊嘲笑这样一个说法：一个人只能一次真正坠入爱河。约翰逊认为这只是一个浪漫的想象而已。而德莱顿在他这部作品中却推荐了这样的做法："善举被错怪成恶行，恶行被鄙视成愚蠢的行为。"①

安东尼在临死之前对克丽奥佩特拉说：
活着的时候，你千万不要悲伤，
在我最后悲惨的时刻：
想想我们曾经拥有过晴朗的天空和荣耀的日子，
上苍确实宽容地延缓了暴风雨的到来，
直到夜幕的降临。十年的爱情，
并不是一刻的迷失，而是一切
均带来了最大的快乐，我们生活的时代如此美好！
现在轮到我们要离开这个世界，
手拉手地一起走进地下的坟墓，
那里成千上万相爱之人的魂灵将会簇拥着我们，
所有行进的队列都是我们的部下。

① Samuel Johnson. *Lives of the English Poets*, *Vol. i*[M]. G. B. Hill (Ed.). Oxford: The Clarendon Press, 1905: 361.

尽管约翰逊毫不留情地指出德莱顿作品中的错误，但也如实地讲述他的功绩，认为也许没有一个民族能够产生这样一位作家，以如此多样的作品丰富了他这个民族的语言。约翰逊也引用蒲柏的评论来佐证："对于每一种诗歌形式，都无法从其他任何一位英语作家的作品中选到比他更好的标本。"①结束时，约翰逊使用了一个容易理解的隐喻来说明德莱顿对于英语诗歌的贡献："他发现它的时候是一块砖，而他使它变成了一块大理石。"② 这里，读者可能会很惊讶地发现约翰逊对德莱顿诗歌成就的高度赞扬。

在《诗人传》中，类似的批评模式也体现在约翰逊对德纳姆诗歌的批评：一方面，总体上肯定诗人的成就及其重要意义；另一方面，详细考察诗人在措辞方面的使用不当，及其对诗歌风格的影响。约翰逊先是指出德纳姆值得后人关注的主要理由之一，因为他"改善了我们诗歌中音节数的用法。"③但是紧接着的段落都是列举他在诗律上的错误：如他 21 岁时对维吉尔诗歌的翻译中，仍然可以发现韵脚使用的不完美。在后来的作品中，德纳姆很少三句连续使用同样的韵脚(bleed，exceed，decreed)。

> 然后所有那些
> 在黑暗中逃走的人，
> 都回来了，知道我们是借用的武器，
> 讲不同的方言：然后他们的数量在增加
> 超过了我们；先是考拉布斯(Choroebus) 倒下了
> 在弥勿瓦(Miverva)的祭坛前，下一位确实流血了
> 公正的瑞福斯(Ripheus)，没有一位特洛伊人能够超越
> 在德行上，然而，诸神对于他的命运已经下令。④

有的时候，德纳姆把韵脚落在一个太弱的单词上，而不足以支撑其重力：

> 特洛伊被击败，
> 从她所有的荣耀光环之上跌落：如果还能够站着的话

---

①② Samuel Johnson. *Lives of the English Poets*, *Vol. i*[M]. G. B. Hill (Ed.). Oxford: The Clarendon Press, 1905: 469.

③④ Ibid., 80, 81.

通过任何力量，通过它应该拥有的得力助手。(shou'd)

尽管我的向外的状态有着不好的运气(hath)
如此消沉，它不能达到我的信念。

通过他的欺骗，摧毁了我们自己的信念，
假装的眼泪去垮了我们。(whom)

而且，德纳姆还很粗心，不注意变换诗句的结尾，重复使用相同的韵脚。在一篇诗歌中，die 一词就有六行三个对句用此韵脚。

在列举了这些错误以后，同样，约翰逊也不忘给予诗人同情性的理解和总结诗人的成就，认为大多数这些小错误都出现在他的前期作品，那时他在技巧方面还有欠缺，或者至少可以说，在词汇使用方面还没有那么得心应手，而且尽管这些错误经常发生，但是它们只能减少他诗歌的优雅，却不能削弱他作品的力量。德纳姆是改善了我们趣味、提高了我们语言水平的诗人之一，因此“我们应该满怀感激地阅读他的作品，尽管我们已经阅读了不少，然而，他留下来的还有很多。”①

约翰逊在《诗人传》中对真的追求，也体现在对诗人盖伊的成就与过失一分为二的公正态度上。约翰逊对盖伊的《特里维亚》(1716) 的评价就是一例。一开始，约翰逊借用了三个形容词来赞扬该作品：对于《特里维亚》，所有人都说它是“充满生机的、多样的和令人愉快的。”②并认为盖伊天生有资格创作此类主题的作品。但紧接着，约翰逊话锋一转，“然而，有关他的一些形容词修饰语从公正角度来看恐怕会消失。”③下面，约翰逊开始了他的严厉批评：斥责诗中神话的离题和对经典寓言叙述模式的捏造，一位诚实的铁匠为帕蒂(Patty)做了伏尔甘所做的事情；克罗阿西娜(Cloacina)的出现是令人讨厌的，也是多余的；那位擦鞋为生的男孩原本应该是凡人临时同居而生。这里，伏尔甘是罗马神话中的火神，也是天神朱庇特之子，诗中他通过为帕蒂做了一双木屐而赢得了她的爱情。克罗阿西娜女神是罗马神话中下水道和公共卫生的管理者。贺拉斯的规则在这两个例

① Samuel Johnson. *Lives of the English Poets*, *Vol. i*[M]. G. B. Hill (Ed.). Oxford: The Clarendon Press, 1905: 82.

②③ Samuel Johnson. *Lives of the English Poets*, *Vol. ii*[M]. G. B. Hill (Ed.). Oxford: The Clarendon Press, 1905: 283-284, 284.

子中都被打破了：这里没有神仙才能解得开的结，没有困难需要任何超自然的神的介入才能排除。一双木屐可以由一个凡人用铁锤做成，一位人神杂交的后代也可能会被人间的喇叭吹落。“在大的场合，以及小的场合，思想被无用的、表面的假象所蒙蔽。”[①]这里，我们可能认为约翰逊没有抓住盖伊在《特里维亚》中的精巧设计和想象力，但是可以强烈感受到他追求真实的率真性情：他喜欢的地方就赞扬，不喜欢的地方就找出其存在的错误，这在《诗人传》中形成了鲜明的对比。

还有一些短小的传记，虽然约翰逊没有对诗人诗歌的详细考察，但结尾的时候他也不忘记对其所犯错误做总结。“瓦茨传”的结尾就是如此。约翰逊非常崇敬他的虔诚，但传记中很快便列举了他诗歌上的错误：他时常没有找到合适方法就开始写诗，过于频繁地使用无韵体，而且他的韵律的关联度总是不够。他特别不善于给人物命名。他的诗行总是非常平稳和简单，他的思想总是宗教般纯洁，但是，谁会如此虔诚和天真，而不希望有一种更加伟大的、更有活力的方法呢？再如简短的“柯林斯传”。约翰逊和传主柯林斯熟识，称得上朋友，1763 年约翰逊就曾经对他的性格做过描述并发表在《诗歌日志》(*Poetical Calendar*)上。《诗人传》中包含其中大部分内容，但是结束的时候约翰逊也列举了他诗歌中存在的错误：对于我以前说过的有关他的作品可以增添下面这些内容，他的措辞时常显得粗俗，缺乏技巧的加工；而且他的选择也不明智，他缅怀过去的但又不值得重新提及的事情；他打破词汇的常规次序，似乎认为，这样就有机会获得名誉；他不是去写散文，而非要作诗；他的诗行常被连续的辅音群所阻碍，而缺乏乐感。

除了以上显明的、一经指出即可明白的错误之外，难能可贵的是，约翰逊在《诗人传》中也指出诗人们在逻辑关系，特别是暗喻、明喻和隐喻使用方面的错误。这需要对诗人作品进行细读才能发现。例如约翰逊指出弥尔顿在《失乐园》(1667)中关于原罪和死亡的陈述毫无疑问存在错误：原罪(Sin)和死亡(Death)应该已经显示在去地狱的道路上，这是可能的；但是他们不应该通过建造一座桥梁来使通往地狱的道路便捷，因为撒旦在此道路上所遇到的困难已经被描述得相当真实，是可以感受到的。那么，这里的桥梁应该只能是一个比喻性的意象。然而，比喻性的语言本身常被认为是缺乏理性的或是荒诞不经的。

约翰逊也证明艾迪生在《来自意大利的信件》(1704)两句诗行中缺乏逻辑以及他混合使用暗喻；他花很长一段来证明值得赞赏的明喻在《战役》(*The*

① Samuel Johnson. *Lives of the English Poets*, *Vol. ii*[M]. G. B. Hill (Ed.). Oxford: The Clarendon Press, 1905: 284.

Campaign, 1705)中只是同义重复而已;他还发现考利和邓恩的诗歌中存在不相称的或是夸张的类比,并一页一页地不厌其烦地来引证。

约翰逊对邓恩诗集中的诗篇进行评论时,其语气暗示了约翰逊在《诗人传》中批评观的矛盾之处。这不仅是在约翰逊字里行间的问题,他自己也认为没有发现错误的地方,是因为个人的能力所限。他把罗斯康芒伯爵描述成也许是在艾迪生之前诗文方面唯一正确的作家,并宣称:"与同时代其他诗人相比,如果在他作品中没有如此多,或是如此伟大的美,但至少他的作品中错误更少一些。"①无错也可能是一种失败:"他很优雅,但是不伟大;他从来不费力追求精致的美,他也很少掉进粗俗的错误泥潭。"② 约翰逊意识到在他之前的作家们已经注意到雄心与错误之间的关系。在他的"布朗传"(1756)中,他引用了布朗自己对瑞丽杰奥·美迪奇(Religio Medici, 1643)的观察——"获得伟大的卓越成就,就会犯大错;有大德,就会有不小的恶习,这是最好的自然诗学。这种诗学可以合适地运用在布朗的风格上。"③正如约翰逊继续写道:"他有许多热情似火的话语,强有力的表达,然而,他永远也不会发现这些优势,反而去追求极端风格,就如同冒险飞行,总想触及从未达到的边际。他就是那位从不畏惧坠落的人。"④

与之对照的是,艾迪生诗文的错误却在于其所受的限制:"他的诗歌优美纯洁;诗人的思想过于明智,而不犯错,但是没有足够的生机来达到卓越。他有时有一句引人注目的诗行,或是闪亮的段落;但是整体上他温和而不炽热,显示了更多的灵巧,而不是力量。然而,他是我们最早的正确的榜样之一。"⑤同样的道理,如果诗歌过于轻微或是并无引人注目之处,那么它们的错误也不值得去发现。当他看沃勒的抒情诗,约翰逊写道:"对于这些小作,既没有美,也没有错误值得我们太多的关注。"⑥

在约翰逊的字典中词条"批评家"是被这样解释的:一个人掌握了评判文学的艺术;一个人能够区分作品中的错误和美。这样的理想在《诗人传》中得到反复实现。他在赞扬瓦茨的时候说:他的判断是准确的,他以优秀的辨别力注意到

---

①② Samuel Johnson. *Lives of the English Poets, Vol. ii*[M]. G. B. Hill (Ed.). Oxford: The Clarendon Press, 1905: 20-21, 23.

③④ David Fleeman. (Ed.) *Early Biographical Writings of Dr Johnson*[M]. Farnborough: Gregg International, 1973: 465, 467.

⑤ Samuel Johnson. *Lives of the English Poets, Vol. iii*[M]. G. B. Hill (Ed.). Oxford: The Clarendon Press, 1905: 136.

⑥ Samuel Johnson. *Lives of the English Poets, Vol. ii*[M]. G. B. Hill (Ed.). Oxford: The Clarendon Press, 1905: 50.

了美与错误。他称赞埃德蒙·史密斯:他的批评准备充分,而且极其准确,新的作品只要粗略一瞥,就可以准确无误地说出它所有的美和不足之处。在莎士比亚作品集前言的开篇,约翰逊就指出:“批评中争论最为激烈的是我们是否应该发现现代人的错误和古代人的美。当一位作家仍然活着时,我们通过他最差的作品评价他的能力;当他去世了,我们通过他最好的作品来评价他们。”①

批评家需要指出作品的美与不足,约翰逊在批评实践中也有这样的习惯。他对考利“情人”(1647)的评价:“没有必要选择任何特别的诗篇来赞扬或是谴责,它们都有着同样的美与不足。”②他对蒲柏《愚人志》的评价也是如此:这首诗的美众所周知;它主要的错误是诗中意象过于粗俗。把美与不足并列的批评习惯也体现在“弥尔顿传”中他对《失乐园》的评价:“这些是非常了不起的诗篇。《失乐园》的不足之处,与其中的美相比,它不应该被认为是非常好,而应该是非常枯燥,正如很少有人责备其中缺乏坦诚,而非同情其中缺乏理智。”③

约翰逊在《诗人传》中关注诗人诗作的美与不足,但更加偏向不足部分。“蒲柏传”中有关《人论》连续的两段就是这样的例子。一开始,约翰逊认为诗歌内容所体现的智慧一般,但非常赞赏其中光鲜的修饰语和甜美的旋律:一些概念注重内涵,而另一些的外延丰富。附带的说明有时严肃,有时温柔。压倒一切的快乐束缚了哲学,暂缓了批评,压制了判断。然而,诗人蒲柏并没有被压倒,《人论》与他其他所有作品相比,读者很容易发现更多的诗行写得并不成功,措辞更加生硬,更多的思想没有得到完美表达。

为什么约翰逊感到有必要很快从赞扬转向发现不足?一部分原因似乎是他不喜欢赞扬别人。尤其是对传记来说,约翰逊对吹捧和自我吹捧的故事嗤之以鼻。他告诉读者托马斯·斯普拉特已经给考利的生平裹上了一层“颂词的迷雾”。④约翰逊感觉到他讨论的许多诗人已经习惯于给予或是接受赞颂。诗人们赞扬恩主,恩主也称赞诗人们的努力。赞扬成为诗人获得温暖的媒介。发现不足对约翰逊来说总是很重要,他的一些最为著名的批评就包含发现的不足。“莎士比亚非常优越,但同样也有类似的错误,而且这些错误足够掩盖或是淹没其他

---

① Samuel Johnson. *The Works of Samuel Johnson*, *Vol. 7*[M]. Arthur Sherbo (Ed.). New Haven: Yale University Press, 1968: 59.

②③④ Samuel Johnson. *Lives of the English Poets*, *Vol. i*[M]. G. B. Hill (Ed.). Oxford: The Clarendon Press, 1905: 217, 292, 191.

功绩。”①

约翰逊对格雷的评价也是如此。英国18世纪是新旧冲突的时代，是英国古典与浪漫两大思潮起伏、交错的时代。当时的新思想，在欧洲大陆上已蓬勃地表现在许多作家的作品里。但在英国，由于约翰逊在文坛的统治地位，他反抗了这一大潮流，使得英国的古典主义延长了许多年。在诗歌方面，德莱顿和蒲柏是约翰逊最钦佩的诗人，而托马斯·格雷的挽诗他一直不喜欢。他称格雷是以一种新的方式表现沉闷，使得许多人都认为他很伟大，其实他是一位机械呆板的诗人。在《诗人传》中，约翰逊对格雷的轻视使得一些剑桥人士对《诗人传》进行了恶毒的攻击。约翰逊的文章是古典化、理性化和道德化的，古典主义一直是他追求的风格。所以，当格雷读了《莪莉》②诗集之后非常赞赏，认为这是富于天才的大著作，充满着新奇的美与不常见的规则和意识。而约翰逊的观点却正好与之相反。

约翰逊坚持认为麦克弗森的《莪莉》诗集是“欺诈行为”，是由麦克弗森自己所作。1773年，约翰逊在与鲍斯威尔同游赫布里底群岛时，对此做了一番详细调查。并在1775年发表的《苏格兰西部诸岛旅行日记》中对《莪莉》诗集做了如下判断：这些诗，除了能读到的这种版本之外，并未以任何其他文字写过，编者或作者绝对无法拿出所谓的“手稿”来，而且任何人也都一样办不到。他发现，厄尔斯语直到近期为了宗教的目的才有文字，苏格兰根本没有任何古代的盖尔语手

① Samuel Johnson. *The Works of Samuel Johnson, Vol. 7*[M]. Arthur Sherbo (Ed.). New Haven: Yale University Press, 1968: 71.

② 1762年，苏格兰作家詹姆斯·麦克弗森发表了6卷本的《芬格尔》，声称是译自由芬格尔之子莪莉用盖尔语所著的古老史诗。翌年，麦克弗森又出版了另外他称同样出自莪莉手笔的8卷本史诗《泰摩拉》，并且坚持认为他的作品是从盖尔语手稿翻译过来的。这引起了当时文学界的广泛争议。一些人认为莪莉是苏格兰的伟大诗人，他的诗歌可以与荷马、维吉尔的诗歌相媲美，属于世界文学经典之列。托马斯·谢里丹就曾经告诉过年轻的鲍斯威尔：“莪莉在崇高方面优于荷马，在哀婉动人方面则胜过维吉尔。”布莱尔博士专门撰写长篇专题论文，依据这些诗歌的内在因素，为它们的真实性进行辩护，而且认真地把这些诗歌与荷马、维吉尔的诗歌进行比较研究。当时的文坛领袖约翰逊从一开始就否认麦克弗森作品的价值及其真实性。当福迪斯向约翰逊引荐布莱尔，并问他是否认为现时代有人能够写出这样的诗歌？约翰逊回答道，“是的，先生，许多男人、女人甚至孩子都能够写得出来。”这一对话充分表达了约翰逊对麦克弗森作品的态度，而他的观点正好与布莱尔博士相左。1765年，麦克弗森把他的两部作品合并在一起，称为《莪莉》。他的作品不仅在苏格兰、英格兰引起了强烈的反响，而且其影响遍及整个欧洲。日耳曼的赫德和歌德、法国的狄德罗、苏格兰的布莱尔以及凯姆斯爵士等都相信麦克弗森的说法，认为《莪莉》是从古代盖尔的民歌翻译而来。歌德对此作品盛赞有加，在《少年维特之烦恼》一书中就描述了男主角读了6页的《莪莉》给洛塔听的情形。拿破仑对此则爱不释手，百看不厌，每次征战都带着一本意大利语版本的《莪莉》。美国的托马斯·杰斐逊则称莪莉是“曾经存在着的最伟大的诗人”。

稿,而且亦无书写的文化可言。“在一个没有写作的民族,或没有书写的语言,决不会存在着手稿的。”①

麦克弗森的欺骗行为,是约翰逊无法容忍和接受的。作为一名学者,他早在1750年的时候,曾经被另一名苏格兰人威廉·劳德老师欺骗过。劳德劝说约翰逊为他的一本宣称密尔顿的《失乐园》大部分是剽窃的小册子写了前言和后记。后来约翰逊发现劳德的观点不成立,其中充斥着他自己的一系列编造,约翰逊非常愤慨,对学术上的这种欺骗行为深恶痛绝。有过这样的经历,他变得更加小心谨慎,再加之他严谨的治学态度、对真的关注,使他决不愿意接受没有证据的宣称。

约翰逊对文学真实的要求与他对文学功能的理解密切相关。他从人性论出发,十分重视文学的实践价值。他在《〈莎士比亚戏剧集〉序言》中有过一句名言:“一个城堡最主要的优点在于它能够抵御敌人的侵略,同样,一个剧本的最大好处就在于模仿自然和指导生活。”②这样,文学就可以在不知不觉中起一种道德感化的作用。而那些虚构故事中光怪陆离的奇异事物(诸如冒险、巨人、妖龙和魔法等)无法实现这样的功能,总是受到没有受过教育的、轻信的人士欢迎。对于较成熟的、有知识的人们来说,故事难以令人相信的性质是他们所讨厌的东西。由此可见,约翰逊对文学功能的理解使他排斥虚假、奇特和荒诞的事物。

在《诗人传》中,约翰逊为了追求事实真相,不畏得罪他人,包括仍然在世的名人。格雷和英国首相罗伯特·沃波尔最小的儿子霍拉斯·沃波尔在伊顿公学就结为好友,后来又一同在剑桥读书。在“格雷传”中,约翰逊提到:格雷在剑桥生活了5年以后,接受霍拉斯的邀请,陪他去欧洲大陆旅行。他们先是在法国游历,后又来到意大利。格雷的“书信集”里有不少对于他们旅行令人愉快的描述。在佛罗伦萨,他们发生争吵,不欢而散。后来,沃波尔先生坦言这是他的错。约翰逊对于此事进行了深入的分析和评价:“不平等的友谊很容易解散。……如果世界上没有偏见,我们会发现当自己的功劳意识高于奴性的顺从意识之时,在处理阶层比自己更高的人的关系过程中,人们很容易带着令人痛苦的、拘泥于形式的妒忌来关注自己的尊严,而且还极度迷醉于独立来索取他们拒绝付出的注意

---

① R. W. Chapman (Ed.). *The Letters of Samuel Johnson, Vol. ii*[M]. Oxford: The Clarendon Press, 1952: 8.

② 杨周翰.《莎士比亚评论汇编》[M]. 北京:中国社会科学出版社,1979:57.

力。”[①]这样的叙述和评价很容易招致所写对象的反感和嫉恨，所以很快约翰逊就遭到了他人的攻击。沃波尔在1781年1月27日写道：“约翰逊的‘格雷传’，或是对格雷诗歌的批评出版了。这是一篇最恶劣的、枯燥的、没有品位的谩骂式批评——而且还有些胆小。”[②]鲍斯威尔在《约翰逊传》中提到：“格雷传”引起了文艺界的“一片喧哗，好像约翰逊受妒忌之心驱使，从而对诗人的成就做了不公正的评价。”[③]

可以说，对事实真相的关注是约翰逊的一贯作风。查特顿是一位年轻的薄命诗人。他的祖父和叔父都服务于红尖教堂，他能够听到不少关于古代骑士和教士的轶事。他苦于自己没有名声，就假称自己的诗稿是在15世纪牧师诗人洛雷的箱子中寻到的，预备印出来流传。他获得了霍拉斯·沃波尔的信任，出版了《洛雷诗集》。对于这本诗集，约翰逊于1776年4月29日和鲍斯威尔一起去布里斯托尔，来到洛雷诗歌描述的现场以探询真相。对于《洛雷诗集》的崇拜者的观点，约翰逊并没有轻易做出判断，而是拜访外科医生布莱特先生，看到了一些他们称之为“原稿”的原件，通过仔细的观察和考证，约翰逊非常满意地发现了其中作假的痕迹。约翰逊还坚持去圣玛丽红尖教堂的塔顶，亲眼看一看发现了手稿的那只古代的箱子。爬上多级楼梯之后，他尽管呼吸有点困难，但还是坚持到了塔顶，看到了“那只箱子”才算满意。由此可见约翰逊对待事实真相一丝不苟的态度。

在约翰逊看来，传记是总的人性的缩影，人性总免不了缺点和不足，所以不能回避传主身上的缺陷、弱点和过错，《诗人传》中的传主都是如此。斯威夫特和蒲柏的传记是约翰逊最后写成的，他们两者的文学生涯都始于18世纪初。从约翰逊与朋友们平时的谈话得知：他对斯威夫特没有好感，也曾被其困扰过。为了更加客观地总结斯威夫特的性格，约翰逊借用与斯威夫特“相识很久”并且“对他了解更深”的帕崔克·德莱尼（Patrick Delany）所提供的更为积极的叙述：“独特、古怪且具有最富于变化的智力”。[④] “古怪”和“独特”是约翰逊“斯威夫特传”

① Samuel Johnson. *The Lives of the Most Eminent English Poets, Vol. iii*[M]. Philadelphia: Benjamin C. Buzby, 1819: 329.

② Peter Cunningham (Ed.). *The Letters of Horace Walpole, Vol. vii*[M]. London: Henry G. Bohn, York Street, Covent Garden, 1866: 505.

③ James Boswell. *Boswell's Life of Johnson (6 v.) Vol. i*[M]. Augustine Birrell (Ed.). Westminster: Archibald Constable and Co., 1896: 404.

④ Samuel Johnson. *Lives of English Poets, Vol. iv*[M]. Roger Lonsdale (Ed.). Oxford: Clarendon Press, 2009: 138.

的主题。凯瑟琳·德林克·鲍恩(Catherine Drinker Bowen)从她写作传记的实践经验得出:“传记家最困难的事之一就是找到他的倾向,找到他立足的平台,确定和认清他写作这部特殊作品的理由。”[①]中国传记理论家杨正润认为这里“倾向”“平台”和“理由”与发现传主的“身份”和确定传记的“主题”类似。[②] 约翰逊找到了他写作《斯威夫特传》的主题,“古怪”和“独特”这样的字眼实际上贯穿着整篇传记,也显示出传记家约翰逊自己的见解:“正如他自己给予我的感觉那样”。

> 无论做什么,他似乎都愿意用一种古怪的方式来完成。对他自己来说,他也没有充分考虑到那样的独特性可能是一种蔑视,能够激起他人的嘲弄和敌意。因为这暗示着他对普通行为的轻视;因此如果他不比别人好的话,那么放任古怪习性的他就比其他人更糟糕。

现代传记家斯特拉奇曾说过传记家要具有“消化事实的能力”。[③] 这里“消化事实的能力”其实就是从所收集的材料中发现对于表现传主性格具有关键意义的材料并加以分析和阐释。约翰逊以斯威夫特对斯黛拉自私的爱为例,认为这种爱是一种反常的温柔,是违反自然法则的,并解释斯威夫特是一个对独特性感兴趣,并努力为自己创造幸福的人,然而他所追求的幸福与上帝的旨意和事物的自然规律完全不一样。

有些传记家们崇敬斯威夫特“违反规则”的勇气,然而约翰逊则认为:他假装与大人物们保持亲密关系,自己的野心可以得到瞬间的平衡;他喜欢忽视那些仪式,认为那是区分两种不同社会秩序所形成的习惯。在其他一些地方,约翰逊还强调斯威夫特的恶毒、暴力的愤怒,贪婪,严厉的一丝不苟的脾气,粗鲁,怨恨,暴躁和傲慢、暴虐易怒的脾气,缺乏温柔、礼貌、同情心和友善。他把生命浪费在对他人的不满意,被他人忽视而感到愤怒,欲望得不到满足而憔悴。他爱发牢骚,吹毛求疵,为人傲慢,胸怀恶意。他有着愤愤不平的悲悼,傲慢无礼的优越感,愤怒的轻视,愠怒的竞争和对他在爱尔兰的流放“反复地悲叹”。

约翰逊肯定斯威夫特的政论作品在英格兰和爱尔兰的积极影响,但其中也

---

① C. D. Bowen. *Adventures of a Biographer*[M]. Boston: Little, Brown, 1959: 94.

② 杨正润.《现代传记学》[M].南京:南京大学出版社,2009:520.

③ J. L. Clifford (Ed.). *Biography as an Art: Selected Criticism 1560 - 1960* [M]. Oxford: Oxford University Press, 1962: 211.

反映了他“古怪的”性格。从《一个木桶的故事》(1704)，一部“放荡的作品”，“当然是危险的例子”到《格利弗游记》(1726)，“一本公开蔑视真理和规则的书”，一本以“几乎让其他所有人退缩和厌恶的观点”为乐的作品。约翰逊赞扬斯威夫特早期一些散文具有“极大的冷静、温和、安逸和简明”的特征，其中有“非常好笑且判断准确的讽刺”，其“意图纯洁”“灵动和优雅”，后来又强调他使用“简单的语言，变化不大的主题”，并对他的“简洁”和“纯洁”有所关注：读者总能理解他，需要熟悉的只是普通的词汇和普通的事件，不会被闪烁的奇喻或是牵强的学识分散注意力。

然而，读者需要的不仅仅是这些。斯威夫特的风格不注重感情，不刺激人们的惊奇感和崇敬感，他避免“高深”，总是处在一个水平上，紧紧贴近坚实的基础。这样的风格容易清楚地表达意义，值得赞扬，因为一位作者也应该使读者在没有注意的情况下了解“真相”。

约翰逊在最后的段落里提到：上述的斯威夫特散文在情感和修辞上的不足在他的韵文里更加明显。斯威夫特大量生动的韵文常常是自传式的，有时读起来令人感到不安。对约翰逊来说，这些韵文似乎太不显眼了，而不值得加以考虑。面对如此“幽默”或是“容易”的韵文，约翰逊认为：有一些韵文是宏大的，一些是琐碎的，其中还有一些斯威夫特自己都不严肃对待的“错误”。斯威夫特实际上致力于挑战“非诗意”，约翰逊最后暗示，他唯一真正的文学追求在于他的作品被认为是原创的。

然而，约翰逊对斯威夫特的朋友亚历山大·蒲柏的态度却有所不同。一方面他对蒲柏诗歌才能很崇敬，另一方面他对蒲柏个人弱点也非常留意：“喜欢不断地谈自己的优点”“对名誉的贪婪”“虚荣”，当受到攻击的时候，容易“骄傲”“憎恨”“易怒”和“暴躁”，喜欢成为“重要的和强大的”人物，以至于最终成为一种“不能根除的而且不能缓和的病”。针对蒲柏“性格”的描述，约翰逊有意识地强调所谓的“传记家的任务”，即从诗人“私生活”和“日常生活的微小细节”入手，①即使这可能牵涉到描述传主的一些弱点，但也证明了最伟大的天才也有最普通的一面。在约翰逊的笔下，蒲柏是个矮小丑陋的驼背，坐着都够不着饭桌，身体孱弱，经常生病，同他的生理特点相反，他的脾气却非常暴躁，动辄发怒，他极富心机：在他同人类的一切交往中，他都以玩弄计谋和手腕为乐，他总是尽力通过间接

① Samuel Johnson. *The Works of Samuel Johnson, Vol. iii*[M]. W. J. Bate, Albrecht B. Strauss (Ed.). New Haven: Yale University Press, 1969: 321.

的、出乎意料的方法来达到他的一切目的。他几乎是"不用计不喝茶"。他在朋友家里,如果需要什么招待,他从不愿意直说,而是淡淡地顺便提到,然而东西拿来了,他就立刻造成一种样子,拿来这东西是因为它一直受欢迎。他为人苛刻而吝啬,他翻译荷马的《伊利亚特》,译稿写在信的背面,为的是5年能节省5先令。有两个客人在他家里吃晚饭,他会把单单一品脱酒放在桌上,自己拿走两个小玻璃杯,然后回来说:"先生们,请自便!"然而,他会对朋友说,"他的心向着一切人,他的房子向着一切人,无论他们怎么想,财产也向着一切人!"①

一些早期读者的确反对约翰逊对斯威夫特的古怪性格以及蒲柏身体缺陷、烦躁的忧郁、生活习惯以及对诡计、财富和声誉的喜爱等详细的描述。约翰逊自己作为诗人和作家,对他们寄予着深深的同情,但对他们的怪癖和弱点从不刻意隐瞒,而且还进一步从时代和生活条件探析产生这一性格和行为背后不同的原因。例如塞维奇有着强烈的虚荣心、狂妄自大、没有自知之明,这与他是个私生子和孤儿、从小生活在贫困之中的经历有关。蒲柏苛刻吝啬、玩弄心机、缺乏诚意,这与他是个矮小丑陋的驼背有着极大的关系。通过约翰逊的分析,读者会对这些诗人产生同情,并从他们的人生道路中得到启示和教训。

《诗人传》:博雅教育的典范之作

《诗人传》有助于读者认识人性和人生,实现其道德教诲功能;同时它也有助于读者认识传主活动的历史舞台及其承载的文化传统和时代精神。马修·阿诺德(Matthew Arnold, 1822—1888)意识到了这一点。他是19世纪英国著名诗人、教育家,评论家。他先后加入纽卡斯尔委员会和唐顿委员会,针对英格兰和威尔士的中、高等教育现状做了深入调查,并提出了可行性报告;他赴德国、瑞士、荷兰、法国考察这些国家的博雅教育现状。在他形成自己的"博雅教育"之理想的时候,特别强调阅读文学著作的重要性,同时要求和鼓励青年教师花更多的时间学习文学。但是提及学习的素材时,他推荐的不是柯勒律治、赫兹里特(Hazlitt)、德·昆西,也不是济慈、华尔华兹和丁尼生,而是约翰逊的《诗人传》。可见,阿诺德看到了《诗人传》提供了"由一位伟大人物讲述的英国文学史上一个

① 杨正润.《传记文学史纲》[M].南京:江苏教育出版社,1994:266-267.

重要时代的简明故事，其本身也是一流的英国文学作品。”①

阿诺德在约翰逊《诗人传》中又进行了精挑细选，把弥尔顿、德莱顿、蒲柏、艾迪生、斯威夫特和格雷的传记汇编成集，由麦克米兰于1878年出版。很明显麦克米兰的意图是将其作为学生的阅读素材在学校里使用，但是阿诺德的目的并不止于此，他认为其用途应该更加广泛。他说：“我们不要把目标定位在学校课本上，而是宁可把它作为学校能够或者将要使用的一本文学书籍。”②此书出版以后，很受读者欢迎，很快就需要连续再版。1879年和1881年《约翰逊〈诗人传〉中六篇主要传记》再版时增加了麦考莱的“约翰逊传”，1886年又出版了新的版本。③ 也许有人会认为选择和编辑他人作品显示了阿诺德自己创造力的下降，更有甚者，认为他由于当时爱尔兰情况恶化，“为了退休以后经济上有保障”④才编了这本书。但无论如何，这部选集足以显示他对约翰逊《诗人传》所具有的文学教育功能的信心。这也是他对当时文化中正在崛起的“科学至上”观点的反拨。他在1877年发表的“一位法国批评家对弥尔顿的批评”一文中写道：“人类的进步包含在这些人数的持续增长之中，即停止个体动物般的生活和仅靠感官享乐，而转向参与某种智性生活，在饱含思想的事物中寻找快乐的人的数量”。⑤ 对阿诺德来说，通往更加美好社会的途径是每一个个体内在的改变。而这种内在改变与饱含思想的作品有关。他说：“我认为，一个人活得越是长久，他就必然感触良多，想要发现在我们当前这个社会，一个人每天的生活中，他的品行端正及其价值依赖于他在那一天阅读了多少，或者更深入地说，还依赖于他那一天阅读了什么。”⑥而约翰逊的《诗人传》就是这样一部饱含思想的作品。

《诗人传》提供的是英国17、18世纪52位诗人和他们赖以生存的社会的全面知识。格雷格·克林汉姆(Greg Clingham)曾撰文就约翰逊《诗人传》的多样

---

① Christopher Ricks (Ed.). *Selected Criticism of Matthew Arnold* [M]. New York: Signet, 1972: 362.

② William E. Buckler. *Matthew Arnold's Books: Towards a Publishing Diary* [M]. Geneva: Droz, 1958: 126.

③ Kenneth Allott (Ed.). *Writers and their Background: Matthew Arnold* [M]. London: G. Bell & Sons, 1975: 23.

④ Park Honan. *Matthew Arnold: A Life* [M]. London: George Weidenfeld and Nicolson Ltd, 1981: 388.

⑤ Matthew Arnold. *The Complete Prose Works of Matthew Arnold, Vol. viii* [M]. R. H. Super (Ed.). Ann Arbor: University of Michigan Press, 1972: 169.

⑥ Matthew Arnold. *The Note-books of Matthew Arnold* [M]. H. F. Lowry, K. Young, and W. H. Dunn (Ed.). Oxford: Oxford University Press, 1952: 9.

性、广度和深度做了概括：约翰逊的作品不仅涵盖了52位诗人为代表的个人和历史的经验，而且也包括了考利、邓恩、弥尔顿、德莱顿、蒲柏、斯威夫特和格雷等诗人作品对约翰逊的影响，并使其写出一些批评文章。以下列举的部分不同主题可以说明《诗人传》的多样性：玄学诗、品达体颂歌、田园诗、史诗、英雄体戏剧、无韵诗、翻译诗、模仿诗、讽刺诗、宗教诗、神学论文、墓志铭、隐喻和明喻、在英语诗歌中词语的润色、英语散文的发展、朋友之间的书信往来、法国新古典主义、希腊和罗马经典、文艺复兴时期的学术以及18世纪的文学批评。而《诗人传》在文学批评方面的主题就涵盖了1600年至1781年间文学史上绝大多数重要的问题，而且还得加上同样重要的历史的、传记的和哲学的主题：17和18世纪的文学史、政治与文学的关系、清教主义、英国内战、王政复辟、詹姆士党、文学和汉诺威王朝、查理一世被处死、文学家之间的友谊、文人之间的冲突、文学价值、出版、印刷、变化的社会形态、园艺、旅行、金钱、疯狂、艺术雄心与失败以及死亡。① 由此可见，无论是在内容的广度和深度，还是叙述方式和批评的多样性方面，《诗人传》称得上是博雅教育的理想教材。约翰逊的《诗人传》因为其充盈的人性而使阅读者感到温馨和满足。

阿诺德能够选择《诗人传》作为博雅教育的教材，这与《诗人传》的创作者约翰逊的教育观密不可分。而约翰逊对于教育的见解在他的"弥尔顿传"中表述得最为明确。在讨论弥尔顿年轻时创办的一所私人学校时："弥尔顿的目的似乎是要教授一些比普通文法学校更加实在的内容，即通过阅读那些研究自然学科的作者所著文章，比如《农事》，和古人的有关天文的一些论文……"②约翰逊对此的评论是："事实上，外部自然的知识，以及这些知识所需要或包括的科学，并不是人类思维伟大或是时常的任务。无论是我们为了行动或是谈话，无论是我们希望它有用途或是能够带来快乐，首先需要的是关于对与错的宗教和道德知识……审慎和正义是超越所有时代和地点的美德；我们是永久的道德家，但是我们只是偶然成为几何学家……"③ 这里，约翰逊认为自然科学关注的只是人类的外部世界和物质世界，而关乎个人存在意义的道德更重要，也就是说人类的内部世界和精神世界更为重要。"如果弥尔顿反对我的观点，我有苏格拉底为我辩护。正是他的努力，使得哲学研究从自然转向了对生命的关照；但是我所反对的

① Greg Clingham (Ed.). *The Cambridge Companion to Samuel Johnson*[M]. 上海：上海外语教育出版社，2000：162.

②③ Samuel Johnson. *Lives of the English Poets*, *Vol. i*[M]. G. B. Hill (Ed.). Oxford: The Clarendon Press, 1905: 99, 99-100.

革新者们正在把注意力从生命转向自然。他们似乎认为,我们被置于此地是为了观察植物的生长或是星星的运动。而苏格拉底的观点是,我们不得不学习的应该是如何行善和避恶。"[①]由此可见,约翰逊反对自然科学盛行之风,"比现代反科学的先知和前人更加准确。"[②]而这一点正与后来人阿诺德反对自己所处社会中"科学至上"的观点如出一辙。

实际上,约翰逊反对自然科学盛行之风的主题在他30年的写作生涯中反复出现。如约翰逊对于格莱德斯(Gelidus)的叙述。格莱德斯是约翰逊以母校牛津大学大学学院(University College)的老师约翰·库尔森(the Rev. John Coulson, 1719-1788)为原型而创作的人物,他"具有深入研究的钻研精神……长期以来,他希望解决困扰着进行科学研究的教授们的一些问题,而这些问题正是给他的天才和勤奋所预留的。"[③]格莱德斯对他兄弟的沉船消息唯一的反应就是对天气感兴趣;当听到附近城镇失火的消息,只引出他对大火本身几句简短的怨言。格莱德斯既不与他人分享欢乐和痛苦,也忽视自己妻子的温柔和孩子们的拥抱,而把注意力放在计数雨滴的多少,关注风向的改变,以及计算月食的周期。从这样一位不食人间烟火的科学狂人的例子可以看出,科学对人的思维方式有着重大的影响。这一主题在《漫游者》137篇又重复出现,8年后在《闲散者》88篇中又出现。王家协会的一些成员对于科学有着极大的期望:"认为这样的时代很快就要到来,即发动机将会永不停息地旋转,万能药能够保障我们的健康,现实人物会提供知识,商业通过可以战胜暴风雨行至各大港口的轮船得以扩张。"[④]这里,约翰逊表现出对人类文化进程的深思熟虑,也表现出对科学发展的机械式反文化现象产生深深的焦虑。在一味追求工具理性和物质进步的"生病的"文明进程中,最容易丢失的道德价值包括真、善、美、正义、仁爱和怜悯,而这些价值在约翰逊笔下的天文学家身上就闪烁着光辉。"他的正直和仁慈与他的学问同样好。为任何一件善事,向他咨询或要求捐款时,他都乐意去做,并可以暂时停下自己最细致的观察实验和最兴致勃勃的研究工作。在他最忙的时候,即使处在与世隔绝的状态,所有求他的人也都能得到他的帮助。他说,'尽管我不允许自己懒惰和享乐,但为慈善事业,我的门是敞开的。一个思考太空的人,

---

① Samuel Johnson. *Lives of the English Poets, Vol. i*[M]. G. B. Hill (Ed.). Oxford: The Clarendon Press, 1905: 100.

②③④ J. R. Philip. *Samuel Johnson as Antiscientist*[J]. Notes and Records of the Royal Society of London, Vol. 29, No. 2 (Mar., 1975): 203, 195, 196.

要具有美德。'"[①]这里，约翰逊把道德修炼和心灵改造放在了比科学更为重要的位置，因为只注重科技发展的思维模式，必然导致一种畸形的、失衡的生活方式。由此可见，约翰逊的教育观与阿诺德的博雅教育理想有不谋而合之处。

这里有必要强调一下，约翰逊并非不重视科学技术的发展。事实上，与蒲柏和斯威夫特相比，他对科学知识有着极大的兴趣，特别是化学、医学、天文学和自然历史。他非常熟悉他所处时代化学学科的进展，了解化学在制造业、艺术和医药等领域的作用。在他的各类作品中有多种意象和隐喻来自科学。而且他还亲自做科学实验。在他旅行的时候，他观察和评论各种物品的制造过程——英格兰的玻璃制造、法国的瓷器和窗帘的制作、威尔士的铜器和铁器。可见，约翰逊正是在非常了解并熟悉科学和技术基础之上，才提出了自己道德教育优先的看法。

除了上述原因之外，选择《诗人传》作为博雅教育的教材也与阿诺德本人的批评实践和审美情趣密切相关。阿诺德有两篇关于文学批评艺术的文章，分别是前文提到的"一位法国批评家对弥尔顿的批评"和另外一篇"一位法国批评家对歌德的批评"。在后面一篇中，他列举了批评家对待每一位伟大诗人和作家常用的错误方法："有一种称之为热情和崇拜式的评价，从热心的青年开始，很容易激情似火，渴望着找到一位英雄，然后来崇拜他。还有一种感恩和同情式的评价，这些人想在作者那里找到能够帮助他们的素材，如果得到他们想要的，他们就会据此评价作者具有很高的价值。还有出于无知的评价，前后不一致的评价，出于妒忌的评价。最后，还有一种有规则成体系的评价，这是所有评价中最没有意义的。……它的作者根本没有真正把眼光落在他批评的对象上，而是想通过该对象，来证明其他某种东西。"[②]由此可见，阿诺德对这种体系的批评特别反感。那么这种体系到底是什么样的呢?

阿诺德在第一篇文章中，举例说明了上述程式的批评方式。如麦考莱"修辞式"方法，其中，批评者的雄辩成了最终的目的，而不是对他假装要考察的那部作品的阐释和批评。再如艾迪生的传统批评法，一开始假设《失乐园》是一首伟大的诗篇，可以推理，那么一首伟大的诗篇必然有某些特质，然后，简单地断言这首诗的某些特点；再如法国批评家谢勒(Scherer)的"非功利性"批评法，导致"诗歌

---

① 塞缪尔·约翰逊.《幸福谷——拉赛拉斯王子的故事》[M].蔡田明，译，北京：国际文化出版公司，2006:126.

② R. H. Super (Ed.). *The Complete Prose Works of Matthew Arnold*, *Vol. viii*[M]. Ann Arbor: University of Michigan Press, 1972: 254-255.

的缺陷,他们在诗中存在的地方继续存在,而且一直存在下去。"①尽管这种"非功利性式"的批评有着打破传统的优点,但是对英国批评家阿诺德来说,他最喜欢的还是约翰逊博士具有敏锐和坚定思想的批评方式,以及他对诗人及其作品直截了当的评论。如"弥尔顿传"中,约翰逊着力描绘了日常生活中的弥尔顿和作为诗人的弥尔顿之间的动态关系。弥尔顿作为诗人,特别是作为《失乐园》的作者,约翰逊给予了极高的评价,认为这首诗在西方文学史上仅次于荷马《伊里亚特》。然而,约翰逊又极不赞同日常生活中的弥尔顿,特别是他以自我为中心、冷漠超然的处事态度以及他的共和主义政治观。但是,约翰逊也清醒地认识到弥尔顿在日常生活中所表现的这些特质滋养了他能够写成《失乐园》这样具有伟大思想的诗篇。同时也提出弥尔顿的诗歌"许多地方受到限制和束缚,还有许多地方不合情理,……既没做到足够的公正性,也没有足够的灵活性,更没有足够的可接受性。"约翰逊能够写出这样"令人害怕的句子",这正是阿诺德特别欣赏的地方:"可怕之处在于批评者揭露了诗歌存在缺陷,并且指明了它的缺陷——而且,约翰逊对于弥尔顿老年时期的简洁描绘比谢勒中规中矩批评的任何方面都能够打动我们。"②

阿诺德的审美情趣体现在他对诗歌形式和风格的关注。在他看来,"诗歌无疑要比散文更加优秀。在诗歌中人们可以找到自身拥有的最为高级和最美的表达方式。"③而且,即使在时代精神的语境下诗歌的形式和风格也是高度个人化的。他认为,在英语诗歌中最伟大的文体家当属弥尔顿。"弥尔顿总是那位确定的、强有力的大师。他对文辞和韵律的掌控能力是无法超越的。"④而且,阿诺德认为风格是诗人高贵人格的体现,同时也是诗人丰富思想的体现:"一个人的人格产生的影响和他的思想一样伟大。"⑤尽管弥尔顿的清教主义观给他的生活带来了极大影响,表现得不那么和蔼可亲,而且脾气古怪,但是作为一个人,不仅仅是一位诗人,弥尔顿也有着无法超越的伟大一面:"一些道德品质似乎和一个人所具有的风格力量相关联。例如,弥尔顿风格的力量,促成了他伟大人格的提升;而弥尔顿人格的

---

① R. H. Super (Ed.). *The Complete Prose Works of Matthew Arnold, Vol. viii*[M]. Ann Arbor: University of Michigan Press, 1972: 275.

② Ibid., 174, 182.

③④ Ibid., 315, 183.

⑤ H. F. Lowry (Ed.). *The Letters of Matthew Arnold to Arthur Hugh Clough*[M]. Oxford: Oxford University Press, 1932: 101.

提升明显主要来自他自身的道德品质——他的纯洁。”[1]

阿诺德的批评实践和审美情趣范围很广,但核心是他对诗人在提供精神和智力方面的价值认可。他坚信诗歌能够改变读者;这是“思想体面地、深邃地应用于生活。”[2]思想通过调动所有的能力改变读者——不仅是智力方面,也包括审美、道德和社会方面。而这一点也与约翰逊具有异曲同工之妙。

《诗人传》中约翰逊以自己的评判标准来理解和把握诗人诗歌风格的特点,给读者留下强烈的印象,丰富了读者的诗歌鉴赏知识和对诗人人格的认识,也提高了他们对诗歌的感受和欣赏能力。由此可见,阿诺德极力推荐约翰逊《诗人传》作为他博雅教育的教材并非一时兴起,而是他对约翰逊教育观和文学观高度认可的结果,也是他对《诗人传》中所饱含的诗歌知识和人生思想深思熟虑的结果。

这里有必要详细分析阿诺德在约翰逊《诗人传》中精挑细选的六位诗人弥尔顿、德莱顿、蒲柏、艾迪生、斯威夫特和格雷的传记。通过阅读这些传记,读者是否可以领悟相关的诗歌知识和深刻的人生哲理呢?其中“蒲柏传”和“斯威夫特传”在前文已经详细列出,这里就其余四位诗人的传记所涉及的相关主题做一说明。

“弥尔顿传”中,约翰逊着力描绘了日常生活中的弥尔顿和作为诗人的弥尔顿之间的动态关系。在“弥尔顿传”中,除了阿诺德极力推崇的诗人诗作以及约翰逊的相关评论之外,读者还可以了解当时英国的文化,包括政治、社会和宗教秩序等。对约翰逊来说,弥尔顿的共和主义政治观比诗人埃德蒙·沃勒支持克伦威尔更加严肃认真。约翰逊在《诗人传》“沃勒传”中提到诗人沃勒也是一位政客。他是英国资产阶级革命时期长期议会(the Long Parliament)议员。在青少年时期他就开始从事下议院的工作,除了中途一些变故之外,这项工作持续了50多年。在他的墓碑上刻着“还不到18岁”就开始了议会的工作。克莱伦顿戏称他是在“议会中长大的”。在复辟之后下议院的一次辩论中,他回忆自己第一次坐在下议院中是16岁。他如此年轻就当选国会议员,根据约翰·奥布雷所说,他极为熟练地使用英语语言,成为著名的雄辩家。他说话时在感情上以及词语表达上尽可能充分有力、流利畅达。经过长期的锻炼和实践,他形成了自己谈

---

① Kenneth Allott (Ed.). *Writers and their Background: Matthew Arnold*[M]. London: G. Bell & Sons, 1975: 158.

② R. H. Super (Ed.). *The Complete Prose Works of Matthew Arnold, Vol. i*[M]. Ann Arbor: University of Michigan Press, 1972: 211.

话的独特风格。在17世纪40年代这个多事之秋，沃勒试图在国王和他的反对者之间保持中立。1643年他为了保护国王在伦敦的安全地位，密谋剥夺与保皇党相对的议会派分子圆颅党成员的权利。5月“沃勒的密谋”被察觉，沃勒遂被捕，他被带到议会，忏悔了自己的过错，请求得到宽恕。但由于贿赂和合谋者的背叛，沃勒被处罚金一万英镑，被开除出议会，并被流放国外。沃勒客居巴黎，偶尔到意大利和瑞士旅行，1652年才被获准回国。1653年沃勒回国，写了一篇赞颂克伦威尔的诗。但是，当1660年查理二世复辟时，旧念使其又为查理二世写了一篇颂词：“致国王，幸福归来”。当国王读到这首诗时，他告诉沃勒他认为这首诗还不如他写给克伦威尔的颂词。沃勒回答到：“先生，我们诗人在写作事实方面从来没有虚构写得好。”这里不但可以领略沃勒的聪明睿智、能言善辩，更能看出沃勒政治信念的摇摆。因此，他回到议会，在王政复辟期间能够重新获得王室的恩宠，一直到1687年10月21日去世，享年82岁。然而，约翰逊认为，弥尔顿的政治观与沃勒不一样，所以两位诗人的命运也截然不同。沃勒能够屈服于世道的变迁，而弥尔顿的共和主义却是根深蒂固的，是建立在原则基础上的，他由“对权威的藐视和对独立自由的强烈欲望所支撑”。[①] 并且，弥尔顿的这种超然态度和高傲反哺着他的诗歌天才：“他使得自己的想象力习惯于不受拘束……他的诗歌就有了崇高的特质。”[②]同时，约翰逊在传中也强调了弥尔顿宗教观的矛盾之处：弥尔顿在日常生活中远离所有教堂，无论是天主教还是新教教堂，他都不去做礼拜，以至于约翰逊写道，“他更加爱自己，而不是真理。”[③]约翰逊似乎在质疑，一个对《圣经》拥有最高敬意的人怎么就不去教堂做礼拜呢？虽然，约翰逊没有回答这个隐含的问题，但认为在《失乐园》中弥尔顿在思想上似乎得到了自由，能够突破概念的限制，没有遇到来自现实世界的反对。因此，约翰逊认为弥尔顿拥有“实现虚构”的能力。由此可见，阅读主体在阅读过程中能够体会到：弥尔顿的性格特征并不是天生的，而是通过约翰逊的文本构建出来的。约翰逊作为书写主体，力图理解传主、进入他的内心，站在他的立场，审视他那个世界；同时，也通过自己的视角来观照传主弥尔顿的命运和他那一段历史，并且对他进行分析和评价，以期满足当时读者的阅读趣味和需要。

“德莱顿传”在1778年7月21日至8月初期间完成，是约翰逊最早完成的诗人传记之一。传主约翰·德莱顿是英国诗人、剧作家、文学评论家，也是英国

---

①②③ Samuel Johnson. *Lives of the English Poets*, *Vol. i*[M]. G. B. Hill (Ed.). Oxford: The Clarendon Press, 1905: 157, 177, 106.

戏剧史上戏剧评论的鼻祖人物,约翰逊称他为"英国的批评之父"。他的著名的文学批评著作有《论戏剧诗》(1668)、《寓言集序言》(1700)等。从王政复辟(1660年)到17世纪结束,德莱顿一直是英国文坛的领袖人物,所以这个时代被称为"德莱顿时代"。在1668—1688年期间,他担任桂冠诗人一职。由于他的诗作和剧作都很丰富,特别是戏剧方面,他写了将近30部喜剧、悲喜剧、悲剧以及歌剧,以至于约翰逊感叹道:也许没有一个国家曾经造就这样一位作家,他以如此多的不同范例丰富了其语言。他的剧作主要模仿法国悲剧诗人高乃依的爱情和荣誉之间的矛盾主题,有《格拉纳达的征服》(1672)和《奥伦—蔡比》(1676)等。他还把莎士比亚的悲剧《安东尼和克莉奥佩特拉》改写成《一切为了爱情》(1678)。他对亚历山大・蒲柏和其他年轻的作家产生了深远的影响。他的诗歌有早期的《奇异的年代》(1667),其中,读者可以了解当时发生在伦敦的大火、瘟疫以及英国与荷兰的战争等重大事件。德莱顿也写了许多政论诗,如《押沙龙与阿奇托菲尔》(1681)、《奖章》(1682)、《马克・傅莱克诺》(1682)等,这些诗歌都是他攻击辉格党人的讽刺诗。除此之外,德莱顿也写抒情颂歌,《圣西西莉亚日之歌》(1687)和《亚历山大的宴会》(1697)。德莱顿的颂歌和讽刺诗标志着英国诗歌中古典主义的确立。[①] 他还以诗歌的形式来讲述荷马、薄伽丘、奥维德和乔叟的作品,并编辑成《古代和现代寓言集》(1700)。德莱顿的文学创作是他生活和命运的主要部分,其中包含着审美的愉快。阅读约翰逊的"德莱顿传"既得到了相关的文学知识,也实践了阅读者的认知能力。根据亚里士多德的观点,"认知总是会给人带来快感,审美活动的基本特征是人类精神的重建,并从中得到自由。"[②]

德莱顿的宗教信仰也值得阅读者注意。约翰逊毫不迟疑地批评德莱顿对于宗教信仰的敷衍。德莱顿原是清教徒。1682年他写的《俗人的宗教》一诗斥责天主教,歌颂英国国教,反对不信国教的人们。1687年詹姆斯二世企图把英国变成一个罗马天主教国家,德莱顿改信天主教,并写了《牡鹿与豹》(1687)一诗,该诗是德莱顿写得最长的一首诗,也是他作为桂冠诗人的巅峰之作。这首诗赞扬罗马天主教会,把它比作洁净、不朽的牡鹿,辱骂英国国教为肮脏凶残的豹。德莱顿为此信仰付出了沉重的代价。在这首诗发表后的第二年,信奉英国国教

---

① 约翰・德莱顿[A/OL], 2021[2021-11-28]. http://baike.baidu.com/view/673491.htm?fr=aladdin

② 杨正润.《现代传记学》[M].南京:南京大学出版社,2009:221.

的新国王奥兰治亲王威廉上台,他就失去了桂冠诗人的职位,并且遭受了强加于天主教徒身上的所有惩罚。他信奉天主教的儿子们也失去了政府部门的职位。如此一来,他的晚年生活得很潦倒,正如他自己所说,生活在困窘和疾病之中。约翰逊笔下的德莱顿可以使读者具体而感性地认识英国17世纪下半期宗教和政治的变幻风云,也可以得到启发,更好地认识现代英国。

"艾迪生传"中,约翰逊对艾迪生散文风格评价很高,认为其风格具有榜样特质:"无论谁想要获得一种英国的风格,熟悉但不粗俗,优雅但不浮夸,那么他必须把他白天和晚上的时间花在艾迪生的作品集上。"①不仅如此,约翰逊同时代生活在阿伯丁的一位道德哲学教授兼诗人詹姆斯·贝蒂博士也有同样的评论:"我研究英语的时间越长,越满意艾迪生的散文。他的散文是最好的范文:如果要我给一位年轻人就英语风格的主题提供建议的话,我将要求他日夜阅读这位作家。"②所以,文学史家和教科书的编辑们都愿意把艾迪生的作品作为他们选择的素材。休·布莱尔博士就是一例,他是爱丁堡高派教会圣·贾尔斯大教堂最杰出的牧师,曾经对艾迪生的散文风格做过详尽研究。在1759年12月11日,布莱尔开始在爱丁堡大学针对修辞学开设了一系列讲座,③作为课堂练习,布莱尔要求他的学生考察和分析艾迪生在《旁观者》(nos. 411至421)中有关想象的乐趣共11篇文章的前四篇。他希望这项任务能够帮助净化学生苏格兰方言的痕迹。④

那么,艾迪生散文风格是什么样的呢?在传中,约翰逊提出了艾迪生的散文风格是"处于中间风格的模板"。⑤ 约翰逊发现艾迪生的句子"很流畅,也很简单",至于修饰语,"艾迪生从不为了抓住优美而偏离话题;他从不寻求野心勃勃的修饰语,也从不尝试危险的新奇创造。他的页面总是发光的,但从不在毫无征兆的壮观之下闪耀光辉。"⑥ 这里"处于中间风格"也曾被约翰逊的传记家和编辑约翰·霍金斯爵士错误理解成"中庸"。实质上,约翰逊作品的编辑亚瑟·莫菲

① Samuel Johnson. *Lives of the English Poets, Vol. ii*[M]. G. B. Hill (Ed.). Oxford: The Clarendon Press, 1905: 150.

② Sir William Forbes. An Account of the Life and Writings of James Beattie, LL. D. New York and Boston: Brisban and Brannan, 1807, Letter CXVII: 278-81. See also, Morley J. Mays. Johnson and Blair on Addison's Prose Style[J]. *Studies in Philology*, vol. 39, No. 4, Oct., 1942: 639.

③ Alexander Grant. *The Story of the University of Edinburgh During Its First Three Hundred Years, Vol. ii*[M]. London: Longmans, Green & Co., 1884: 358.

④ Hugh Blair. *Lectures on Rhetoric and Belles Lettres, Vol. i*[M]. London: 1783: 430n.

⑤⑥ Samuel Johnson. *Lives of the English Poets, Vol. ii*[M]. G. B. Hill (Ed.). Oxford: The Clarendon Press, 1905: 149.

先生提出了合理的解释:“对于最有能力的批评家来说,风格可以分为三种模式:崇高、简约和华丽或是混合型;后者,拥有前面两种风格的特质,被称为‘中间状态’。”[①]通过以上分析可以看出,艾迪生的文学声誉在很大程度上依赖于对他散文风格的认同。

文人之间的友谊也是“艾迪生传”的主题之一,其中艾迪生与斯梯尔的友谊特别值得一提。他们自幼年就一同就读卡特公学,后又同时升入牛津大学。后来他们又在一起合办杂志《旁观者》。然而,有关他们两人之间的关系在18世纪文学圈流传着这样的说法:艾迪生曾经借给斯梯尔1 000英镑,为了保险起见,采取抵押后者在汉普顿·威克(Hampton Wick)一处房子给第三方受托人,但当斯梯尔未能如期还款时候,艾迪生进入执行程序,卖了房子,然后写了一封非常友好的训诫信与剩余的钱一并寄给了斯梯尔。理查德·塞维奇说过,斯梯尔告诉他这个故事的时候“眼中流着眼泪”。约翰逊在“艾迪生传”中也提及这一故事,但版本有所不同:所借钱数只是100英镑,而非1 000英镑。根据欧文和库克的仔细研究:这些经济方面事务的处理并没有影响两位朋友之间的感情,因为他们个人之间的关系在这个时期最为真挚。[②] 因为,艾迪生的诉讼实际上并不是针对斯梯尔本人,而是针对受托人没有履行契约来赔付他的抵押。因此,在约翰逊笔下,艾迪生并不是从最好朋友处收回借款的无情放贷者。从斯梯尔那段时间与友人的通信可以看出,他当时对于受托人之一特瑞恩(Tryon)非常不满,而对艾迪生还是很同情和理解的。但是到了1718年至1719年,也就是在艾迪生去世前半年左右,这两位挚友在“贵族爵位法案”的主题上意见存在着分歧,互不相让,猛烈攻击对方。约翰逊认为,他们争议的议题意义重大。桑德兰伯爵提出这个法案,认为贵族的数量应该是固定的,国王要控制新的贵族产生,除非是在当一个古老家族没有继承人的情况下方可增补。对于这一点,伯爵们自然都是同意的,至于国王,也许是对自己的特权还不太熟悉,也许是对王位的占有几乎不感兴趣,也被劝说同意了此法案。唯一的难题是在下议院,这些议员不愿意同意把他们自己和他们的后代永远排除在贵族行列之外。斯梯尔在写给牛津伯爵的一封信中提到:这一法案倾向于引入贵族政治,因为在上议院,由于贵族数量有限,其中的大多数就会变成专制,这是无法抵制的。在1719年3月14日,

---

① Arthur Murphy. A Critique of Hawkins's Edition of the Works of Johnson[J]. *The Monthly Review* LXXVII (1787): 68-69.

② John Owen and Arthur L. Cooke. Addison vs. Steele, 1708[J]. *PMLA*, vol. 68, no.1 Mar., 1953: 318-319.

斯梯尔发表了小册子《庶民》的第一部分,来攻击桑德兰伯爵的法案。5天之后,艾迪生发表题为"老辉格党"文章对斯梯尔之举进行严厉谴责,其中还未发现斯梯尔那时被认为是下议院的支持者。斯梯尔在3月29日和30日作出回应,其中,不知是疏忽还是出于礼貌,仅限于回应问题,没有出现任何有关对手的个人情况,没有违背友谊的法则或是体面的行为规范,但是,用约翰逊的话来说,争论者不能长时间互相保持他们的宽容。艾迪生在下一篇4月2日的"老辉格党"中做出了更加详细的回应,也没有能够克制自己,使用了一些轻蔑的语词,如"小迪克(Little Dicky),他的工作就是去写小册子了。"①然而,斯梯尔虽没有失去对朋友先前的尊敬,也满足于引用艾迪生的戏剧《凯托》中的一些句子,但立刻引起了大众的察觉,遭到谴责。艾迪生和斯梯尔在这场论战中互相侮辱了对方,也伤害了对方,但斯梯尔还是在4月6日的回应中对艾迪生非常谨慎地表示了尊敬。不久之后,艾迪生就去世了。在传记中,约翰逊邀请读者参与讨论这两位文人之间的友谊:"每一位读者肯定感到遗憾,这样两位杰出的朋友,这么多年都在信任和亲近中度过,有着共同的爱好,相同的世界观,同窗多年,怎么到了最后却讥讽地反对彼此?""为什么党派不能找其他的拥护者?"② 由此可见,在人类生存状态的不确定性中,我们注定要把友谊的不稳定性列在其中。

读者在"艾迪生传"中除了在友谊方面获得警示以外,也可从他经营的爱情和婚姻吸取教训。据库克的研究发现:1701年8月2日星期六,华威伯爵去世,享年28岁,留下了4岁的婴儿和21岁的妻子。这样,华威伯爵夫人就成了距离王家肯辛顿宫西面半英里之外的霍兰德公馆的唯一女主人,同时也是埃克塞特街一处住宅的女主人。而且从她的画像来看,她不仅年轻,而且也很漂亮:她额头不仅宽也高,圆形的脸,齐肩的黑色卷发,大大的眼睛,经典的希腊人的鼻梁,小巧的嘴巴。尽管华威伯爵的房产是留给她儿子的,但这样一位年轻漂亮、有钱有权的女士要再婚,还是能够吸引很多追求者的。③ 根据约翰·奥德米克松所说:"1704年,艾迪生从国外旅行回来,他自己承担了教育年幼的华威伯爵的责任;这也给予了他能够获得伯爵夫人、也是小主人母亲认可的机会。"④在长达

---

①② Samuel Johnson. *Lives of the English Poets, Vol. ii*[M]. G. B. Hill (Ed.). Oxford: The Clarendon Press, 1905: 115, 115-116.

③ Arthur L. Cooke. Addison's Aristocratic Wife[J]. *PMLA*, Vol. 72, No. 3, Jun., 1957, 373-389: 379.

④ John Oldmixon. *History of England*[M]. London: Printed for T. Cox, 1735: 682. Also quoted in *Works of Addison*, Bohn (Ed.), v: 366.

10多年的追求后,艾迪生和华威伯爵夫人终于走进婚姻的殿堂。按理说,他们的爱情终于修成正果,但是他们的婚姻并没有给艾迪生增添多少幸福。大家一致认为艾迪生的婚姻是不幸的。蒲柏在《写给阿布斯瑙特的一封信》(I. 393)中曾尖刻地讽刺和影射艾迪生的婚姻:"在不和谐声中娶了一位高贵的妻子"。玛丽·沃特丽·蒙塔古(Mary Wortley Montagu)女士在听到艾迪生被任命为国务大臣时,曾用讥讽的口吻说道:"从慎重角度来看,像这样的位置,像伯爵夫人这样的妻子,似乎并不适合这位好像患有哮喘病似的男人,我们可以看到这一天,他会衷心地愿意把这两者都放弃。"[①]中国有句古语叫"门当户对",指的是男女双方的社会地位和经济情况相当的两人适合结婚。这样的说法有其合理的一面。艾迪生和他的妻子社会地位悬殊,经济条件相差甚远,势必导致他们在生活习惯上不协调,很难享受婚姻的幸福。

"格雷传"可以说是文化史的宝库,其中不仅写出了传主格雷以及他周围的各种人物,如霍拉斯·沃波尔(Horace Walpole)、梅森先生、本特利(Bentley)先生和科巴姆女士等,还有对友谊和人情世态等社会问题的探讨,还有约翰逊对格雷及其诗歌带有"偏见"的评论。如约翰逊针对格雷朋友少,且结交朋友时缺乏包容精神提出了批评。格雷和英国首相罗伯特·沃波尔最小的儿子霍拉斯·沃波尔是多年的好朋友,但有一次意大利旅行时他们发生了争吵,就此分开了。约翰逊认为:无论争吵的是什么,他们后来的旅行对双方来讲无疑都是不愉快的。约翰逊在传中还提到,大约在1756年,一些住在格雷房间附近的彼得学院(Peterhouse)的年轻人为了消遣,常常弄出一些噪音,据说还搞些恶作剧,让格雷感到很不安,也很苦恼。格雷忍受了这种状况一段时间后,他报告给这个社区的管辖者,但也许是由于他在该社区没有朋友,发现自己的抱怨根本没有引起关注,不得已自己搬到了彭布罗克学院。由此看来,朋友在人际交往中还是非常重要的交际对象,对人们的生活和工作有很大的影响。

约翰逊在提出批评的同时,也表明了自己对待格雷的态度。托马斯·格雷55岁就去世了,尽管他生活得比较轻松和闲适,而且写的诗篇并不多,但就几页纸给他带来的名誉却很高。诚然,约翰逊谈到他的时候,带有一种冷淡和轻蔑的态度。格雷不喜欢约翰逊,拒绝和他认识;读者可以想象约翰逊由于这个原因在写作他的传记时会有些恼怒。但是,约翰逊在本性上不适合评价格雷及其诗歌;

---

① Mary Worley Montagu. *Letters and Works*, *Vol. ii*[M]. Lord Wharncliffe (Ed.). London: 1837: 111.

这一点在他批评格雷诗歌不足之处可以得到充分的展现。科尔曾经说过，“约翰逊在出版‘格雷传’的时候，我给了他好几则趣闻轶事，但是他非常着急，想尽快完成他的任务。”①约翰逊在本质上并不同情格雷，但是他又不得不写他的传记，所以，当他写“格雷传”的时候，匆忙了事在所难免。他对格雷评价有失公允，但即便如此，约翰逊的权威并没有使得他带有偏见的评价得以蔓延和盛行。麦考莱称“格雷传”是约翰逊写得最糟糕的传记。在麦考莱之前，也有批评者极力颂扬格雷及其诗作。而且，格雷在诗坛的名声还是越来越大。虽然，英国18世纪蒲柏和他诗歌风格的流行在一开始阻碍了读者接受格雷，但是挽歌读来令人愉悦，而且不限于愉悦：格雷的诗歌在整体上也令同时代的人感到非常惊讶。它是如此陌生，与流行的诗歌毫无相同之处。格雷去世以后，格雷的第二位传记家米特福德（Mitford）说道：“被他同时代的人们所忽视或是嘲笑的作品，现在使得格雷和柯林斯进入我们最为伟大的诗人行列。”②

那么，约翰逊是否由于自己的嫉妒心理而对格雷诗歌评价带有偏见的呢？1782年1月在《绅士杂志》上发表的匿名通讯文章写道：“格雷自己卓越的长处被忽视和忘记难道是因为约翰逊的嫉妒，使其看到同代人取得的功绩而感到痛苦？”对于这样的批评家，鲍斯威尔回答得很公正，也很及时：“这里，据观察，尽管他对格雷诗歌的观点在很大程度上和我不同，我相信对于大多数人来讲，他的作品也是应该获得很高评价的。但是这篇通讯文章提出来的不同意见也是很荒诞的，好像约翰逊对那位诗人的优点造成了伤害，而且是由于嫉妒驱使他这么做的，应该受到惩罚。呜呼！你们这些卑微的、目光短浅的批评家，约翰逊怎么能够嫉妒他同代人的天赋？”③在此，鲍斯威尔否定了约翰逊对于格雷存在嫉妒心理，但也认为约翰逊对一个人的情感确实影响到他对其诗歌的评价。约翰逊个人不喜欢格雷是众所周知的，尽管两人从未谋面。鲍斯威尔在《约翰逊传》中写道：在1775年3月，与斯拉尔夫人吃饭的时候，

> 他攻击格雷，称他为一位“无趣的家伙。”
>
> 鲍斯威尔：“我知道他是内向的，可能在同伴中看起来无趣，但肯定的是他的诗歌并不是无趣的。”

---

①② John Bryson (Ed.). *Matthew Arnold: Poetry and Prose*[M]. London: Rupert Hart-Davis, 1954: 687.

③ James Boswell. *Life of Johnson*[M]. R. W. Chapman (Ed.). Oxford: Oxford University Press, 1953: 286.

约翰逊:“先生,他在同伴中无趣,在他自己的小房间里也无趣,在哪儿都无趣。他是以一种新的方式表现得无趣,使得许多人认为他很伟大。他是一位机械式的诗人。”①

约翰逊对格雷最为激烈和令人不快的评价记录在鲍斯威尔 1775 年 4 月 2 日的“伦敦日记”上:“我恨格雷和梅森,尽管我不认识他们。”②为什么约翰逊对这两位同时代文学界杰出人物怀有如此深的敌意?帕威尔·琼斯给出了一个站得住脚的解释:“约翰逊有着如此态度的根本原因是格雷因为他有着女人气的柔弱而获得声誉,这对直截了当、有着男子气概的约翰逊来说,这是令他反感的,甚至他会认为是违反常态的。”③在“格雷传”中,约翰逊引用泰普尔先生写给鲍斯威尔的一封信中所写的有关格雷的一段话,认为格雷最大的缺陷就是有种脆弱的情愫,或更准确地说就是女人气,以及对科学知识掌握得不如他的人明显有一种挑剔,或是轻蔑和藐视。紧接着,约翰逊借用格雷的好友梅森先生的话来解释格雷的女人气:“格雷的女人气在那些他不想取悦的人面前表现得最为突出。”④除此之外,约翰逊认为格雷没有灵感的时候写作或是出版变得迟疑不决,这是“一种奇怪的纨绔习气”。1773 年在爱丁堡的时候,约翰逊说过,“如果一个人持之以恒地坚持下去的话,他任何时候都可以进行写作。”⑤约翰逊与格雷的趣味和他们生活方式也存在差异,这也影响着约翰逊对于格雷的评价。约翰逊喜欢城市生活的热闹,格雷喜欢乡村生活的宁静。约翰逊认为一个人要是讨厌伦敦的话,他就会讨厌自己的生活,一个人在世所有需要知道的事情在舰队街几乎都可以找到。而格雷却正好相反,在他给尼克尔的信中写道,“这个月我住在伦敦,那个令人厌倦的无聊地方。”⑥由此一来,我们考察约翰逊对格雷诗歌评价

---

① James Boswell. *Life of Johnson*[M]. R. W. Chapman (Ed.). Oxford: Oxford University Press, 1953: 600-601.

② F. L. Lucas. *The Search for Good Sense*[M]. London: Cassell, 1958: 122n.

③ W. Powell Jones. Johnson and Gray: A Study in Literary Antagonism[J]. *Modern Philology*, Vol. 56, May, 1959: 253.

④ Samuel Johnson. *The Lives of the Most Eminent English Poets; with Critical Observations on Their Works; with an Introduction and Notes by Roger Lonsdale, Vol. iv*[M]. Oxford: Clarendon Press, 2006: 180.

⑤ James Boswell. *Boswell's Journal of a Tour to the Hebrides*[M]. F. A. Pottle and C. H. Bennett (Ed.). New York: The Viking Press, 1936: 23.

⑥ Thomas Gray. *Correspondence, Vol. ii*[M]. Paget Toynbee and Leonard Whibley (Ed.). Oxford: Oxford University Press, 1935: 853.

的时候，需要考虑他们两者在趣味和性格方面的差异，不能简单地认为只是约翰逊对格雷怀有恶意或是嫉妒的原因，因为在约翰逊看来，文学的传统要求首先是道德目的，这样的评价标准使得他赞扬作为诗人的汤姆森，而谴责其行为举止。在“德莱顿传”中，约翰逊提出评价诗歌正确的方式不是列出微小的细枝末节，一行一行地进行比较，而是要评论整个作品对读者的影响：“想象的作品优于其他作品在于它们吸引和留住注意力的能力。这本书再好，如果读者弃之一旁，那也是徒劳。”[①]所以，约翰逊仅仅把格雷的《墓园挽歌》列为“伟大作品”的行列，其余的作品都排除在外。例如，约翰逊对格雷的《春天颂》的评论：“他的《春天颂》有一些诗意，无论是语言，还是思想上；但是它的语言太华丽，思想也没有什么新意。最近出现一种把名词派生过来作为形容词的做法，即在名词后面加上分词形式，例如，耕作了的平原（the Cultured plain），开满雏菊的河岸（the daisied bank）；但是很遗憾，在像格雷这样的学者的诗行中，出现了蜂蜜般的春天（honied Spring）。诗中的道德观是自然的，但是太陈腐；诗的结尾很漂亮。”[②]这里，诗歌语言的本质问题是约翰逊和格雷之间主要的不同之处。约翰逊为代表的新古典主义要求诗歌的语言必须符合古代诗歌传统的要求，严格遵守其规则。而格雷追求的是按照诗歌语言的审美效果作为评判的标准。约翰逊在“德莱顿传”中写道，诗歌语言，应当排除效果不明显的“太熟悉的词”以及“几乎都不熟悉的”词汇，这些词汇只能吸引他们自己的注意力。这样看来，约翰逊对于格雷在诗歌语言方面的革新持否定态度就在情理之中了。约翰逊以自己的评判标准来理解和把握格雷诗歌风格的特点，给读者留下了强烈的印象，丰富了读者的诗歌鉴赏知识和对格雷的认识，也提高了他们对诗歌的感受和欣赏能力。

《诗人传》不仅仅写出了每一位传主，他们的出生、读书、交友、恋爱婚姻、诗歌创作，也有对诗人的诗作、生活时代以及历史的各种事件的评介，还包括人情世态、风俗习惯、宗教信仰，以及友谊与矛盾、爱好和习惯等。读者阅读《诗人传》的时候，可以得到多方位多维度各种各样的相关知识，可以认识诗人活动的历史舞台，了解诗人所承载的文化传统与时代精神，可以说，它是博雅教育的理想教材。

然而，书写主体、文本主体和阅读主体存在着互动关系。不仅仅是书写主体

---

① Samuel Johnson. *Lives of the English Poets, Vol. i* [M]. G. B. Hill (Ed.). Oxford: The Clarendon Press, 1905: 253.

② Samuel Johnson. *Lives of the English Poets, Vol. ii* [M]. G. B. Hill (Ed.). Oxford: The Clarendon Press, 1905: 388.

与文本主体影响了阅读主体及其存身的社会风气，但反过来，阅读主体也影响了书写主体和文本的形成。约翰逊对材料的选择和处理，他的文本指向，也受到读者的需要、爱好和价值观念等的影响。例如，约翰逊并没有选择利用传记材料来源“谢思顿的书信集”。在约翰逊写作《谢思顿传》之前，已经有两个版本的谢思顿信件选集出版，①再加上一卷鲁克斯伯勒夫人写给谢思顿的书信选集也已出版。② 而且，其中一部信件选集是由约翰逊的朋友书商道兹雷所编，他认为谢思顿的书信很有价值，是“他思想的真实历史”写照。而且，谢思顿于 1754 年 10 月 23 日写给格莱弗先生的信中也表达了自己所写书信的态度：“我把它们当成友谊的记录，对于我来说它们总是很亲切，可以作为我过去二十年的思想史。”③再加上约翰逊和鲍斯威尔讨论时，约翰逊也认为：“谢思顿这样的人，和他通信是一种荣耀。”④那么，约翰逊为什么要忽略这些书信呢？事实上，约翰逊了解书信对于传记家来说所具有的价值，但他也意识到了其中的陷阱。但对当时的读者们来说，真相和诚信对于传记实践来说是最为基本的，而书信不可能毫无保留地反映一位作家的性格，传记家应该谨慎使用这些信件。约翰逊也曾在“蒲柏传”中写道：他不相信“人们的真实性格可以从他们的书信中找到。”⑤他认为，在写给朋友的信中，写信人不可能敞开心扉。约翰逊在和俱乐部成员的谈话中，也对梅森在《格雷生平回忆录》(1775)中利用书信的传记方法表示反对。他说：“我强迫自己去读它，只是因为它是谈话常常触及的话题。我发现它十分枯燥；而且，就它的风格来说，适合二等桌席。”⑥有了这些前提，约翰逊在写作谢思顿传记的时候，没有参考他的书信也在情理之中了。

然而，虽然约翰逊没有参考谢思顿的书信，但在谢思顿的传记中提及了他的

---

① J. Dodsley (Ed.). "Letters to particular Friends, from the Year 1739-1763," in *The Works in Verse and Prose of William Shenstone, Vol. iii*. 1769; *Selected Letters between the late Duchess of Somerset, Lady Luxborough, Miss Dolman, Mr. Whistler, Mr. R. Dodsley, William Shenstone, Esq. and others*. Thomas Hull (Ed.). 2 vols. 1778.

② Lady Luxborough. *Letters written by the late Right Honourable Lady Luxborough to William Shenstone, Esq.* 1775.

③ William Shenstone. *The Works in Verse and Prose of William Shenstone, Esq. Vol. iii*[M]. Robert Dodsley (Ed.). London: Printed for J. Dodsley, 1791: 235.

④ James Boswell. *Boswell's Life of Johnson, Vol. v.*[M] G. B. Hill, revised and enlarged by L. F. Powell. Oxford: Oxford University Press, 1934-1950: 268.

⑤ Samuel Johnson. *The Lives of the Most Eminent English Poets, Vol. iii*[M]. London: Printed for C. Bathurst, et al., 1783: 150.

⑥ James Boswell. *The Life of Samuel Johnson, LL. D. Vol. ii*[M]. London: Macmillan and Co., Limited, 1900: 245.

书信，而且没有包含在对他作品的评价之内。约翰逊并没有对他的书信直接进行评述，而是参考了威廉·梅森的《格雷生平回忆录》，借诗人格雷之口，对谢思顿的书信及其反映出的性格特征作出评价："格雷在详细阅读了他的信件之后，想到他的性格是这样的：'我已经读完一卷八开本的谢思顿的信件。可怜的人啊！他总是在希望得到金钱、名誉以及其他好处；他整个哲学就存在于违背自己的意愿过一种退隐生活，生活在符合他品位的那个地方，只有当著名人物来参观并给予评价时他才感到高兴。他和两至三个也写作诗歌的牧师邻居的信件只是关乎这个地方，以及他自己的一些作品，其他什么也没有。'"①约翰逊在平时的谈话中经常表达对诗人格雷的厌恶，不言而喻，这里也体现了约翰逊对谢思顿书信的看法。由此可见，传主约翰逊在选择和处理诗人谢思顿传记材料时受到了读者对于真实传记的需求影响。

① Samuel Johnson. *The Lives of the Most Eminent English Poets, Vol. iii*[M]. London: Printed for C. Bathurst, et al., 1783: 330.

结　语

约翰逊《诗人传》是书写主体、历史主体、文本主体和阅读主体这四种主体间精神互动的结果。书写主体约翰逊根据历史主体英国诗人的有关材料，进行分析和研究，经过结构安排，并使用各种文学手段，完成传记文本，形成文本传主的英国诗人。在这一过程中，约翰逊通过各种形式，显示自己的个性、爱好、兴趣和价值观，在文本主体英国诗人的身上或隐或现地记录了约翰逊的人格，打上了约翰逊个性的烙印，但同时约翰逊又受到历史主体的限制，必须遵守“传记家的誓言”，尊重历史，尽可能把一个真实的历史主体展现在阅读主体面前。而文本主体英国诗人是历史主体英国诗人的文字表现形式，是书写主体对历史主体文学化和艺术化的结果。书写主体约翰逊在写作《诗人传》时总是希望得到阅读主体读者的理解和欣赏，并通过文本主体为读者提供事实真相和道德榜样。

约翰逊对英国传记的发展有着突出的贡献。他不仅写作传记，难能可贵的是他有自己的传记理论。他最早提出了传主平等的观点，认为传记的本质就是表现普遍的人性，强调严肃地写琐事，反对流行的传记必须写大事的观点，重视传记的道德教育功能，并且他把这些传记理论付诸《诗人传》的创作实践之中。其中他对人性深层的探索，对传记内在真实性的追求，都达到了前所未有的艺术水平。《诗人传》也有其缺点：比如其中有些叙述不符合史实，约翰逊常常根据自己的喜好对诗人们作评价，但这些都不能撼动《诗人传》在英国传记文学史上的重要地位。

参 考 文 献

[1] Aaron, Daniel. *Studies in Biography*. Cambridge: Mass. Harvard University Press, 1978.

[2] Altick, Richard D. *Lives and Letters*. Westport: Greenwood Press, 1979.

[3] Bate, W. Jackson. *Samuel Johnson*. New York: Harcourt Brace, Jovanovich, 1977.

[4] Bate, Walter Jackson. *Samuel Johnson*. Hogarth Press, 1984.

[5] Bloom, Harold (Ed.). *James Boswell's "Life of Samuel Johnson"*. New York: Chelsea House Publishers, 1986.

[6] Bogel, Fredric V. *Literature and Insubstantiality in Later Eighteenth-Century England*. Princeton: Princeton University Press, 1984.

[7] Boswell, James. *Boswell's Life of Johnson (6 v.)*. Augustine Birrell (Ed.). Westminster: Archibald Constable and Co., 1896.

[8] Boswell, James. *Life of Johnson*. R. W. Chapman (Ed.). rev. by J. D. Fleeman, with a new introduction by Pat Rogers. Oxford: Oxford University Press, 1980.

[9] Boswell, James. *The Life of Samuel Johnson (2 v.)*. London: J. M. Dent, 1914.

[10] Boswell, James. *The Life of Samuel Johnson, LL. D.* New York: the Macmillan Company, 1900.

[11] Boswell, James. *The Life of Samuel Johnson*. edited, abridged and annotated by John Canning. London: Methnen, 1991.

[12] Bowen, Catherine Drinker. *Biography: The Craft and the Calling*. Westport: Greenwood Press, 1968.

[13] Brack, O. M., Jr. and Kelley, Robert E (Eds.). *The Early Biographies of Samuel Johnson*. Iowa City: University of Iowa Press, 1974.

[14] Brady, Frank. *James Boswell: The Late Years 1769 - 1795*. London: Heinemann, 1984.

[15] Brooks, A. Russell. *James Boswell*. New York: Twayne Publishers, Inc., 1971.

[16] Butt, John. *The Mid-Eighteenth Century*. Oxford: the Clarendon Press, 1979.

[17] Canning, John (Ed.). *James Boswell: The Life of Samuel Johnson*. London:

Methuen, 1991.

[18] Chapman, R. W. (Ed.). *Johnson's Journey to the Western Islands of Scotland and Boswell's Journal of a Tour to the Hebrides with Samuel Johnson, LL. D.* Oxford: Oxford University Press, 1930.

[19] Chapman, R. W. (Ed.). *The Letters of Samuel Johnson (3 v.).* Oxford: the Clarendon Press, 1952.

[20] Chapman, R. W. (Ed.). *James Boswell: Life of Johnson.* Oxford: Oxford University Press, 1980.

[21] Clifford, James L. (Ed.). *Eighteenth Century English Literature: Modern Essays in Criticism.* London: Oxford University Press, 1959.

[22] Clifford, James L. *Johnsonian Studies 1887—1950: A Survey and Bibliography.* Minneapolis: University of Minnesota, 1951.

[23] Clifford, James. (Ed.). *Twentieth-Century Interpretations of Boswell's 'Life of Johnson'.* Englewood Cliffs: Prentice-Hall, 1970.

[24] Clingham, Greg. (Ed.). *The Cambridge Companion to Samuel Johnson.* Cambridge: Cambridge University Press, 1997.

[25] Clingham, Greg. *James Boswell: the Life of Johnson.* Cambridge: Cambridge University Press, 1992.

[26] Copley, Stephon (Ed.). *Literature and the Social Order in Eighteenth Century England.* Sydney: Croom Helm Ltd., 1984.

[27] Daghlian, Philip B. *Essays in Eighteenth-Century Biography.* Bloomington: Indiana University Press, 1978.

[28] Davis, Bertram H. *Johnson Before Boswell: A Study of Sir John Hawkins.* New Haven: Yale University Press, 1957.

[29] DeMaria, Robert. *Johnson's Dictionary and the Language of Learning.* Chapel Hill: University of North Carolina Press, 1986.

[30] Dowling, William C. *The Boswellian Hero.* Athens: University of Georgia Press, 1979.

[31] Dunn, Waldo H. *English Biography.* London: J. M. Dent & Sons Limited, 1916.

[32] Edel, Leon. *Writing Lives: Principia Biographica.* New York: W. W. Norton, 1984.

[33] Evans, Bergen. *The Psychiatry of Robert Burton.* New York: Columbia University Press, 1944.

[34] Finlayson, Iain. *The Moth and the Candle: A Life of James Boswell.* London: Constable, 1984.

[35] Fleeman, J. D. *A Bibliography of the works of Samuel Johnson.* Oxford: Oxford

Bibliographic Society. 2000.

[36] Fleeman, J. D. (Ed.). *Samuel Johnson: The Complete English Poems*. Harmondsworth: Middlesex, Penguin Books Ltd., 1971.

[37] Folkenflik, Robert. *Samuel Johnson, Biographer*. Ithaca and London: Cornell University, 1978.

[38] Freud, Sigmund. *Leonardo Da Vinci*. tr. A. A. Brill. New York: Random House, 1947.

[39] Friendson, Anthony M. (Ed.). *New Directions in Biography*, Hollunono: University of Hawaii Press, 1981.

[40] Fussell, Paul. *Samuel Johnson and the Life of Writing*. Chatto, 1972.

[41] Gittings, Robert. *The Nature of Biography*. Seattle: University of Washington Press, 1978.

[42] Greene, Donald (Ed.). *Samuel Johnson*. Oxford: Oxford University Press, 1984.

[43] Greene, Donald. *Samuel Johnson*, New York: Twayne Publishers, Inc. 1970.

[44] Grundy, Isobel (Ed.). *Samuel Johnson: New Critical Essays*. London: Vision Press Limited, 1984.

[45] Hardy, J. P. (Ed.). *Johnson: Rasselas Prince of Abissinia*. Oxford: Oxford University Press, 1968.

[46] Hawkins, Sir John. *Life of Samuel Johnson LL. D.* 1787.

[47] Holland, Norman N. *Poems in Persons: An Introduction to the Psychoanalysis of Literature*. New York: W. W. Norton & Company, Inc., 1973.

[48] Holland, Norman N. *The Dynamics of Literary Response*. New York and London: W. W. Norton & Company, Inc., 1975.

[49] Holmes, Richard. *Dr Johnson & Mr Savage*. London: Flamingo, 1993.

[50] Honess, Terry and Krysia Yardley (Eds.). *Self and Identity: Perspectives across the Lifespan*. London and New York: Routledge & Kegan Paul, 1987.

[51] Hudson, Nicholas. *Samuel Johnson and Eighteenth Century Thought*. Oxford: Clarendon Press, 1988.

[52] Ingram, Allan. *Boswell's Creative Gloom*. London: the Macmillan Press Ltd., 1982.

[53] Johnson, Samuel. *Dictionary: A Modern Selection*. McAdam, E. L. Jr and Milne, George (Ed.). London: Gollancz, 1963.

[54] Johnson, Samuel. *Early Biographical Writings of Dr. Johnson*. J. D. Fleeman (Ed.). Hants: Gregg International Publishers, 1973.

[55] Johnson, Samuel. *Life of Savage*. Clarence Tracy (Ed.). Oxford: Clarendon Press, 1971.

[56] Johnson, Samuel. *Lives of the English Poets*. G. B. Hill (Ed.). Oxford: Clarendon Press, 1905.

[57] Johnson, Samuel. *Lives of the English Poets*. London: Oxford University Press, 1952.

[58] Johnson, Samuel. *Lives of the English Poets*. with introduction by Arthur Waugh. London: Oxford University Press, 1906.

[59] Johnson, Samuel. *Lives of the English Poets*. with introduction by Roger Lonsdale. Oxford: Clarendon Press, 2006.

[60] Johnson, Samuel. *The Complete English Poems*. J. D. Fleeman (Ed.). Penguin, 1971.

[61] Johnson, Samuel. *The Letters of Samuel Johnson*. Bruce Redford (Ed.). Oxford, 1992.

[62] Johnson, Samuel. *The Letters of Samuel Johnson*. R. W. Chapman, (Ed.). Oxford: the Clarendon Press, 1952.

[63] Johnson, Samuel. *The Oxford Authors: Samuel Johnson*. Donald Greene (Ed.). Oxford, 1989.

[64] Johnson, Samuel. *Works*. F. P. Walesby (Ed.). Oxford: Talboys and Wheeler, 1825.

[65] Johnston, James C. *Biography: Literature of Personality*. New York: the Century Co., 1973.

[66] Kaminski, Thomas. *The Early Career of Samuel Johnson*. Oxford, 1987.

[67] Krutch, Joseph Wood. *Samuel Johnson*. New York: Henry Holt and Company, 1944.

[68] Lane, Margaret. *Samuel Johnson and His World*. London: Hamish Hamilton Ltd., 1975.

[69] Lee, Sidney. *Principles of Biography*. Cambridge: Cambridge University Press, 1911.

[70] Longaker, Mark. *English Biography in the Eighteenth Century*. New York: Octagon Books, 1971.

[71] Macaulay, T. B. M. *Macaulay's Life of Samuel Johnson*. translated and explained by Jue Kin Zen. with a study of the difficult passages by K. K. Woo. Shanghai: The Commercial Press, 1934.

[72] Macaulay, Thomas Babington. *Literary and Historical Essays: Contributed to the Edinburgh Review*. London: Humphrey Milford, Oxford University Press, 1913.

[73] Mallory, George. *Boswell the Biographer*. London: Smith, Elder and Company, 1912.

[74] Maurois, André. *Aspects of Biography*. Cambridge: The University Press, 1957.

[75] McAdam, E. L. Jr. and Milne, George. *Johnson's dictionary: A Modern Selection*. London: Victor Gollancz, Ltd., 1963.

[76] Nichol, David and McAdam, Edward L. (Eds.). *The Poems of Samuel Johnson*. Oxford: the Clarendon Press, 1974.

[77] Nicolson, Harold. *The development of English Biography*. London: Hogarth Press, 1933.

[78] Novak, Maximillian E. *Eighteenth Century English Literature*. London: the Macmillan Press Ltd., 1983.

[79] Novarr, David. *Lines of Life: Theories of Biography, 1880-1970*. West Lafayete: Purdue University Press, 1986.

[80] Pachter, Marc (Ed.). *Telling Lives: The Biographer's Art*. Washing D. C.: New Republic Books, 1979.

[81] Pearson, Hesketh. *Johnson and Boswell-the Story of Their Lives*. New York: Harper's, 1959.

[82] Percy, Thomas. *Reliques of Ancient English Poetry*. (2v.) London: Dent., 1906.

[83] Pottle, Frederick A. and Bennett, Charles H. *Boswell's Journal of a Tour to the Hebrides with Samuel Johnson*. London: William Heinemann, Ltd., 1936.

[84] Raleigh, Walter. *Six Essays on Johnson*. Oxford: the Clarendon Press, 1910.

[85] Reddick, Allen. *The Making of Johnson's Dictionary, 1746 - 1773*. Cambridge University Press, 1990.

[86] Rogers, Pat. *Samuel Johnson*. Oxford Pastmasters, 1993.

[87] Sarup, Madan. *Jacques Lacan*. New York, London, Toronto etc.: Harvester Wheatsheaf, 1992.

[88] Savage, Richard. *The Poetical Works of Richard Savage*. Clarence Tracy (Ed.). Cambridge University Press, 1962.

[89] Schwartz, Richard. *Boswell's Johnson: A Preface to the "Life"*. Madison: University of Wisconsin Press, 1978.

[90] Scott, Geoffrey and Pottle, Frederick A. (Ed.). *The Private Papers of James Boswell*. (*18 v.*). Mount Vernon: W. E. Rudge, 1928-1933.

[91] Siebenschuh, William R. *Fictional Techniques and Factual Works*. Athens: University of Georgia Press, 1983.

[92] Sisman, Adam. *Boswell's Presumptuous Task: the Making of the Life of Dr. Johnson*. New York: Farrar, Straus & Giroux, 2000.

[93] Smith, P. Nichol and McAdam, Edward L. (Ed.). *the Poems of Samuel Johnson*. Oxford: Clarendon Press, 1974.

[94] Stafford, Fiona J. *The Sublime Savage: A Study of James Macpherson and the Poems of Ossian*. London: 1988.

[95] Stauffer, Donald A. *The Art of Biography in Eighteenth Century England*. New York: Princeton University Press, 1941.

[96] Stephen, Leslie. *English literature and Society in the Eighteen Century*. New York: G. P. Putnam's Sons, London: Duckworth & Co., 1904.

[97] Strachey, Lytton. *Portraits in Miniature and other Essays*. London: Chatto & Windus, 1931.

[98] Tinker, Chauncey Brewster. *Young Boswell: Chapters on James Boswell the Biographer*. Boston: the Atlantic Monthly Press, 1922.

[99] Tracy, Clarence. *The Artificial Bastard: A Biography of Richard Savage*. Toronto University Press, 1953.

[100] Turberville, A. S. (Ed.). *Johnson's England* (2vols). Oxford: Clarendon Press, 1933.

[101] Vance, John A. (Ed.). *Boswell's "Life of Johnson": New Questions, New Answers*. Athens: University of Georgia Press, 1985.

[102] Vulliamy, C. E. *James Boswell*. New York: Charles Scribner's Sons, 1933.

[103] Wain, John. *Samuel Johnson*. New York: McGraw-Hill Book Company, 1976.

[104] Wain, John. *Samuel Johnson: A Biography*. New York: McGraw-Hill Book Company, 1974.

[105] Waingrow, Marshall (Ed.). *The Correspondence and Other Papers of James Boswell Relating to the Making of the "Life of Johnson"*. New York: McGraw-Hill and London, Heinemann, 1969.

[106] Wilson, F. P. and Dobree, Bonamy (Eds.). *Oxford History of English Literature 1700-1740*. New York and London: Oxford University Press, 1959.

[107] 阿萨·勃里格斯.《英国社会史》. 陈叔平,译. 北京:中国人民大学出版社,1991 年.

[108] 鲍斯威尔.《约翰逊传》. 罗珞珈,莫洛夫,译. 北京:中国社会科学出版社,2004 年.

[109] 程孟辉.《西方悲剧学说史》. 北京:中国人民大学出版社,1994 年.

[110] 范存忠.《英国文学论集》. 北京:外国文学出版社,1981 年.

[111] 范存忠.《英国文学史提纲》. 成都:四川人民出版社,1983 年.

[112] 弗洛伊德.《精神分析引论新编》. 高觉敷,译. 北京:商务印书馆,2000 年.

[113] 古德温,A.《新编剑桥世界近代史》第 7 卷. 中国社科院世界史研究所组,译. 北京:中国社会科学出版社,1999 年.

[114] 桂扬清等.《英国戏剧史》. 南京:江苏教育出版社,1994 年.

[115] 何其莘.《英国戏剧史》. 南京:译林出版社,1999 年.

[116] 李赋宁.《英国文学论述文集》. 北京:外语教学与研究出版社,1997 年.

[117] 梁实秋.《英国文学史》. 台北:协志工业丛书出版公司,1985 年.

[118] 刘意青.《英国十八世纪文学史》. 北京：外语教学与研究出版社，2000 年.

[119] 让-雅克·卢梭.《论人类不平等的起源和基础》. 桂林：广西师范大学出版社，2002 年.

[120] 桑德斯.《牛津简明英国文学史》. 高万隆等，译. 北京：人民文学出版社，2000 年.

[121] 莎士比亚.《莎士比亚全集》. 朱生豪等，译. 南京：译林出版社，1998 年.

[122] 梯利.《西方哲学史》. 葛力，译. 北京：商务印书馆，1995 年.

[123] 托马斯·潘恩.《潘恩选集》. 北京：商务图书馆，1981.

[124] 王觉非.《近代英国史》. 南京：南京大学出版社，1997 年.

[125] 王佐良.《英国文学史》. 北京：商务印书馆，1996 年.

[126] 威尔·杜兰.《世界文明史》第十卷，《卢梭与大革命》. 北京：东方出版社，1999 年.

[127] 杨正润.《传记文学史纲》. 南京：江苏教育出版社，1994 年.

[128] 杨正润.《现代传记学》. 南京：南京大学出版社，2009 年.

[129] 杨周翰.《十七世纪英国文学》. 北京：北京大学出版社，1985 年.

[130] 杨周翰编.《莎士比亚评论汇编》. 北京：中国社会科学出版社，1979 年.

[131] 约翰·霍华德·劳逊.《戏剧与电影的剧作理论与技巧》. 邵牧君，齐宙，译. 北京：中国电影出版社，1978 年.

[132] 张春兴.《张氏心理学辞典》. 上海：上海辞书出版社，1992 年.

[133] 赵琨. 博士论文《作者身份及其文学表现》. 南京：南京大学，2003 年.

[134] 朱东润.《张居正大传》. 武汉：湖北人民出版社，1981 年.

[135] 朱光潜.《西方美学史》(上、下). 北京：人民文学出版社，1964.

[136] 朱文华.《传记通论》. 上海：复旦大学出版社，1993 年.

致　谢

2000 年 9 月至 2003 年 6 月，我有幸在南京大学师从著名的传记文学专家杨正润教授攻读博士学位。杨正润先生严谨的治学态度、渊博的学识和深邃的思想深深地影响着我。先生的高尚人格与谆谆教诲永远都是我生命里最美好的珍藏。也是在他的引领之下，我进入了传记文学这个别具魅力的研究领域。

2015 年我有幸获得了国家社会科学基金资助，研究英国 18 世纪文坛领袖约翰逊的《诗人传》，经过数年的努力，项目获得了良好结项。本项目也受到教育部人文社会科学研究一般项目"塞缪尔·约翰逊的文学批评研究"(21YJA752009)、江苏省社会科学项目"塞缪尔·约翰逊的《格雷传》翻译与研究"(20WWB001)的经费支持，作者谨致谢忱！

项目研究期间，我得到了杭州师范大学外国语学院殷企平教授的鼎力支持和悉心指导，以及上海交通大学人文学院刘佳林教授、扬州大学人文学院袁祺副教授的无私帮助，谨在此一并致以真诚的谢意。

感谢我的母亲和妻子的爱，感谢同事和朋友们的关心。

孙勇彬

2022 年 1 月 18 日于南京

图书在版编目(CIP)数据

塞缪尔·约翰逊《诗人传》研究/孙勇彬著. —上海：复旦大学出版社，2023.4
ISBN 978-7-309-16494-7

Ⅰ.①塞… Ⅱ.①孙… Ⅲ.①约翰逊(Johnson, Samuel 1709-1784)-英语文学-文学研究
Ⅳ.①I561.064

中国版本图书馆 CIP 数据核字(2022)第 194489 号

塞缪尔·约翰逊《诗人传》研究
孙勇彬 著
责任编辑/任 战

复旦大学出版社有限公司出版发行
上海市国权路 579 号 邮编：200433
网址：fupnet@fudanpress.com http://www.fudanpress.com
门市零售：86-21-65102580 团体订购：86-21-65104505
出版部电话：86-21-65642845
上海新艺印刷有限公司

开本 787×960 1/16 印张 16 字数 278 千
2023 年 4 月第 1 版
2023 年 4 月第 1 版第 1 次印刷

ISBN 978-7-309-16494-7/I·1333
定价：48.00 元
